Y0-CBI-606

La Orden del Tigre

J. J. Armas Marcelo

La Orden del Tigre

S

ALFAGUARA

© 2003, J. J. Armas Marcelo
© De esta edición:
2003, Santillana Ediciones Generales, S. L.
Torrelaguna, 60. 28043 Madrid
Teléfono 91 744 90 60
Telefax 91 744 92 24
www.alfaguara.com

ISBN: 84-204-0017-3
Depósito legal: M. 31.008-2003
Impreso en España - Printed in Spain

Diseño:
Proyecto de Enric Satué

© Fotografía de cubierta:
Francesco Venturi / CORBIS

ALFAGUARA

J. J. Armas Marcelo

La Orden del Tigre

S

ALFAGUARA

© 2003, J. J. Armas Marcelo
© De esta edición:
2003, Santillana Ediciones Generales, S. L.
Torrelaguna, 60. 28043 Madrid
Teléfono 91 744 90 60
Telefax 91 744 92 24
www.alfaguara.com

ISBN: 84-204-0017-3
Depósito legal: M. 31.008-2003
Impreso en España - Printed in Spain

Diseño:
Proyecto de Enric Satué

© Fotografía de cubierta:
Francesco Venturi / CORBIS

A Eduardo Úrculo, cómplice.
In memoriam

«No inútilmente se finge el fantasma. Llega un día en que termina por serlo.»

ROBERTO ARLT

«Hay en el hombre un ansia de calamidades, aun de aquellas que le traerán su propia destrucción.»

ADOLFO BIOY CASARES

Uno

La memoria es un arma que carga el diablo con metralla y dinamita, dijo la Tigra, envuelta en susurros de fumadora implacable. Había acercado su cara a la de Samurai, hasta acariciarla de escalofrío con el roce de su piel. Después deslizó suavemente los labios bañados en el humo tibio del tabaco y alcanzó a mojarle el lóbulo de su oreja con la punta de la lengua. Ésa es la memoria, repitió muy bajo, y sólo con el aliento líquido de su boca parecía la Tigra pronunciar lentamente las palabras. Se hace muy difícil escapar de su explosión cuando la bomba estalla en mil partículas que invaden todo el recuerdo para revolverlo y recomponerlo, hasta conseguir que el rompecabezas esté completo, terminado, de una pieza sola en su lugar exacto. La memoria ataca a gritos, como si de repente hubiera enloquecido, Samurai, dándose ánimos a la hora de pisar la arena, un enjambre de hormigas salvajes los recuerdos avanzando en orden, como una división de marines suicidas poniendo pie a tierra en la cabeza de playa.

Eso es la memoria, un animal sin tiempo, que no respeta las épocas ni sus divisiones convencionales. Se aletarga temporadas largas y luego lo rompe todo, da manotazos y patadas, agudiza los sentidos y transforma los instintos en estertores.

—Como un monstruo vengativo sale a la superficie con toda su virulencia, estalla en una ola que ahoga a quien no sepa manejarla.

Álvaro Montes, Samurai para sus amigos argentinos, recordaba las palabras de la Tigra, tan lejana después de tanto tiempo, tan cercana después de tantos años, mientras atendía la llamada telefónica de Rubén el Loco desde Buenos Aires. Recordó, al escuchar su voz, que el Loco fue el primero que le habló del río Tigre. Entonces Montes sabía muy poco del Delta, sólo retazos perdidos de algunas leyendas, historias interminables de una geografía tan fantástica como tal vez inventada por la imaginación de los forajidos que huían de la ley. O por los contrabandistas que se refugiaban allí para esfumarse en la espesura inmensa de los ríos. Como si ese territorio del Tigre les regalara un ámbito secreto, una nueva personalidad sin semejanza alguna con la anterior, un cielo protector donde convertirse en sombras invisibles hasta que se olvidaran de ellos y los dieran por desaparecidos para siempre.

—Andate al Tigre. Dale, vas a enloquecer en ese lugar tan mágico —le dijo Rubén el Loco.

Fue durante su primer encuentro en el Tortoni, en plena avenida Mayo de Buenos Aires. Allí estaban aquel sábado, pletóricos de jarana en medio del concierto de jazz, tomando vinos mendocinos, todos los que al día siguiente iban a hacer el viaje al Tigre. Rubén el Loco andaba intentando dejar atrás sin conseguirlo sus manías infantiles sobre la guerra del Vietnam, una batalla que se había fabricado para cultivar su delirio y jugar a creerse un general de los marines que había desertado en la jungla de Laos. Aunque caminara por Florida o recorriera a paso ligero y tal vez galopando Libertador casi hasta el Parque Japonés, como si fuera un atleta en pleno entrenamiento para las próximas Olimpiadas, el Loco desafiaba los cabos sueltos de su cordura jugando con aquella guerra de Laos, tan pasionalmente inventada por sus costumbres infantiles.

—Tus manos —dijo la Tigra en un rumor—, tus manos. Me gustas todo entero, Samurai, pero tus manos me gustan más que nada de ti.

Eso dijo entonces la Tigra y Álvaro Montes recordaba cada una de aquellas palabras después de tantos años. Ahora ella estaba otra vez metida en el río Tigre, esculpiendo golpe a golpe como una heroína enloquecida la inminencia de su tragedia personal. Y Samurai tendría que ir desde Madrid a buscarla, estaba obligado a sacarla del Tigre porque no podía permitir que se repitiera en la Tigra el destino de Margot Villegas. No en la Tigra, el viejo amor nunca olvidado. Achicó sus ojos negros de china india la Tigra para que brillaran en su fondo más escondido, por donde a veces Álvaro había entrevisto que se le asomaban ciertos perfiles de su alma, la sensualidad, el deseo más obsceno, la pasión por completo desnuda. Achicaba los ojos de china india sólo para eso, y para decirle que le gustaban sus manos, cómo las mueves cuando hablas y cuando escuchas en silencio, como si estuvieras prestándome toda la atención y te sorprendiera lo que te estoy descubriendo, como si no lo supieras tú ya, Samurai. Porque quieres hipnotizarme, dijo. Eso recordaría siempre Álvaro Montes que le dijo la Tigra: me gustan mucho tus manos de príncipe, tienes manos de príncipe señorial y cultivas ese baile antiguo de los dedos en el aire, como si estuvieras tocando las teclas de un piano invisible, ese ritmo de tus manos como si no te dieras cuenta de lo que haces y no supieras que tengo los ojos clavados en ese baile de tus manos y tus dedos, Samurai.

Entonces, el recuerdo que estaba perdido, dando vueltas como un trompo loco en un espacio tan lejano que hacía rato se había quedado ya muy atrás, cosas enterradas en el pasado para siempre que nunca había que volver a tocarlas porque perdieron todo interés de referencia;

entonces, ese recuerdo perdido tal vez de manera arbitraria regresaba de la misma forma que se había marchado. Comenzaban a llegar una sombra y otra más, y muchas juntas más tarde, ondas concéntricas, imparables, muy lentas al principio. Y después, con una rapidez asombrosa, esas sombras se hacían primero grandes, cobraban una dimensión a la que ya les lucía la silueta y el tamaño. Y luego iban pintándose ellas solas de todos los colores imaginables. Y todas las imágenes iban cuadrando una a una para ubicarse en su exacto lugar de antaño. Todo el recuerdo cobraba de repente una nitidez asombrosa, perdía la ingravidez del olvido, y aquel episodio lleno de telarañas y polvo adquiría sonidos, músicas, voces distintas. Se acercaba y tomaba la velocidad del atleta empeñado en llegar a la meta para que el percutor de la memoria hiciera estallar la bomba de metralla y dinamita. Y acá está ya, meridiano, claro, contundente, el recuerdo entero con todos sus pigmentos, sus matices, sus detalles todos. Como si nunca se hubiera quedado atrás, perdido en el espacio lejano del tiempo pasado.

—Morelba se fue —le dijo Rubén el Loco por teléfono, angustiada su voz, casi asmática.

Y Álvaro, encendida la pólvora de su memoria, lo imaginó más delirante todavía al paso de tantos años apenas sin verlo.

—Se metió al río, viejo —gritaba el Loco por teléfono—, y no hubo modo de convencerla de esa temeridad suya. No pude detenerla.

—Me marcho, Rubén. Me voy al Tigre. Como Lugones —le dijo la Tigra desde su cama en el hospital—. Llámalo a Samurai. A Madrid, él siempre está allá. Es su ciudad, su casa. Que lo sepa por ti, Rubén.

—Ése es el mensaje, Álvaro, que te dijera a vos que ella rajaba como Lugones, a encontrarse con ella misma en el mismísimo carajo. Que vos sabés de qué se trataba, me dijo. Coño, hermano, que vos lo entenderías todo, qué loca. Como si yo no lo supiera, como si no estuviera claro lo que quiere hacer esa enferma de la cabeza.

En cuanto Rubén el Loco colgó el teléfono, mientras Álvaro Montes se repetía en su memoria cada una de sus palabras desde Buenos Aires, le envió un urgente mensaje electrónico a Tucho Corbalán, al correo personal de su despacho en el diario *Clarín*. Él había sido el único de todos los viejos amigos de aquella tarde del Tortoni que se negó a la excursión del Tigre, el único que había quedado inmune a la complicidad de los fundadores, fuera de sus pactos de lealtad mutua y alejado de los recuerdos comunes de la Orden. El único de todos ellos al que Álvaro había seguido viendo en sus fugaces tránsitos por Buenos Aires, en las escalas técnicas de sus vuelos de camino o regreso a cualquier otro lugar de América. La respuesta de Corbalán fue inmediata y escueta. No te metás en esas selvas, caro amigo, este tiempo ya no es tuyo, de nada de eso vos sos responsable. De nada y en nada. Eso le aconsejaba Tucho Corbalán desde Buenos Aires a Álvaro Montes: quedate en Madrid, sordo a la llamada del Loco, dejala correr esta vez. ¿Cómo había dejado correr el desesperado aviso de Margot Villegas durante su último encuentro en el bar del Plaza, en pleno matadero militar de Videla y Mazorca? ¿No volver más al recuerdo de Morelba la Tigra, ésa era la estricta recomendación de Tucho Corbalán, experto en auspicios dramáticos, un almacén de memorias propias y ajenas después de tantos años?

En medio del río Sarmiento, tras fundar la Orden del Tigre como un juego más de la juventud que bullía en su interior, como si fueran de verdad los primeros descubridores del lugar, mientras observaba la casa de Domingo Faustino Sarmiento en el Tigre, su embarcadero, las aguas color chocolate, el cielo gris, cerrado de lluvia, y la llegada de la sudestada haciendo subir las aguas en los canales del Delta, Álvaro bautizó a la Tigra. ¿Cuánto llevaba ya ese episodio clavado en su memoria? Un mundo enorme de tiempo, bastantes años perdidos, muchos muertos inútiles, se contestó en silencio. Tomó la mano derecha de la Tigra, la acarició, la apretó entre las suyas con dulzura, hasta calentarla. Tiró al cauce del río Sarmiento los restos de ron seco y con el mismo vaso, enjuagado en la corriente y lleno del agua de barro y chocolate del canal, la bautizó acercando su cuerpo al de Morelba Sucre, rozando con su cara el rostro moreno y chino de la joven.

—Tú eres Morelba la Tigra, dueña del Delta en esta parte del mundo —le dijo en voz muy baja, casi en un murmullo de sílabas, para que ella no lo entendiera bien y necesitara preguntarle qué era lo que estaba diciéndole.

—Soy tu Tigra, Tigro Samurai —repitió Morelba, bajando la voz, hablando sólo con el aliento que le salía del alma, los ojos achinados y negros achicándose para que apareciera ese brillo desde su interior más hondo, el lugar por donde se vieran los perfiles de su alma más escondida—. El día en que tu Tigra no esté ya en ningún lado, cuando los años se acumulen unos encima de los otros, y en silencio, como los muertos en el cementerio, pasemos a la reserva inservible, entonces me vendré aquí, a esta inmensidad hermosa, a esta jungla de sauces llorones y ceibos, llena de agua, islas, bichos, arrayanes, espectros y laberintos. A encontrarme conmigo misma en este espejo color chocolate, Samurai. Como hizo el poeta Lugones.

—¿No nos olvidaremos nunca, Tigra, de ahora en adelante?

—Yo no. Nunca, Samurai. Tú sí, estoy segura, pero eso no importa mucho ahora. Cuando me escape para acá, tú lo sabrás, alguien te avisará —dijo Morelba.

Paseó durante un brevísimo instante su mirada sobre uno cualquiera de los otros cinco. Como si estuviera desde entonces echando a suertes quién sería el encargado de decírselo; como si estuviera leyendo el futuro de su vida en ese brevísimo segundo, con todas sus consecuencias, azares y accidentes. Puso la vista sobre Aureldi Zapata y Rubén el Loco; después, inmediatamente, sobre Ariel Francassi, Margot Villegas y Hugo Spotta, el timonel; y regresó de nuevo, también de inmediato, en un segundo, sus ojos de china a los de Samurai para rozar su nariz de india venezolana con la punta misma de la nariz del joven. Igual que la vez que se conocieron y pasaron juntos toda la noche en su habitación del hotel Ávila, en San Bernardino, Caracas.

Arreció la lluvia como un muro de agua en el Delta, una tromba, un turbión que cegaba la vista del verde del Tigre. Tiempo de invierno en el Delta, viento del sudeste. Y un frío ligeramente incómodo y pegajoso, que no llegaba a ser intenso. Minutos antes, Hugo Spotta había echado el ancla en medio de las aguas del canal, frente a la casa en la que había vivido Sarmiento en el Tigre. Decían que Sarmiento había sido el apóstol del Delta, su gran defensor. Allí mismo había plantado el primer mimbre del lugar, traído por él desde su exilio en Chile. Decían que se la pasaba aquí, pensando, escribiendo y descansando dentro de esa casa a la que se metía todos los fines de semana tras escaparse de Buenos Aires. La mandó construir porque amaba tanto aquel paraje del Tigre que lo había convertido en parte de su memoria y de su vida. Hugo Spotta repetía que todo el mundo en la Argentina sabía que eso era cierto. Por eso varó la barcaza en medio del río Sarmiento, frente por frente de su casa. Y allí mismo fundaron la Orden del Tigre.

Poco tiempo después Hugo decidió quedarse a vivir para siempre en el Delta. Había escogido ese destino de quimera, subir y bajar en barcazas por los cientos de canales, arroyos y cauces de los ríos abiertos hasta los confines más escondidos de la Tierra, un mundo cuyo mapa cambiaba constantemente con el nacimiento y la muerte de bajos, dunas, islotes, junglas de cerrada vegetación, caminos de agua y espejismos. Había decidido vivir para siempre en el Delta, entrando y saliendo de los embarcaderos de los cientos de islas que habían ido creciendo entre las aguas de barro y chocolate, entre las osamentas herrumbrosas de los barcos encallados también para siempre a un costado anónimo del agua, en cualquier recodo perdido del Delta, esqueléticos paquidermos de hierro cuyas moles sin energía habían escogido aquellos cementerios para arrumbarse durante toda la eternidad. Y ahora asomaban entre las sombras de la fulgurante vegetación, entre las casas y los ranchos del Delta, como animales antediluvianos llegados hasta allí miles de años atrás.

Hugo Spotta se había quedado allí mismo, subiendo y bajando el Paraná de las Palmas, merodeando las aguas del Luján, el Uruguay, el Plata, recorriendo un día tras otro los canales del Tigre, él mismo varado en aquella geografía de miles de kilómetros cuadrados de arroyos, vegetación, animales, bichos, islas y aguas color barro y chocolate, llenas de leyendas y miedos, llenas de silencios y sombras de clandestinos, de perfiles sólo entrevistos de facinerosos, huidos y delincuentes; una geografía inmensa a la que Samurai no recordaba haber vuelto más que una vez, precisamente a ver a Hugo Spotta, desde el lejano día de la fundación de la Orden, cuando decidieron todos en el Tortoni ir de la mano del timonel y de Rubén el Loco hasta el río Tigre.

—Ya que me incitas a llegarme hasta el Delta, iremos todos mañana —le dijo Álvaro a Rubén el Loco.

Era su primer viaje a Buenos Aires, para encontrarse con Morelba Sucre después de Caracas, y no quería desaprovecharlo. De modo que fueron hasta el Delta ese día en que bautizó a Morelba como la Tigra. Y ella le clavó una y otra vez, más allá de la piel y casi sin darse cuenta, el aguijón de hacer tatuajes cuyos dibujos no se llevaría nunca el viento del tiempo, sino que se quedaron anclados, varados, escondidos, dormidos en ese otro inmenso espacio del firmamento lleno de ecos intraducibles. Hasta que algún raro mecanismo de la memoria los despertara de repente, los hiciera estallar, para que saltara la dinamita y la metralla, y los trajera de nuevo al recuerdo más cercano, nítido, completo, terminado.

Álvaro Montes reconstruyó ese pasado a trompicones, con la velocidad del vértigo estallando en la memoria, mientras Rubén el Loco le daba la noticia por teléfono desde la ciudad más hermosa del mundo, ahora en plena decadencia. Buenos Aires desposeída, Buenos Aires robada, Buenos Aires encerrada en el corralito, envuelta en la insólita estupefacción de la mayoría. Buenos Aires perdida en el despaisaje urbano y la desesperanza, en la ruina absoluta Buenos Aires, después de tantos años de echar la manteca al techo, tras la grandeza, el esplendor, tantos espejismos; Buenos Aires, ahora a quince minutos del infierno.

—No, viejo —casi gritaba Rubén el Loco con voz amarga—, yo estoy intacto, como Evita. Soy un superviviente de todo. Nada de esta joda horrible me mata el cuerpo, viejo. Eso sí, me caga el alma esta milonga de mierda. Es la quiebra total, estamos al borde del abismo, de la desaparición, viejo. Ahora sale el arzobispo, desde el púlpito, y advierte de que estamos a punto de desintegrarnos. Porque, viejo, la Argentina va a saltar por los aires con todos nosotros dentro. Ahora resulta que todos caemos en la cuenta de que la Argentina es una enfermedad mental.

Prestaba atención a la voz del Loco que llegaba a través del teléfono clara, exagerada, contundente. Sacaba de la memoria los recuerdos de Morelba Sucre. Uno a uno, sorprendentemente y sin mucho esfuerzo, los recuerdos de los miembros de la Orden, el delirio perenne de Rubén el Loco, los malentendidos, los dramas, el espejismo de la felicidad, el gran momento de cada uno de ellos, las distancias, los infiernos y las complicidades rotas por las distancias o las otras complicidades, mantenidas por encima del tiempo en los dibujos tatuados en la memoria. Y los rencores y las traiciones directas o transversales, que habían ido rompiendo los acuerdos a los que quizá no habían llegado nunca en serio, nada más que como un juego de adolescentes embriagados por su vitalidad, porque tal vez nunca habían hecho lo que se imaginaron, sino que creyeron en ellos como los espejitos de colores de sus años más jóvenes. Tampoco eran mosqueteros de primera hora, ya lo recordaba desde entonces Hugo Spotta, dale, sólo faltaba, ni conde ninguno de Montecristo, ni hablar, cada uno es cada uno, y cada cual es cada cual, ése es el respeto, qué sabe nadie lo que pasa en la vida de nadie.

—Nada de estar ninguno de nosotros hurgando en la vida de ninguno de nosotros, eso no hay que consentírselo a nadie —advirtió Hugo Spotta llevándose a los labios el vaso de ron—, el respeto debe imponerse a la miseria. Cada uno es cada uno y cada cual es cada cual.

La Tigra había escogido desde ese día a Rubén el Loco para que le diera la noticia de su fuga al Delta, el lugar de los escondidos, los perdidos y los delincuentes, el lugar de los libres de todo; de gentes que de repente habían decidido perderse donde nadie pudiera encontrarlos nunca más, el territorio sospechoso e inmenso donde la policía y el ejército habían buscado durante años de forma inútil casi siempre a terroristas, rebeldes, guerrilleros, forajidos y contrabandistas; el lugar de las islas color agua, el lugar de los ríos color tierra, el lugar de la tierra color verde; el mismo lugar sobre el que poco después de la fundación de la Orden, cuando llegaron los leones salvajes con el golpe militar, volaban una y otra vez los aviones del crimen con su carga de muertos, para dejarla caer en el fondo del vientre del mar abierto, a unas millas fuera de la desembocadura del Río de la Plata, hasta el abismo del silencio de una historia miserable que había desembocado ahora en la ruina total de la Argentina.

Y oía, una y otra vez, el eco telefónico de la voz gritona de Rubén el Loco repitiendo que la Argentina era una enfermedad mental. Nos hemos despertado esta misma mañana del sueño del ensueño, del vicio de nuestro propio tamaño, qué inmensidad de tamaño, enorme, viejo, éramos enormes, la teníamos más grande que nadie en todo el mundo, porque hasta hoy éramos los más grandes y ahora ya no sabemos ni lo que somos. Antes, nomás llegar a Buenos Aires, le preguntábamos a los amigos, Samurai, a vos mismo cuando llegaste a Ezeiza por primera vez, y qué te parece a vos la Argentina, qué te parece esta maravilla de Buenos Aires, pero ¿dónde quedan ya ciudades así, tan hermosas, dónde, decime, venga, a ver? Nomás llegar, sin ver nada y ya cargando nosotros, qué exageración, qué abuso. Y ahora, Samurai, de repente, somos chiquititos, casi nada somos los argentinos. Creíamos que nunca nos iba a pasar nada, que nunca llegaría hasta acá abajo el ciclón, viejo, y si llegaba sería por un descuido de los demás, así que ya vendrían a ayudarnos los responsables. Porque si nos hundíamos nosotros, si se hundían los argentinos, si se hundía la Argentina, qué default, che, la cagada, se hundiría todo lo demás, desde acá mismo hasta México y... ¿o no es verdad, viejo? Para ser exactos, éramos los tipos que hacíamos exactos los mejores relojes suizos, los tipos que hacíamos los mejores vinos y los mejores quesos franceses, los tipos que mejor hacíamos las pastas italianas, los que mejor cortábamos la carne de res en el mundo entero, éramos el mejor choripán de todo el universo, ni podía nadie compararse con nosotros, los tipos que mejor hacíamos el salmón ahumado del Canadá éramos nosotros, los que teníamos a nuestra disposición el dólar cuando nos diera la gana, ¿no era así la Argentina, Samurai, o me estoy mandando la parte ahora también? No, no, me quedo cortito ahora, los mejores tipos del mundo éramos los argentinos entrando y saliendo del mundo redondo como que era nuestra casa, aunque era mucho peor todo que nuestra casa, la Argentina, claro, Buenos Aires. Porque nosotros, los argentinos, éramos el mundo y el resto otra cosa distinta y menor que se llamaba a sí misma pomposamente el mundo, ¿qué te parece a vos ese delirio tan nuestro, che? Y ahora tenemos encima la pesadilla y creemos que, como es una pesadilla, bueno, ésa también va a pasar pronto, en cuanto despertés habrá acá delante un nuevo paraíso a disposición de los argentinos, como por arte de magia. Acaba este quilombo y ya tenemos otra nueva jarana. Como si no hubiéramos soportado vergonzosamente casi diez años de esa dictadura sangrienta que tenía que mantener el miedo y el terror, todos los días como los músicos del *Titanic*, el barco hundiéndose y ellos tocando sus instrumentos, la cagada, Álvaro Montes, todos los días mirando para otro lado, para que no te tocara a vos la mala suerte, para que las patotas no te tiraran a vos los ojos arriba cuando sacaban todas las noches gentes de todos los lados, Samurai. Para llevárselas para el carajo, mi hermano, dijo el Loco como si estuviera hablando solo, un monólogo dramático que aderezaba con una voz de tono ronco, gutural, muy bajo, asmático, fantasmal. Como si le faltara el aire o estuviera tendido en un diván confesándole sus pecados más secretos al psiquiatra que podía sacarlo de su angustia.

—Ahora estamos mucho mejor, ya nos hemos enterado de que no somos nada, Álvaro. This is the end, mi hermano, this is the end —gritaba por teléfono Rubén el Loco, como si de repente lo hubiera partido un rayo que le había hecho recuperar la razón.

Ya no era más aquel coronel Smith de los marines en la guerra de Laos, el desertor inventado en sus juegos juveniles, el coronel que se había hartado de la mierda y se había metido a esconderse hasta el fondo del infierno, al lugar donde no se atrevían a venir a buscarlo. Porque él, el coronel Smith, se había casado con la princesa y ahora era el rey de la jungla. Ése había sido su delirio, su peligroso juguete a lo largo de todos estos años, creerse medio en broma, pero medio en serio, que era coronel de los marines, hasta terminar de creérselo en serio del todo y quedarse ahí, para despertarse de pronto del juego y encontrarse con la Argentina deshaciéndose delante de los ojos de todo el mundo, sin que a nadie, al resto de ese mismo mundo, pareciera importarle nada cuanto estaba ocurriendo allá abajo.

—Y ahora nos enteramos de que la Argentina es un invento del tiempo —seguía el desahogo de Rubén por teléfono—, una fantasía delirante, un juego macabro de miles de muertos. Abrís las cajas y comienzan a salir los muertos bailando y señalándonos con el dedo a los que todavía estamos vivos, el cuento alucinante de una historia que nunca existió, sino como una ficción monstruosa, una mentira detrás de otra, con la que hemos ido construyendo la gran ficción de la patria, todavía estamos acá recordando que San Martín, el hombre más grande del mundo, San Martín, el santo de la espada que no quiso entrar en guerra con los colombianos cuando se llegó hasta Guayaquil y Bolívar le hizo saber que él no tenía nada que hacer allí. Y San Martín, un señorazo, mi hermano, como Urquiza bastantes años después en Pavón, que nadie sabe muy bien todavía por qué de repente volteó el caballo al trote cuando se la tenía ganada a Mitre y a Buenos Aires, y se volvió para su estancia de San José. No quería líos entre libertadores San Martín, menudo espectáculo, gran bochinche, como pronosticó el general Miranda, el primer ilustrado de América Latina, che, bochinche, bochinche, ustedes no saben hacer nomás que bochinche, eso le dijo el rebelde Miranda al teniente coronel realista Simón Bolívar cuando lo detuvo para entregárselo a España. Y todavía estamos en eso, si San Martín mandó a parar a Bolívar, si le sostuvo la mirada o no, si en realidad fue todo lo contrario. Aunque Bolívar se asustó porque vio la gloria en el gesto de San Martín, vio a sus pies rendido un león, vio la inmensidad de la Argentina en su propia historia, la grandeza del cielo vio en los ojos de San Martín, que lo miraba de frente, sin decirle una palabra, pero echándoselo en cara, pero ¿será posible, general Bolívar?, sin ningún otro cuartel ni gesto, pero sacándolo de su territorio, de su Argentina, porque esto es otra cosa, Bolívar, váyase usted para arriba y déjenos el enorme sur para nosotros, que nosotros sabemos muy bien cómo se construye el mundo, cómo se hace para rendir el león a nuestros pies. ¿De verdad no lo entendés, Álvaro? El mundo, eso éramos, y ahora muchos de los patriotas de siempre se quieren ir de la Argentina. Dicen que ya no son más argentinos. No se van al Delta como la Tigra, ni luchan para salir del remolino. Se van, viejo, hermano, corren a sacar el dinero de los bancos de Uruguay y se van, se mandan a mudar para Miami o para Europa, para Roma, para París, para Madrid, muchos de los patriotas argentinos de toda la vida dicen que no son ya más argentinos, que ellos son italianos, alemanes, españoles, europeos del todo.

—A esta tierra vino siempre la bala perdida de cada familia y de cada casa, Samurai, nadie zafa de sus fantasmas —se le colaron a Álvaro en los recuerdos las palabras de Hugo Spotta, mientras escuchaba cómo Rubén el Loco se desgañitaba por teléfono.

Ese día Álvaro Montes se había acercado a verlo a su embarcadero del Tigre. En la vorágine de la dictadura militar, cuando Videla y Mazorca comenzaron a llevarse a rastras a la gente de sus casas, de sus escondrijos para hacerlos desaparecer para siempre.

—Tanos, gallegos, judíos, sirios, polacos, lo peor de cada casa, lo peor de cada guerra perdida, viejo —dijo Spotta, exagerado, injusto—, lo peor de los alemanes, acá, a la Argentina. Yo mismo, mi gente, che, lo peor. Soy argentino hasta que me muera, pero sabiendo que acá llegó lo peor de todas las guerras perdidas en Europa.

Álvaro Montes recordó al polaco Gombrowicz cuando oía a Spotta hablar con tanta distancia de la Argentina. Recordó sus textos sobre el resentimiento argentino. Como si ahí hubiera incubado la intuición nebulosa del imperio que nunca ha sido la Argentina pero que los argentinos creen que se merece ser su país, eso dice Gombrowicz; el presentimiento real de que algún día siempre inminente la Argentina llegaría a ser un imperio muy poderoso; y vive esperando ese día, que ese día caiga del cielo, no hay que hacer otra cosa más que esperar a que la Argentina sea un imperio, eso cree el argentino medio, según Gombrowicz; el día en el que caerá, eso escribe el polaco, todo el peso del mundo sobre sus hombros, el peso del poder, de todas las luchas, de la responsabilidad; y cada uno de ellos, cada argentino, escribe el polaco, a pesar de su campechanía provinciana, alberga ese sueño imperialista.

Lentamente la barcaza de Hugo Spotta surcaba las aguas del canal sin que el timonel perdiera ni un momento la visión del paisaje, sino que miraba siempre adelante mientras la proa rasgaba con suavidad la cara del agua del canal que el timonel conocía a la perfección, porque había convertido aquel territorio en su propia casa desde hacía ya unos años. Cruzó de un canal a otro y entró en el Sarmiento. Seguramente para volver al gran momento de la fundación. Allí delante varó la barcaza Hugo Spotta. Entonces, para la fundación de la Orden. Después para que los dos renovaran sus propios recuerdos, su memoria común, su amistad mutua. Delante mismo de la casa de Sarmiento en el Tigre.

—Todo esto va a acabar mal —dijo Spotta. Sirvió ron en un par de vasos de cristal y le acercó uno a Álvaro—. Dale, nos gusta el ron solo, ¿eh, viejo?, nada de en las rocas ni vainas de ésas, ¿eh, Samurai? Todo lo de acá va a acabar mal. A quien le toque esta joda se lo lleva por delante el hombre del saco. Ya empezaron otra vez los chupasangres su trabajo. Conmigo que no cuente nadie. Si escogí vivir en el Delta fue para perderme del todo, no porque lo viera venir así, tan clarito como está ahora, ni porque intuyera esta masacre, que es peor que ninguna, sino porque sabía que todo iba a acabar mal. Yo no cuento. Yo soy un desertor en mi propia tierra.

Esa conversación tenía ya más de veinte años, cuando fue a verlo al embarcadero donde el Loco le dijo que trabajaba.

—Hugo no se mueve de allí, viejo, ése es su mundo, su elección, ¿qué te parece a vos esa locura? —le preguntó el Loco mientras comían un asado de tira en La Chacra de la avenida Córdoba.

Álvaro Montes asintió ligeramente con la cabeza mientras degustaba con placer la carne al carbón. Pensaba que cada uno de sus amigos de la Orden estaba escogiendo libremente su propia locura. El día de la fundación en el Tigre no fue más que un instante, archivado y abonado en la memoria. Y a cada uno de los que habían fundado la Orden en medio del río Sarmiento los iba agarrando ya el turbión del delirio y los estaba convirtiendo en muñecos cuya música desafinada era una canción apenas con una memoria elemental de lo que querían e iban a ser unos años después. Eso pensaba Álvaro Montes mientras comía con Rubén el Loco, en una de sus cortas estancias en Buenos Aires durante el tiempo de la matanza.

Dos

En el verano de Madrid, en plena sierra, estallaba la memoria de Samurai para que la metralla y la dinamita lo envolvieran todo y todo volviera a ser una realidad despierta y angustiosa. Al aire libre, tras la llamada telefónica del Loco, escuchaba con los ojos cerrados el Octeto de Buenos Aires de Astor Piazzola, mientras caía tras la silueta gris de Cuelgamuros el sol albaricoque en la tarde estival de la sierra y la memoria le iba llenando la cabeza de metralla y dinamita.

Se iba casi treinta años atrás Samurai con los ojos cerrados, durante aquella visita relámpago a Buenos Aires, con los leones salvajes ya dueños del terror, emboscándose de noche y de día en el interior de los Ford Falcon color verde para saquear las calles de la ciudad más hermosa del mundo. Una noche vinieron los dos a buscarlo al hotel Libertador. Se encontraron con él en el lobby, a las ocho y treinta. Margot Villegas y Ariel Francassi. Después se llegaron los tres juntos hasta Talcahuano, a Caño 14, a ver y oír esa noche al gran Pepe Basso y su bandoneón. Como si en las calles de Buenos Aires y de toda la Argentina no estuviera pasando otra cosa más importante. Como si no estuvieran pasando por las vidas de Margot y de Francassi los tatuajes macabros que iban a derrumbarlos a cada uno en su propio pantano. Y ahora escuchaba Samurai con los ojos cerrados el bandoneón de Astor Piazzola, el piano de Atilio Sampone, el violonchelo de Bragato y el bajo de Vasallo atacando *Arrabal* y trayéndole toda la dinamita y la metralla a la memoria, un arma que cargaba siempre el diablo para que estallara el día menos pensado.

Hasta el verano en la sierra madrileña le llegaba entera la memoria del Tigre y la historia de Leopoldo Lugones, el poeta nacional que había apoyado el golpe de Estado militar contra Hipólito Yrigoyen. Ocho años después de ayudar a liquidar la democracia que Yrigoyen quería consolidar, y cuando ya se había convertido en la voz poética de la Argentina, Lugones se metió al Delta, hasta dentro de una isla del Tigre, para estar solo y escribir más deprisa, sin ser molestado, y buscar el ritmo exacto de la escritura de la biografía de Julio Roca, de la que ya había terminado nueve capítulos. Desde febrero, los mosquitos, a tres palmos del suelo, entre la vegetación y las aguas de los canales del Tigre, el ligero y casi siempre lejano zumbido de las barcazas y los buques de cabotaje que surcaban las aguas cercanas a la isla de Lugones. Todos los ruidos naturales del río y la jungla revoloteando dentro de su memoria levantaron un turbión de voces encontradas, monólogos de espectros, gritos y diálogos de fantasmas que se clavaron como aguijones venenosos en su conciencia hasta altas horas de la madrugada insomne del poeta. Le reventaban el sueño, le tocaban de repente la piel sudorosa, lo asustaban. Venían a molestarlo sombras que Lugones había olvidado, historias de su propio pasado que había expulsado con violencia de su memoria, intrigas secretas de Buenos Aires, secuencias de su vida en París, jaranas de Montmartre y del Barrio Latino.

Una tarde, cuando anochecía sobre el Delta, se le cruzó entre las brumas el rostro seco de Rubén Darío. Lugones creyó que le hablaba, que le estaba reprochando entre bisbiseos y susurros asuntos de traiciones y deslealtades descomunales, de los que apenas se acordaba en viejos detalles sin importancia. Con mucho whisky en las venas y en la cabeza, cayéndole encima el atardecer en sombras verdes de la noche, Lugones comenzó su monólogo en defensa propia como si hablara con Darío. Pero hablaba consigo mismo, para caer en la cuenta entonces de que se había encerrado en el Tigre a encontrarse solo frente a los espectros que su mala memoria voluntaria había olvidado por completo, aunque estuvieran siempre ahí, muy cerca de él. Como un latigazo repentino la noche le cruzó la cara y le estalló en el alma, con todas sus artimañas y sombras, para alcanzarle hasta su casa de escritor solo en la isla al presidente Yrigoyen. ¿A qué venía ahora hasta acá ese fantasma podrido, a pedirle cuentas se llegaba hasta acá, a destruirlo a él, a Lugones, ese muerto venía hasta allí, a confesarlo de los pecados de toda su vida? ¿Con qué autoridad llegaba hasta el río Hipólito Yrigoyen a importunarlo, quién era ya él frente al poeta nacional, desde hacía años, más que un espectro sin encarnadura alguna, un eco muerto de la historia? El poeta lo reconoció por su prestancia aristocrática y tembló de rabia y miedo al ver la sombra espectral del depuesto presidente Yrigoyen en su casa del Delta.

Esa misma noche el carnaval de los fantasmas de su mala memoria le entró en tropel al interior de su cabeza y acabó por asestarle en pocas horas un golpe tan mortífero que logró enfermarlo del todo. Allí mismo, en la isla donde se había refugiado a escribir solo, en el lugar llamado El Tropezón, en un recodo del Paraná de las Palmas, redactó el poeta con toda lucidez, poseído por su máxima soberbia verbal, ampulosa y lírica, su despedida del mundo, responsabilizándose de todo lo de antes y de cuanto viniera inmediatamente después de tomarse un vaso lleno de whisky, en el que había metido una cantidad de cianuro para matar hasta mil reses de un solo marronazo.

Fue el gran trago final que se lo llevó para siempre a su propia gloria. Lugones lo escogió a conciencia, luego de discutir y batirse a gritos con los espectros inmisericordes que esa noche del Tigre, en febrero, tomaron por asalto la casa donde se había refugiado para escribir la biografía de Roca.

El hijo y único heredero de Lugones se llamaba como él, Leopoldo, Polo Lugones. Paso a paso, llegó a ser director del Reformatorio de Buenos Aires para Menores Abandonados y Delincuentes; después ascendió a comisario y más tarde, en la cumbre de su vida, el gran momento estelar de su destino patriótico, jefe de la Policía Federal bajo la dictadura del general Uriburu, además de haberse destacado por ser uno de los argentinos más cercanos a la embajada alemana durante los años del nazismo y la Segunda Guerra Mundial. Había soñado en sus borracheras de crueldad con que, de la mano de la triunfante Alemania de Hitler, su país dejaría por fin de ser el constante aplazamiento de la gloria y se transformaría en la Gran Argentina; un país escogido por la Historia para fundar el tiempo nuevo en toda América del Sur; un país integral y perfecto que volvería a incluir en una sola nación a Uruguay y Paraguay, provincias que se habían perdido por los traidores de Buenos Aires y las torpezas de tantos intelectuales y arribistas metidos a la política argentina durante toda su historia gloriosa. Pero, de momento, se había conformado con hacer todo cuanto estuviera en su mano para que se cumpliera cuanto antes el destino soñado de la Gran Argentina.

Otra tarde de gloria, en el esplendor de su carrera en ascenso, ordenó a sus hombres asaltar la casa de Yrigoyen en la calle Brasil. Los animales salvajes entraron como caníbales a devorar todo cuanto hubiera en el espacioso interior de la casa, a quemar los miles de papeles y libros que se distribuían en un paradójico desorden ordenado: carpetas, hojas de periódicos, documentos, páginas de libros especialmente subrayadas con tinta verde por el presidente Yrigoyen, papeles sobre su escritorio, libros en las estanterías de las primeras habitaciones. Los asaltantes de la casa no tuvieron nunca el decoro de cubrirse el rostro para no ser reconocidos, sino que actuaron con la voracidad de los criminales impunes, quemaron la biblioteca y el mobiliario, y vejaron y violaron la intimidad del personaje y su familia. Cuando se hubo perpetrado casi por completo el desafuero, Polo Lugones llegó rodeado de matones a los que ordenó recoger los restos del naufragio, los papeles mínimamente legibles, las cartas de Yrigoyen, algunos libros, ciertos objetos sentimentales. Después metieron con descuido en una caja las ruinas de la quema, echaron una última mirada a cuanto tras su hazaña quedaba de la fachada colonial de la casa y abandonaron la calle Brasil en la más colosal impunidad.

Polo Lugones se casó con Carmen Aguirre y tuvo con ella dos hijas, Carmen y Susana, llamadas en familia Babú y Pirí. Incluyendo a Leopoldo Lugones padre, los Lugones fueron respectivamente en sucesivas generaciones de argentinos, poeta, torturador y guerrillera. Cuando era niña, Pirí Lugones le enseñó a su padre las hojas de un periódico porteño que le habían dado en el colegio para que supiera quién era de verdad su progenitor. La noticia recogía en un gráfico con todo género de detalles los métodos de tortura creados y cultivados por la sabiduría represora de Lugones hijo, entre los que estaba la picana, en origen un mecanismo eléctrico del campo argentino para mover ganado. Ese mismo periódico publicaba un dibujo ilustrado donde el torturador Lugones aparecía metiendo en un balde lleno de mierda, bautizado el tacho, la cabeza de la víctima torturada. La niña le señaló el gráfico del terror. Entonces Polo Lugones tomó con fuerza a su hija en brazos y la colocó sobre sus rodillas tras sentarse en el sillón giratorio de su despacho doméstico.

—Los periodistas no dicen sino mentiras y patrañas, Pirí, se lo inventan todo, son unos embusteros y unos traidores —le dijo a la niña Susana—. Vos no podés creer eso de tu papá, ¿verdad que no?

La niña lo miró aterrada a los ojos el instante exacto que le bastó para reconocer al torturador y, en una rara película anticipativa, en una sola ráfaga de pánico, entrevió hasta el final, desde su infancia, todo su destino futuro y el presente terrible del asesino que era su padre.

—Me quiero ir de acá, dejame ya, papá —le rogó Pirí aterrada, tratando de zafarse.

Lugones la abrazó. Contuvo los forcejeos de su hija para escaparse de él, mientras hacía girar la silla con toda la velocidad de la que fue capaz para provocar que el vértigo subiera hasta la cabeza de la niña que, ya de mayor y sin que nunca se olvidara de aquel episodio de su infancia, se presentaba a la gente que reconocía su apellido como la nieta del poeta y la hija del torturador.

Polo Lugones se mató un día cualquiera de su mala vida a los setenta y dos años. Se enfrentó a sí mismo en uno de los espejos del Mirador. Y buscó desconocerse para evitar, en última instancia, la tentación que se le transformó en necesidad. Para entonces el Mirador era ya la imagen de la ruina, un lugar abandonado por el tiempo, sucio, apenas sin luz, porque los ventanales cubiertos de mugre impedían el paso natural de los rayos diurnos, con los armarios llenos de polvo y los espejos otrora relucientes plagados por las tribus del moho y el orín destructivos. Envuelto en su propia locura, discutiendo a gritos con los espectros a los que había martirizado, y perseguido por los espíritus de los asesinados, Polo Lugones entró al Mirador y abrió un cajón de su escritorio. Sacó su revólver. Se aseguró de que cargaba la munición exacta, cerró los ojos, tomó aire en sus pulmones y se metió un tiro en la sien a las siete de la tarde.

En ese mismo instante, su hija Pirí Lugones bajaba de un auto a las puertas de la casa de su padre. Tocó el timbre una, dos, tres, cuatro veces, infructuosamente. A su modo, el policía se había matado como su padre, cuando trataba de escribir escondido al fondo del Tigre los capítulos de la biografía del presidente Julio Roca. El poeta, a quien su hijo el torturador se atrevió incluso a ponerle vigilancia porque sospechaba con razón que tenía una amante fija, siempre pensó que su hijo el policía era un tipo frágil, un esbirro irredimible a expensas siempre de fuerzas inferiores, que disponían de su enfermiza voluntad para llevarlo a cometer cualquier tipo de crímenes y desmanes. No en vano el poeta Lugones se movió durante años entre estudios y doctrinas teosóficas y fue un practicante entusiasta del espiritismo. De modo que al hablar de fuerzas inferiores se refería a poderes infernales y satánicos. En esa habitación de la esquina de la casa, entre las calles Molina y Zamudio, un despacho abierto a la luz natural que entraba durante las horas del día por las ventanas desde el exterior, y cuyas paredes laterales el policía había cubierto de espejos; el mismo lugar donde siempre tuvo prohibido que entraran su mujer o sus hijas, estuviera cerrada o abierta la puerta de acceso, Polo Lugones se metió un tiro en la cabeza. Estaba destruido por el Parkinson galopante que lo había convertido en un polichinela patético, bailaba de un lado a otro moviendo las manos y la cabeza como si lo hubieran montado demonios hiperkinéticos y hacía rato que había enfermado de mala memoria, arrinconado por los cientos de fantasmas y es-

pectros que había dejado olvidados en su lista de crímenes, luego de torturarlos hasta la extenuación de los cuerpos y su propio hartazgo profesional.

Minutos antes del suicidio, llamó por teléfono,
temblorosa la voz moribunda, el negro aparato bailándo-
le en la mano, a su hija Pirí para hacerle saber que se iba
a matar encerrándose en el Mirador. Como años después, en otra isla del Tigre escogida para tal fin y en una
fecha muy próxima a la muerte por suicidio de su bisa-
buelo el poeta Lugones, haría Alejandro, uno de los tres
hijos de Pirí, metiéndose por la boca el cañón de un revólver y disparándose una bala que le arrancó la cabeza.
Desde ese día aciago, su madre abandonó la casa del Delta donde vivía, muy cerca de quien había sido por un
tiempo su pareja, Rodolfo Walsh, porque para ella todo
ese territorio fluvial estaría ya maldito para siempre. Por
el resto de sus días, tras leer algunos escritos y un diario
del suicida, iba a pensar que su hijo Alejandro podía haber llegado a ser de mayor un magnífico escritor.

Samurai se había convencido de que Pirí eligió
definitivamente en su desgarrado destino la mitología del
Che y un viaje a Cuba, al final de los cincuenta, cuando
llegaron al poder y la gloria los barbudos de Sierra Maestra.
Rodolfo Walsh entró a trabajar poco después en Prensa
Latina, la agencia de noticias que había fundado y dirigido Jorge Massetti durante un par de años, antes de partir
él mismo hacia su propio delirio, tocado por el síndrome
suicida del guevarismo, tras constatar que las cosas se habían puesto malas para él en Cuba, que nadie allá arriba,
en la cumbre de la revolución castrista, contestaba a sus
telefonazos y peticiones. Se perdió para siempre en Salta,
al norte de la Argentina, cuando pretendía ingresar en el
país para invadirlo con un comando cubanoguevarista
y abrir las vías para el asalto definitivo al poder absoluto,

a imagen y semejanza de lo que los barbudos de Castro habían conseguido en Cuba tras bajar de Sierra Maestra.

Susana Lugones se hizo montonera después de pasar por las Fuerzas Armadas peronistas. Tenía cincuenta años, era activista en los barrios y realizaba trabajos secretos de espionaje e inteligencia para su organización bajo el alias de Rosita, su nombre de guerra. Junto a Rodolfo Walsh, Esteban por nombre clandestino, su pareja por un tiempo y su amigo en la vida y en la muerte, Rosita detectaba como radioescucha información de la policía y el ejército de la dictadura, en los años inmediatamente anteriores al regreso de Perón en los setenta. Gracias a su tarea clandestina, como se lo había contado Tucho Corbalán a Samurai al hablarle de la historia de los Lugones, se conocieron de antemano dos hechos fundamentales en esa parte de la tragedia argentina: los preparativos de la matanza de Ezeiza, al regreso del exilio de Juan Domingo Perón, y el secuestro de las Madres de Plaza de Mayo en la iglesia de Santa Cruz, gracias a las informaciones del infiltrado Gustavo Niño, llamado el Rubio, que años más tarde resultó ser el célebre teniente Aztiz, íntimo del teniente Ramón Nogueral y del policía Sánchez Bolán, los dos agentes a los que el almirante Mazorca destinó a la vigilancia de Margot Villegas.

Algunos de esos escalofriantes datos los conocería Álvaro Montes a finales de los setenta, en plena dictadura de Videla, cuando realizó el viaje fugaz a Buenos Aires en el que estaba pensando con los ojos cerrados, en su casa de la sierra de Madrid, mientras escuchaba el Octeto de Astor Piazzola, un periplo de apenas cinco días hasta la ciudad que a Samurai le parecía la más hermosa del mundo. Recordaba que el encuentro fue en Tomo I, el restaurante de Palermo donde Tucho Corbalán le contó todos esos sucesos macabros de los Lugones con la profundidad y la verosimilitud del periodista que secretamente estuviera escribiendo esa misma historia.

Un año y medio antes de aquella noche en la que Francassi, Margot Villegas y Samurai fueron a Caño 14 para ver en acción artística el bandoneón de Pepe Basso y tomarse unos tragos recordando la fundación de la Orden del Tigre, y la vieja amistad que ya se había resquebrajado entre ellos sin que quisieran tomarlo en cuenta, Susana Pirí Lugones, nieta del poeta e hija del torturador Polo Lugones, fue secuestrada y llevada a los campos de concentración de El Atlético, en el centro de Buenos Aires, y El Banco, un lugar clandestino con piso de losetas blancas y negras y una claraboya por donde podían verse copas de eucaliptos, desde donde los secuestrados llegaban a oír los ruidos de los motores de los autos, porque estaba ubicado muy cerca de la intersección de la autopista Ricchieri y la Ruta Nacional n.º 4, en Puente 12. Un par de meses después, exactamente un año antes de ese viaje cuyo recuerdo llenaba de metralla y dinamita la cabeza de Samurai en la sierra de Madrid mientras escuchaba, con los ojos cerrados y de frente al sol, el Octeto de Buenos Aires de Astor Piazzola, Pirí Lugones fue asesinada en un traslado masivo, seguramente transportado en un avión militar que pasó por encima de las tierras, los riachuelos y los escondrijos selváticos del Tigre, antes de adentrarse en el mar para descargar su crimen en el abismo del silencio, a unas millas del Delta del Río de la Plata.

Apenas unas horas antes de ese momento de Astor Piazzola, Rubén el Loco había llamado a Samurai para decirle que la Tigra Morelba se había metido al fondo del Tigre. Como Lugones, ése era el mensaje. Samurai no necesitaba ninguna traducción. Con los ojos cerrados pensaba en aquel viaje, pensaba en ella, que hizo como que nunca supo que Samurai había estado hospedado por unos días en el hotel Libertador, en Buenos Aires, entre Córdoba y Maipú, en plena dictadura militar, en medio de la tercera guerra mundial que los militares habían desencadenado con la coartada de limpiar el país del cáncer del terrorismo comunista.

Había entrado por Ezeiza como turista procedente de México, desde donde escribió para su periódico de Madrid una serie de tres reportajes sobre la ciudad sagrada de Cholula, los dioses del lugar y las iglesias que Hernán Cortés ordenó levantar sobre cada una de las pirámides truncadas, templos de los aborígenes antes de la llegada de los conquistadores españoles. A Buenos Aires llegaba para escribir otra serie de reportajes sobre el momento que vivían los porteños y toda la Argentina. No tenía permiso para entrar como periodista, pero le bastó decir en la aduana que estaba allí como turista, por unos cinco días nada más. Recordaba que también entonces era verano en la Argentina, y a Buenos Aires seguía llegando un turismo extranjero con mucha plata, visitantes gringos, brasileros, venezolanos, europeos, que parecían no apercibirse de la tragedia provocada por la dictadura militar. Traía consigo una misiva privada que Gabriel García Márquez, como presidente de la Fundación Hábeas, le había encargado en México que le entregara en mano a Ernesto Sábato, cuando llegara a Buenos Aires. Se extrañó cuando le entregó el sobre abierto. Para que lo leas, le dijo García Márquez, y sepas lo que llevas en las manos. En esa carta de texto muy escueto y claro, el escritor colombiano le pedía a Sábato que se interesara por la suerte de dos escritores amigos suyos, a quienes se daba por desaparecidos en los momentos más terribles de la represión: Haroldo Conti, durante una temporada periodista de Prensa Latina y escritor de dos novelas cuyas acciones se desarrollan en la geografía del Delta, con personajes de las islas y los canales, *Sudeste* y *Mascaró, el cazador americano;* y Rodolfo Walsh, Esteban y Neurus en la lucha clandestina, a quien los militares habían allanado su casa en el Tigre, periodista y escritor, que fuera por un tiempo pareja de Pirí Lugones, y a quien García Márquez admiraba hasta el punto de considerarlo un maestro por las tramas magistrales de sus novelas policíacas, un escritor que había demostrado una gran capacidad narrativa en *Los oficios terrestres, Un oscuro día de justicia* y, sobre todo, en *Operación masacre.*

Al día siguiente de instalarse en el Libertador de Buenos Aires, Samurai se llegó en taxi hasta la casa de Sábato, en la calle Severino Langeri 3135, Santos Lugares, un pueblo que había dejado ya de serlo para incorporarse como barrio popular al Gran Buenos Aires. Metido en su casa, lúgubre y silenciosa, sin querer ver a casi nadie y acompañado sólo por Matilde, su mujer, Ernesto Sábato no podía ni quería, le dijo a Samurai durante su conversación, mantenerse al margen de la tragedia que estaba sufriendo su país. Le contó que un par de años antes, la noche anterior a un viaje a Europa que inició a la mañana siguiente, oyó avanzar por las calles aledañas a su casa, en las horas de la madrugada todavía oscura del todo, ruido de motores de carros militares de gran tonelaje. Estaban apostándose a una cuadra de su casa para luego cercarla. Él los vio desde detrás de las cortinas de los ventanales. Tres tanques y dos carros militares. Durante unos diez minutos mantuvieron en marcha sus motores. Después, como si hubieran recibido una orden superior, los acallaron todos a la vez. Estuvieron allí, le dijo Sábato con cansancio y estupor, levantaba sus cejas, movía sin cesar las manos, nervioso y mirando a Samurai con sus ojos medio ciegos tras unas gafas de cristales oscuros, hasta que comenzó a amanecer. Así avisan estos matones, concluyó Sábato su relato. Tomó un poco de agua. Matilde sonreía con una tristeza delicada y llena de seguridad. Había un perro negro y enorme que daba vueltas por el salón en penumbra, como si fuera el guardián de las sombras que allí dentro estaban reunidas y hablando de la tragedia. Entonces Sábato tomó en sus manos la carta de García Márquez, la sacó del sobre, se inclinó un poco más hacia el papel y leyó con atención durante unos minutos. Después la introdujo de nuevo en el sobre, la dejó encima de una mesa cercana y volvió a tomar un trago de agua. Respiró con cansado hastío antes de hablar.

—Mirá, Montes, ¿vos lo vas a volver a ver pronto a García Márquez? —le preguntó conteniendo una ira creciente—. Porque si vos lo vas a ver, le decís que siempre me he interesado no sólo por Conti y Walsh, los pobres, sino por todos los desaparecidos de esta maldita dictadura.

Guardó unos segundos de silencio que Álvaro Montes respetó expectante, sin intervenir. Como si supiera de antemano que el dueño de la casa no había terminado de hablar.

—Me he preocupado por todos los secuestrados, los torturados y los desaparecidos. Contáselo a García Márquez, desde el principio de esta locura —dijo levantando la voz, sin gritar, pero elevando el tono de su voz rota por la angustia—. A ver si él se preocupa de la misma manera por los que los comunistas tienen desaparecidos en Moscú y los que Fidel Castro tortura en sus cárceles.

Esa noche, cuando Margot Villegas y Ariel Francassi llegaron a buscarlo al Libertador, tras los primeros tragos en el bar del lobby y cuando recordaron la excursión al Tigre el día de la fundación de la Orden, Samurai les contó el encuentro y la conversación con Sábato.

—Macanudo, bien hecho por Ernesto, che —comentó Francassi—, es un tipo con arrestos, valiente, no se arredra con nada. Claro que hizo muy bien en recordar las canalladas de Castro, tantos exiliados y encarcelados, y tantos torturados por su régimen totalitario. Me alegro de que Ernesto te lo haya dicho así, de verdad.

Después se marcharon hasta Caño 14. Como si los tres fueran turistas recién llegados, pensaba Samurai al recordarlo. Francassi le habló durante unos segundos de su obligada estancia en la ciudad. Por un tiempo, como miembro en activo de la carrera diplomática. De carrera, nada de política, le dejó Francassi bastante claro antes de que, de inmediato y cambiando el tono de la conversación, le hablara del esplendor de Buenos Aires.

—¿Qué te parece a vos esta ciudad única, viejo?, me dirás que hay otras iguales, pero no es así, mi amigo, Buenos Aires es una ciudad única en todo el mundo.

Durante toda esa noche, Margot Villegas no le hizo a Samurai ni una confidencia del infierno en el que se había metido sin posibilidad de zafarse de un tirón, como ella hubiera querido. Él la notó, sin embargo, muy recogida en sí misma, como si la devorara por dentro la angustia de un silencio necesario, un mutismo enfrentado obligatoriamente a las ganas de contárselo todo, para que le ayudara tal vez a salir de aquel abismo. Y entonces decidió comentarle su impresión a Rubén el Loco, con quien se vio al día siguiente. Pero el porteño apenas se interesó por esa inquietud de Samurai. O tal vez en ese momento el Loco tampoco sabía nada del infierno de Margot Villegas, pensó Samurai.

—¿Localizaste a Morelba? —le preguntó.

—Para mí, Rubén, mejor que Samurai no esté en Buenos Aires. No sé nada, ¿eh? —le dijo la Tigra cuando la llamó para darle la noticia de su llegada a la ciudad.

En La Chacra de la avenida Córdoba el Loco le contó que Morelba se había vuelto a casar. Una nueva vida, eso le había dicho ella al Loco. Quería vivir una nueva vida como si todo lo anterior de su existencia pudiera borrarse con un plumazo de su juventud. En plena dictadura de Videla, Morelba Sucre quería intentar una nueva vida que estuviera al margen de los sinsabores y sobresaltos de cada día en Buenos Aires.

—Quiero la certeza de que a mí no me va a pasar nada. Mis hijos me necesitan, Rubén —dijo Morelba.

—Nos encontramos acá mismo, en esta parrilla, mi hermano —le contaba como de paso el Loco a Samurai—, más vale lo conocido, sobre todo si se trata de cocina, y acá mismo me lo contó todo. Esa nueva vida le era absolutamente necesaria. No sé si quería de verdad al hombre o no...

—Qué más da eso, qué importa —le contestó Morelba a Rubén—, es un buen hombre, lo mejor para estas circunstancias. Mi hijo necesita ahora más que nunca un padre.

—Eso me dijo, Samurai —dijo el Loco—, que era de nuevo una mujer casada por la ley. Y había además otro hijo muy pequeño, de su matrimonio reciente. Mejor para ella que vos no estuvieras estos días en Buenos Aires. Dale, no es una tragedia, ella debe de ser la primera en estar jodida y asustada con todo lo que está pasando, no es para menos, dale.

Con los ojos cerrados, tendido al sol boca arriba, en el calor veraniego de la sierra madrileña, mientras el Octeto de Astor Piazzola arremetía entero con *A fuego lento,* Álvaro Montes se preguntó si Rubén el Loco sabría entonces, cuando le hizo dar tantas vueltas al microcentro de Buenos Aires sin salir de su coche para terminar en la parrilla La Chacra, para despistar, por si las dudas, che, le dijo Rubén, en qué estaban ya Ariel Francassi y Margot Villegas. Cuando vinieron a buscarlo al hotel, no podía ni sospechar en lo que se estaban metiendo los dos. Ni sombra de los manejos de Francassi le contó Rubén el Loco. Ni un ápice del delirio en el que se estaba metiendo Margot Villegas, sin apenas darse cuenta, sino dejándose llevar por la locura. Desde ese entonces y durante muchos años, Samurai se había estado preguntando si Morelba Sucre conocía ese drama. Y si fue por eso, para no tener que contarle nada del asunto, para que él no supiera nada de ese infierno, que no quiso verlo durante ese corto viaje suyo a Buenos Aires.

Tres

Morelba Sucre llegó al hotel Ávila en San Bernardino acompañando a Cosme Torregrosa, un abogado a quien Álvaro Montes había conocido tiempo atrás en Madrid y con quien quedó citado para verlo durante su inmediato viaje a Caracas. Torregrosa quiso sorprenderlo, apantallarlo. No le había avisado de aquella compañía sorprendente con la que a media mañana de domingo en Caracas, de cielo azul, calurosa y pegajosamente húmeda, vino hasta el rincón de la piscina del Ávila donde Samurai estaba sentado, esperándolo cómodamente. Los vio acercarse a los dos, Torregrosa sonriendo crecido, vanidoso, hinchado; y ella, Morelba Sucre, mirándolo, sin que Samurai, al devolverle la mirada, pudiera saber en ese momento si lo examinaba con todo descaro o simplemente, por cortesía caraqueña, paseaba sus ojos de arriba abajo por el amigo español de Torregrosa, el periodista recién llegado de Madrid.

El mismo Torregrosa, la noche anterior a ese encuentro del Ávila, mientras cenaban en el restaurante italiano Il Romanaccio, en el paseo de las Mercedes, en un ambiente de tenues luces y recargado en su decoración, le había hablado de su última amante, bellísima, una mujer delicada, fina, como no habrás visto muchas en tu vida de trotamundos triunfador, le dijo.

—Para vivir en París, vale —dijo Torregrosa mientras masticaba con la boca abierta un bocado demasiado grande de su lenguado menier—, una mujer para vivir en París, para pasearla por Saint-Germain-des-Prés, por Les

Champs Elysées, mi hermanazo, y uno como un rey. Una mujer chévere cambur... Aquí, es un desperdicio, en este cabrón trópico se va a desbaratar cuando menos lo espere, en un par de años más. Este calor inhóspito es así de bolsa y mamón, se venga de todos nosotros, destruye lo mejor de uno, lo mejor que tenemos, en cuanto uno se despista y no le para bolas, chico.

Se había enamorado de ella con una pasión desorbitada. Nunca antes en toda su vida le había pasado esa cosa, vale, todo el día ando arrecho, cargando unas ganas de vivir más grandes que la Torre Eiffel, y ya estoy casi cuarentonazo, carajo. Eso le dijo Torregrosa riéndose a carcajadas, feliz de sus amores con Morelba, no como tú, que das una envidia, todavía en plena juventud, todo atlético, y ya tocando negocios trasatlánticos, viajando por encima del océano cada vez que das una de esas conferencias, chico, escribiendo reportajes y todo eso, un cráneo de verdad el tuyo, viejo. Se había enloquecido por ella, hasta casi enfermarse de la cabeza, y le decía que también ella le estaba correspondiendo, y de qué modo, mi hermanazo. Como Dios manda, cualquier divinidad de esa especie necesita un hombre maduro, con mundo atrás, sobrado de experiencia, que la llene de seguridad, calma y discreción, le dijo Cosme Torregrosa, una mujer de esa especie en extinción no puede estar desocupada ni un día de su vida, y le daba a Samurai un golpe de masculina complicidad en el hombro, ¿no te parece a ti, mi bróder, eh, no lo crees tú?

Cuando los vio a los dos caminar hacia él, ya en el bar de la piscina del Ávila, Samurai dejó su trago de ron seco sobre la mesa y se levantó para saludarlos.

—La señorita es Morelba Sucre —presentó Torregrosa—. Él es mi hermanazo, Morelba, mi socio del que te hablé estos días.

Ella le devolvió el saludo, le tendió la mano mirándolo sin decir palabra. Vestía unos ajustados jeans de color azul marino, que estilizaban su figura de gacela y moldeaban sin estridencias su cintura, sus muslos y sus piernas. Llevaba una camisa azul celeste de algodón por fuera de los jeans y calzaba unos zapatos de piel beige de tacón medio que elevaban un poco más su llamativa estatura. Desplazaba en cada gesto una elegancia femenina superior a la de cualquier mujer que Samurai hubiera conocido en toda Venezuela. No le habría gustado que Morelba llegara a saber en ese momento lo que estaba pensando de ella. Nada podía hacerles imaginar, a Samurai, a Morelba, que ese encuentro iba a extenderse tanto y tan profundamente en el tiempo y en su memoria, hasta formar parte de la dinamita que estalla estrepitosa y arbitrariamente el día menos pensado. Tenía entonces Morelba el cabello muy corto, negro brillante, azabache, dejándole ver y enalteciéndole su cuello y cada uno de los gestos de su rostro. Cosme Torregrosa llamó al camarero levantando en alto su mano abierta para pedir los tragos para los tres. Ron seco, le dijo Samurai; tráeme a mí un Old Parr doble en las rocas, crecidito, ¿eh?, sé generoso, y unos pasapalos, pidió Torregrosa. Estaba a sus anchas, se le notaba dominador, el amo de la escena, el domador de fieras, el dueño del chou, como a él le gustaba decir y estar. Torregrosa pasaba mucho calor en medio de la humedad caraqueña, embutido en un insólito terno de lana gris oscuro con una rayita azul, un traje diplomático, tal vez estilo despacho de abogados de influyentes asuntos internacionales, corbata gris plata y camisa blanca. Sin embargo, sonreía sin parar, como si no quisiera que aquel gran momento suyo se acabara nunca más. Notó que Samurai lo miraba pensando tal vez en el calor terrible que él aguantaba.

—Es muy fresquito, mi vale, lo compré en París —se defendió ufano, abriéndose la chaqueta para mostrarle la prestigiosa marca de origen del traje de lana invernal que llevaba puesto en pleno calor caraqueño.

—Martini blanco en las rocas —dijo ella mirando al camarero.

Inmediatamente volvió la vista a Samurai, durante unos segundos, sonriéndole. Media hora más tarde, Torregrosa se levantó a realizar algunas gestiones telefónicas que no podían esperar, elementales, vale, ni siquiera en domingo hay descanso, ya ves lo que es el despacho, sólo un instante, excúsenme, vengo de inmediato, sigan ustedes hablando como si yo estuviera, ¿eh?, dijo Torregrosa mientras se iba hacia la recepción del Ávila y desaparecía un rato de la vista de los dos. Entonces se miraron sin disimulo, estudiándose, como si por primera vez midieran su capacidad para reconocerse tal como eran de verdad cada uno en el espejo del otro.

—Te habrá dicho que soy su amante, ¿no? —atacó Morelba sin perder su sonrisa: la escena la dominaba ella ahora, en medio de la tarima ella sola bajo los focos—. Se lo dice a todo el mundo, y tú, su hermano del alma —dijo con ironía, levantando sus ojos negros al cielo azul de San Bernardino—, no ibas a ser una excepción.

—Bueno... —contestó Samurai para no comprometerse.

—Bueno, no —insistió rompiéndole el juego. Tenía un tono de voz rotundo, directo, pero sin perder la afabilidad que desde el principio del encuentro había demostrado—, ni hablar de eso. Este chino negrón, feo y medio viejo no es más que mi abogado, ¿sabes tú?, un abogado muy malo, por cierto, un incapaz a quien he convocado hoy domingo para decirle que no me lleve más mis asuntos...

—... —contestó Samurai con el silencio, y un mohín de distancia, interrogativo, enarcó las cejas y subió ligeramente los hombros sin pronunciar una palabra, se lavaba las manos en los asuntos de Morelba Sucre con Torregrosa.

—Torregrosa debe saberlo ya —añadió— y busca suavizar el golpe con este encuentro, no quiere más que apantallarme. Y, de paso, apantallarte a ti.

—Bueno —se atrevió a decirle a Morelba—, nada de eso tiene que ver conmigo. Podríamos vernos esta noche, aquí, en el bar del Ávila, los dos y unos tragos de reconciliación, sin este chino, feo ¿y qué más lo llamas?

—Lo que es, negrón y medio viejo, si ya no es viejo del todo.

—Este medio viejo que tanto parece molestarte no estará esta noche si vienes... —bromeó—. Dejo en tus manos la decisión, claro.

—Okey, vale, vengo a las ocho esta tarde —le contestó luego de un par de segundos en los que miró fijo a los ojos de Samurai, buscándole las esquinas y las sombras.

—Pura transparencia —dijo él sin rubor, para que se decidiera a bajar la guardia.

Torregrosa no debió de intuir ninguna de aquellas repentinas complicidades entre los dos. Llegó con prisas, diciendo que lo estaban esperando, que se le habían complicado a última hora e inesperadamente algunos asuntos de los petróleos, nada de importancia, vale, pero con la nacionalización de esa primera industria, y sobre todo cuando uno manda y tiene responsabilidades serias, dijo pomposo y haciéndose cargo de una superioridad que quería trasladarles a los dos, hay que estar encima del bisnes incluso los días feriados.

—¿Te alcanzo hasta tu casa? —le preguntó a Morelba.

—Hazme ese favorcito —contestó ella sin hacerse de rogar—, te lo agradezco de verdad.

—Chico, vale, perdona este imprevisto —se le excusó Torregrosa a Samurai—, son cosas que suceden, mañana te consigo, ¿eh?, te meto un telefonazo al hotel y me acerco en el carro para que sigamos hablando.

A las ocho menos diez minutos de la tarde bajó Samurai de su habitación para entrar en el bar del hotel Ávila, a escoger un buen rincón y esperar allí la llegada de Morelba. A las ocho en punto, cuando estaba terminando de tomarse el primer trago de ron Pampero Aniversario, seco, sin hielo, sin agua ni Coca-Cola, entró al bar del Ávila, gloriosa, alta y bellísima, Morelba la Tigra, aunque en ese tiempo no la había bautizado todavía como tal, ni imaginaban que iban a verse sólo unos pocos meses más tarde en el cauce del río Sarmiento, en el Tigre, a pocos kilómetros de Buenos Aires. A media potencia las luces del bar y ella acercándose, flotando en un fulgor fosforescente, con un traje de seda blanquísimo, apretado a su cuerpo sin ninguna estridencia, sin escote, llegándole a la mitad de las rodillas: ella caminando lentamente sobre unos zapatos color negro mate, de tacones muy altos y finos. Estaba espléndida, única, sorprendente. No había en ese momento casi nadie en un bar cuyo máximo jolgorio iba creciendo conforme las horas de la noche avanzaban y se reunía allí una alborotada y bebedora marabunta caraqueña de clase media alta, mezclada con la clientela del hotel. Y en este instante ella ocupaba de nuevo todo el escenario bajo los focos, Morelba la estrella repentina del Ávila a la hora precisa, exacta.

A Samurai se le amontonaron las ideas, las ganas de llevarla de aquí para allá a lo largo y ancho de la ciudad de Caracas, llegarse al Tamanaco y ver durante la madrugada en la boîte cómo cantaba sus nostalgias de bolero Olga Guillot; quedarse después allí mismo, hasta que se cumpliera esa parte mágica de la noche en la que el espectáculo se cerraba con la aparición de la gran estrella en el mismísimo cielo de la boîte del Tamanaco, el público estallando en aplausos y gritos, en un jaleo fiestero y descomunal que Samurai conocía de la noche anterior, tras la cena con Torregrosa en Il Romanaccio, al ver cómo se abría paso entre el jolgorio y el griterío, la puertorriqueña Iris Chacón, La Terremoto del Caribe, la única mujer blanca del todo que bailaba como una negra de nación. Le dijo a Morelba que podrían ir antes a cenar a La Cota Mil, el restaurante de la planta más alta del Hilton, a ver la ciudad desde las alturas y tomarse allí unos pisco souers peruanos.

—Además, hacen un ceviche de marisco extraordinario —le dijo.

—No, chico, ¿por qué quieres que vayamos a ningún otro lugar, no te encuentras bien aquí? —lo sorprendió Morelba con su pregunta.

Ella quería quedarse allí, se encontraba a gusto en aquel rincón del bar del Ávila. Había cambiado su bebida, había dejado el martini blanco del mediodía y eligió beber lo mismo que Samurai, ron seco Pampero Aniversario, industria nacional venezolana de lo mejor, había dicho entre risas.

—Me da pereza moverme de un lugar que está tan chévere, Samurai —le dijo mirando alrededor, sorprendiéndolo de nuevo.

¿Samurai?, pensó él de repente. Pero ella sabía que llevaba la iniciativa, le gustaba deslumbrar con esos desplantes fugaces que convertía en sahumerios inesperados. Fue la primera vez que Morelba la Tigra le llamó Samurai.

La memoria es un dragón que aparenta dormir profundamente, pero tiene un sueño demasiado ligero cuando se ha hecho durante toda la vida con ella el ejercicio gimnástico necesario para mantenerla viva. La memoria ronca mucho, como si fuera imposible que en un segundo despertara para arrasar de un golpe todos los olvidos archivados entre una confusa polvareda de múltiples sucesos que se han ido acumulando con el tiempo, sin orden, sin concierto.

—Me gustan tus manos —le dijo Morelba sin que Samurai se hubiera repuesto de su primer ataque—. Son manos de príncipe y tú lo sabes, vale, juegas con esa ventaja.

Ella le tomó las manos entre las suyas y comenzó a mirárselas, observándolas con atención, estudiándolas con sus cinco sentidos. Examinaba las palmas de sus manos y luego las volvía y revolvía, las estrujaba con suavidad, acariciaba sus huellas dactilares con la palma abierta de sus manos, con las yemas tibias de sus dedos.

—Estoy leyéndotelo todo, lo que ya te sucedió y lo que va a ser de tu vida —dijo sin dejar de sonreír.

—Pareces bruja, pero no vas a conseguir que me asuste, Morelba.

—Sólo soy santa. María Lionza me deja ver el fondo completo de tu vida en la palma de tus manos, en tus dedos, en el movimiento de tus manos cuando hablas, Samurai.

Gran parte de la noche fue una fiesta para Samurai, porque el hallazgo de Morelba iba mucho más allá de lo que más le atraía de su físico: la piel. De un color hoja de tabaco seca pero viva, aireada. Uniforme a lo largo de todo su fantástico cuerpo desnudo, la piel de Morelba le añadía un factor de lúbrica y atlética elasticidad a quien sin duda escondía en su interior un alma salvajemente sensual y libre. Dos o tres veces, durante las horas transcurridas en la penumbra de la habitación de Samurai en el hotel Ávila, se quejó Morelba irritada por lo que consideraba en él un desamor, el empecinado silencio del hombre, no otra cosa que la contenida traducción del asombro masculino ante el descubrimiento de su cuerpo, la asiática habilidad de sus manos de geisha, la hipnosis mágica de sus ojos brillantes, la mirada de miel, el aliento vegetal que le llenaba su boca, sus besos y sus palabras, pronunciadas quedamente, entre cortos suspiros, como interrumpidos por una timidez que le exaltaba cada vez más la sorpresa de tenerla allí, en el silencio de la madrugada roto sólo por la música lejana de la emisora de radio que pasaba una y otra vez interpretaciones musicales de Nina Simone, *When I was a young girl, Young, gifted and black;* músicas que tan sólo unos años más tarde serían clásicas, y para Samurai definitivamente inolvidables. Se extasiaba en silencio mirando la espalda de Morelba, ella boca abajo, levantando una pierna primero y al poco rato la otra, jugando a moverse con la lentitud de un animal selvático, libre, imposible de domesticar. Escuchaba cada golpe de respiración de Morelba llegar hasta sus cinco sentidos y aposentar allí su aire ya lleno del aliento de la mujer. Entre las sombras, Morelba refulgía acostumbrada a la noche, recorriendo su vida, contándole sus amoríos, sus pasiones y sinsabores, todo lo que ella quería que supiera de ella y que se lo aprendiera de memoria en las breves horas de su soledad compartida, de su desnudez insoslayable. Y tal vez había estado preparándose con femenina sabiduría para lo que en una esquina de su monólogo dejó caer casi de repente.

—Tengo un hijo pequeño. Soy viuda —dijo.

Durante unos segundos Morelba se mantuvo en silencio, sin mirarlo, sin agobiarlo, sin preguntarle siquiera con la mirada qué pensaba ahora de ella. Samurai entendió esa pequeña tregua, respetó ese mutismo tratando de acomodar la repentina agitación de su respiración a su propio silencio, sugiriéndole que él seguía a la espera de sus palabras, porque entendía que no había terminado de contárselo todo.

—Tú eres mi primer hombre después de la muerte de Luis —le dijo sorprendiéndolo otra vez más.

Samurai trató de mantenerse tranquilo. No cambió ni siquiera el gesto levemente sonriente que tenía en su rostro, ni agregó asombro a su perplejidad, al constante descubrimiento de su lubricidad y de sus verdades. De modo que ella, le dijo Morelba, había elegido al catire para ella sola desde que lo vio por la mañana, cuando vino acompañando a Cosme Torregrosa, sentado el catire a la sombra en un rincón de la piscina del hotel Ávila. Como si supiera de antemano que venía hasta allí a encontrarse con él. Había sido ella primero la que descubrió el deseo sensual de Samurai por su piel, escondido y repentinamente alterado el deseo, descubierto por el deslumbramiento que le provocaban sus ojos, su cuello, fascinado por su cuerpo de modelo de pasarela, elástica, parisina. Así la había visto Samurai acercarse junto a Cosme Torregrosa, demasiado sonriente, engreído, bastante zafio, preguntándose Samurai en silencio, y se lo dijo a Morelba más tarde, qué clase de perverso y torpe delirio, qué suerte de absurdo o tal vez interesado acuerdo, qué pacto de servidumbre económica podía unir a aquella belleza femenina de tanta finura estética con la delirante y vulgar especie del abogado Cosme Torregrosa, cuando nada tenían que ver, estaba seguro desde el principio, ni él con ella ni mucho menos ella con él. El grave error, que Morelba había felizmente deshecho al final de esa mañana, cuando Torregrosa la llevaba de vuelta a su casa, con una virulencia tan agresiva que la había dejado exhausta toda la tarde, había sido dejar en manos del abogado los papeles de la herencia de su marido, Luis Mendoza, el joven industrial de negocios petrolíferos, su novio desde los tiempos de la Universidad Central, con quien se había casado tan sólo ocho años antes de esa noche del Ávila en la que Morelba Sucre le contó todo el recorrido de su vida hasta ese mismo momento de los dos.

—Una mala elección la de Torregrosa —dijo Samurai para cambiar el tercio de su monólogo.

—Pero ya la resolví esta mañana —contestó. Recostó su cara sobre el pecho de Samurai—. Y además te encontré a ti. Todo en unas pocas horas de un solo día. Mágico.

Encima de él, boca con boca sus bocas, su cuerpo de piel caoba mate hasta más allá del tabaco y la canela, nadó Morelba durante unos minutos con la soltura de movimientos que Samurai había ido reconociendo durante esas horas desnudas en su habitación del Ávila, entre las penumbras a las que se fueron acostumbrando con la certidumbre de nictálopes que siempre poseyeron como un vértigo la visión completa de la oscuridad. Sus gemidos y su aliento limpio, húmedo y ardoroso, se confundieron entonces con un llanto incipiente, tímido, evidente.

—No me hablas —le dijo con su boca de nuevo muy cerca de la suya, su aliento pasional entrando en su boca y revolviéndolo todo, la mano derecha de Morelba arando surcos de miel con sus dedos entre los muslos del hombre—, no me dices nada. No sé qué estás pensando de mí y de lo que te estoy diciendo.

No había organizado conscientemente su silencio como un mecanismo de autodefensa, como una muralla de distancia, todo eso que Morelba seguramente estaba imaginando en ese momento. Y en los instantes en que parecía más alejado de ella no hizo otra cosa más que reflexionar sobre el episodio que los dos estaban viviendo por accidente, por azar tal vez, por simple casualidad. Cuantas veces trató de llevar sus palabras a esta explicación lógica, que las cosas suceden en un ámbito de dimensiones muy superiores a las que los protagonistas del suceso casual pueden abarcar con sus pensamientos o con sus sentidos, Morelba le negó toda posibilidad a ese mismo azar.

—Aunque no te lo creas, todo procede de una elección, Samurai, los nombres, los más mínimos hechos, los sentidos, las guerras, los hijos —dijo—. Todo lo que nos sucede tiene un remoto origen en la elección que hacemos de cada asunto en cada momento. Casi de forma inconsciente, por instinto incluso. Nos volvemos locos investigando ese origen, husmeamos demasiado en nuestras químicas, como si fuéramos los dueños del tiempo, pero casi siempre nos perdemos en errores, en sortilegios e intuiciones, eso nos pasa demasiadas veces. Lo que tú llamas accidente, la mayoría de las ocasiones en las que sucede hay que darle otra explicación más lúcida...

—Demasiado determinismo para ser cierto —la interrumpió con el ánimo juguetón de hacerle perder el equilibrio a su discurso.

—No, no, al contrario —atajó ella con fuerza—. Casi todo es un malentendido verbal. Las palabras nos engañan, nos gusta perdernos en explicaciones, en combinatorias que nos inventamos para resolver un problema que no es tal. En todo caso, el accidente es casi siempre un descuido continuado, Samurai, lo sé muy bien.

De repente, Morelba miró la hora en su reloj, que había dejado al llegar a la habitación sobre la mesilla de noche. Un calor húmedo y apelmazante terminó por inundar pegajosamente cada rincón de la habitación del Ávila en la que estaban ahora los dos. Samurai se levantó para prender el aire acondicionado, para que la temperatura bajara unos grados, mientras Morelba se incorporaba de la cama. Le habían entrado las prisas y se estaba vistiendo como si llegara tarde a una cita urgente.

—Todavía es muy de noche —le dijo irónico.

Ella guardó silencio unos segundos, antes de aparecer en su cara una sonrisa que llenó todos sus gestos.

—Tengo un hijo que me espera en la casa, Samurai —dijo sin mirarlo ahora, mientras se iba vistiendo con rápida destreza—. Un hijo que desayuna todos los días conmigo y al que no le puedo dar explicaciones de por qué no llegué anoche a dormir a la casa. Tengo un hijo al que he de llevar mañana, como todos los días de labor, al colegio. Ese hijo es parte de mi herencia y es mi responsabilidad. Es todo lo que de verdad tengo y me interesa en la vida, y yo soy la única persona que sabe ocuparse de él.

Terminó de vestirse y entró al cuarto de baño. Desde allí le pidió por favor que la acompañara hasta su casa. Ella había venido a San Bernardino en su propio auto, pero casi era por la tarde cuando llegó al hotel. Entonces sólo estaba empezando a oscurecer en Caracas. Ahora sería una temeridad llegarse sola en su coche hasta la casa. En esa avenida de circunvalación de la Cota Mil pasaban cosas raras todas las noches, incluso había robos durante el día, imagínate de noche cerrada, una mujer sola en su carro, carretera adelante.

—Se le espicha un caucho al carro y estoy muerta —le dijo saliendo del cuarto de baño, vestida por completo y dispuesta para la expedición de regreso a su casa. Terminaba de peinarse su cabello corto—. Vístete, Samurai, por favor.

Ellos dos irían en el coche hasta su casa de la Urbanización Miranda, un barrio de Caracas en dirección al interior del país y a cierta distancia de San Bernardino.

Irían por la Cota Mil, una vía rápida de circunvalación que facilitaba el agobiante tránsito automovilístico de la ciudad de Caracas.

—Aunque a esta hora de la madrugada —dijo Morelba—, lo que se echa de menos es más tránsito, más gente, la soledad en esa Cota Mil a esta hora es lo más peligroso. Tienes que contratar un taxi del hotel que nos siga, que vaya atrás de nosotros hasta llegar a mi casa, y luego te regresas en él hasta el hotel. Es lo más prudente y así salvamos muchas posibilidades del accidente que siempre nos está esperando cuando estamos solos, ¿eh?

Iban a media velocidad por la Cota Mil, camino de la Urbanización Miranda, con los cristales de las ventanillas de su automóvil bajos y abiertos. Detrás, las luces del taxi que Samurai había contratado unos minutos antes en la puerta del Ávila los seguían a corta distancia, tal como Morelba le había sugerido.

En la madrugada, el aire fresco del valle de Caracas, sobre todo en esa parte alta, al costado mismo del cerro del Ávila, desataba un bienestar que llegaba a lo más hondo de sus pulmones, mientras desde la emisora de radio del coche de Morelba una banda de música tropical atacaba el ritmo sentimental de un bolero para hombres, más propio de Daniel Santos que de Olga Guillot. Morelba conducía. Y Samurai, como ausente, escuchaba tarareando la letra poética del bolero para abrirse paso entre los sones musicales.

Abajo, a la derecha de la carretera, la apariencia de Caracas era una mujer dormida, estirada en su cama, envuelta en sus propios ensueños y dueña de una placidez sorprendente. Las luces de los barrios y las autopistas que surcaban Caracas por sus cuatro costados dibujaban el perfil de la mujer dormida en plena placidez, la mujer que Samurai iba dibujando en silencio, escuchando el bolero mientras Morelba conducía en el mismo silencio. Detrás, el taxi continuaba a poca distancia. De repente, en medio del silencio, en el arcén de la derecha de la Cota Mil y a la altura de una de las intersecciones de la carretera para tomar la dirección hacia el interior, tan sólo a unos pocos metros del distribuidor de tránsito de Guarenas, apareció un caballo blanco, impoluto, refulgente en medio de la oscuridad del lugar. Como si hubiera surgido de su propia imaginación, trató Samurai de borrar de su vista aquel sorpresivo paisaje animal. Cerró los ojos por unos breves instantes, pero el caballo blanco estaba allí, justo a la altura del coche, trotando a la derecha del camino, delante de ellos.

—Por favor, no lo mires, te lo ruego —dijo Morelba repentinamente angustiada—, no le prestes atención, no lo mires.

Samurai se encogió de hombros y le pasó su brazo izquierdo por los hombros para tranquilizarla, sin decirle una palabra. Hizo como que le había hecho caso, pero observó con disimulo por el espejo retrovisor, en el exterior derecho del carro. El caballo blanco estaba en el mismo lugar, trotando a la misma velocidad. Lo iban dejando atrás, hasta que Morelba giró a la izquierda, en dirección a su casa, y lo perdieron de vista.

La despedida en la puerta de la casa de Morelba fue breve. La invitó para que se vieran mañana en la mañana y ella hizo un gesto de duda.

—¿Ya, mañana, otra vez, ahora mismo? —preguntó coqueta.

—Ahora mismo, Morelba, en cuanto dejes a tu hijo en el colegio —respondió con el mismo palo de la baraja—.Te espero a las diez en el Ávila. Un buen pabellón criollo con cerveza fría para cada uno, ¿te parece?

—¡Loco! Estás completamente loco —exclamó ella.

No era un rechazo ni una intransigencia, sino todo lo contrario, un método para reafirmar su voluntad de volver a verse dentro de unas horas. De manera que ni siquiera, dijo Morelba irónica, vamos a permitirnos darnos un beso delante del chofer del taxi que te está esperando ahí mismo, detrás tuyo.

Desde el interior del taxi, se despidió de Morelba Sucre con la mano en alto mientras la veía cerrar la puerta de calle de su casa. El chofer del taxi salió de la urbanización sin mucho trabajo, pero no se privó del comentario: lo fácil que era perderse en ese laberinto donde todas las calles son igualitas, dijo, y más a esta hora de la noche, señor, cuando ya no hay más gatos que los que te quieren dar un golpe duro en la cabeza, dijo con sorna. Podíamos ir de regreso por el centro de la ciudad, ahora no había ningún tránsito y llegaríamos en el mismo tiempo, incluso tal vez sería más corta la distancia, dijo el chofer.

—Por favor, vamos por donde mismo vinimos —pidió Samurai.

—Por la Cota Mil, entonces, muy bien, señor.

Trató de reconocer el lugar donde la mágica visión del caballo blanco trotaba media hora antes, cuando iban camino de la Urbanización Miranda. Miraba a un lado y a otro para buscar el lugar exacto donde había visto al animal, bellísimo en medio de la noche caraqueña, en el silencio sólo roto como ahora por la música de los boleros que parecía llenar las emisoras de radio venezolanas a esa hora de la madrugada. Pasó su mano por la barbilla, en un gesto con el que trataba de interrogarse sin palabras, antes de hablarle al chofer.

—¿Usted lo vio?

—¿Qué vi, señor?

—El caballo blanco... —señaló al arcén izquierdo de la Cota Mil, abajo las luces de Caracas en la distancia.

—Claro, se aparece ahí de vez en cuando, siempre en el mismo lugar. Si usted va manejando el carro como yo lo hago y se fija mucho en él, esté seguro de que va a perder el control y tendrá un accidente. Eso es lo que quiere el maldito animal. Lo ha visto mucha gente y aquí ha sucedido más de una desgracia, además de la suya. Hay compañeros, choferes de taxi que han hecho apuestas...

—¿Qué se apuestan?

—Dinero, cientos de bolos se apuestan, señor, unos dicen que el caballo no trota, no toca el piso, sino que flota, ¿qué le parece esa vaina, señor?

—¿Cómo que flota?

—Como que flota, eso dicen, forma parte de la leyenda. Un alma en pena puede flotar, señor, va por el aire, se mete por las ventanas, ulula como el viento, mueve los objetos, rompe luces, estropea puertas, ¿usted no lo sabe? Todo eso puede hacer un alma en pena sin que nadie pueda impedírselo...

—¿Y el caballo blanco es un alma en pena? —preguntó asombrado.

—La misma vaina horrible, señor —se animaba el chofer mientras avanzaba por la Cota Mil hacia el Ávila de San Bernardino—. Es un espectro, eso es el caballo, uno tiene que fijarse bien para ver que no es blanco sino transparente, tiene una luz por dentro que lo hace blanco a la vista de los vivos, pero no. Quienes se han atrevido a mirarlo de cerca con riesgo de sus vidas, una temeridad, desde luego, dicen que es translúcido. Como los fantasmas, como los espectros...

—¿Y qué más se sabe del espectro? —preguntó, incrédulo e intrigado.

—Se sabe que es el fantasma de un tipo que se mató aquí mismo en un accidente, a pocos metros del distribuidor. La gente dice que el hombre no se murió del todo, sino que el alma se le quedó colgando en el aire del lugar. Por eso flota ahí el caballo.

Cuatro

Apagó la luz de su habitación en el Ávila cuando comenzaba a amanecer. Disponía de cuatro horas para dormir y reponerse antes de que llegara Morelba, pero la visión del caballo blanco flotando en el arcén derecho de la Cota Mil se le aparecía entre el duermevela y el primer sueño de sus pesadillas. ¿Trotaba o flotaba el caballo blanco en el aire? Los repetidos y excesivos golpes de ron Pampero Aniversario habían hecho en su cuerpo los estragos del alcohol durante toda la noche y ahora pagaba con un pesado insomnio el peaje de un malestar que conocía de sobra.

Era él, Samurai, quien flotaba ahora en el aire. Se dejaba llevar por una extraña sensación de ingravidez y veía Caracas por la noche desde lo alto del firmamento, un paisaje urbano y nocturno muy parecido al que ya había visto tantas veces desde el restaurante-mirador del Caracas Hilton, en medio de la ciudad, llamado no por casualidad sino precisamente La Cota Mil. Sentía un vértigo que le atacaba todos los músculos hasta convertirse en un fuerte dolor de cabeza. Entonces un torbellino le bajaba hasta el estómago, dándole al hígado repetidos golpes de matón profesional hasta dejarlo sin respiración. Volaba por encima de Caracas. Sudaba y sentía que sudaba porque se notaba todo mojado, el cabello y la piel, y a veces le caían goterones de ese mismo sudor gélido sobre los ojos, que le nublaban la visión de la ciudad nocturna obligándole a cerrarlos. Entonces llegaba una oscuridad total que lo asustaba. A lo lejos se escuchaba, encerrada en esa misma oscuridad, la voz de una mujer que cantaba un bolero que nunca hasta entonces había oído. Quería ver qué cantante era la del bolero, abría los ojos de nuevo y la música del bolero se alejaba para que las luces de Caracas volvieran a llenarle la mirada, mientras Samurai con sus brazos abiertos como alas, como una avioneta planeando en la noche y en medio del valle, se acercaba peligrosamente a los cerros del Ávila. Había que aterrizar, se dijo, antes que llegara el cansancio, antes que los golpes al hígado y al estómago del matón de barrio volvieran a asfixiarlo. Estaba buscando un lugar para aterrizar de su vuelo nocturno, una de las autopistas de Caracas todavía desiertas en esas horas oscuras, un par de coches arriba y abajo, y más nada, de modo que podía intentar un aterrizaje lento y cuidadoso para no hacerse más daño. Empezó la aproximación a la altura de El Pulpo, viniendo del litoral, para aterrizar en La Carlota sin mayores riesgos. Ahí mismo, entre las luces nocturnas de Caracas, vislumbró la transparencia del caballo blanco flotando en el aire. Su respiración se alteró hasta casi la asfixia. Entonces sintió un golpe fuerte en su cabeza. Se despertó asustado: era completamente de día, la luz entraba por los ventanales y estaba sonando una y otra vez el timbre de su habitación. Se levantó entumecido, sudando frío, y se acercó a la puerta como pudo, con la acidez subiéndose hasta la boca y bajándole todo el malestar de nuevo hasta el fondo del estómago. Abrió.

—Las diez en punto, Samurai, ¿no te habré tomado por sorpresa, vale?

Era bellísima desde por la mañana. Oliendo a vida nueva. Perfectamente arreglada: como para una fiesta. Una recepción oficial, pensó Samurai de improviso, va a ir a una recepción oficial, mientras se desperezaba y trataba de quitarse del rostro el torpe gesto de su matutina perplejidad.

—Bellísima, ¿dónde es la recepción, Morelba?
—atinó a balbucear con un deje de sonrisa.

Ella exhalaba un perfume de rosas esenciales con
un punto de almizcle, una dulzura que impregnó la habitación desde que Álvaro abrió la puerta. Una invitación a
la sensualidad que ahora, ya despierto, volvió a emborra-
charlo como durante la noche anterior. Como si los dos
hubieran planeado sin darse cuenta esa sesión continua.

—Aquí, aquí mismito, Samurai, y hace un día espléndido —dijo mientras entraba en la habitación y ella
misma cerraba la puerta.

Dejó el bolso sobre la mesa y se sentó en el sillón
de la alcoba. Cruzó las piernas. Samurai no supo si la escena estaba estudiada, si la había repetido dos o tres veces
antes de llegar allí, o si formaba parte de una obra teatral
en la que Morelba protagonizaba la seducción total.

—Me imagino que sigue en pie la invitación a de-
sayunar, ¿no?

—Sigue en pie, claro que sí, estoy encantado de
que estés aquí...

—Pero estabas completamente dormido, no espe-
rabas que fuera tan puntual.

Samurai movió la cabeza afirmando, rindiéndose.
Ella se había sentado con toda comodidad. Estaba radiante. Hablaba y movía arriba y abajo su pierna derecha, con
un ritmo lento, doblada por encima de la izquierda, su co-
do izquierdo en el brazo del sillón y la mano, doblada por
la muñeca, haciendo presión sobre su barbilla.

—Bellísima —le repitió mirándola, ya fuera del
sopor inicial.

Pidió por teléfono al servicio de habitaciones un
desayuno venezolano para Morelba. Café, leche, pan, are-
pas, queso guayanés y mucho jugo de naranjas recién ex-
primidas. Para él, un pabellón criollo, pan y dos cervezas

bien frías. No se demore mucho, por favor, rogó Samurai. Colgó el teléfono y se fue directamente al cuarto de baño.

—Voy a darme un chapuzón de un segundo —añadió—, para verte mejor.

Mientras desayunaban, la sombra del caballo blanco revoloteó en silencio a lo largo y ancho de la conversación, pero hasta que acabaron con las viandas y encendió para ella un cigarrillo Winston y prendió para él un habano de Partagás 898 no le entraron a la fantasmal aparición de la noche anterior en la Cota Mil.

—¿Qué sabes del espectro del caballo blanco? —le preguntó como si buscara sorprenderla.

—Todo —dijo con tristeza.

El tipo había salido de su casa en su BMW azul francia a media mañana, la víspera del día de Navidad, dos años antes. Se acercó hasta Chacao, una zona comercial del centro de Caracas, a comprar la comida de la fiesta de Nochebuena para toda su familia. Iban a venir a la casa para celebrar las pascuas sus padres, sus dos hermanos y sus mujeres. A todos esos añadidos había que sumar sus dos familiares más cercanos, su mujer y su hijo de poco más de siete años. En el regreso a su casa desde el centro de Caracas, decidió tomar la Cota Mil para evitar el tránsito infernal de aquella víspera de feriado navideño. Seguramente iba contento, absorto, imaginándose los preparativos de la gran cena, la llegada de los familiares, las felicitaciones, la fiesta, la madrugada cordial. Seguramente iba tarareando alguna canción alegre, el tipo era muy alegre, muy dado a la canción y al baile, a divertirse con su mujer, sus amigos, su familia.

Un tipo verdaderamente jovial, con mucha suerte en la vida. Se las había trabajado, desde luego, la suerte y la vida, y a veces comentaba entre los más cercanos que la suerte era una elección. Uno elige un camino y, por mucho que vengan a contarle, por mucho que le vengan con otras propuestas, por mucho esfuerzo que tenga que hacer, uno debe seguir ese camino, decía el tipo jovial. Debe seguir ese camino porque él lo escogió con entera libertad, eso decía, y sólo debe abandonarlo cuando se tiene la certidumbre de que es un camino equivocado. Entonces debe uno detenerse, mirar hacia atrás y hacia adelante, salirse de ese camino y elegir otro. Nunca había que escoger el descanso, había que seguir adelante por otro camino, eso era todo. Eso decía el tipo. De manera que ese día eligió la Cota Mil para regresar a su casa. Siempre había menos tránsito por allí, menos incomodidades y menos probabilidades de un accidente arbitrario, innecesario, como casi todos los accidentes, pensaba probablemente el tipo mientras conducía su BMW de vuelta a su casa, con toda la comida de la cena en el portamaletas del automóvil.

A la altura del distribuidor de tránsito de Guarenas, donde termina la Cota Mil en dirección al interior, dejando el litoral a la espalda, un perro se le cruzó corriendo despavorido de lado a lado del asfalto y el hombre jovial dejó de tararear seguramente la canción de Elvis Presley, que en ese instante acompañaba con sus manos tamborileando sobre el volante. Trató por todos sus medios de evitar la muerte del caprichoso animal, que corría asustado, sin control de sus instintos, a pocos metros delante mismo del auto, a un par de segundos del impacto con el BMW. Desde pequeño le habían inculcado el respeto por la vida de los animales y siempre fue fiel a esa divisa civil, que se le había transformado en una suerte de creencia hiperbólica. Había llegado a imaginarse que cada animal portaba un alma de su propia especie y que acabar con la vida de cualquiera de esos perritos de la calle, tan desvalidos, era una clase horrorosa de cruel asesinato con el que cada uno cargaría en su conciencia para toda la vida. Eso decía el tipo, que había que evitar la muerte violenta de los animales. Son otra clase de personas, decía el hombre, y tienen su alma. Por eso maniobraba ahora con todas sus habilidades, frenando, dando volantazos a su BMW sobre el asfalto de los últimos metros de la Cota Mil. Había que evitar el trallazo que el perro callejero iba a darse contra la parte delantera del carro, un golpe que sin duda le provocaría la muerte. Se imaginaba, mientras oía el chirrido de los frenos, sentía el olor del caucho quemado resbalando y trataba de dominar el BMW desbocado sobre el asfalto, el golpe con el que mataría al perro, cómo saltaría por el aire su cuerpo ya deshecho hasta estamparse cien metros más adelante, contra una de las columnas de hierro y cemento armado que sostenían a los descomunales distribuidores del tránsito caraqueño, El Pulpo, La Araña, Guarenas y todos los demás. Vio por el rabillo del ojo, en un segundo único, cómo la sombra del perro escapaba de la muerte por la parte delantera izquierda del BMW y se perdía en el paisaje de ranchitos de los alrededores. Eso le pareció ver al tipo un segundo antes de sentir el golpe. Mientras trataba de respirar tranquilo, de mantener una calma imposible para dominar el auto que se le iba de las manos; mientras apretaba el freno con el pie derecho y se agarraba del volante tirando de él hacia atrás, como si fueran las bridas de un caballo enloquecido al que buscaba domeñarle la furia sin conseguirlo, el tipo sintió el golpe, alcanzó a ver por un instante la inmensa columna de hierro y cemento armado del distribuidor de Guarenas y perdió el conocimiento.

—Me llamó la policía desde el hospital —dijo Morelba.

Jugueteaba con una gargantilla de color plata que refulgía sobre su piel caoba mate. Samurai se llevó el Partagás a los labios y tiró del humo del tabaco hacia el interior de su boca. Luego lo soltó de golpe, nublando por un instante la visión del espacio que lo separaba de Morelba. Estaba tendido en la cama oyéndola hablar y cómo contaba el suceso que había partido su vida para siempre. Eso decía Morelba, como si su existencia se hubiera terminado en el accidente de Luis Mendoza camino de su quinta en la Urbanización Miranda, en vísperas de la cena de Nochebuena. Por teléfono le dijeron desde el hospital que no le había pasado gran cosa. Había corrido con mucha suerte porque el carro, señora, ha quedado técnicamente destrozado, siniestro total, parece un milagro, le dijo el agente de tránsito que había llegado primero al lugar del accidente. Desde allí había avisado a los servicios médicos de carretera que urgentemente habían trasladado al señor al hospital. Iban a intervenirlo ahora mismo.

—¿Cómo? ¿Intervenirlo? —preguntó Morelba alterada, sin poder contener los nervios—, pero ¿usted no me dijo ahora mismo que no ha sido casi nada, no me lo acaba de decir?

—Tranquilícese, señora. No es nada, le paso al doctor que lo va a operar, que él le diga, que sabe mejor que yo, pero tranquilícese, no es nada —contestó el agente.

—No, no es grave, señora —Morelba sintió la voz del médico desde el otro lado del hilo telefónico sin que ella le hubiera preguntado nada—. Sólo algunas heridas en la cara y en cabeza, señora, algunos rasguños, heridas menores que requieren unos punticos de sutura. Y el fémur izquierdo fracturado y a la vista. No es una operación mayor, señora, no se preocupe, pero hay que entrarlo urgentemente al quirófano. Pierde sangre y hay que intervenirlo de inmediato.

—Le pregunté si Luis estaba consciente —le dijo Morelba a Samurai.

—Claro, señora, completamente consciente, un poco aturdido por el accidente y los golpes, ¿verdad?, pero nada de importancia. Fíjese, quiere hablar con usted unos minutos, pero sólo unos minutos, señora, es urgente que entre al quirófano. Cuanto antes, mejor.

—Entonces escuché la voz de Luis desde el otro lado. No pude evitar interrumpirlo. Luis, Luis, ¿cómo estás, cómo te encuentras?, voy inmediatamente para allá, no te preocupes por nada... —dijo Morelba.

—No, espera, espera. Escucha, atiende, Morelba, un instante, atiende bien —dijo Luis Mendoza. Debía de estar tumbado en la camilla, a punto de emprender el camino del quirófano donde iban a intervenirlo de urgencia para volverle a colocar el fémur en su sitio, una operación que carecía de mayor importancia—. Atiende, no te preocupes por nada. Esta gente no se da cuenta de nada, no sabe que yo estoy muerto desde que me di el golpe. Evité la muerte del perro, y no pude evitar la mía, Morelba. Pero no te preocupes, desde hace tiempo tengo tomadas todas las previsiones, todos los papeles están en regla, el abogado Cosme Torregrosa lleva esos asuntos. Ponte en contacto con él, todo es tuyo en herencia, Morelba, amor...

—¿Te imaginas, Samurai, te imaginas cómo podía estar yo oyendo a mi marido desde el otro lado del teléfono decirme que estaba muerto?...

—Señora, no se preocupe, esta alteración de la consciencia es común en estos casos —era la voz del médico la que Morelba reconocía desde el otro lado del teléfono—. Si usted tarda pocos minutos en llegar, señora, esperamos para que usted lo vea y se tranquilice antes de entrarlo al quirófano, ¿le parece?

—Le dije que sí al doctor, que iba enseguida, que por favor me esperaran —dijo Morelba—. Llegué sólo para verlo un instante y acompañarlo hasta la zona misma de los quirófanos. No me habló. Lo ves, Luis, estoy aquí contigo, estoy hablando contigo, estoy a tu lado, no te preocupes, estás bien.

Morelba trataba de contener las lágrimas mientras Luis Mendoza, medio adormilado, abría y cerraba los ojos. Ella le apretaba la mano fría en la suya aún más fría, camino de los quirófanos. No quería que él la viera nerviosa, llorando. Mendoza le reprochó con la cabeza las primeras lágrimas de sus ojos. Le sonrió un poco ido por los sedantes que le habían inyectado para el dolor. Ella le devolvió la sonrisa.

Miró a Samurai mientras seguía contándole y vio en su rostro la tensión de la curiosidad. Seguramente notó que él se estaba preguntando en silencio si en realidad, en aquel mismo instante del accidente, Luis Mendoza estaba vivo o no.

—No sé si estaba vivo o no, Samurai —dijo Morelba—, pero no salió del quirófano. Se quedó en la anestesia, se dejó allí dentro su vida joven, Samurai. Salieron dos horas y media después, yo estaba exhausta, nerviosa, desquiciada. Dos doctores salieron después de dos horas y media, con cara de circunstancias, salieron a decirme que lo sentían muchísimo, que mi marido se había quedado en la anestesia.

El tipo sentía una devoción sacral por los animales, por todos los animales. Incluso llegó a decirle a Morelba más de una vez que su verdadera vocación era la de veterinario. Médico de animales en un gran zoológico, en la jungla, en la selva amazónica, le dijo, a eso tenía que haber dedicado su vida. Pero de todos los animales el que más le gustaba a Luis Mendoza era el caballo.

—Siempre me decía que me fijara en cualquier caballo —dijo Morelba recordando. Encendió otro Winston, se tomó un ligero respiro y siguió hablando—. Para él no había criatura más hermosa que el caballo.

—Es la armonía natural en movimiento —le decía Luis Mendoza a Morelba—, baila cuando trota, cuando galopa, baila, flota sobre sus cuatro patas, fíjate bien, es imposible que encuentres en todo el mundo un caballo del que puedas decir que es feo, al contrario. Es la estética en todos los campos vitales.

—Para él no había caballo feo —dijo Morelba.

—Si algún día me pasa algo —le dijo una tarde, mientras almorzaban y veían las carreras en el hipódromo de Caracas—, querría seguir viviendo en el interior del cuerpo de un caballo blanco. Enteramente blanco, casi transparente, del color del diamante.

—Ya puedes imaginarte, Samurai, que por estos lugares de la Cota Mil me aventuro muy poco —dijo Morelba—. Y menos de noche. Me pierdo entre mis mejores y mis peores recuerdos, ¿lo entiendes todo ahora? Le fallé a la persona que más he querido en mi vida.

—¿Le fallaste? —preguntó Samurai sorprendido.

El tipo tenía un criterio rígido sobre las mujeres. Para él sólo había dos clases de mujeres, las mujeres-plomo y las mujeres-corcho.

—Me miró fijo a los ojos —dijo Morelba—, me tomó las manos y me lo dijo.

—Tú eres mi mujer-corcho —le dijo Luis Mendoza.

Morelba se molestó, retiró sus manos, lo miró con distancia. ¿Ella un corcho, qué estaba diciendo el atrevido de Luis Mendoza, que ella era un simple corcho, un cero a la izquierda, un trozo de materia sin ninguna inteligencia y sin ninguna utilidad más que la de convertirse en tapón de botellas del buen vino, eso estaba diciendo este hombre en el que ella había empezado a confiar tanto?

—No, no, todo lo contrario —la tranquilizaba Mendoza—. La característica fundamental del corcho es que flota. Como los caballos al trotar, fíjate bien. Incluso en las peores tormentas de la mar alta, el corcho flota, Morelba. Una mujer-corcho es la que tiene la condición del corcho para su hombre. Aunque éste se vaya a hundir en la vida, incluso queriendo, mi amor, nunca lo conseguirá. La mujer siempre lo mantendrá a flote, como un caballo al trotar, lleno de belleza, apenas sin esfuerzo. Lo agarrará por el cinturón cada vez que esté a punto de ahogarse y lo sacará a flote. Lo sacará, lo cuidará y lo volverá saludable.

El tipo le explicó a Morelba que, al lado contrario de la mujer-corcho estaba la mujer-plomo. La mujer que por mucho que el hombre quisiera salvarse, por mucha habilidad que el hombre hubiera desarrollado en su vida, por mucha astucia, audacia y talento que atesorara en su experiencia, si lo acompañaba en su vida una mujer-plomo estaba condenado a ahogarse. Todos los esfuerzos que hiciera por evitar ese destino resultarían completamente inútiles, le dijo el tipo.

—Tú eres mi mujer-corcho —le repitió—. Mi talismán. Mientras tú estés conmigo y yo contigo no me pasará nada. Flotaré como un corcho, cabalgaré como un caballo, sin miedo, a lo largo del llano. Nunca nos pasará nada a ninguno de los dos, Morelba.

—Pero le fallé —dijo Morelba—, dejé de ser su talismán, su mujer-corcho, Samurai, lo perdí para siempre.

En ese desayuno en el Ávila, lo entendió casi todo. Morelba Sucre le confesó que no aguantaba vivir en Caracas, que la ciudad se le caía encima cada vez más, hasta asfixiarla, había días de verdadera asfixia, y que la rutina la estaba desquiciando. Todos los días se llenaban poco a poco de vacíos y, al final, la noche se le echaba encima en un temblor que no compartía ni podía compartir con nadie. Había una excepción, su amiga Julia Benítez, doctora en Medicina y una de las oncólogas más reputadas de toda Venezuela.

—Ella también tiene su gran cruz, pero es mucho más fuerte que yo —le confesó Morelba.

Y ahora Samurai, que al salir de Madrid con destino directo a Caracas ni siquiera podía imaginarse que apareciera en su vida esa mujer que seguía ahí, viva en su memoria, dando vueltas por encima del tiempo y el espacio, yendo y viniendo, llamándolo desde muy cerca a veces y perdiéndose en una lejitud invisible durante años para reaparecer el día menos pensado, en el lugar en donde nunca podía haberla esperado; ahora él se preguntaba por qué casualidad, por medio de qué accidentes que no acababa de ver con certeza, Morelba Sucre se había metido en su vida de repente. Como una exhalación que se inyecta sin avisar en el fondo del alma y se queda ahí, escondida para toda la existencia. Como la memoria misma, un arma que carga el diablo de metralla y dinamita.

Vino hasta Caracas a escribir un reportaje sobre la nacionalización del petróleo que el presidente Carlos Andrés Pérez había llevado a cabo a principios de ese verano. El general Franco había muerto seis meses antes y en toda España se sucedían vertiginosos cambios y rescates de costumbres olvidadas y libertades impensables un par de años atrás. Venezuela era la petrocracia, la puerta riquísima de América, y el bolívar seguía siendo una moneda fuerte, inamoviblemente fuerte en su cambio con el dólar. Y Samurai estaba allí, en aquella ciudad atravesada por autopistas y dominada desde los cerros por el paisaje atroz de la pobreza, miles de ranchitos miserables que los presidentes venezolanos, uno tras otro, prometían erradicar en cuanto tomaran posesión del mando constitucional. Pero ahí seguían los ranchitos, desde que Venezuela comenzó a ser la puerta rica de América y todo el mundo se venía a esta parte del continente a conseguir otro destino que casi nunca encontraban más que en los ranchitos de los alrededores de Caracas. Amenazaban por temporadas los ranchitos con caerse encima de la ciudad y comérsela, tragársela de un bocado, en una sola noche de saqueos e invasiones, pero la realidad era que Caracas caminaba hasta las barriadas inmensas de los ranchitos expulsándolos de su lugar y ensanchándose hacia los cerros.

—¿Quieres conocerla? —preguntó Morelba.

—¿A quién?...

Se había despistado un momento de las palabras de Morelba, se le había volado por una vez la atención hacia su trabajo periodístico y las citas que tenía pendientes a partir de esa tarde y al día siguiente por la tarde, con Arriaga, el presidente de la compañía estatal de petróleos recién organizada. Él se lo explicaría todo, con datos, cifras, proyectos, esperanzas. Con esas entrevistas dispondría de un filón inmenso para escribir sobre la nacionalización del petróleo por parte del gobierno adeco de Carlos Andrés Pérez.

—Chico, despiértate, mi vale, ya. A ella, a Julia, mi amiga, la doctora Benítez, hombre, ¿no me estás atendiendo? —dijo Morelba.

Se levantó de la cama, abrió su cartera de trabajo y sacó la agenda. Le enumeró a Morelba cuáles eran sus citas, las horas que tenía ocupadas y que no podía de ninguna manera cambiar. Las dos tardes enteras, la de hoy y la de mañana, eran de trabajo, y pasado mañana tenía preparada la salida de Venezuela y el billete de regreso a Madrid. Tendría que ser esta noche.

—Cuando salga, la llamo y estoy segura de que nos veremos los tres esta noche —concluyó ella.

Entonces regresó a sus obsesiones. Repitió que Caracas era insufrible para ella, demasiados recuerdos, demasiadas heridas abiertas, muchas preguntas que nadie le contestaba. ¿Cómo se podía quedar un hombre tan joven en un quirófano, como un despojo animal que había que sepultar bajo tierra y olvidarlo, como si nunca hubiera existido? Había además una creciente incertidumbre en su vida en Caracas, donde no la retenían más que muy pocas personas, contados amigos y algunos familiares. Estaba todo en marcha para vender sus propiedades, las casas, los valores en bolsa, las acciones de compañías petrolíferas norteamericanas que Luis Mendoza había podido comprar hasta el momento de su accidente mortal, la casa del litoral y los terrenos en el llano, en Aragua. Porque el tipo soñaba con retirarse a vivir en el llano, vivir de otra clase de negocio, lejos de Caracas, una ciudad, la suya, donde los dos habían nacido, pero que se había vuelto insoportable. El tipo quería vivir libre, Luis era un gran soñador, dijo Morelba, quería decirle adiós al mundo ejecutivo de los negocios cuanto más pronto mejor. Tenía la ilusión de la hacienda en Aragua y había comprado ya el terreno para la estancia y las reses. El tipo tenía un lema invariable para sus proyectos en la vida, y dibujaba en cada uno de sus gestos y acciones la silueta de una libertad personal que traducía como el anónimo llanero cada vez que se le iluminaba la cabeza con su vida futura.

—Repetía siempre esos versos que hizo suyos —dijo Morelba—, sobre los llanos, la palma, sobre la palma, los cielos, sobre mi caballo, yo, y sobre yo, mi sombrero. Con todo eso soñaba Luis, Samurai.

Ahora los restos de aquellos sueños se pondrían en venta, dijo Morelba, una vez que le había arrebatado a Cosme Torregrosa la negociación, nunca me fié del todo de ese personaje, y con esa cantidad de dinero quería empezar de nuevo en otro lugar, lejos de Caracas, lejos de Venezuela. Samurai la miró en silencio, interrogativo.

—En un lugar más habitable. En Buenos Aires —dijo Morelba, y sonrió al ver un gesto de sorpresa en Samurai.

Tenía una oferta de trabajo en una universidad porteña. De adjunta de un profesor argentino que había vivido exiliado una temporada de más de dos años en Caracas.

—Se hizo muy amigo nuestro, de Luis y mío, aquí en Caracas —dijo—. En cuanto se enteró de lo de Luis, se puso a mi disposición. Me propuso irme a Buenos Aires, a trabajar en su departamento de Sociología y Ciencias Políticas. Me llenó de ilusión porque era el principio de una nueva vida. Podría rehacer toda mi existencia y la de mi hijo, nada menos que en Buenos Aires, la ciudad donde está ahora todo para mí.

Estaba entusiasmada de nuevo, como una resurrección, con el proyecto de irse a vivir a la ciudad más civilizada, más europea, más parisina y londinense, más romana y barcelonesa de América, dijo Morelba, la ciudad con la mejor y más grande tradición de cultura universal a las espaldas, el teatro Colón, las librerías fantásticas de la calle Corrientes, abiertas veinticuatro horas, las bibliotecas, las universidades, las editoriales, los periódicos y las revistas, el debate político y ciudadano a flor de piel todos los días. Buenos Aires, la civilización frente a la barbarie, dijo casi a gritos, eufórica, dando un salto en su sillón, la tierra prometida, la ciudad de mis sueños, Samurai, ¿te fijas?, está ahí delante, esperándome para recibirme, abrazarme y amarme para siempre, vale.

Eso es lo que había hecho la Tigra tres meses más tarde de que Álvaro Montes se fuera de Caracas y se llevara con él a cuestas su recuerdo, marcharse a vivir a Buenos Aires después de vender todas sus propiedades, dejar atrás el mundo de Caracas, el recuerdo del accidente mortal de Luis Mendoza, la Cota Mil y la inquietante presencia nocturna del caballo blanco, el espectro del alma en pena de alguien que se había matado allí sin tener que morir en ese brutal descuido, por no querer matar a un pobre animal que se cruzó en su camino. Y fue ella, Morelba, quien se lo dijo en el momento de despedirse. Se lo dijo como si le regalara una caricia que Samurai iba a llevar siempre con él, una suerte de cicatriz más allá de la piel, hundida en su propio recuerdo.

—La memoria es un arma que carga el diablo de dinamita y metralla, Samurai —le dijo—, las cosas se quedan ahí, escondidas en las sombras, como meros perfiles de no se sabe bien qué objetos, personas, lugares y tiempos. Y entonces, un día cualquiera, salta la metralla, primero se esparce en mil pedacitos y luego se van juntando ellos solos, sin que nadie haga nada para ese milagro, hasta que se van amoldando y van dibujando las figuras, el paisaje, las voces, las palabras. Ése es el recuerdo, Samurai.

Esa noche, después de las confesiones del desayuno, tras su trabajo periodístico en las oficinas de Arriaga, fueron a cenar a La Belle Époque, un restaurante francés de la avenida Leonardo da Vinci, en Bello Monte, decorado en sus paredes con terciopelo color burdeos que se había convertido, desde el momento de su primera apertura, a finales de los años cincuenta, en lugar de encuentro de las elites políticas y financieras de Caracas. Nada más entrar, Álvaro Montes se dio cuenta de que estaban llamando mucho la atención. La gente de las mesas los miraba muy seguido y hacían luego comentarios entre ellos. Tardó unos minutos en preguntarle a Morelba qué pasaba, por qué los miraban todos los clientes tan serios y tan sorprendidos, por qué los camareros los trataban con una tan educada distancia, como si fuera a estallar una bomba en sus cercanías, qué es lo que estaba ocurriendo.

—Chico, que es Julia Benítez —le dijo Morelba.

Pensó que ella podía haberle advertido de que aquella mujer esbelta, de piel tan blanca como la porcelana, casi translúcida y suavísima a la vista, de ojos tan verdes y de pelo tan fino y rubio que parecía una aparición celestial; aquella mujer tan llamativa y segura de su propia figura, su amiga Julia Benítez, había sido desde siempre la esposa de Asdrúbal Ovalles, jefe de una facción muy activa de la guerrilla urbana de Caracas, que había hecho estragos en la capital venezolana durante los años en que la guerrilla castrista se refugió en las montañas del Estado Falcón al mando de Douglas Bravo.

Ovalles había ido siempre por libre. Era un guerrero frío, un jefe meticuloso y firme, muy científico, al que sus hombres llegaron a reverenciar hasta la sacralidad mítica. Nunca se supo muy bien quién o quiénes patrocinaban y financiaban su movimiento popular violento. Lo anduvieron buscando mucho tiempo, de casa en casa, porque lo hacían responsable de muchos atentados que tuvieron lugar en Caracas. Sobre todo después del crimen del Encanto. Lo cercaron durante días en una casa de Chacaito. Lo agarraron a Asdrúbal Ovalles. Le metieron tortura para que hablara, para que confesara, para que contara quién y quiénes eran los suyos, pero Ovalles se volvió mudo, sordo y ciego. Todo eso se dijo y corrió como la pólvora por el Guayre para abajo hasta que lo supo Caracas entera. Entonces lo juzgaron, lo condenaron y lo metieron a perpetuidad en la cárcel. Desde su celda en el

Junquito creció su leyenda en poco más de un año. En una rara mezcla de respeto y miedo, su nombre empezó a dejar de ser pronunciado en voz alta en la conversación de la gente y pasó al bisbiseo, al rumor. Al relato secreto de sus hazañas bélicas.

Desde que metieron en la cárcel a Asdrúbal Ovalles, la doctora Benítez no había sido vista en otro lugar público más que en el céntrico hospital donde prestaba sus servicios. Pero unos años después corrió por toda Caracas un rumor que sorprendió a cuantos habían llegado a conocer a la pareja, cuando terminó por ser una verdad sabida y reconocida: la doctora había pedido el divorcio del guerrillero encarcelado. Y Asdrúbal Ovalles había facilitado el papeleo judicial. Ni se resistió ni puso oposición alguna a la voluntad de Julia Benítez. Nunca, sin embargo, se le vio a ella con un hombre en público, jamás se le adjudicó ningún romance. Con nadie. Tan discreta como respetuosa con la leyenda del guerrillero urbano condenado a cadena perpetua, se había abstenido hasta entonces de aparecer nunca en establecimientos públicos con amigos o amigas. Simplemente esa vida estaba negada para ella.

Era la primera vez esa noche, junto a Morelba y Samurai en La Belle Époque, que Julia Benítez rompía su costumbre y volvía a mostrarse esplendorosa en público. Como si tácitamente hubiera dejado atrás la sombra del jefe guerrillero y estuviera en otra vida, en otro país y otra ciudad. A ella no parecían importarle nada los gestos de la gente desde otras mesas y desde la barra del restaurante. Morelba se mostraba muy alegre. Hablaba con Julia y Samurai, y parecía divertirle mucho más el juego abierto de esos mismos gestos, de cada una de las risas de complicidad que dedicaba primero a Julia y después a Samurai. Como si quisiera jugar con la ambigüedad, como si les hiciera pensar a los chismosos de la barra y las otras mesas que no les quitaban los ojos de encima que él, Samurai, era el hombre secreto de Julia Benítez, su amante, su visitante amoroso.

Lo mismo sucedió cuando se acercaron al local donde Piero, un joven cantante argentino, triunfaba durante su visita a Caracas. Todas las historias que cantaba eran poemas de amor, cantos de cercanía, traducciones de un recuerdo. El local estaba lleno de gente muy joven, fumando, bebiendo, guardando un respetuoso silencio en cuanto Piero atacaba su canción con la guitarra y la orquesta atrás. Aplaudían cuando Piero cantaba *Caminando por Caracas* o *La gringa*. Los miraban a veces de reojo algunos clientes del local que reconocían a la doctora Benítez. Los miraban de frente también, como interrogándolos, sobre todo a él, cómo se atrevía ese tipo a estar allí con aquella mujer, preguntándose escandalizados quién era ese tipo. Y Samurai se preguntaba si se estaban preguntando si él sabía quién era en realidad Julia Benítez, la mujer que reía a su lado, divertida, alegre; la mujer que, al margen de las miradas y las habladurías, aunque supiera que estaban casi todos pendientes de ella, aplaudía entusiasmada a Piero cuando el argentino terminaba de cantar *Tengo la piel cansada de la tarde;* la mujer que tarareaba en baja voz «tenemos mucho que hablar» cuando Piero entraba en ese verso de *Fumemos un cigarrillo;* la mujer que fumaba y bebía alegremente a su lado; la misma mujer que junto a una amiga y un hombre, del que lo único que habían llegado a saber es que no era venezolano, se divertía como todos ellos y aplaudía las canciones de Piero; y el hombre sobre el que todos se hacían allí tantas preguntas sin respuestas ciertas, si él sabía en realidad —eso es lo que casi todos y todas le preguntaban esa noche con los ojos, desde lejos, sin pronunciar una palabra— que esa mujer era Julia Benítez, la mujer del respetado y temido comandante guerrillero Asdrúbal Ovalles, en la cárcel de Caracas desde hacía bastantes años, y al que se le debía un respeto sacral del que seguramente, ¿eso es lo que estaban pensando cuando lo miraban de frente, con descaro?, aquel intruso que la acompañaba se estaba olvidando esa noche.

—Cada uno tiene que vivir en su territorio, en su tiempo —dijo Julia, como si fuera la sacerdotisa del oráculo—. Cuando uno sale de su cueva, bueno, está en el abismo, se arriesga a caer en el hoyo. Corre el peligro de confundirse, porque uno cree reconocer los perfiles de las cosas, cree haber estado a la intemperie en otras ocasiones. Cree que siempre se sabe la hora que es. Y baja la guardia. Y entra en el lado más peligroso de las cosas, mi amigo.

En ese mismo borde vertiginoso y lleno de peligros, junto a esas dos mujeres-corcho que no pudieron sin embargo salvar a sus hombres más amados del desastre, se movió Samurai durante esa noche entera de Piero en Caracas. Y antes, en el restaurante francés donde cenaron. Y después, en el tiempo que pasaron en El Coche de Isidoro, en Sabana Grande. O en el Juan Sebastián Bar. Seguramente tuvo en algún instante una ligera conciencia de ese peligro, la certidumbre de su naturaleza allí, la condición del intruso, que en muchas ocasiones a lo largo de los años se le convertiría a Samurai en una prueba de su resistencia.

El último día de aquel viaje a Caracas, de camino al aeropuerto Simón Bolívar en Maiquetía, Álvaro Montes compró el vinilo de *Piero en Caracas* con todas las canciones que había oído por primera vez apenas veinticuatro horas antes de su salida de Venezuela. Y, durante

muchos años, cada vez que sonaba en su polvoriento tocadiscos ese vinilo de Piero, se le venían al recuerdo una
a una las secuencias de esa historia.

Junto a ese polvoriento y viejo tocadiscos, fuera
de uso desde hace años, Álvaro Montes colocó la figura del
samurai de madera polícroma, la artesanía japonesa que
le había regalado Morelba Sucre como despedida de su encuentro en Caracas. Cuando estuviera en Buenos Aires iba
a llamarlo, le dijo. Por teléfono. O le enviaría a Madrid
una carta urgente para que fuera a verla y estarse una temporada con ella. Con ella en Buenos Aires, donde la luz
de Londres, los perfiles de París, las sombras de Barcelona
y las esquinas de Roma aparecen y reaparecen según las
horas del día y de la noche, según las estaciones del año,
según el clima impregne de calor o frío toda la ciudad a
la que Morelba Sucre iba a marcharse en pocos meses.
Ella, Morelba Sucre, por fin en Buenos Aires, a buscar otra
vida distinta, a escaparse de Caracas, a dejar atrás para siempre la carga de su vida anterior. Su juventud podía per-
mitírselo. Incluso la obligaba a esa aventura que terminaría por ser una parte vital de su existencia.

Cinco

A lo largo de más de veinte años, las noticias y datos sobre Ariel Francassi le llegaban deshilachados hasta su casa de Madrid. Tal vez por eso Álvaro Montes no les dio mayor importancia, porque los interpretó como chismes cruzados más o menos inventados por las distancias, rumores a los que se añadían pequeños embustes para engordar su leyenda negra. Pero durante todo ese tiempo, Ariel Francassi resultó ser el más despegado de todos los amigos que fundaron la Orden durante aquel día de juventud y excursión al Tigre. Participaba de la mutua complicidad sólo hasta un cierto punto, y se le notó con los años su gusto por estar en la cúspide y a cubierto en las tormentas y con los cabos bien atados. Era el primero en sacar conclusiones que no lo comprometieran, y el primero también en prestarse para recibir medallas y dignidades sin correr albur de ningún género. A primera vista se había aprendido de memoria la habilidad para huir de las dificultades sin dejar rastro, con un instinto anticipativo muy desarrollado con su propia experiencia. Como a todos los demás, Álvaro Montes conoció al diplomático argentino la tarde que se reunieron en el Tortoni. Llegó a Buenos Aires para encontrarse con Morelba Sucre y ella lo llevó al Tortoni. Allí se reunía con sus amigos, los mismos que se llegaron hasta el Delta y fundaron la Orden en el cauce del río Sarmiento.

Al día siguiente de la excursión al Tigre, tras regresar a Buenos Aires con la resaca de la jarana todavía entumeciéndole sus sentidos, Álvaro Montes recibió un telefonazo de Francassi en su habitación del hotel Presidente.

—Qué cosa, los montoneros se volaron todo el embarcadero de Reconquista, viejo, a dos pasos de donde estábamos ayer... —le dijo alterado, casi a gritos—, y no nos enteramos de nada. Sí, sí, es un asunto muy grave.

Una semana antes de ese episodio, López Rega se había marchado de la Argentina con la coartada de una misión diplomática. Después se supo que había sido desde el principio un objetivo de los montoneros, aunque el Brujo fue una tras otra escapando de las trampas hasta salir de Buenos Aires y de la Argentina. No había parado de sembrarse enemigos en todos sus ámbitos, dentro y fuera del gobierno, en los círculos políticos del peronismo y entre los montoneros, de manera que juzgó que la mejor salida era marcharse del país para evitarse males mayores.

—Un golpe, un escándalo, se han cargado la mitad del Tigre de un bombazo —le añadió Francassi por teléfono.

El operativo de los montoneros colocó vallas de vigilancia a lo largo de las cuadras del Tigre que ocuparon militarmente alrededor del puerto de lanchas. Más tarde colocaron en la entrada del embarcadero un cartel donde todo el mundo pudo leer sin dificultades: «Zona dinamitada». Treinta minutos más tarde, esa parte del Tigre voló por los aires. El río, la vegetación, las aguas color chocolate, las oficinas e instalaciones del puerto volaron por los aires con más de cuatrocientas embarcaciones que reposaban allí de sus largas navegaciones por el Delta. Los bomberos de cuatro dotaciones tardaron horas en hacerse con el fuego y hasta la madrugada del día siguiente anduvieron de un lado para otro tratando de sofocar la fiera encendida que los montoneros les habían dejado de regalo en el Tigre. El denso humo negro de la explosión se elevó hasta los cielos del Delta y desde Buenos Aires podía verse el volumen de la destrucción gracias a las inmensas columnas de humo que subían incesantes hasta el firmamento invernal del Tigre, como si todo el territorio fluvial estuviera asolado por repentinos ciclones que quemaban todo cuanto se les ponía por delante. El miedo se extendió por toda la Argentina, había una revolución en marcha y Álvaro Montes pudo leerlo todo unos días más tarde en la revista *Gente,* que esa semana dedicó al episodio del Tigre más de seis páginas de su edición.

Ariel Francassi había hecho durante todos estos años una carrera fulgurante, apenas sin tropiezos, sin mayores obstáculos. Y sin que los desastres políticos del país, los cambios tumultuosos y la dictadura lo tocaran ni por dentro ni por fuera. Pero quienes fueron conociéndolo de cerca a lo largo de los años lo mantenían desconfiados en la distancia. Álvaro Montes recordaba que al preguntar por Ariel Francassi a cualquiera de los periodistas argentinos que se acercaban por Madrid, incluido su amigo Tucho Corbalán, le dieron todos la misma respuesta llena de sospechas. ¿Francassi?, ¿Ariel Francassi?, ufff, pero ¿vos lo conocés bien?, cuidado, mucho cuidado a ese chanta antes de que sea tarde. Lo sabían un personaje escurridizo que aparecía cuando los riesgos desaparecían y se ausentaba del lugar del grave suceso un instante antes de que la bomba fuera a estallar a dos pasos de donde él se encontrara.

Había en Ariel Francassi desde entonces, y cada uno de los episodios de su vida lo iría confirmando, una habilidad innata, que había cultivado a lo largo de su carrera, para la escapada por los tejados y las salidas de incendios cuando el fuego prendía con violencia y se llevaba por delante cuanto encontraba. Una habilidad poco común para galopar con tino un minuto antes de que todo el mundo se pusiera a correr de cualquier modo con tal de escaparse del terremoto; una astucia para correr sin apenas llamar la atención y doblar la primera esquina antes de que la ráfaga de calor lo quemara por completo en el epicentro del fuego; una rara condición de animal superviviente, capaz de atravesar si le hubiera sido necesario el desierto del Sahara sin beber una gota de agua, había en Ariel Francassi, master en obviedades a la hora de hablar con toda brillantez en los discursos oficiales, en los cócteles, en las reuniones públicas y privadas, para no decir al final nada que viniera a perturbarle su carrera y su vida. Rubén el Loco le reconocía todas esas condiciones de nadador de fondos negros, llenos de sombras y oscuridades, aclaraba sarcástico el Loco en medio de sus definiciones; factores que lo habían hecho llegar a la meta al final de la carrera con la frescura aparente de quien se acaba de bajar del auto, che, sin cicatrices ni heridas, sin ningún cansancio muscular ni sudores, como si él no hubiera participado en ella. Como si tal cosa, así es Francassi, para él mismo el tipo más macanudo que hay en esta ciudad de locos, decía sarcástico el Loco.

—No gana la medalla del primero en el pódium, che, eso parece no interesarle, pero siempre llega al final sano y salvo. Y caminando, más tarde o más temprano. No se inmuta ni con su propia bronca. Como si no fuera suya —decía Rubén el Loco—, siempre fresco y perfumado, acá en primera línea siempre el tipo, con la cola alta y la sonrisa del triunfador clavada en la jeta. ¡Como si hubiera salido de la ducha un minuto antes y la gimnasia no le hubiera costado ningún trabajo!

Pekín, Bonn, Helsinki, París. Ésos eran los cuatro puntos cardinales en su carrera diplomática, el recorrido Francassi, en un maratón lento y reflexivo, además de las estancias obligadas en Buenos Aires durante temporadas. En una de esas paradas porteñas, de necesario cumplimiento en su carrera diplomática, lo había conocido Álvaro Montes. Todos los del Tortoni eran amigos de Morelba Sucre y no iba a ser él, Álvaro Montes, el intruso Samurai por unos días de paseo por Buenos Aires, quien se pusiera a investigar más de la cuenta qué secretos lazos de unión había entre ellos. A escudriñar en las causas más o menos profundas, pero evidentes, de su complicidad. Se había fijado en que Francassi miraba siempre de lado, tomando y midiendo al mismo tiempo las distancias para que no le llegara el estallido de la bomba, cuando no estaba seguro de que la estrategia a seguir era poner la directa y conducir de frente por la autopista, dueño y señor de la máquina que llevaba entre sus manos. Observaba y escuchaba en silencio las conversaciones triviales de sus amigos, sin añadirse a ellas más que con algunos comentarios que Samurai calificaba de apoyaturas, procedimientos primarios para no quedar fuera del juego verbal ni levantar entre los demás sospechas de hastío. Sólo intervenía haciendo ver la contundencia de sus criterios cuando veía que llevaba suficiente ventaja en la carrera. Entonces aparentaba demostrar una gran temeridad en sus opiniones, un gran compromiso con lo que sostenía, hasta conseguir la atención del resto de sus amigos, capitalizar la conversación y mandarse la parte cada vez que lo juzgaba conveniente. Y a pesar de todos sus alardes no resultaba finalmente un personaje brillante. Solícito, dispuesto a solventar cualquier pequeño o gran problema que surgiera en su entorno, aunque no fuera un asunto personal, Ariel Francassi parecía desvivirse por sus amigos.

A lo largo de todos esos años, Álvaro Montes no dejó de preguntarse si había sentido celos de Francassi, si alguna vez llegó a sospechar que Francassi tenía amores

secretos con Morelba. ¿Por eso le anduvo siempre manteniendo las distancias a Francassi, por esa sospecha? Nunca
confió del todo en él. Como si intuyera que escondía las
cartas marcadas de una jugada dramática que iba a terminar por arrollarlo también a él.

De modo que Álvaro Montes había viajado por
primera vez hasta Buenos Aires sólo para ver a Morelba
Sucre en su nueva ciudad. Tres meses más tarde de que
ella se hubiera instalado en un departamento del microcentro, entre Esmeralda y Reconquista, donde dicen los
porteños, en plena quiebra de la Argentina, que ahora ya
no vive nadie, todo ocupado por centros de negocios,
bancos, oficinas de multinacionales y tiendas de piel y cue-
ros con grandes vidrieras para que los turistas se queden
pegados a los cristales, extasiados ante los regalos que pueden por fin comprar con muy pocos dólares. Ella había
diseñado con toda su paciencia la estrategia para quedarse en Buenos Aires y nada de cuanto seguramente armó
en su cabeza desde Caracas le falló al llegar a la capital argentina. Comenzó inmediatamente a dar clases como
adjunta de Andrés Lanuza, el benefactor, el profesor uni-
versitario que Álvaro nunca había visto en persona, como
si se le impidiera de una u otra manera la posibilidad de
conocerlo. No lo vio en su primera vez argentina, la tarde llena de griterío y jarana en el Tortoni, cuando decidieron la excursión al Delta. No lo vio tampoco más tarde,
cuando esperaba encontrárselo junto con los demás en el
tren que los llevó a todos hasta el embarcadero del Tigre.
No lo vio después, cuando recorrió junto a Morelba las
calles Florida, Lavalle, Viamonte, Juan de Garay, las librerías de Corrientes; y tampoco cuando se llegaron juntos
hasta el fondo de la Boca y caminaron hasta el amanecer
solos los dos, abrazados en medio del tango interminable que salía de todos los boliches del barrio que Samurai

sintió desde entonces aliado a sus mejores recuerdos. No lo vio en ninguno de los recorridos que hicieron de restaurante en restaurante a lo largo y ancho de Buenos Aires, ni en el Colón lo vio la vez que se acercaron desde el cercano hotel Presidente para ver la entrada de los notables y los prolegómenos de una obra teatral protagonizada por Norma Aleandro y Emilio Alfaro. No lo vio nunca al profesor Lanuza, como si en realidad no existiera y fuera un invento imaginario de la Tigra. Como si Morelba y algunos de sus amigos no quisieran que supiera quién era realmente el profesor Lanuza, qué aspecto físico tenía, qué carácter y qué atracción ejercía sobre Morelba para que ella le diera no sólo su atención sino toda su confianza. Pero ya desde ese viaje suyo a Buenos Aires, Lanuza estuvo sobrevolando todas las conversaciones de los amigos de la Orden, como un referente de influencia y autoridad al que no le hacía falta alguna aparecer para estar presente. Sobrevolaba la voluntad de cada frase de Morelba Sucre y su sombra profesoral ejercía sobre ella una didáctica de contención para reconducir el camino de su discurso. O para frenar el acalorado debate cada vez que la discusión con sus amigos parecía volar por encima del asfalto y amenazaba con salirse del trazado de la carretera para estrellarse contra el piso después de caer desde el aire hasta el fondo del abismo.

A Álvaro Montes le pareció desde entonces que, por su parte, Francassi poseía una personalidad tibia, siempre a la búsqueda de una neutralidad en la que debía de sentirse a gusto y fuera de riesgos. De modo que nunca lo vio enseñar encima de la mesa, para que las conocieran todos, las cartas de sus pasiones y sus preferencias. Y de toda aquella jarca fue con Rubén el Loco, Hugo Spotta, el timonel, y Margot Villegas con quienes se produjo de verdad la química de simpatía y complicidad inmediatas. Ante el asombro expectante de los demás, Álvaro Montes se reía a carcajadas e interrumpía el discurso incoherente de Rubén el Loco en los largos relatos de sus imaginarias hazañas bélicas por la selva de Laos y su conquista de la jungla después de desertar.

—Me lanzaron durante la noche en paracaídas sobre las líneas norvietnamitas en la guerra de Laos —contaba Rubén el Loco lleno de alcohol, tropezándose con sus propias palabras en cada frase—. La adrenalina me salía a chorros por los oídos, las narices, el culo, mientras descendía del cielo, che. El corazón me estallaba en mil pedazos en una oscuridad total. Bajaba hasta el infierno, claro que lo sabía, pero se trataba de sembrar el desconcierto entre los diablos. Tan seguros ellos siempre de sí mismos, escondidos en la magnitud de aquella jungla, dando gritos desde el agujero nomás, hasta volver loco al enemigo. Sentate en mi lugar un momentito, sentí el vértigo llenándote de gloria los mismísimos huevos, ¿cómo había podido llegar allí un gringo sin que los diablos asesinos se dieran cuenta, eh, cómo había podido meterse en la jungla un blanquito como yo? Porque el gringo era macanudo, carajo, sin que me vieran ni mi sombra, pero el miedo saliéndome por la boca hasta fuera, infiltrado y respirando en medio de plátanos inmensos en el centro mismo de una jungla cuyo mapa me había aprendido de memoria durante meses, mucho antes de que decidieran que yo era el que iba a aterrizar allí desde mi paracaídas.

El coronel Smith había llegado al corazón del infierno sin que nadie se diera cuenta. Llevaba una misión que debía cumplir a rajatabla. Pero algo le ocurrió mientras descendía desde el aire en la oscuridad de una noche mucho más oscura, inquietante y desconocida.

—Me cansé, los mandé para el mismísimo carajo, me hice el dueño del quilombo. Una mutación —le con-

fesó el coronel Smith a Samurai, en un rincón de un boliche de Reconquista de Buenos Aires, en medio de tragos y un asado de tira—, se me cruzó en el aire mismo una
iluminación, pero carajo, ¿qué hago y para qué voy yo
ahora camino de ese infierno de mierda?

Conforme descendía en el silencio del cielo raso y
se acercaba a las sombras negras de la jungla, el coronel
Smith iba sintiendo más o menos lo mismo que el doctor
Jekyll al transformarse en mister Hyde: se le iban borrando las huellas personales, se le iban transformando cada
una de las consignas que había estudiado, aprendido e inculcado a fuego en los años de West Point; se le iban cambiando las facciones, se le achinaban los ojos y los músculos
se le volvían de animal selvático que iba a llegar exactamente a su casa y no al infierno al que lo habían destinado
sus jefes para que volviera locos a los diablos asesinos, para eso habían entrenado duramente al coronel Smith. ¿Por
qué iba a cumplir sus órdenes, si el coronel Smith podía
convertirse en el amo de aquella barbarie y ordenar aquel
infierno del que no tenían ni idea ni en West Point ni en
el Pentágono? En su interior, una voluntad de hierro iba
repasando y revisando a toda velocidad cada una de las
consignas para liquidarlas antes de pisar tierra de jungla.
Porque el coronel Smith había decidido desertar de su
mundo nomás pisara aquella tierra nueva.

—¿Todo ese juego de niños que se trae el Loco,
se lo cree de verdad o lo cuenta como eso, como un juego entre todos ustedes? —le preguntó Samurai a Morelba
en la penumbra de su habitación, en el hotel Presidente
de Buenos Aires.

Todo había comenzado como un juego, eso es lo
que había pasado. Como un juego le fueron aplaudiendo
algunos de sus amigos sus cuentos de la guerra a Rubén
el Loco, le dijo Morelba. Empezó diciendo que estaba re-

copilando documentación para escribir un relato sobre un tipo que se había decidido a desertar en la guerra del Vietnam, un alto mando militar de los marines, un tipo que se colgó de otro mundo, dejó el suyo y quiso inventar allá dentro, en el infierno de fuego al que lo enviaron, otro universo distinto. Al principio le escuchaban el cuento con atención, pero luego comenzaron a dejarlo de lado cada vez que intentaba hablar de su otra vida. En una determinada ocasión, cuando el Loco notó que no se lo estaban tomando muy en serio, Morelba le contó que las llevó a ella, a Margot y a Aureldi Zapata a que conocieran su caserón de San Isidro, su bastión secreto.

—Acá está mi cuartel, mi Estado Mayor y mi campo de entrenamiento —les dijo Rubén.

—Me parecía una locura. No se lo dije, pero me parecía un delirio completo. Entonces nos hizo prometer que guardaríamos el secreto. Por supuesto, no lo cumplimos, pero hicimos como que nunca habíamos estado allí ni habíamos visto la locura de Rubén en todo su esplendor —le dijo Morelba.

Era una casa inmensa rodeada de un inmenso jardín, oloroso a vegetación viva, una de las casas de sus viejos que él se había quedado para vivir allí todo el tiempo y organizar sus guerras. En un habitáculo dispuesto como una oficina de Estado Mayor militar, el coronel Smith tenía desplegados todos los planos y los mapas de los territorios donde había desarrollado hasta ahora su guerra, los lugares secretos por donde se había movido su sombra camuflada sin ser vista. Morelba vio fotografías de su mujer, la princesa Kasi, una bellísima joven laosiana con quien decía haberse desposado entre rituales seculares. Entonces Rubén el Loco le enseñó fotografías en blanco y negro de su ejército indígena. Porque había reclutado en la jungla un ejército de trinchera y combate capaz de contener el avance de las tropas gringas y expulsar del territorio a los diablos asesinos, que todas las noches rompían los ruidos naturales de la selva para amenazar con una muerte inmediata a quienes se le pusieran por delante. Le contó que vio también una tras otra las fotos de su coronación, además de las que recogían toda la liturgia de su matrimonio con la princesa Kasi. Y los uniformes de campaña de coronel de los boinas verdes norteamericanos colgados de sus perchas y escondidos en un armario.

—Sus uniformes de campaña de coronel de las boinas verdes en sus perchas, planchados y en desuso ya. Como si los mantuviera guardados hasta nueva orden en aquel placard. Ahí me di cuenta de que no era un juego, Samurai —le confesó Morelba.

—Así es —le contaba a Álvaro Montes en un boliche de la calle Reconquista su experiencia Rubén el Loco, muy serio, concentrado en la imaginación que iba inventando conforme hablaba—, todavía me están buscando para matarme, creen que estoy allá dentro escondido en aquel agujero. Quieren que la selva me trague para siempre como si yo fuera Arturo Cova, un cauchero nomás. Y yo acá mismo, viejo, como en California, disfrazado de occidental, navegando por el Tigre, chupando aguardiente, a carcajadas, mientras ellos buscan y husmean tras las huellas del coronel Smith.

Rubén el Loco lo miraba fijo cada vez que le relataba su locura. Se lo estaba contando a él, aunque en ocasiones estuvieran los otros amigos delante. Quería convencerlo de que todo lo que le estaba diciendo era la pura verdad de su experiencia en la guerra de Laos y Vietnam. Pero Álvaro trataba de contener la risa sin conseguirlo, para acabar estallando en una carcajada ante la expectativa del resto de los conjurados. Cada vez que ocurría su carcajada irreprimible, después no sucedía nada, la química entre Rubén el Loco y Álvaro Montes, recién llegado a Buenos Aires para visitar a Morelba y sus amigos, alcanzaba de sobra para que el coronel Smith se carcajeara con aquel intruso que se mataba de la risa con sus asuntos más serios sin tomárselo a mal. Al fin y al cabo, el coronel Smith se había pasado diez años en esa jungla inventada para vivir sin que lo encontraran nunca, como único dueño, señor y rey de todos aquellos laberintos inhabitables. Había jugado al escondite con todos, sin reconocer las voces que le ordenaban tajantemente volver a casa cuanto antes. Y de ese modo, cumpliendo lo que le ordenaban desde el Pentágono, no sólo salvaría la cabeza sino el honor perdido; que nada de lo que había vivido, ni siquiera la deserción y la traición a los Estados Unidos de América, iba a ser tenido en cuenta, jamás había ocurrido, ninguno de esos informes estaría en su hoja de servicio. Todo con la condición de que volviera a la civilización y huyera de la barbarie de la que ahora se había convertido en jefe adentro de la jungla laosiana. Había recorrido esa misma selva una y mil veces, de abajo arriba y de arriba abajo, sabía de todos sus escondrijos y de sus ruidos y silencios, hasta conocerla palmo a palmo sin perderse jamás, camuflándose sin esfuerzo entre las especies animales y la inmensidad de la jungla, inmune a la búsqueda y a la ofensiva que los chinos, los gringos, los diablos amarillos del vietminh y los hombres del Pathet Lao habían lanzado a la jungla para buscarlo, encontrarlo y matarlo sin contemplaciones.

—Siguen en mi búsqueda, rajé hace rato nomás y todavía creen que estoy metido en el fondo de aquel infierno, che, viejo, cómo son de cabrones los hijos de mil putas —se reía Rubén el Loco.

—Desde esa visita a su casa de San Isidro —le dijo Morelba—, supimos que se tomaba todo aquello en serio. Supimos que Rubén estaba irremediablemente loco, que había que seguirle la corriente cada vez que la cabeza se le fuera para la jungla.

La demencia irrecuperable de Rubén el Loco había comenzado lentamente tan sólo unos años antes, cuando Juan Domingo Perón volvió a la Argentina después de diecisiete años de exilio en Puerta de Hierro, encerrado en un lujoso chalé del exclusivo barrio de Puerta de Hierro, en Madrid; un lugar durante mucho tiempo de sacral peregrinación para cientos y hasta miles de argentinos que sabían que allí, en el mismo chalé, Perón guardaba religiosamente el cadáver embalsamado de Eva Duarte. Todos los días, según la leyenda, Perón acariciaba la piel del cadáver de Eva, conservada por el doctor Aza como si fuera la de un ser humano vivo. Todos los días, Perón peinaba el cabello largo, sedoso y rubio del cadáver de Eva Duarte. Como si estuviera viva, porque mientras pareciera viva, la Argentina estaría viva y él, el general Juan Domingo Perón, estaría mucho más vivo que todos los demás. Y Rubén había creído como millones de argentinos que el regreso del gran hombre iba a devolver a la Argentina su lugar en el mundo.

—Todo el mundo en la Argentina de esos años comenzó a añorar un pasado de grandeza —le ilustró Morelba—. El profesor Lanuza dice que en el regreso de Perón está la responsabilidad histórica de todo cuanto sucede ahora y pueda suceder todavía. Que nadie cayó en la cuenta de que el gran hombre nunca había tenido la grandeza que se le atribuyó. Ni siquiera era un gran hombre. Le dije a Lanuza que Perón era un hombre fuerte y que la gente me había contado que Perón regresó por el deseo popular.

—Y... no hubo otra que traerlo —le explicó Lanuza a Morelba—. Y... fue como si de a pocos, pero al final, de repente, estallara todo el país en una locura amnésica y llamaran al viejo para que regresara desde Madrid cargando con el cadáver de Evita. Claro que todo el mundo recordaba muy bien que ella quería a los pobres y despreciaba a los ricos y abusadores, claro que sí. Pero ella era nomás un cadáver, y él ya no era ni un minuto más el coronel más macho del ejército argentino que al menos en apariencia puso al país a la cabeza del mundo. Y, casi con ochenta años encima, volvió a la Argentina en olor de multitud, a devolver a la patria lo que era de la patria y todos le habían robado, qué locura, Morelba.

—Y entonces fue la masacre de Ezeiza, Samurai —le dijo Morelba—. Rubén estaba en los alrededores del aeropuerto. Era uno de esos niños bien que se había hecho peronista desde adolescente gracias a lo que le habían inculcado sus familiares, enriquecidos durante los años del poder peronista, endurecidos en la resistencia de todos los años de dictadura, cuando el peronismo fue prohibido. Y Rubén estaba allí, en Ezeiza, con la bandera azul y blanca en una mano y la pasión encendida en el alma. Llegaba el gran macho, el gran hombre histórico, Samurai, y había que recibirlo con todos los honores. Él iba a sacar al país de esa ruina al que lo habían conducido todos los gobiernos corruptos y delincuentes que lo sucedieron. Él iba a arreglarlo todo, por las buenas o las malas, con diálogo y con plomo, si hiciera falta, porque todo aquel que le llevara la contra estaba condenado a irse al exilio, a marcharse de la Argentina.

—¿También el profesor Lanuza? —preguntó irónico Samurai a Morelba.

—Lo conocimos en Caracas en esos años, ya te conté. Se fue a vivir a Venezuela voluntariamente después de la matanza de Ezeiza —contestó ella.

Y en todos esos años, desde que sacaron a Perón del poder a mitad de los cincuenta, lo largaron al exilio y le pidieron después que regresara a salvarlos, la Argentina fue achicándose hasta quedarse sin moneda nacional, bailando en el aire como cualquier rumbera menor.

—Todo el mundo robó lo que quiso con Perón y sin Perón —le dijo Andrés Lanuza a Morelba—. Arturo Frondizi llegó a la presidencia de la República porque renovó todas las expectativas que Perón no había cumplido. Su programa político era de izquierdas, nacionalista del todo.

En plena campaña electoral, Frondizi gritaba que nunca más sería la Argentina colonia de nadie, que él y su gobierno electo iban a hacer que los imperialistas no pusieran ni un minuto más sus sucias manos en el petróleo argentino.

—Como si el petróleo fuera un piano de cola para tocar música de Bach en el mejor teatro del mundo —le comentó a Morelba con sorna el profesor Lanuza.

El entusiasmo nacional se desbordaba con las palabras de Frondizi, el hombre providencial que venía a sacar a la Argentina del pozo y a convertirla en la Gran Argentina, el viejo sueño de todos que Olegario Andrade había inventado para un futuro y un destino épicos hasta ahora aplazados en el tiempo. Ni siquiera Perón pudo conseguir la Gran Argentina. Se lo habían impedido a él también, como siempre en la historia argentina, los apóstatas, verdugos, tiranos y traidores; los mismos conspiradores de etiqueta de siempre, aliados todos ellos primero con el gran corruptor, Brasil, que les impidió a los argentinos hacer la Gran Argentina en el siglo pasado, que ayudó a Uruguay y a Paraguay a ser lo que creen que son y no son, y a dejar de ser lo que tenían que ser, argentinas, provincias de la Gran Argentina; los mismos vendepatrias a los que después se habían unido a lo largo de los años hasta llegar a Perón y a Frondizi, Inglaterra, los Estados Unidos de Amé-

rica, la CIA, los bancos de las potencias extranjeras, la Tri-
lateral, todos los envidiosos del mundo que habían impedido a los argentinos la realización del sueño de Andrade, la
Gran Argentina. Porque sabían que ese sueño podía ser
en cualquier momento la realidad histórica que todos los
argentinos estaban esperando. O eso pensaban todos los argentinos, según el profesor Lanuza. Arturo Frondizi pro-
metió la reforma agraria para toda la Argentina. No había
que transigir con nada ni con nadie. En cuanto salió electo
presidente, apoyado por una aplastante mayoría, dio una
orden para que se subieran los salarios a lo largo y ancho
de su Gran Argentina en un sesenta por ciento.

—Pero cuando el indio se viste camisa para ir a la
fiesta, la lluvia lo regresa a su casa —le dijo Lanuza a Morelba, citando mal un dicho colombiano de frontera.

Diez meses más tarde, el generosísimo presidente
Arturo Frondizi comenzó a transigir. Empezó recién a cerrar
las empresas estatales y a mandar a la calle a los trabajadores. Después, de inmediato, una vez que había tomado la
carrerilla necesaria, se disparó entregándole la explotación
de la riqueza petrolífera argentina a las compañías de los
magnates extranjeros, ya estaban los gringos otra vez donde
siempre. Además, sin esperar mucho, abrió las puertas de la
Gran Argentina a los capitales extranjeros. A cambio de
nada, pensaba el profesor Lanuza, y se lo decía a Morelba. Proclamó el estado de sitio y sofocó las huelgas de los
trabajadores y los sindicatos en pie de guerra metiéndoles
el ejército por las narices. Entonces viajó a los Estados
Unidos. Y bailó su tanguito, fumó la pipa de la paz y terminó por besuquearse en público con Eisenhower, como
si fueran dos putas viejas encantadas de haberse conocido. Y se acabó la intransigencia. Un mes más tarde, todo
había subido de precio el cien por cien. Dos meses más
tarde, todo había subido de precio el doscientos por cien.

El sueño de la Gran Argentina se convertía una vez más en una pesadilla pantanosa dentro de la que los argentinos bailaban las pesadillas eternas del mismo tango de siempre. Porque seguían convencidos de que nunca iba a pasarles nada malo, nunca les tocaría bajar de verdad hasta más allá de las puertas del infierno. Aquel episodio donde todo subía más del doscientos por cien en un par de meses era nomás un suceso lamentable, otro de los muchos errores del recorrido de los próceres y los patriotas hacia el destino final de la Gran Argentina; un simple fallo de cálculo del que saldrían más tarde, como siempre, con las fuerzas renovadas para que el equipo de fútbol nacional argentino ganara el campeonato mundial, porque lo más importante de la Argentina es el fútbol, en eso sí que los argentinos somos, ¿viste vos?, los mejores del mundo con distancia. Lo de los números es lo de menos, siempre vendrán a robarnos porque somos los más ricos y bancamos con todo, eso somos, ricos porque somos argentinos y nunca podrá pasarnos nada.

—Así piensa una mayoría, pero un país no se puede saquear en vano —le dijo el profesor Lanuza a Morelba—. Más temprano que tarde hay que pagar el vacío y eso demora más de medio siglo en llenarse de nuevo, ¡en qué clase de manicomio estamos viviendo!

—Lanuza recordaba en Caracas —le dijo Morelba a Samurai— la locura colectiva de la gente cuando se supo que Perón regresaba a la Argentina para hacerse cargo del país, y sacar de la Casa Rosada al dentista, un simple vicario del general, eso decía Lanuza.

De repente, todo el mundo se volvió peronista. Peronistas fascistas, peronistas de derechas y de centro, peronistas liberales, peronistas cristianos, peronistas de izquierdas, peronistas socialistas, revolucionarios, comunistas y ultraizquierdistas. Incluso peronistas maoístas. El peronismo cubría todo el espectro ideológico y hasta más allá de la raya del horizonte. La Gran Argentina toda entera era peronista.

—De cualquier facción, pero peronista —le comentó Lanuza—. Bueno, casi todo el mundo se hizo peronista. Yo no lo fui nunca.

Ni otros muchos que entonces, como él, tomaron la dolorosa determinación de marcharse del país hasta que fuera evidente el fraude del viejo. ¿Cómo se podía seguir adorando a un hombre que había sido precisamente quien había iniciado la caída de la Argentina hasta el abismo, cómo se podía seguir en ésas sino porque el país era en sí mismo una locura inmensa que se negaba a ver la realidad de las cosas?

—Cuando Perón subió al poder por primera vez, Morelba —recordó Lanuza—, se dio una vuelta por los sótanos del Banco Nacional. Dicen que para no llamar la atención bajó cuando el personal de servicio se limitaba a la gente de seguridad, de toda su confianza, en horas de descanso. Se bajó él solo, no quiso que nadie lo acompañara a la cueva del gran tesoro. Con una linterna prendió la luz y se quedó asombrado. No iba muy preparado para encontrarse allí, en silencio, con todo el oro del mundo. Aquel lugar estaba lleno de columnas y columnas de lingotes de oro puro, las reservas de la Gran Argentina, Morelba. Cuando lo sacaron a Perón del país a la fuerza no quedaba allí abajo ni el diez por ciento de lo que encontró cuando subió al poder.

—De modo que, al menos en parte, la locura de Rubén el Loco traduce la locura del país, creerse quien no se es hasta el punto de la suplantación —pensó Samurai en voz alta para que Morelba conociera su reflexión.

Seguían en la penumbra de la habitación del hotel Presidente, en pleno invierno austral, los aparatos del calor acondicionado zumbando en medio de su conversación. De manera que fue desde la matanza de Ezeiza cuando cobró esa demencia de Rubén el Loco coartada de naturaleza vietnamita o laosiana, como un juego de geografías ficticias que le servían de escapatoria, para no acordarse nunca más de sus creencias anteriores.

—No exactamente, Samurai —le contestó Morelba—, él siempre dijo que nunca había sido peronista, que siempre había sido «evista», de Eva Duarte, porque a él nunca lo terminó de embaucar el hombre de la fuerza. La fuerza era de ella, dice Rubén, cuando a ella se le acabó la fuerza, al gran hombre se le terminó la respiración, no era nada sin ella...

—Álvaro, la Argentina es una enfermedad mental, es un quilombo que no tiene remedio —oyó Samurai casi treinta años después el eco de la voz de Rubén el Loco al llamarlo por teléfono a Madrid para decirle que Morelba Sucre se había ido a perderse para siempre al Tigre.

¿Dónde estaban ahora todos los demás?, le preguntó a Rubén el Loco, como un autómata, ¿y por qué lo llamaba a él a Madrid?, ¿por el simple hecho de que Morelba se lo había pedido? ¿Siempre cumplía el coronel Smith, el desertor de la guerra del Vietnam en Laos, así de bien las órdenes y los recados de sus amigos? Francassi había estado hasta muy poco antes en La Habana, todavía en los tiempos de la plata dulce, y parecía irle muy bien, como que se había olvidado de su tragedia y de sus muchas complicidades con el terror de la dictadura. Hugo Spotta seguía encallado en el Tigre y parecía irle mucho mejor, aislado de toda la locura que envolvía Buenos Aires en su evidente decadencia. Encerrado en su mundo, limitado y al mismo tiempo enorme, regentaba su propia empresa de lanchas y barcazas, con embarcadero propio, taxis fluviales para ir y venir con toda seguridad por los canales del Delta, correos para llevar a gente de una isla a otra a determinadas horas del día, barcazas, lanchas y chalanas para excursiones de turistas, visitantes y argentinos a las islas cercanas. Margot Villegas había muerto como había muerto. Una tragedia que todos conocían pero silenciaban. Como si no hubiera sucedido jamás. Todos sabían cómo había empezado su calvario y todos sabían exactamente cómo había terminado. Pero no hablaban entre ellos ni nunca habían hablado con Samurai de esa muerte. No querían recordar el asunto. Les parecía una muerte tan terrible que todos habían terminado por no comentar nada del suceso. Ninguno la había ayudado pudiendo tal vez hacerlo o quizá ninguno reparó en la urgencia de Margot, en los auxilios que estaba pidiendo desde su soledad. Ni siquiera Samurai cuando recibió su carta en Madrid reclamándole un poco de atención. No percibió o no quiso darse cuenta de su angustia, la inminencia de la tragedia que se le caía encima. Seguramente no dio importancia ni a sus imprecaciones ni a sus llamadas de complicidad. Como si Samurai fuera, el que más lejos estaba, quien tenía que venir a salvarla hasta Buenos Aires, como tendría que ir ahora hasta la Argentina para buscar a la Tigra. Por eso esta vez no podía seguir los consejos de Corbalán. Recordaba a Margot Villegas, su muerte horrorosa, el laberinto que tuvo que atravesar durante los largos meses que precedieron al final. Y Samurai sentía, latiéndole en la memoria, el golpe que había sufrido cuando le llegó la noticia. Y las circunstancias y los detalles de la muerte.

Francassi había estado de embajador en La Habana. Hasta seis meses antes había estado en La Habana, parecía irle muy bien en su carrera diplomática, le decía por teléfono Rubén el Loco, estaba muy ocupado en su propia vida, no tenía tiempo para nada más, ni para acordarse del asunto de su hijo, ni para acordarse tampoco de Margot Villegas. Álvaro Montes no le preguntó al Loco por lo que él hubiera podido hacer por ella. No le preguntó porque se acordaba de sus propias carcajadas cuando el Loco contaba sus aventuras militares en la jungla de Laos, con su ejército de más de diez mil nativos de las tribus selváticas. Al fin y al cabo estaba metido en su locura desde hacía demasiado rato. Le preguntó por la gente de la Orden, la gente de la amistad. ¿Y Hugo? Hugo estaba fuera de circulación desde que se marchó al Tigre, se le voló la tapa, se mudó de piel, de lugar y de todo. ¿Viste?, como si se hubiera convertido en otra persona, dijo Rubén el Loco sin querer acordarse de que la mitad de las veces él mismo era el coronel Smith. Y de Aureldi Zapata había tenido él tan pocas noticias que no se atrevía sino a darle un croquis muy fragmentario de su vida a lo largo de aquellos años.

—Se marchó a Cuba, asqueada de este país, eso fue lo último que me dijo la profesora mendocina, poco tiempo después de la llegada de Videla —me contó Rubén—. Pudo zafar de la quema que se le venía encima. No sé ni cómo consiguió salir de este infierno, casi creo que Hugo la sacó hasta Uruguay, a ella se la hubieran chupado los milicos en cualquier saca, no había otra. Así que Aureldi Zapata se había ido a vivir a Cuba, y Samurai tenía desde hacía tiempo una brumosa noticia de ese viaje sin retorno. Se había ido a Cuba y quien sabía algo de ella tendría que ser Ariel Francassi, le dijo Rubén el Loco.

—De a pocos se volvió castrista el embajador y ahora está enterito con la Revolución —le dijo el Loco por teléfono—. Como la Argentina es el país de las amnistías, ya nos hemos metido para la historia más de cien amnistías, bueno, nadie puede negar que es un buen mecanismo legal para bancar con todo, como si nos hubieran metido el Alzheimer a todo el país entero. Entonces Francassi se hizo una para él solo, se borró las culpas de su hijo y de Margot. Se amnistió como si tal cosa, se borró todo su trabajo en los bajos fondos de la dictadura, con el almirante Cero de padrino. Escribió su ley y se firmó su decreto, qué farabute el tipo —dijo con sorna el Loco—. Bueno, venía de vez en cuando de la isla, ya casi habla como un cubano. Una vez me lo encontré acá cerca, en la avenida Córdoba, donde fuimos a veces nosotros, ¿recordás el lugar? Estaba sentado acá con su mujer sueca, una europea nórdica muy preocupada por los indios y sus costumbres, qué loca, tiene el síndrome de Atahualpa, ella se sabe todas las letras de las canciones folclóricas del sur, viejo, una loca, perderse acá entre los expertos de esa mierda, venir a encontrar acá el síndrome de Estocolmo siendo sueca, ¿no es un destino ridículo, che, qué decís? Nos saludamos y le pregunté por la gente. Tenés un aspecto inmejorable, mi querido Rubén, macanudo, me dijo dándome unos golpecitos en la espalda, dándome un abrazo de los de antes, pero ahora con mucha superioridad, una joda de verdad el tipo. Él sí tenía un color en la piel, che, que daba envidia de la verdadera, en pleno invierno de Buenos Aires, un frío que mataba el aire, y el tipo luciendo un color en la cara de puro veraneo.

—Recién llego de La Habana, che —dijo Francassi abrazando a Rubén el Loco—. Unos días en Varadero y te sanás del todo para un año entero, volvés como acabado de nacer. Una felicidad muy grande aquello, te lo juro, tenés que ir a verlo, dale, de verdad, una paz allí, un orden, una justicia. Y la gente lo sabe, la gente toda canta y ríe, che, porque sabe lo que hay por acá fuera, este infierno perenne, Rubén, ya quisiéramos los argentinos que este país fuera como Cuba. La vi en La Habana muchas veces, a Aureldi Zapata, viejo, allí está ella desde hace años. Fue por un rato y se quedó pegada a la gloria. Se casó con un mulato muy simpático, el Locuaz, lo llama todo el mundo, se desvive por hacerte favores. Me dijo que quería irse para Italia, a Roma, o algo así, me pidió que le hiciera acá varias gestiones para una bequita del Ministerio. Claro, ¿cómo no?, le dije, la vieja amistad, los recuerdos, le dije, la Orden del Tigre, ¿para qué estamos? Che, Rubén, de verdad tenés que ir a verlo aquello, un ratito nomás al paraíso, vos vas a quedar fascinado, de verdad, che. Rajá para allá a la primera, viejo. No te lo podés perder, de verdad, está todo muy barato. Lo arreglás con un par de dólares todo, de verdad, el que no ha visto La Habana, che, no ha visto nada, de verdad.

—La mala memoria es una bruja maldita —dijo Margot Villegas, y tomó un sorbo de su martini seco— y la gran responsable de todos nuestros fallos, Samurai, no admitimos nuestros errores. No queremos verlos, olvidamos esas equivocaciones y terminamos olvidándonos de quiénes somos.

La mala memoria, repitió para sí Álvaro Montes mientras recordaba la voz de Morelba Sucre en su primera noche del hotel Ávila, pocos años antes de su reunión con Margot en el bar del Plaza de Buenos Aires, frente a la plaza San Martín. La mala memoria es la que juega las peores pasadas, es mucho peor que la llamarada que provoca la metralla y la dinamita de la memoria buena, la que toma la cabeza de playa atacando como los marines, con un griterío ensordecedor que responde al código de ataque de los guerreros suicidas. Todas esas partículas de la memoria se reúnen poco a poco, parece cosa de magia, ocupan su lugar de combate y hacen saltar por los aires el empecinamiento del olvido para llenarlo todo con los recuerdos.

—Samurai, la agresividad de las hormigas argentinas, las más violentas del mundo entero, si exceptuamos a las famosas hormigas 24 —le explicaba Margot Villegas en el bar del Plaza.

Hubiera querido que se vieran en el Libertador; que los dos dieran después una vuelta larga por las calles del microcentro, por Palermo Chico, por San Telmo, el barrio de Tucho Corbalán, y terminaran llegándose hasta

La Recoleta, exactamente a La Biela, tan clásica, tan agradable, donde servían desde siempre tan buenos tragos y un café de gran calidad. Así se lo dijo. Pero Margot se le negó en redondo a ese periplo, vos querés correr demasiados peligros, claro que vos estás cubierto, sos un intruso, un forastero que llega y se va cuando quiere.

—El del Plaza es inmejorable, che, puro british. Te va a parecer que estuviéramos en un pub de lujo de Chelsea —continuó Margot—. Muy lejos de este infierno. Hay un pianista que toca clásico en jazz —insistió ella—. Dale, estaremos tranquilos para conversar, Samurai, preparan los mejores martinis de todo Buenos Aires y además no hay peligro de que vos la encontrés. O ella a vos. Vive por allá, por La Recoleta. Morelba, quiero decir. Y menos a La Biela, y... menos conmigo, no voy ni que me envenenen. Y... se sienta Lanuza en La Biela un día sí y el otro también, viejo. En esta extremaunción colectiva... y es uno de los salvoconductos para su supervivencia, que lo vean en público, que sepan exactamente lo que hace y que no hace nada más que eso. Tiene miedo de que lo chupen. Acá es así, todos estamos advertidos, todos tenemos que ser transparentes, ahora hay que bancar con todo esto, como una radiografía médica, no hay otra...

La mala memoria es un mecanismo que se inventa cada uno para largar de cualquier lugar, para escaparse a toda velocidad en cualquier dirección y no hacer frente a los fantasmas y espectros. Morelba se lo había enseñado antes en Caracas y Margot se lo había repetido una y otra vez, como un eco que se mantiene en silencio, es como si ya no existiera y regresara de repente a encontrarse con uno mismo. Hasta ese momento nadie le había dicho que la Tigra vivía en La Recoleta, muy cerca de La Biela.

—Es un artilugio de la mente que nos engaña —continuó Margot a vueltas con la mala memoria— convenciéndonos de que caminamos hacia la felicidad, pero es al contrario, vamos de cabeza al abismo. Un artilugio nefasto, Samurai.

Margot Villegas había sido hasta muy poco tiempo antes una mujer muy hermosa a la que todavía la madurez parecía respetarle muchas horas de sensualidad viva. Pero en un solo instante raro de su edad se le quebró el gesto alegre de su rostro, se le fue la sonrisa de la piel, se le ajó el aliento vivaz de su respiración. Y como un manto negro se le echó encima una sombra que la envejeció hasta más allá del miedo. Había dejado de dar clases en la Facultad de Letras de la UBA un mes antes de que la sacaran del trabajo los militares. Nunca se había destacado por ser una extremista, una kamikaze charlatana como Aureldi Zapata, de las que buscaban las patotas para chuparlas a lo largo de toda la ciudad y de todo el país noche tras noche, a diario desde el golpe militar, pero se movía en la frágil y casi invisible franja fronteriza donde se puede caer de un lado o de otro, según las conveniencias de los chupadores, la policía, los fiscales y los militares. Con la excusa de tomarse unas largas vacaciones, un sabático necesario, Margot Villegas había escogido la ausencia de las aulas. Había elegido marcharse no sólo de la universidad, sino de todos los lugares que frecuentaba antes de la llegada de la dictadura, antros del hampa política, según los milicos, comités de apoyo y oficinitas de reclutamientos comunistas, montoneros y erpistas a los que iban a fumigar hasta en los más mínimos rincones.

—No soy una suicida, no tengo madera de patriota —se excusaba Margot de imaginarios ataques, Álvaro no le había pedido explicaciones—. No me iba a quedar mirando lo que pasaba hasta que vinieran a buscarme a mí también. A ver, vos, ¿qué carajos hacés acá si no sos de ellos, qué hacés acá acompañándolos, bebiendo con ellos, ma-

mando y jodiendo con ellos en esta basura, a ver? Hablá, dale, eso es lo menos que me habrían dicho. Y después...

Ellos eran como las hormigas argentinas, de una agresividad devastadora, cuya única misión estaba en cumplir su tarea en tiempo y espacio exactos, con toda disciplina, hasta dejarlo todo limpio. Como que por acá pasó un ciclón y no dejó nada en pie.

—Vos sos un francotirador, un solitario... como Corbalán —dijo Margot—, y... es más fácil para vos entender cualquier cosa... Hay investigaciones científicas que dicen que las hormigas que no hacen la guerra, las hormigas, digamos, pacíficas, para entendernos, viven mucho más tiempo, prosperan, son más trabajadoras y producen un universo lleno de orden. Construyen, en una palabra. Ah, esas hormigas civilizadas, qué distintas a las hormigas argentinas, Samurai. Estos bichos están todo el día vigilando, buscando al enemigo, marcando el territorio, no tienen energía nomás que para desarrollar un instinto terrible de agresividad que va subiendo la fiebre hasta que estalla. Son animales de mala memoria, como nosotros los argentinos. Y... hay investigaciones que dicen que las hormigas argentinas que se llevan fuera del país y se implantan en otros lugares pueden volverse pacíficas. Y consiguen fabricar colonias, che, ciudades completas, comunidades enteras dedicadas a la búsqueda pacífica de comida y a reproducirse sin tener que sacar el fierro a cada minuto. Acá no, che, acá matan todo el tiempo, son insaciables...

Le pidieron otros dos martinis al camarero. El pianista del Plaza estaba ubicado en un ámbito exterior, inmediatamente contiguo al mismo bar inglés de maderas nobles donde Margot y Samurai bebían martinis y hablaban de la mala memoria y la violencia terrible de las hormigas argentinas. El pianista tocaba piezas de Bach, Schubert, Brahms. Iba desgranando nocturnos, adagios, sonatas, pavanas. Tocaba siempre en clave de jazz. A veces Samurai distinguía la pieza de *Cavalleria Rusticana* para después saltar al *Thais* de Massenet, y seguir rondando con *Orfeo y Eurídice* de Gluck. Las notas llegaban una a una hasta el rincón del bar donde se encontraban los dos, como si fueran una pareja ensoñándose en uno de sus muchos intervalos, entre el amor y la pasión. A estas alturas del discurso, Samurai sabía ya que Margot estaba dando vueltas al contenido de su secreto tal vez para hurtárselo, para escaparse de la tentación de contárselo todo. Para seguir con el secreto a cuestas aunque tuviera muchas ganas de echarlo fuera. Trataba con su alambicada analogía y sus curiosos saltos de un asunto a otro, desde la mala memoria a la violencia destructora de las hormigas argentinas, de abrirse hueco poco a poco para tal vez encontrar el instante y la ubicación ideal y confesarle a Samurai su gran secreto. O estaba demorando con su inteligencia verbal ese mismo instante, hasta que su mala memoria le ganara la jugada a la tentación de contárselo todo.

—Fuera de su poblado natural pierden el instinto conflictivo, se olvidan de su ardor guerrero —seguía hablando de las hormigas—, aunque algunos científicos niegan tal posibilidad. Dicen que es un camuflaje, un disfraz inteligente ante un terreno nuevo que todavía desconocen, puede ser. Su inteligencia instintiva, ¿viste?, las provee de una máscara que disimula su vocación de matar, una máscara sutil con la que engañan incluso a quienes siguen muy de cerca en los organismos científicos su conducta. Como si hubieran perdido la memoria y cambiaran de personalidad. Tienen aparentemente esa cosa que se llama mala memoria, pero es una máscara para luego atacar a dentelladas a todos los que consideran enemigos.

La mala memoria es una enfermedad que ataca como un cáncer galopante. Primero inyecta en la memoria buena una generosa dosis de amnesia para pulverizar los mejores recuerdos, los más bellos instantes que la memoria lleva consigo contra los malos ratos, para ponerle cara a cada uno de los retratos en blanco y negro del pasado, para sacarle color sepia a cada episodio. Luego ese germen mínimo de la amnesia se queda quieto, paralítico, latente, como hibernando en la memoria sana. Busca que su presencia pase inadvertida. El pinchazo que la memoria notó con la inyección es la única alteración y, aunque en principio provoca un instantáneo malestar que se pasa inmediatamente, no llega ni a recordarse un minuto más tarde el picor que produjo el pinchazo. De eso mismo se trata, de pasar inadvertida al menos al principio. Tiene el mismo proceder que la hormiga argentina la mala memoria, porque después el bichito recién se despierta dentro de la despensa de los recuerdos y comienza su macabro trabajo. Se reproduce al principio con lentitud y luego a toda velocidad, vertiginosa, geométricamente. Y después genera una implacable y feroz voracidad con la que va devorando insaciable y lentamente los recuerdos, hasta que llega el instante supremo y la mala memoria, instalada en el organismo conquistado, declara su victoria. Entonces comienza la limpieza de toda la memoria, un vaciado completo, un barrido completo, con torturas inimaginables a los recuerdos más recalcitrantes y rebeldes, a todos los que se niegan sin motivo alguno a desaparecer hasta nueva orden, a todos los que no quieren ser esclavos de los nuevos dueños. La violencia proclama entonces su buena voluntad, sus ganas de arreglar las cosas por las buenas, porque no pelea hasta la muerte sino cuando la obligan los enemigos que no quieren someterse a su gobierno. Ha tomado por entero el espacio secreto de la memoria y todo el mundo tiene que saberlo: que la limpieza se hace necesaria por el bien de la comunidad. Hasta dejar el territorio dominado completamente nuevo, ése es su objetivo.

—Dicen los científicos, Samurai —añadió Margot—, que la conducta de las hormigas es en bastante medida semejante a las pautas de comportamiento que seguimos los seres humanos. Hay gente que sabe lo que le espera, sobre todo si insiste peligrosamente en ser ella misma cuando no le conviene. No se trata de una intuición, dale, dejá ya las paranoias y la manía de las premoniciones, nada de eso. Lo sabe con certeza y adopta la máscara. Cambia de personalidad, pierde la memoria y se olvida de quién era hace poco. Se quita del mundo. Se mandó a mudar del otro, se hace invisible y sólo vive para la supervivencia. Dicen los científicos que los métodos de guerra de las hormigas son los mismos que los que empleamos los humanos. A estos tipos no les gusta dar certidumbre absoluta sobre sus estudios, pero te lo dicen, te dejan caer sobre la cabeza un peso de diez toneladas como si fuera una pluma. Óiganlo bien, mis hijos, las hormigas y nosotros somos igualitos, hay que bancar con esa cagada, no nos diferenciamos más que en el vicio del tamaño. Pero eso, Samurai, como todo, desde Einstein en adelante, es relativo.

De todos los amigos que habían fundado la Orden un par de años antes, Margot Villegas era quien con más asiduidad había seguido viendo a Ariel Francassi, en otro dique seco de sus paradas porteñas durante ese viaje de Álvaro a Buenos Aires. A veces dos veces, a veces tres por semana se veían, se hablaban por teléfono, quedaban en encontrarse en cualquier boliche cercano al departamento de Margot en Viamonte. Un café, un mate, un trago, un cigarrillo, una hora de conversada.

—Damos vueltas, por ahí nomás como viejos compinches nomás —le dijo Francassi a Samurai riéndose en

Caño 14, mientras sonaban en todo el local los bandoneones y violines de la orquesta del gran Pepe Basso.

Álvaro miró de reojo a Margot. Sus labios mantenían una cierta nostalgia de la belleza que hacía pocos
años estaba todavía allí, retozando alegre en sus labios car-
nosos y sensuales. Sonreía, fumaba simulando ausencia
de la conversación, mientras parecía atender con pasión
el sapiente trabajo de la orquesta de Basso. Las palabras
de Francassi volaban amortiguadas por el ruido y la música hasta los oídos de Samurai.

—Pero nada de nada, no te hagás el malo, por
Dios —añadió sonriendo con malicia escolar—. Todos
aquellos escarceos adolescentes ya desaparecieron entre nosotros, viejo. Se trata ahora de una buena amistad. Hombre, no te voy a decir que la Orden se haya disuelto, es un
hecho que ese invento se te ocurrió a vos, vos sos el motor de esa máquina loca, querido, el responsable desde el
principio hasta ahora. Todos nosotros estábamos borrachos y te seguimos en el delirio. Seguro. Vos dijiste que
hasta el Tigre. Y todos nos las arreglamos para irnos al
Delta y fundar la Orden contigo a la cabeza. Pero claro,
che, una excursión inolvidable, viejo, ¿cómo no? Y además,
qué cosa, viejo, lo del embarcadero de Reconquista casi
en ese mismo día, carajo, por horas no nos volteó a nosotros también por los aires, la gran cagada hubiera sido eso,
¿no? Ahora las cosas acá cambiaron completamente, vos
ves lo que está pasando, la vida es otro asunto ahora en
Buenos Aires y en toda la Argentina, no da para demasiadas alegrías.

—Un poco ése es mi proceso personal, Samurai
—volvió a hablarle Margot, reclamando su atención silenciosa, perdida unos instantes entre el recuerdo de Francassi y el arreglo musical de Bach por el que se adentraba
el pianista del Plaza—. He ido de a pocos mudando de

personalidad. Sí, sí, me fui quedando sola conmigo misma hasta dejar de ser la que era. Entonces ni siquiera se me pasaba por la cabeza, pensá vos, qué loca hubiera estado, que esta situación iba a vivirla así, que me iba a invadir por completo, de ninguna manera, ¿qué creés vos?, pero ni loca, mi hijito, iba yo a pensar en quitarme de todo con todas las consecuencias.

Lo miró con atención un instante. Samurai no quiso que sospechara la creciente inquietud que le provocaban sus palabras. Inquietud o malsana curiosidad, porque a veces se dejaba llevar por el instinto periodístico y guardaba un silencio absoluto ante su interlocutora con la intención de enterarse de todo, de atender con los seis sentidos disponibles a cuanto estaba dispuesta a confesarle Margot Villegas aquella tarde en el Plaza, para traducir exactamente lo que no terminaba de decirle, todo lo que le hurtaba porque algo tenebroso y cercano le impedía contarlo. La dejaba hablar porque eso es lo que ella quería, hablar con él, desahogarse, andar el camino con la estrategia suficiente para no equivocarse, prescindir de la mala memoria y llegar al final, contándoselo todo. Pero no hacía exactamente eso. Se demoraba con cierto placer morboso en los recovecos más inesperados, entraba y salía de sucesos menores, recalaba en las investigaciones de los científicos sobre las hormigas, en general, y sobre la hormiga argentina en particular, mucho más agresiva, ¿cómo no?, mucho más guerrera que ninguna otra en el mundo, una plaga esa especie de hormigas, de las dos o tres especies más terribles en el mundo, según decía Margot Villegas que proclamaban los científicos norteamericanos en California, donde se pasan los días, las noches, los meses y los años, siguiendo sigilosamente las huellas del comportamiento de las hormigas, apuntándolo todo en libretitas que siguen al segundo cada uno de sus movimientos, cada uno de los golpes o de los sueños, cada uno de sus ataques, cada uno de sus descansos y de sus aparentes cambios de humor. Estudian si esos cambios son estructurales. O si, por el contrario, son sutiles máscaras químicas del bicho para engañar a quienes los observan con tanto detalle científico, con tanta tenacidad y obstinación.

Seguía mirándolo en silencio, durante unos instantes, como si estuviera tomando aire, midiendo el impacto de sus palabras, mientras Samurai echaba un vistazo distraído al bar del Plaza, lleno de turistas y porteños a esa hora de la tarde en la que la luz de Buenos Aires comienza a decaer y la ciudad se transforma en muchos esplendores a la vez. Las sombras de Madrid se dibujan de repente en algún rincón de Florida, pero las siluetas vespertinas de París avanzan por Libertador, las de Londres entran y salen de Retiro y La Recoleta, las de Barcelona se quedan ancladas en Corrientes o Santa Fe. Y las de Roma corren como tirijalas por los Dos Congresos y por todas partes, expandiendo en la memoria con una velocidad asombrosa la reproducción casi exacta de muchas de sus calles, plazas, monumentos, el ruido y las estridencias de las máquinas de los autos y las motocicletas, los cláxones por todos lados, los gritos de la gente hablándose de un cortado a otro de la calle, despidiéndose o juntándose al decaer la luz del día en la ciudad de Buenos Aires.

Ella lo miraba con atención porque en su fuero interno creía que Samurai había entendido su mensaje y lo había traducido sin ningún error, porque él no había cambiado de personalidad, ni de piel había cambiado él como le fue necesario hacerlo a ella. Estaba libre de esas contingencias, al menos de momento, y había venido a Buenos Aires desde Madrid, vía México, para hacer una serie de reportajes sobre la dictadura militar de Videla y las sacas de subversivos y terroristas que las patotas militares habían convertido en práctica urbana y cotidiana. Para limpiar Buenos Aires y todo el país de miserables, antipatriotas, comunistas, socialistas, erpistas, peronistas, montoneros. El ataque se estaba desarrollando con la misma virulencia que la que ponen en práctica contra sus enemigos tribales las hormigas argentinas, devorando la memoria rebelde de cuantos miserables y antisociales se les ponían por delante a su santa voluntad patriótica. Se trataba exactamente de eso, de inyectar el terror en todos y cada uno de los argentinos para que quedaran paralizados, electrizados por el pavor, hasta el punto de que cambiaran voluntariamente de personalidad y se convirtieran en cómplices activos o silenciosos. Pero cómplices siempre: ciegos o espías, pero cómplices, gente sensata. Ya nadie era quien fue antes del inicio del ataque. Uno a uno de los argentinos, y todos de a pocos, pero todos, enteramente, al final del Proceso serían otros argentinos, los que sobrevivieran serían otros argentinos. Gracias al gobierno nocturno, todos los argentinos serían otros, limpios y lejos de las tentaciones comunistas, lejos de la mugre y la bazofia imberbe, antisocial y conflictiva de las hormigas antipatriotas.

—Caníbales insaciables, Samurai —dijo Margot en voz baja, con rabia, dejando que las sílabas salieran una a una de sus labios, con toda lentitud.

Su tono de voz cambió de repente. Tenía los ojos brillantes y los labios, ayer tan bellos, temblorosos. Durante los últimos diez minutos había fumado un cigarrillo tras otro, sin terminarlos, sin parar de sacar de la cajetilla de Winston cigarrillos que encendía para llenarse y envolverse en el humo, para que sus ojos brillantes no delataran el esfuerzo que hacía desde dentro de su alma. Había tratado de no llorar, pero al final no pudo evitarlo. Temblorosa, sin dejar de llevarse un cigarrillo tras otro a sus labios, comenzó a derrumbarse. Las convulsiones empezaron por su cabeza, su rostro se contrajo en una mueca de pavor, y hablaba ahora sin palabras, con gestos. Movía las manos y lloraba, trataba de decirle a Samurai que estaba muy cansada, que estaba al borde del delirio, que no encontraba salida alguna para la tragedia que se le había venido encima, pero el dolor engullía sus palabras antes de que ella las pronunciara y le sellaba sus labios en un temblor de miedo.

—¿Quieres venirte a España una temporada, Margot, conmigo? —le preguntó Samurai sin pensarlo, como único método para sacarla del ataque de llanto que ahogaba su respiración.

Sus ojos seguían anegados de lágrimas extendidas por todo el rostro, arruinando su maquillaje, tan luminosa su cara y sus ojos brillantes hacía sólo un cuarto de hora. Tan destruida ahora, tan derrumbada Margot Villegas en cada uno de sus gestos inevitablemente convulsos.

—Caníbales insaciables —repitió con la misma rabia llena de lágrimas de unos segundos antes—. En cuanto oscurece, se convierten en leones asesinos que vagan por la selva tras las presas escogidas. Las huelen desde la tarde, preparan el festín y se lanzan a la jungla a devorar a todos aquellos que los caníbales saben que no han perdido la memoria, que mantienen en el interior de sus cabezas una lucidez que los leones asesinos no pueden soportar. Los sacan de sus casas, los arrancan, arrastran sus cuerpos por las esquinas de la jungla, se los llevan para sacarles las entrañas a dentelladas. Les abren de un bocado el estómago y les sacan los intestinos al aire. Entonces comienza el banquete, Samurai, y los caníbales insaciables devoran todo cuando detectan que se mueve en la noche. Matan por placer. Para el gobierno de la noche matar a los demás es un placer al que se han acostumbrado y ya no pueden salir de ese vicio. Es una drogadicción convertida en placer religioso, Samurai, necesitan hacerlo, nacieron para devorar insaciablemente a sus semejantes. Y por la noche, antes de comenzar la matanza, se transforman en leones. Al fin y al cabo, ¿no son ellos, los leones, los reyes de la selva, no es de ellos, de su propiedad, la selva en la que organizan sus carnicerías nocturnas? ¿Sabés vos a qué animales matan los leones salvajes antes que a los demás?, bueno, pensá bien: a los que se diferencian de la manada. Ven en la noche una manada y la siguen hasta que un color raro, un determinado modo de caminar, una seguridad, una soberbia en la certidumbre, distingue a la víctima. La señalan, la marcan, la escogen y van a por ella. La separan de la manada, que corre a esconderse en el bosque, despavorida. La dejan sola, la acorralan y la matan a dentelladas. Acá está ya, muerta, como ellos quieren.

La mala memoria es mucho peor que la memoria. La idea general consiste en creer que con la mala memoria cualquiera queda excusado de su propia conciencia. Ha dimitido por su voluntad de su propia personalidad, y la oculta bajo los escombros y los restos de los cadáveres que los leones insaciables van dejando tras de sí en sus correrías por las calles de Buenos Aires, sacando a las víctimas de sus casas, y les clavan los incisivos en la yugular a sus víctimas para que no griten, para que apenas respiren. Las arrastran sobre el asfalto con la mordida en la yugular. Paralizadas las víctimas hasta que las introducen en los Ford Falcon color verde inglés y se las llevan hacia el silencio, un territorio irreconocible, oscuro, mugriento. Descargan como fardos a las víctimas en esos antros llenos de mierda y los dejan ciegos con su soledad, con su terror circulando por cada una de las venas y arterias de sus cuerpos. Las dejan ahí, como si las abandonaran para siempre en la nada, en un abismo de huesos muertos del que ya no saldrán jamás. La víctima sabe que eso no es la muerte, que ese territorio extraño no es un cementerio, que ese sabor de metralla y dinamita, que ahora le llega a su lengua y corre amargo por todo su paladar, no es más que la memoria personal recuperada de repente, ante el límite del pavor al que los leones insaciables la han condenado. De repente, la mala memoria desaparece, se cae la máscara, se desnudan del disfraz las víctimas. Y, al abrir la brújula para orientarse, al preguntarse dónde han ido a parar y cómo, dónde están en ese instante de sus vidas, o si ese instante es el preludio de sus muertes, se abre paso en ese mismo momento un punto mínimo de lucidez. Y se rescata la conciencia, un golpetazo terrible de metralla y dinamita que borra la mala memoria en esos instantes que marcan el límite.

—Estoy en ese mismo límite, Samurai —dijo sin dejar de llorar, asiéndose a sus manos, sin dejar de temblar, arrasada por las lágrimas—. Ahora mismo, estoy segura, nos están vigilando.

Todo el mundo, hasta quienes alardean de poseer una inmensa mala memoria, tiene un escondite reservado para su memoria más íntima. Una cueva a la que nadie puede llegar nunca. Y Margot Villegas miraba a un lado y a otro del bar del Plaza, seguida con cierto disimulo por los ojos de Samurai, mientras el pianista se arrebataba con la *Sherezade* y Rimski-Korsakov, como si fuera la música de un músico negro de New Orleans. Buscaba al enemigo emboscado en las caras sonrientes de los turistas rubios, resplandecientes de felicidad en la ciudad de Buenos Aires, al margen todos de la nueva cacería nocturna que estaba a punto de iniciarse unas horas más tarde en todos los barrios de la ciudad, en todas sus calles desiertas, en el extrarradio infernal que se abría a pocos minutos del Plaza. Los porteños conocían de sobra la insaciabilidad de los leones y se quitaban de en medio. Al anochecer se apresuraban hacia sus casas o las casas de los amigos que no tenían nada que temer, que no temían en apariencia la visita inminente de los leones esa noche al menos. Se metían en los escondrijos, en sótanos donde quizá no llegara el olfato asesino de los leones, en esa esperanza vivían y respiraban, ésa era su batalla, respirar y sobrevivir. Hasta que los leones llegaban a la puerta, la derrumbaban a marronazos, metían sus narices y sus fauces en las cuevas, en los escondrijos, en los lugares más desconocidos, inventados por las víctimas para escapar de sus insaciables dentelladas. Metían hasta el fondo sus fauces abiertas y sacaban a la res con la yugular herida. Acá está el muerto. Esa línea marcaba el límite. Margot seguía mirando a un lado y a otro del bar. No reconocía a nadie, pero Samurai no alcanzaba a saber si al menos esa descubierta desesperada podía llegar a tranquilizarla. O, por el contrario, la aniquilaba, la llenaba de una inquietud nerviosa que le nublaba la vista.

Todo el mundo, hasta quienes dicen haber perdido por entero la memoria, hasta quienes padecen demencia senil y se les mete un dedo en la boca y lo chupetean, como los chicos recién nacidos, todo el mundo tiene al final un mínimo de memoria por donde se ve la luz, cercana o en la lejitud ya inalcanzable. Que Margot mirara a un lado y a otro del bar era un síntoma claro de su memoria, de saber quién era. Quien tiene miedo sabe a ciencia cierta que sigue siendo quien es, a pesar de que no sepa bien del todo de qué o de quién tiene exactamente miedo. Margot miraba alrededor con su memoria alerta, una bomba que recargaba el diablo de dinamita y metralla, una bomba que seguía viva en su cabeza y la hacía voltearse a cada segundo a mirar a un lado y a otro del bar, mientras seguía el pianista tocando piezas clásicas de Bach, como si estuvieran en Londres, en Roma, en París. Como si estuvieran en Barcelona o en Madrid, y no en Buenos Aires, una ciudad tomada por caníbales convertidos en animales insaciables que saqueaban la jungla todas las noches con una impunidad imponente.

—¿Quieres venirte una temporada a España, conmigo, Margot, eh, quieres venir conmigo? —le repitió sin saber muy bien qué le estaba proponiendo. Sólo tenía plena conciencia de que para Margot Villegas ésa era una salida momentánea, que la sacaba del infierno, que la liberaba de la línea de fuego y la ponía a salvo de los leones asesinos—. ¿Eh, unos meses al menos?

Ella lo miró con una tristeza infinita, anegada en un desconsuelo irreprimible. Su rostro se había vuelto repentinamente de cartón piedra, viejísimo en aquellos minutos de llanto, entre sus convulsiones nerviosas y sus entrecortados monosílabos, pronunciados sin sentido por su boca, instintivamente. Como un vómito que echara de su mínima memoria recuperada al pavor de la persecución de los leones.

—No puedo, Samurai, yo no puedo, no me dejarían, no me van a permitir salir de esta ratonera, Samurai, estoy casi muerta, de verdad —dijo con dolor. Se agarraba a sus manos, se agarraba a Samurai como si fuera la única solución que le quedaba para escapar de la línea de fuego.

La mala memoria permite la persecución, por eso es mucho peor. Se pierde la dimensión de las cosas, se liquidan las medidas del terreno que se pisa, se olvidan las definiciones de los colores, el tono de la voz de las personas, las costumbres propias, el respeto ajeno. La mala memoria es una puerta falsa por la que la víctima cree correr para zafar de sus perseguidores, pero al traspasar la puerta cae en otra oscuridad absurda, en un abismo sin fondo. Creyó que iba a emprender una huida hacia la libertad y se encuentra de repente en un laberinto oscuro, corriendo, moviendo las piernas a toda velocidad en el aire, mientras resbala y cae hasta un hoyo infinito, al mismo tiempo que trata de recordar quién es y cómo defenderse de ese límite extraño en el que ha terminado por hundirse. Grita la víctima sin que nadie le preste atención. Está sola, lo sabe pero no quiere entenderlo: quiere pensar que es una pesadilla, pero le duele a la res el golpe del marrón en su cabeza, le sangra a borbotones la yugular que los colmillos de los asesinos han herido para inmovilizarla.

A quienes tienen mucha memoria y andan recargándola todo el tiempo de metralla y dinamita, los leones asesinos los señalan como paranoicos, locos con manía persecutoria. Los acusan delante de todo el mundo, los culpan de haber desarrollado ese instinto paranoico que los obliga a mirar a todos lados, como si tuvieran ojos en la nuca, como si anduvieran por todos lados con espejos retrovisores, porque se han inventado el peor de los embustes: que hay una legión de hormigas perseguidoras que quieren destruirlos, una tribu de leones asesinos que salen por la noche a saquear la jungla de Buenos Aires, a destruir todo cuanto se mueve delante de ellos. A quienes desarrollan la memoria y miran de vez en cuando, por prudencia o instinto de propia conservación, por los espejos retrovisores que llevan en el centro y a los dos lados de su máquina, a ésos los llaman paranoicos los leones asesinos, las hormigas violentas que lo devoran todo, tan insaciables en su voracidad como los leones al salir de cacería por las noches en la ciudad de Buenos Aires.

Ayer por la noche estaban tan tranquilos, aparentemente tranquilos, en Caño 14, gozando del espectáculo de Pepe Basso y su orquesta de bandoneones, mientras en las calles de Buenos Aires se daba la orden de la cacería y los leones salían en tropel a matar a dentelladas a sus víctimas. Sólo se salvaron, noche tras noche, quienes no quisieron dimitir de su propia memoria, los paranoicos que sabían que acá, en las calles, escondidos y al acecho del más mínimo de sus movimientos sospechosos, estaban los leones asesinos. Quietos como estatuas de mármol en sus columnatas, los paranoicos en sus escondrijos esperan hasta el amanecer a que se calme la sanguinaria persecución de los leones.

Ayer por la noche estaban en Caño 14, como si no estuviera pasando nada en las calles de Buenos Aires, y aquella misma tarde del día siguiente, mientras anochecía en la ciudad, a la hora en que la luz de la ciudad cambia por instantes y Buenos Aires es Madrid, Roma, Barcelona, Londres y París en un mismo momento esplendoroso, depende con qué atención, con qué nostalgia y desde dónde se observe la luz de la más hermosa ciudad del mundo entero al anochecer; aquella misma tarde en el bar del hotel Plaza, mientras Bach, Respighi y Barber les seguían llegando desde el piano al rincón del bar donde estaban sentados desde hacía ya un largo rato, Margot Villegas trataba de descubrirle a Samurai la carta más secreta de su vida, y la que iba a partir en dos su existencia y su muerte, de eso estaba segura de antemano. Quiso que supiera de una vez que ella estaba al límite, al borde del abismo y que él podía hacer poco por ella. Samurai volvió a interrogarla con la mirada, con el gesto, quién, quiénes la estaban vigilando. Pero era una pregunta capciosa, Samurai mismo podía contestarla sin muchos problemas, los animales insaciables, las hormigas criminales que se habían echado encima de sus destinos patrióticos el salvar a la Argentina de todos sus enemigos, los paranoicos, los comunistas, los que no querían dimitir de su memoria y la cargaban como la cargaba el diablo, con metralla y dinamita para que estallara en cualquier lado de la ciudad y del país. Le hubiera contestado eso mismo Margot Villegas, hormigas o leones, lo mismo daba, porque lo sustantivo de su voraz actividad era su insaciable canibalismo, una costumbre primitiva y selvática que había puesto de rodillas al resto de los argentinos por una larga temporada de limpieza y desmemoria.

Toda la documentación periodística que Álvaro Montes había estado recogiendo durante las horas del día junto a Tucho Corbalán cobró con la media confesión de Margot Villegas la dimensión de la claridad. Los que no sufrieron directamente la persecución del terror no sabrán jamás hasta qué límite llegó la crueldad de los leones o las hormigas asesinas, hasta qué grado de su propia locura su voracidad se volvió sangrientamente insaciable. Y todos fueron víctimas de ese miedo que la memoria no quiere en ningún momento perder de vista. Margot Villegas tenía esa memoria despierta, seguramente disimulaba a los ojos de sus perseguidores, se plegaba a sus órdenes, a sus mandatos, callaba quizá ante humillaciones y servidumbres que no acabó de contarle a Samurai en el bar del Plaza. Ni siquiera cinco tragos de martini seco pudieron aflojar el férreo control que Margot Villegas mantenía sobre su memoria. A pesar del alcohol, del llanto, de los estertores nerviosos de su cuerpo.

No había querido que se reunieran en La Biela aquella noche porque Morelba Sucre vivía en La Recoleta y ella sabía que no quería ver a Samurai en ese viaje al menos. No era cuestión de correr riesgos sentimentales a destiempo, ni se trataba en ningún momento de un desplante de soberbia. La Tigra seguía despertando en Samurai, al cabo de cuatro o cinco años, después de Caracas y de haber estado con ella en Buenos Aires, cuando se instaló en la ciudad, una ternura infinita. Si se mantenía en la distancia física, podían pasar meses sin que en Madrid la recordara más que como una sombra feliz, una nebulosa en la que no entraba más que para descargar en su mente pequeñas ráfagas de algunos recuerdos, la noche del Ávila, el olor de su piel, los ojos de china india venezolana, el caballo blanco en el arcén derecho de la Cota Mil, el día que pasaron en el Presidente de Cerrito, mirando el anochecer de Buenos Aires, los dos días enteros en el Tigre cuando fundaron la Orden en plena borrachera, en medio del cauce del río Sarmiento, frente por frente de la casa de fin de semana del prócer argentino. Esas ráfagas volaban sin ninguna virulencia ni inquietud sobre la memoria cuando Samurai estaba en Madrid, trabajando, escribiendo, caminando por España o por Europa. Pero adquirían, en la proximidad de Morelba Sucre y la ciudad de Buenos Aires, a pesar de su propia condición de intruso, una dimensión de actualidad tan cercana que le parecía que todo había ocurrido ayer mismo y no un par de años atrás.

No quiso verlo la Tigra, y Álvaro lo recordó con un dolor ácido cada minuto durante su estancia en el hotel Libertador. Después de la visita a Santos Lugares, les dijo a Margot y a Francassi que había traído desde México un mensaje de García Márquez para Sábato. Pero salvo a Tucho Corbalán, no le dijo a nadie antes de entregárselo a Sábato que era portador de esa misiva personal de García Márquez. A Álvaro Montes le funcionaba muy bien la memoria. Como a cualquier paranoico despierto. Intuía que cualquiera de sus amigos de la Orden podía ser, consciente o inconscientemente, un confidente de la policía del general Albano Harguindeguy, a su vez uno de los grandes dueños del circo que asaltaba por la noche

las calles de Buenos Aires para despedazarlas a dentelladas de caníbales y llenarlas con la sangre del terror del
que los porteños no querían hablar al día siguiente de cada matanza.

Al margen de Corbalán, ¿cualquiera de los dos
amigos que había visto en esos dos días de estancia en Buenos Aires, Margot Villegas o Ariel Francassi, podía ser voluntaria u obligatoriamente un confidente de la dictadura?
Estaba pensando y preguntándose Samurai eso mismo a
cada momento y por eso mismo decidió no dar mucha
más noticia a nadie sobre esa otra labor de correo que lo
había traído hasta Buenos Aires. Si les hubiera preguntado durante la cena del día anterior, en un restaurante de
los alrededores de Talcahuano, antes de entrar en Caño 14
a ver a Pepe Basso, qué había pasado con Haroldo Conti
y con Rodolfo Walsh, si los habían hecho desaparecer para
siempre, porque no se sabía nada de ellos desde hacía rato,
como de otros muchos, ¿qué le hubiera contestado cada
uno? ¿Hubiera sido, en todo caso, una respuesta unáni-
me, o pensaría Margot en su situación angustiosa, la misma que no le dejó ver del todo a Samurai en el bar del
Plaza, que debía contarle lo que estaba pasando? ¿Tal vez
sería Ariel Francassi quien llegara a documentarlo sobre
lo que estaba pasando exactamente en Buenos Aires y en
toda la Argentina durante ese tiempo de dictadura?

Siete

La voz de Jessye Norman llegaba suave y lenta desde el equipo de música del salón. Sonaba la voz de Jessye Norman interpretando *Beau soir* en medio de la tarde de agosto, en la sierra de Madrid. Cuando entra desde Abantos y Cuelgamuros, viene bastante fresco el aire de la sierra de Madrid en estas fechas. Como si acariciara las arizónicas, el verde del césped casi una alfombra y los pinos piñoneros, y los chopos enormes que se alzan altos, de puntillas, en las cercanías inmediatas, como si amenazaran con derrumbarse sobre la casa y arruinarla para siempre. El aire fresco llegaba desde el norte cuando comenzaba a caer la tarde y serenaba las últimas horas del día, cuando el verano empezaba lentamente a declinar y la luz disponía de menos horas para flotar en el espacio límpido del cielo.

Álvaro Montes seguía tumbado en la hamaca, con los ojos cerrados, y recordando la llamada telefónica de Rubén el Loco de Buenos Aires. Trataba de ordenar cada una de las piezas del puzzle con los datos de la vida de cada uno de los fundadores de la Orden. De vez en cuando abría los ojos y miraba ligeramente hacia atrás: el aire fresco movía las hojas de la parra virgen de la fachada lateral de la casa, justo la que daba al jardín. Como una ola verde subiendo y bajando hacia la orilla de la playa imaginaria que se perdía en el horizonte del cielo sin nubes de la sierra de Madrid. A veces, en esas horas vespertinas, el silencio del estiaje convertía la placidez en una voz lejana que se acercaba cuando Álvaro cerraba los ojos y la veía de repente, la playa del río Tigre donde Morelba y él, alejados de los otros, veían caer el sol en pleno verano austral, rodeados de un silencio mágico que zumbaba música de agua en el Delta sin parar a esa hora de la tarde.

Sin que hicieran cuentas en ese momento fulgurante de su juventud, todos estaban convencidos de que sus tiempos iban a coincidir siempre con sus deseos, con las ambiciones que en ese momento cada uno de ellos llevara en sus adentros, una escultura en bruto que cada uno estaba seguro de comenzar a dibujar, esculpir y cincelar en el instante preciso, en el lugar que habían planeado de antemano. Sin que ninguno se lo dijera a los demás, tenían la idea de que sus tiempos siempre iban a coincidir con lo que pensaban, y que nunca se establecería entre ellos, en sus vidas, la coartada del aplazamiento, año tras año, para que sus proyectos se fueran quedando acartonados en la memoria. Y luego, un par de años más tarde, fueran trasladados al patio ciego de la mala memoria, como que nunca tuvieron interés ni le dieron importancia alguna. En ese mismo lugar, lleno de desechos y despojos, se irían cubriendo de moho hasta que los alcanzara de lleno el olvido y sólo regresarían el día menos pensado, de repente, como el impertinente zumbido de los mosquitos en las orillas de la playa del río Tigre cuando comienza a oscurecer. Regresarían desde la mala memoria, como regresaban a molestar esa placidez de Álvaro Montes durante las tardes de agosto en la sierra de Madrid, cuando el aire fresco que venía del norte acariciaba las hojas de la parra virgen obligándolas a bailar como una ola verde desde el césped del jardín, a lo largo de toda la fachada, hasta la techumbre y más arriba. Hasta el azul del cielo limpio a estas horas en el agosto de Madrid.

Nunca se piensa con cautela, se dijo Álvaro, porque los tiempos tienden a no coincidir con la desmesura que adquieren en la imaginación. Nunca se piensa que los tiempos no se doblegan con facilidad ante pequeñas insistencias, mínimos esfuerzos para hacerlos coincidir con los deseos. Si en aquella excursión, cuando fundaron la Orden del Tigre, llegaron a pensar que los tiempos de todos, coincidentes sin darse cuenta en ese mismo instante, iban a seguir coincidiendo; que además, con aquella promesa simbólica delante de la casa de Domingo Faustino Sarmiento en el Delta, en medio del canal de su nombre, sellaban el pacto de hacer coincidir por todos los medios sus propios tiempos en los tiempos de los demás, todos para uno y uno para todos, entonces se estaban equivocando. Soñaban despiertos en el interior de aquel paraíso del Tigre porque el tiempo era enteramente suyo todavía, y corría sin medida de su cuenta ponerle brida o darle latigazos para que se lanzara al galope tendido por el tiempo mismo adelante, en pleno vértigo de velocidad, dejando atrás el territorio que iba quemando cada uno a su modo, prendiéndole fuego sin reparar en las llamas, los siete fundadores de la Orden, todos en uno solo y uno solo en todos, borrachos de juventud, abrazándose unos a otros en el griterío de la amistad, tal vez deseándose todos unos a otros, ellas a ellos, ellos a ellas; cada uno a cada una, aquellas tres mujeres-corcho que, si se hundiera en medio del canal la barcaza, flotarían en el agua color chocolate del canal para salvar a los hombres-plomo que chapotearían asustados entreviendo el abismo en el que estaban quizás a punto de ahogarse. Las mujeres-corcho, la tesis de Luis Mendoza que le había contado Morelba la Tigra en el desayuno del Ávila, estaban allí ese día de la excursión a las aguas del río Tigre, con Hugo Spotta al timón de la barcaza que alquilaron para llegarse hasta el centro del canal frente al que Sarmiento levantó su casa en el Delta para escribir allí muchas de sus páginas en los fines de semana que se escapaba de Buenos Aires y de sus ambiciones políticas.

Allí estaban las mujeres-corcho, Aureldi Zapata, Margot Villegas y Morelba Sucre. Las tres proclamaban la promesa de salvar a los hombres-plomo de cualquier desgracia, con la solvencia de su generosa amistad a lo largo de toda la extensa vida que cada uno y todos juntos se deseaban mientras bebían una detrás de otra las botellas de vino mendocino que habían traído desde Buenos Aires para celebrar la fundación de la Orden.

Los hombres disimulaban su condición de plomo con el griterío y las risas de la jarana, enmascaraban su precaria condición de insolventes en medio de aquellas mujeres que eran un hallazgo del deseo en la borrachera del Tigre. Rubén el Loco cantando en medio de la travesía canciones gringas de la guerra del Vietnam, como si estuviera de verdad subiendo por algún afluente secreto hacia el origen del mundo que decía estar buscando en las fuentes del Mekong. Hugo Spotta bañado en sudor mientras manejaba el timón de la barcaza con un exquisito conocimiento de los canales por los que navegaban mientras la tarde caía sobre el Tigre y la borrachera de todos. Hugo Spotta sin separarse un segundo del timón, sin quitar un instante sus ojos de la cara del agua color chocolate, acelerando el viejo motor de la barcaza o frenando lentamente su velocidad cada vez que su olfato de lobo de los mares interiores y de las islas del Delta le imponía esa prudencia sabia en la que hasta hoy día, tantos años después, había ejercitado cada uno de los actos de su vida. Ariel Francassi abrazado a la Tigra y a Margot Villegas, cantando como si fuera un conquistador de estrellas de Hollywood, feliz ya desde entonces y encantado de haberse conocido tan pronto tal como era; feliz de saber desde entonces cuáles eran las escaleras de incendio que había que bajar a toda velocidad porque en los ascensores se apiñaba mucha gente intentando hacerlo, cuáles eran los escondrijos donde había que meterse hasta que escampara, sin mover un músculo, sin un sollozo, respirando apenas disimuladamente, hasta que pasara la tormenta y se llevara por delante a todo el que le hiciera frente al ciclón. El mismo Ariel Francassi que habría de sobrevivir incólume a cada uno de sus destinos oficiales como diplomático sin que le tocaran ni de lejos un pelo, ni un instante lo molestaron nunca, ni jamás le hicieron decir nada, ni afirmar ni negar nada, como si se hubiera puesto de perfil antes de convertirse en el hombre invisible, el diplomático sin sombra. Ni antes, ni durante, ni después de la dictadura de Videla.

—Dice que es de carrera, atorrante el tipo, ¿te parece a vos suficiente coartada? —Samurai recordó otra vez la voz del Loco llegando desde Buenos Aires por teléfono, la voz del Loco jocoso, casi riéndose de Francassi—, a estas alturas y se cree que seguimos siendo los mismos ingenuos que fundamos la Orden en aquella juerga inolvidable..., como si no hubieran pasado casi treinta años, y... no hay otra, viejo, ¿qué te parece a vos el gran farabute, de carrera dice, eh, eh?, y... como si eso lo librara de cuanto le pasó...

Había sobrevivido como un verdadero corcho. Había permanecido ascendiendo en cada uno de sus destinos profesionales durante el delirio de Isabelita y el Brujo López Rega, durante la catástrofe peronista tras el regreso del Gran Macho a la Argentina, en los largos años de dictadura militar de Videla, Viola y Galtieri, el «héroe» de las

Malvinas. El incendio, el gran terremoto, la enorme tormenta, el tornado, la guerra mundial de los leones insaciables y las hormigas voraces no le habían dejado ni la más mínima cicatriz, ni le habían provocado herida alguna en su elegante piel de diplomático profesional, que se debía en cada instante y en cada tiempo a su gobierno, al gobierno de la República; había sido mimado después, había sido tratado con guante de seda por los radicales, con los que se había llevado siempre muy bien, incluso se le suponían cercanías cómplices con Dante Caputo y la gente más próxima a Alfonsín. Pero también estuvo muy cercano a los cómplices de Carlos Saúl Menem, durante los diez años de espejismo argentino; y después a la leve brevedad de Fernando de la Rúa y también a Eduardo Duhalde y a toda su gente, a la espera como estaba en Buenos Aires de un nuevo cargo, tal vez en la misma Cancillería. Para eso era un diplomático de carrera, y no uno de esos cientos de tipos que se metieron en los barrizales de la política y cuando quisieron largar por el ascensor repararon en que se les pasó el churrasco al fuego, los chuparon por donde menos se lo esperaban y los desaparecieron, los sacaron de la circulación porque ni siquiera se habían tomado el tiempo de estudiar los códigos de esa misma circulación, nadie los mandó a meterse en esos berenjenales; el mismo Francassi de siempre, en primera fila cuando la calma chicha parecía reinar sobre la Argentina y el gobierno del momento; el mismo Francassi siempre de perfil, ausente, invisible, cada vez que los leones asesinos salieron de sus guaridas a pasear por la jungla de Buenos Aires su insaciable voracidad para matar a todo el que les hubiera hecho frente, porque están legitimados por Dios y por la Patria, para limpiar de indeseables y comunistas, antiargentinos que disimulan ser argentinos, todo este paraíso que ellos han prometido convertir en la Gran Argentina, cu-

yas fronteras llegan por encima del Paraguay, una parte
sustancial de Bolivia y, por supuesto, toda la Banda Orien-
tal del Uruguay.

—Ahora llegó acá y dice que es castrista completo, el chanta, no salgo de mi asombro —recordó la voz
del Loco llegando por teléfono desde Buenos Aires—, dice
que hay que ir a Cuba, que con dos dólares lo arreglás todo
allá, el Francassi, lo que dice, che, con lo que le ha pasado y dice toda esa pavada, che...

La cuestión era que Ariel Francassi había hecho
que sus tiempos coincidieran en cada instante con los tiempos naturales de la Argentina, aunque se dejara la piel de
su propia familia en el viaje a la demencia. Se había metido por dentro del tiempo argentino y había caminado a
su compás, como el agua por una cañería, a su ritmo, siguiendo la velocidad de la música y atendiendo, como si
fuera un asunto en que le iba la vida, a los ruidos exterio-
res, las señales de humo que aparecían en el cielo y cada
uno tenía que traducir con sus conocimientos, y los intercambios de visajes y muecas con los que las clases dirigentes iban y venían, entraban y salían de la escena como
ganadores o perdedores. En cada instante había estado
Francassi en el lugar que había dibujado para su destino,
incluso cuando se encontraba de vacaciones. Con ese subterfugio había podido evitar las catástrofes sucesivas que
se llevaron por delante incluso a las mujeres que se creían
de corcho cuando fundaron la Orden del Tigre; y a los
hombres que desde entonces se supieron tan frágiles como
la barcaza que timoneaba aquel mismo día Hugo Spotta a
través de los canales del Delta; frágiles esos cuatro hombres de la Orden pero tan habilidosos cada uno como el
mismo Hugo Spotta, experto vigía que olfateaba el peligro bajo las aguas y driblaba los bajos y las dunas de arena sumergidas hasta encontrar el justo instante en el lu-

gar exacto para la fundación, en el río Sarmiento, un paisaje ideal para proclamar la promesa de sus lealtades amistosas a sangre y fuego. Por encima de todo y para toda la vida entre todos los fundadores de la Orden. La cuestión era que Francassi se había trazado desde ese momento y mucho antes una rara línea recta en su vida, una dirección única que incluía zigzagueos, veredas y atajos, y hasta bajonazos si el guión del ascenso lo exigía, si lo pedía el guión de su carrera profesional de diplomático argentino. Y esa línea le había garantizado la coincidencia exacta de cada tiempo con su deseo, con su proyecto. Porque Francassi había desarrollado la astucia como un disfraz de la simpatía y el atractivo personal necesario en cada momento, en cada situación delicada, en cada fiesta y en cada una de las transparencias en las que iba escalando su destino como si las catástrofes lo respetaran tan sacralmente como los nibelungos a Sigfrido. Le encantaba a Ariel Francassi la música de Wagner. Le encantaba la figura de Sigfrido. Lo volvía loco el mito del héroe germánico que había vencido al dragón. Hablaba de Sigfrido, lo dibujaba con palabras en cuanto podía, en cada conversación, lo interpretaba y lo comparaba con Aquiles, el héroe aqueo de la guerra de Troya que murió, como el germánico, por un error mínimo, el talón por el que su madre Tetis lo mantuvo en el aire mientras lo bañaba en las aguas de la inmunidad intemporal para convertirlo en un héroe invencible y eterno. Le encantaba a Francassi la mitología del héroe, las leyendas y las historias de los hombres fuertes, los triunfadores de las guerras que seguramente había ido explicando a su manera a lo largo y ancho de cada uno de sus destinos profesionales, Pekín, Bonn, París, Helsinki, donde estuviera en cada instante, con el lenguaje convenientemente exacto, con la jerga del diplomático avezado, del que los demás contertulios del instante no saben gran cosa pero hay que hacer como que todos saben de todos y de todo. Ahí parecía que siempre lo decía todo y jamás decía absolutamente nada Ariel Francassi, el torero heroico que saltaba a la plaza aplaudido por el público convencido de que venía a derrotar a un Minotauro que nunca saltaba al albero. Y él lo sabía, que el Minotauro no estaba en el coso en el instante en que él saltaba a la plaza a torearlo, porque el monstruo andaba en otro lado realizando su tarea de hormiga rabiosa y criminal, su trabajo de león salvaje e insaciable en las calles de Buenos Aires; mientras él, Ariel Francassi, sonriente, diplomático, cordial, exquisitamente educado, atendía en las embajadas argentinas en el exterior a los invitados al cóctel de honor por el día de la Independencia de la Argentina, y el día que celebraban la fiesta porque la Argentina se había proclamado campeona del mundo de fútbol y el presidente Videla había proclamado en público, delante de toda una Argentina nuevamente eufórica, nuevamente a punto de ser la Gran Argentina con la conquista inmediata de las Malvinas, delante de todo el mundo, el presidente Videla, el jefe de los leones asesinos durante tantos años, proclamando y gritando que los argentinos eran derechos y humanos, el león salvaje gritando sin ningún pudor delante de todo el mundo que estaba limpiando Argentina de indeseables y comunistas, de subversivos y agentes ateos de la revolución; el mismo que había declarado delante de los ejércitos americanos que, si era preciso, en la Argentina deberían morir todas las personas que fuera necesario para lograr la paz. Y Ariel Francassi brindando en Pekín, París, Bonn, Helsinki, donde cayera la suerte de estar brindando divertido y patriota por el triunfo de la Argentina en los mundiales de fútbol, con el gran Mario Kempes de figura estelar, ese joven limpio que representa la superación de las heridas, ese joven futbolista que llevó a la Argentina a soñar con las estrellas, porque siempre habrá en la historia de la Argentina una figura estelar, repentina, providencial, un Sigfrido, un Aquiles, un Perón, un héroe que viene a sacar del abismo al país, un Gran Macho dispuesto a sacrificar su vida hasta convencer al gran país de que su gran destino es llegar a ser más temprano que tarde la Gran Argentina con la que todos están soñando desde el principio de su historia.

Beau soir en la voz de Jessye Norman llegaba suavemente hasta los oídos de Álvaro Montes en la tarde apacible de la sierra de Madrid, cuando el viento norte llegaba a serenar el calor del estiaje y refrescaba el ocaso del día que iba cayendo, hasta que doblaba la luz tras las espaldas del valle de Cuelgamuros y en el horizonte se recortaba en gris la caprichosa silueta de sus crestas caminando sobre el azul oscurecido del cielo. La voz suave, melosa, cercana, de Jessye Norman en aquella tarde en que Álvaro no hizo otra cosa más que pensar con los ojos cerrados, tumbado boca arriba y hacia el sol, en Buenos Aires, Morelba la Tigra, Aureldi Zapata, anclada en Cuba, Hugo Spotta navegando sin parar por las miles de rayas de agua del Tigre, Francassi sentado tal vez en el despacho de su embajada, Rubén el Loco y Margot Villegas. Y Tucho Corbalán, el hombre aparte. Sus amigos todos de Buenos Aires que poco a poco habían ido alejándose unos de otros, y todos y cada uno alejándose de sus propias sombras. Y Álvaro Montes de todos ellos. Como si una soterrada voluntad de gran destrucción de la memoria hubiera crecido dentro de todos, una suerte de rencor que pasaba revista a los recuerdos e iba separando los buenos tiempos viejos de los malos ratos, esos espacios tan vanos como vacíos en los que se acababa enquistando el moho del olvido.

La cuestión es que Álvaro Montes nunca estuvo convencido de que Margot Villegas se viniera con él a España. Cuando le sugirió directamente que se escapara del infierno de Buenos Aires, estaba escapándose él mismo de un compromiso mayor, que no sabía dónde había empezado y en qué lugar iba a terminar. De modo que utilizaba ese artefacto de sorpresa como una autodefensa de sí mismo, a sabiendas de que ella no iba a salir de la ciudad que más amaba en el mundo entero. Me vigilan, ahora mismo me vigilan, me siguen a todas partes, susurraba Margot Villegas en medio de la música del piano del hotel Plaza. No me persiguen pero estoy vigilada noche y día, estoy presa, detenida, nadie me lo dice, nadie me confirma que no puedo irme contigo, decía Margot Villegas llevándose a la boca el trago de martini seco para que nadie pudiera leerle en los labios desde la barra lo que estaba diciéndole a Samurai; nadie que pudiera verla desde la barra o desde cualquier otro rincón del bar del Plaza, tan animado en esas horas vespertinas que no parecía que estaban exactamente caminando sobre el abismo del infierno.

—Conozco muy bien su cara, él lo envía a mi casa —le dijo en un temblor a Samurai, con medias palabras, como si estuviera confesando un pecado de sacrilegio que él tenía que terminar de traducir por completo—. A buscarme. Cuando menos me lo espero, cuando él me necesita, tengo que estar a su disposición. Entonces él lo envía a buscarme. Nogueral, muy untuoso, me llama por teléfono a cualquier hora y yo sé exactamente el tiempo que demora en llegar el auto hasta mi departamento de Viamonte.

No, no iba a decirle allí, en el bar del Plaza, quién era él, quién enviaba al tal Nogueral a buscarla cuando le daba la gana, y quién era el hombre que conducía ese au-

to que iba hasta la puerta de su departamento en Viamonte
para trasladarla hasta el lugar secretamente acordado del
que tampoco iba a decirle nada, sino que se lo iba a velar
todo a la hora en que Samurai, aturdido y repentinamente
asustado por su confesión, le preguntara bastante alarmado
de qué exactamente estaba hablando. Entonces Margot
Villegas, sin dejar de fumar un cigarrillo tras otro, tratando de ocultar su rostro con el humo de los cigarrillos, mirando a todos los rincones del bar, sin mover un solo músculo de su rostro, no pronunciaba más de dos palabras, una
y otra vez, para que él no insistiera en su acuciante inte-
rrogatorio.

—No puedo, Samurai, no puedo —dijo Margot.

No podía decirle más. Ella lo sentía como na-
die, pero el terror se dibujaba en sus brillantes ojos, en la
mirada errática que casi siempre se perdía en los relieves
de madera de la techumbre del bar. Desviaba los ojos cada vez que Samurai fijaba los suyos en los de ella y la in-
terrogaba con el gesto, quién era él, por qué ella le obe-
decía de esa manera, por qué se había dejado esclavizar
en esa servidumbre que la tenía atada de pies y manos,
temblando, tratando de confesarle que estaba presa en aquel
infierno y que no podía acompañarlo a Madrid, una temporada en España, con vos, qué ensueño, qué locura de
gloria, si pudiera... Nada más pensarlo me pongo a temblar
de emoción, se me vuela la cabeza, me agarra la locura,
Madrid ahora en pleno invierno. Llovía poco, no hacía tanto frío en Madrid como decían quienes no conocían esos
meses tras iniciarse el año, cuando a veces se preludia la
primavera. Tal vez en las noches la temperatura era demasiado baja y el ambiente se tornaba desapacible, el viento
de la sierra en invierno corta como la hoja afilada de un
cuchillo. Corta y sana cualquier enfermedad cotidiana,
limpia la cabeza de fantasmas y espectros que se han queda-

do allá dentro, en los recovecos de los recuerdos más escondidos, tanto que ni se reconocen sus sombras a primera vista. Hay días de lluvia, días oscuros a todas horas, días que se hacen eternos en las grisuras de Madrid en febrero, pero hay otros días de una luz tan asombrosa en el azul claro del cielo que parece que se está ya al borde mismo de los días primaverales de mayo y junio, cuando el calor llega a punto de despegar para cubrir toda la estación con su turbión de fuego.

La cuestión era que Margot Villegas dejó a medio camino el relato de su infierno, aunque Samurai llegara a intuir que estaba entregándole algunas de las piezas del puzzle que ella tenía en su poder. Pero ni una más de las que le correspondía, porque las demás estaban en manos del otro, el tipo que Margot Villegas escondía bajo el pronombre personal que tanto la abrumaba. La cuestión fue que, poco tiempo después, Samurai no hizo demasiado caso de aquella frenética advertencia de Margot Villegas sobre ella misma. No quiso ver el riesgo del que ella lo estaba avisando y el remolino infernal en donde se había metido durante los últimos meses.

—No puedo, no puedo decirte más —repitió entumecida y obstinadamente.

Después supo que en ese mismo silencio le iba la vida a Margot Villegas; que cada viñeta que le hubiera contado en el bar del Plaza de Buenos Aires le hubiera mermado seguridad y certidumbre al tiempo que le quedaba por vivir. Le hubiera multiplicado por mil el pavor en el que aquella noche del Plaza entrevió que Margot Villegas se estaba hundiendo en su propio pantano a pasos acelerados.

Ocho

Regresó a Buenos Aires tras más de veinticinco años de distancias, pero en ningún momento se había olvidado de la ciudad más hermosa del mundo; en ningún momento el territorio del río Tigre había dejado de pertenecer a su memoria; nunca dejó de acordarse de Tucho Corbalán, de Hugo Spotta, de Rubén el Loco, de Aureldi Zapata. Ni mucho menos de Margot Villegas. Se entristecía al recordarla. Ni en sus más distantes momentos llegó a olvidarse jamás de Morelba la Tigra.

Cuando el Jumbo comenzó a acercarse a Ezeiza, a escasos minutos de tomar tierra, brillaron abajo las luces de Buenos Aires. Sin dejar de mirar asombrado por la ventanilla, volvió a preguntarse, igual que siempre que llegó hasta allí, al ver la inmensidad de Buenos Aires iluminada y brillando en la oscuridad, a unos pocos centenares de metros por debajo del avión, ¿cómo había podido someterse una y otra vez a la esclavitud de la dictadura la más bella ciudad del mundo?, ¿cómo la ciudad entera, de rodillas y enferma de terror, consentía que la violaran y le chuparan la sangre lobisones y chupacabras, que jugaran con ella como una muñeca casquivana, dispuesta a emputecerse con tal de seguir respirando como si la guerra encarnizada que se libraba en sus calles y en sus casas no fuera precisamente contra ella?, ¿cómo había permitido Buenos Aires que la dictadura la hubiera mantenido en la humillación y la esclavitud más aterradoras durante casi diez años?, ¿cómo había permitido que durante otros diez más Carlos Menem hubiera jugado con ella como si fuera su cabaretera favorita, con ella y con todo el país como si fueran de su propiedad exclusiva?

Esta vez había decidido regresar a Buenos Aires por una larga temporada, porque hasta ese mismo día en que Álvaro Montes, desde su asiento en el Jumbo de Aerolíneas a punto de aterrizar en Ezeiza, observaba seducido la fulgurante luminosidad de Buenos Aires enfrentada al incipiente sol del amanecer, todos los viajes que había hecho entre la última visita de verdad, cuando vino a escribir los reportajes sobre la dictadura de Videla y sus matanzas, cuando trajo hasta Buenos Aires el mensaje privado de García Márquez para Ernesto Sábato, y la que comenzaba en ese mismo momento para encontrar a Morelba Sucre en el Delta, no fueron más que ráfagas de viento, tránsitos de nostalgias, tentaciones instantáneas para volver atrás cuando nadie lo había llamado a esos jardines; breves escalas técnicas hacia Santiago de Chile y Montevideo, regresos a España desde Chile y Uruguay, unas horas, una cita de urgencia para cambiar impresiones con Tucho Corbalán, el único amigo porteño de los viejos tiempos buenos al que se había ido acercando en todos esos años de ausencias, el único que le daba informaciones fidedignas de cuantos desgarros, despojos y desastres iban sucediendo en toda la Argentina. De manera que cuanto llegó a saber con certeza de lo que pasaba en Buenos Aires en todo ese tiempo de ausencias y distancias, el regreso de los radicales, aquella expectativa de resurrección de la Argentina, las huelgas y los encubiertos golpes de Estado provocados por los sindicatos peronistas, la torpeza una vez más de los mismos radicales al gobernar, la caída en picado del país a lo largo de los diez años de menemismo con todas sus secuelas de bandidajes y descomposición moral; y cuanto supo de las peripecias y las vidas privadas de algunos amigos de la Orden, todo se lo debía a Tucho Corbalán.

Todo el mundo podía cambiar a lo largo de su vida, todo el mundo tenía derecho a equivocarse y a rectificar, incluso a seguir equivocándose, viejo, le repetía Tucho Corbalán cada vez que Álvaro se asombraba de lo que era capaz el paso del tiempo de enseñarles a todos. Pensá en Galimberti, ése sí es un ejemplo de cambiazo, de jefecito guerrillero, de secuestrador, matón, criminal y loco, a empresario exitoso. No, hermano, parecés un niño a quien le acaban de contar el de Caperucita Roja y el lobo. Como si te diera miedo a vos volver al bosque, le repetía Corbalán cuando hablaban de todos esos virajes y piruetas que la vida les había obligado a dar. Pensá en vos también, y en mí, viejo pelotudo, lo único que nos queda es el pelo blanco, estas entradas enormes, la barrigona insaciable, los músculos moribundos y... la gran suerte, che, poder contarlo, la memoria y las ganas de recordarlo todo gratis, sin que nadie nos lo compre ni nos lo imponga, ¿te parece poco privilegio esa transparencia, che? Aunque ya no podamos fumar ni beber como antes, aunque ya no podamos meternos en la cama con una mina que nos va a ver el ridículo en diez segunditos nomás y va a largar corriendo de la alcoba, decía Tucho Corbalán muerto del sarcasmo.

Todo ese mundo siempre recordado, como si hubiera sido ayer mismo cuando lo había vivido, se lo debía a Tucho Corbalán. Él fue quien lo mantuvo al día de las realidades y los pronósticos más severos, en esas idas y venidas repentinas, en esas brevísimas estancias en Ezeiza o en las cuatro o cinco horas que Álvaro aprovechaba para hablar con Tucho. Un encuentro en Tomo I siempre resultaba un hallazgo por su compañía y su clarividencia. Iban siempre hasta Tomo I, en Palermo, el restaurante que más le gustaba a Tucho en toda la ciudad de Buenos Aires, el ojo del amo engorda al caballo, che, decía Tucho Corbalán cada vez que entraban al local y ella, Ada Cóncaro, está siempre acá, con el ojo encima del negocio, su gran caballo. Ahora lo habían trasladado al centro, a Carlos Pellegrini, casi esquina con Lavalle. Álvaro Montes lo sabía y se había hecho la promesa de volver a comer juntos allí. Porque durante todos esos años, Tucho Corbalán se había convertido en su confidente más avezado, una especie de lobo de mar que había navegado en todas las aguas y contra todos los vientos, mareas, tormentas y marejadas sin dejarse en todas esas batallas ni una pluma de sus criterios. Cómo sorteó las voces de las sirenas, los aullidos cercanos de los lobisones y los chupacabras de la dictadura, cómo se había ubicado lejos del peligro de las hormigas y los leones salvajes, a pesar de estar siempre en la primera trinchera, y que los obuses del terror le pasaran cerca de su cuerpo en más de una ocasión, cómo nunca el zarpazo que le tenían destinado le llegó a tocar el alma. Ésa era la gran victoria de Tucho Corbalán.

Entrando y saliendo del país, con sigilo, no dejando huellas ni siquiera en los pomos de las puertas que abres y cierras, le explicaba Corbalán; conteniendo la respiración cuando los asesinos paseaban sus ansias de matar cerca de mí, caminando de puntillas cuando todo el mundo se empeñaba en hacer mucho ruido, doblando las esquinas cuando sospechás que los lobisones siguen el olor de tu cuerpo, embadurnando tu piel con basura y mierda para despistarles el olfato a los lobisones, para que abandonen la búsqueda por un tiempo, no firmando ningún compromiso que incluya la hipótesis de la guillotina, haciendo de Claudio el tonto ante tantos vigilantes. Aunque sepás vos mismo y ellos también que sos uno de los animales inteligentes a los que quieren echarle la zarpa encima, guardando la información y la documentación que tuve siempre en mi poder para publicarla en el momento exacto y el lugar indicado; porque en esta guerra, como en todas las de verdad, donde se juega uno la vida en un suspiro, un error es la muerte segura, inmediata; sonriendo sin dejar que quienes te están mirando sepan por qué te sonreís, ni consigan traducir lo que vos pensás con tu sonrisa ante lo que te dicen ellos, haciendo que vos estás en lo que no tiene importancia alguna, tomando más trago que ninguno de los que quieren tenderte una trampa, pero con la certidumbre absoluta de que ellos se emborracharán antes y mucho más que vos, camuflándome entre la gente en el fútbol, antes de los partidos en los boliches de la Boca, en las barras a gritos después de los partidos, cuando la gente se desparrama por todo el centro de Buenos Aires y nomás discute del espectáculo futbolístico donde acaba de participar tan pasionalmente, no tendré que decirte a vos que el fútbol en la Argentina es más importante que la política y que el negocio, no sos precisamente un jovencito, un aprendiz, ¿verdad?, cuando Maradona mete el gol de la gloria en los mundiales juveniles del Japón, todo el mundo se pone a bailar en la Argentina, pero yo ando en otra onda, estoy acá, en las orillas del mismo Tigre, pegado a la documentación secreta que voy recopilando sobre los desaparecidos que esconden los hijos de mil putas en el fondo del Paraná Miní. Todo eso le contó Corbalán a Álvaro Montes. Todas esas estrategias, triquiñuelas, disfraces de náufrago varado en alta mar, observando fijo el horizonte donde pudiera aparecer un punto de mira para la supervivencia; todos esos trucos del superviviente, que su instinto de cardenal ateo todavía joven fue fabricando y almacenando, habían hecho de Tucho Corbalán a estas alturas uno de los periodistas más relevantes de toda la Argentina, conocido y respetado dentro y fuera del país.

Y Álvaro Montes regresaba a Buenos Aires contra los consejos de Tucho Corbalán. A buscar a Morelba la Tigra. El Jumbo descendió hacia las pistas del aeropuerto de Ezeiza lentamente, por encima de una ciudad que, todavía de noche y antes de las primeras luces del día, lograba que el trazado de su alumbrado urbano dibujara a vista de pájaro de los pasajeros que llegaban a ella la fantástica dimensión de su inmensidad fluorescente. Volvió a sufrir el mismo vértigo emocional que siempre lo dominaba al llegar a Buenos Aires. Volvió a sentir que llegaba a la ciudad más hermosa del mundo, inventada y levantada no sabía aún muy bien con qué brebajes mágicos por hombres locos que habían ido buscando las fantasías de plata y oro del Alto Perú, y se encontraron con el Delta y el inmenso estuario que convirtieron en puerto antes de que cayeran en la cuenta de que acá iban a levantar Buenos Aires. Creyeron que remontando el río aguas arriba, como las tribus enteras de los salmones al hacer el viaje a la semilla contra las corrientes y los rápidos, terminarían encontrando toda la plata de América, pero se empeñaron en construir Buenos Aires allí mismo, al borde de aquella inmensa bahía.

Como siempre que llegaba por avión a Buenos Aires, sufrió la sensación contradictoria de saberse extranjero en un territorio urbano que amaba en toda su memoria como si hubiera nacido y vivido allí durante muchos años; y se reconocía un simple transeúnte anónimo por sus calles, plazas, confiterías, boliches, restaurantes, teatros, parques, avenidas, librerías, museos. Se veía como intruso en el paraíso que no se le borraba nunca de sus recuerdos. Vio de nuevo Buenos Aires desde el cielo y toda la memoria de la ciudad regresó de un golpe a esos mismos recuerdos suyos. El tiempo de la ausencia y las presencias perdidas de quienes habían sido sus amigos se fundieron en ese instante de fuego que sintió todas las otras veces que, en las amanecidas, entre el cansancio provocado por las largas horas y las ganas de llegar a tierra de una vez, lo abismaban en la contemplación todavía de noche de la hermosa ciudad de Buenos Aires, a pocas horas de rescatar toda la luz del mundo en sus calles. Ahí abajo refulgían brillantes las luces, guiñaban sus ojos las infinitas luces de Buenos Aires. Álvaro Montes volvía a preguntarse una y otra vez, cuando el Jumbo había iniciado diez minutos antes la aproximación técnica para el descenso hacia las pistas de aterrizaje de Ezeiza, cómo era posible que esa bellísima ciudad de Buenos Aires hubiera aguantado durante casi diez años de dictadura militar que la saquearan y la descuartizaran a marronazos, como a una res dispuesta para la exportación en suculentos trozos de exquisita carne argentina; que la violaran y torturaran, la derrumbaran a palizas y le sacaran la piel a tiras sin la más mínima queja aparente la ciudad ante el abuso y la insaciable voracidad de los lobisones. Como si la ciudad hubiera perdido la memoria, se hubiera vaciado de sus recuerdos históricos y se entregara al macabro carnaval del pánico que le provocaba la matanza durante todas las noches de ese tiempo.

—Hay leones, che, que matan por instinto y por hambre —le dijo Tucho Corbalán en plena dictadura—, pero estos de acá asesinan por placer, por el mero placer de matar nomás, che, por eso mismo, para ellos el placer y matar es la misma cosa. Son insaciables, porque matan por gusto, por placer.

Supo repentinamente de la muerte de Margot Villegas en una extensa carta de Tucho Corbalán transportada en mano desde Buenos Aires por un correo amigo que se la alcanzó hasta el mismo salón de su casa de Madrid. De esa terrible muerte, sin embargo, fue Margot quien le avisó por anticipado cuanto iba a sucederle sin que Samurai percibiera en sus palabras, lágrimas, dudas y titubeos más que el miedo irreprimible que le provocaba vivir sometida a los militares. No atinó a traducir aquellas señales de humo, la hoguera llena de fuego contenida entre tantas lágrimas por quien le estaba tratando de avisar de su muerte mientras tomaban por última vez juntos los mejores martinis secos que seguían haciendo en el bar del Plaza de Buenos Aires, en medio de un ambiente internacional que no traslucía en absoluto la tercera guerra mundial que los militares llevaban a cabo todas las noches a lo largo y ancho de la ciudad. La carta de Tucho Corbalán le confirmó a Álvaro Montes que no se había dado cuenta de que aquella última reunión con Margot Villegas estuvo llena de mensajes de socorro a los que no acudió con la premura que ella le estaba exigiendo. Sólo le había ofrecido sacarla de la ciudad, sacarla de la Argentina, que se viniera con él una temporada a España, que se marchara de aquel infierno. Pero ya en ese momento Margot Villegas no podía salir de un limitado perímetro de la ciudad, fuera de cuyas fronteras muy marcadas podía caer acribillada, eliminada, desaparecida, borrada de la faz de la tierra sin dejar ningún rastro, ninguna huella con la que sus amigos encontraran la línea que los llevara a su rescate, a su recuperación.

Margot Villegas estaba ya señalada por la muerte cuando se citó con Álvaro Montes por última vez en el bar del Plaza. Desde el instante en que se prestó a ser el enlace clandestino entre algunos grupos de la izquierda «civilizada» y el almirante Mazorca, uno de los más feroces jefes de la dictadura, el lobisón al que el resto de los jefes habían encargado que prometiera solemnemente al embajador de los Estados Unidos que los derechos humanos serían respetados por los militares del Proceso; desde ese mismo momento, le cayeron encima a Margot Villegas todas las sospechas y comenzó su inevitable periplo hacia el matadero, un deslizamiento que al principio resultó fácil, placentero incluso, regulado por un duelo de fuerzas enfrentadas que le provocaban el vértigo sensual donde ella cayó una y otra vez como en una trampa, dejándose llevar por el delirio que le había inyectado, sin que ella se diera cuenta de la poderosa personalidad varonil del almirante Mazorca.

—Lanuza —le contestó Tucho Corbalán a Montes durante uno de sus encuentros en Tomo I.

Habían terminado de tomarse unos espléndidos riñones de res a la brasa. Después, cada uno escogió un suculento solomillo a la pimienta durante aquellas breves horas de escala en Buenos Aires. Los radicales de Alfonsín habían ganado las nuevas elecciones y en ese momento Tucho Corbalán gozaba de una envidiable cercanía al poder. Cierto, sin mayores complicidades con ninguno de los gerifaltes radicales, sino que por esa contrastada seriedad suya recibía información del gobierno. Y tenía, al otro lado, acceso a los secretos del peronismo, a sus proyectos y a sus ambiciones para derrocar a Alfonsín, además de una capacidad de análisis sobre la realidad argentina muy poco común.

—¿Quién la metió en eso? —le había preguntado Álvaro Montes.

Ahora, en el tiempo que le quedaba para regresar a Ezeiza, alargaban la sobremesa en Tomo I tomándose un par de whiskys crecidos, secos. Sobre todo porque casi de repente regresaban a Samurai los recuerdos de los viejos tiempos del Tigre. Y otra vez volvía a sus cercanías el nombre de Andrés Lanuza.

—No, no, para nada, Lanuza nunca tuvo ninguna vinculación real con el almirante Cero ni con ningún otro de los jefes militares, sólo era una suerte de consejero secreto de algunas fracciones montoneras, en fin, che, las menos violentas, si puede decirse, nada que ver con Firmenich ni con Galimberti, un poco místico Lanuza, un poco iluminado, ¿viste vos?, qué cosas —le aclaró Tucho—. Entonces se le ocurrió sugerírselo a su mujer, que ella hiciera una gestión personal ante Francassi. Mirá vos, ¡cómo Lanuza caminaba en el pantano, che! El profesor sabía dos cosas importantes para este asunto, y las ató de un golpe esas dos cosas, a una sola pata las ató para sus propósitos. Una, que Francassi y ella eran viejos amigos de juventud. No. Ya no se veían, pero esa vieja relación de amistad le servía para su proyecto, y además sabía que Margot Villegas lo seguía viendo de vez en cuando a Ariel Francassi, cuando estaba acá. Y dos, y eso fue un gran descubrimiento para ella, que Ariel Francassi era ahijado del Cero.

—De modo que ése era el talismán secreto de Francassi —dijo Samurai.

También él venía entonces, en aquella sobremesa de Tomo I, a saber de repente dos cosas intuidas durante largos años y atadas ahora en un solo nudo. Cómo hizo Lanuza, a qué se agarró para meter en la danza macabra a Margot Villegas, sin pensar hasta qué drama la estaba metiendo y cómo podían acabar sus planes. Una, que el salvoconducto de Ariel Francassi para jugar a la apariencia de la cuerda floja durante todos esos años sin herirse en lo más mínimo había sido secretamente, al menos para él, para Samurai, el almirante Mazorca; y dos, que Morelba Sucre, la Tigra, se había casado de verdad hacía años con su protector y amigo Andrés Lanuza, profesor en la UBA.

—Es un buen amigo, nada más, Samurai —recordó de repente la voz de Morelba en su último encuen-

tro en Buenos Aires, cuando fundaron la Orden del Tigre en el Delta.

—Ese huevo quiere sal —le contestó Samurai con
segundas y entre bromas—. Tú lo sabes, Morelba, eso es
lo que quiere.

—Te encelas, Samurai, eres mortal como cualquier
machito, qué bien saberlo. Eres frágil, un simple lanzazo
al pecho te desangra, amor —se rió ella. Y echó mano del
vaso de vino que se bebió de un golpe—. Es bueno saberlo,
que se puede contigo, que eres vulnerable. Pero el profesor es un buen amigo...

—Un buen amigo es·siempre aquel que no tiene
entre sus objetivos el de acostarse contigo, Morelba.

—Entonces tú no estás entre mis buenos amigos,
Samurai —contestó a carcajadas, dueña de la situación—,
tú no, pero Lanuza sí, lo que son las cosas, amor.

—Y entonces el loco de Lanuza le sugirió a Morelba —continuó Tucho Corbalán— que tanteara a Francassi. La vida se la ha cobrado bien a Francassi también,
che, ¿conocés lo del hijo, en La Habana, en la legación
diplomática? Creo que fue en Cuba donde ocurrió...

Se trataba de llegar personalmente hasta el Almirante para salvar vidas. Se trataba de llegar hasta él y había que escoger a la persona ideal, la que pudiera acercarse
al Almirante, hablar con él, ganarse su confianza y convencerlo de que los crímenes de todas esas noches en Buenos
Aires había que pararlos. Había que terminar con los chu-
paderos, las patotas, los desaparecedores, las torturas, los
campos de concentración clandestinos, las desaparicio-
nes, los asesinatos en masa. Había que parar las correrías,
las juergas sangrientas de las manadas salvajes recorriendo las calles de Buenos Aires, entrando en las casas para
saquearlas y llevarse a rastras a quienes eran sospechosos
incluso de respirar más aire de lo conveniente. Se trataba

de parar esos asesinatos macabros de la ESMA, el Selenio, que mantenían la fiebre del terror muy alta a través de la estratégica desaparición de cuanto ciudadano sospechoso fuera descubierto por el olfato criminal de las patotas.

—Objetivamente innecesarios. Ésa era la tesis que Lanuza quería hacerle llegar al Almirante —agregó Corbalán—, que esos asesinatos eran objetivamente innecesarios. No se daba cuenta de cuál era la verdadera intención de los milicos, che, no se daba cuenta de la guerra, estaba en otra muy distinta Lanuza, ¿viste vos?

No es que el profesor Lanuza se moviera en los fondos negros de esos abismos, en cuyos predios se podía hablar de tortura, de sangre y desaparición de las personas como si se tratara de ganado, de objetos de mercadería, de joyas sin valor, mera bisutería, parte inmunda del botín de guerra, muebles de madera carcomida e inservible a los que había que prender fuego para purificar la casa, renovar el aire y que oliera otra vez a limpio allí dentro. Lo que buscaba Lanuza era tocar la reflexión del Almirante, que fuera él, Mazorca, quien cayera en la cuenta de que aquellos miles de asesinatos había que pararlos ya porque eran innecesarios. Objetivamente innecesarios.

—Y un escándalo —dijo Corbalán—, un escándalo innecesario, ¡qué cabeza fría la de Lanuza! Le estaba brindando al hijo de mil putas de Mazorca el papel del bueno, el hombre salvador de ciudadanos en medio de la barbarie. En medio del matadero, va el tipo y pinta una bandera blanca para parlamentar con uno de los jefes de la manada, para convencerlo de que no valía la pena el esfuerzo, que era un gasto inútil de energía y prestigio, che, ¿te fijás qué cabeza, viejo? Acá es donde entra de lleno la pobre Margot Villegas.

Ella era la bandera blanca que Lanuza había dibujado sobre el muro de su gran proyecto. Margot Villegas no se enteró de los planes de Lanuza hasta que Morelba Sucre hubo hablado con Francassi. Pocos días después, Morelba, Francassi y Lanuza se vieron en el departamento del matrimonio, cerca de La Recoleta. Y en esa tenida establecieron la estrategia, por si había que convencer a Margot Villegas de su proyecto.

—En principio, Francassi puso ciertas pegas, se dejó querer hablando del gran peligro que corrían todos. Se puso fino, con los pies en la civilización, claro —siguió Corbalán. Dio otra chupada larga al cigarrillo que fumaba sin parar—. No quería aparecer, eso le dijo a Morelba. Que él era diplomático de carrera, eso le dijo el boludo, lo de siempre, que iba a acompañarlos una vez hasta el abismo, el cabrón eso le dijo, pero que ni un centímetro más.

—Quiero tantearlo con calma al Almirante —le dijo Francassi—. Primero tengo que ver lo que le parece, cómo le cae la cosa, ¿no? Pensá, Morelba, que yo le vaya a su despacho como un cómplice de todo esto, de...

—De Firmenich —le cortó Morelba—, no, hombre, no, cómo se te ocurre, esto no tiene nada que ver con esa barbarie, acuérdate por una vez de quiénes somos, recuerda nuestras viejas promesas...

—Y..., sí, pero quiero ver cómo le cae la idea primero, no hay que correr ningún riesgo...

—La respuesta del Almirante fue instantánea —dijo Corbalán—. Él no perdía nada, al contrario, lo ganaba todo, los corderos le hacían un favor al lobo, y encima lo ayudaban a disfrazarse de bueno. Que vinieran a verlo, que él estaba abierto a negociar, en esos asuntos de vida o muerte era un liberal de verdad, le echaba la culpa al ejército y se lavaba las manos, ¿no te reís, viejo? Pero no a su despacho, le dijo a Francassi. Cuando él supiera quiénes venían a verlo, bueno, le dijo, entonces tomaría sus medidas. Las de su seguridad y las de las personas que fueran con él a la cita. Eso le dijo a Francassi.

Las sacas nocturnas arreciaban en todo Buenos Aires y había que darse prisa ante aquel soplo de esperanza que Lanuza había inventado. Eso pensaba el profesor, añadió Corbalán. Francassi dudaba. Él estaba muy cerca de los dueños del terror e intuía que si ese plan se venía abajo ninguno de los que lo habían tramado escaparía con bien del asunto. El Almirante se lo había dejado caer, que de ese mango no se iba a escapar ninguno como se armara el quilombo.

—Se cae de maduro. Yo soy el que se la está jugando —le dijo Francassi a los Lanuza—, el Almirante no sabe nada de eso. Aunque lo sepa todo, no sé nada, Ariel, ése es el compromiso. Yo no estoy en nada de esto, tú eres el responsable de este plan. Eso me dijo el Almirante, Morelba. Pero yo tampoco soy el responsable. Vos sos el responsable, Lanuza. Y tu mujer también. Yo tampoco sé nada de esto desde que Margot acepte ver al Almirante y llevarle los mensajitos.

Fue Morelba Sucre quien convenció a Margot Villegas para que fuera el enlace de la civilización con los jefes de la dictadura. Se llenó de terror la primera vez que Morelba le contó lo que habían pensado. Y el papel de protagonista que le habían reservado en la obra, en el centro mismo del escenario, con voz mayor en los diálogos, y los focos entrándole a su imagen por todos lados. Estaba sudando de miedo mientras atendía las palabras sosegadas de la Tigra. El discurso de Morelba Sucre no mostraba ninguna fisura, su coherencia pronosticaba el triunfo del proyecto, cada uno de los pasos que había que dar estaban trenzados por la cautela. Las intenciones que los guiaban eran, Margot, las mejores, y tú eres la persona indicada, la que estás más capacitada para convencerlo al Almirante.

—Ariel es su ahijado —le contestó Morelba cuando ella le preguntó, todavía entre sospechas, cómo habían llegado hasta uno de los jefes del triunvirato, y por qué habían elegido al Almirante para este arriesgado parlamento—. Y... porque parece ahora el más liberal, el menos salvaje de todos ellos, Margot, por eso.

Le dijo que, por informes secretos que le habían pasado clandestinamente a Lanuza, se habían enterado de que Ariel Francassi era uno de los ahijados del Almirante. Y que, entonces, el mismo Lanuza había urdido un plan para acercarse al triunvirato con la intención de dialogar, ver cómo se podía parar la masacre. Acá mismo, en ese punto del plan secreto, entraba ella, Margot Villegas. Porque ofrecía todas las características para que el proyecto saliera bien, porque tenía todas las garantías de lealtad con ellos, se conocían desde tantos años atrás que no cabían dudas de los sentimientos que se tenían Morelba y ella. Los otros ahora no importaban nada. Sólo ellas dos, Margot Villegas y Morelba Sucre. Con ese nuevo compromiso estaban renovando complicidades y cercanías de antaño. Temblaba de miedo cuando selló el pacto con Morelba y se comprometió a ser ella la persona que se enfrentara al Almirante.

—Con una condición, Morelba —dijo Margot—. Una sola. Si en la primera conversación, en el primer encuentro, noto que ese cabrón va a utilizarme, simplemente a utilizarme para sus fines bastardos, si me doy cuenta, si llego a sospechar que lo que hace es jugar conmigo, con nosotros, para envolvernos, para engañarnos y hacernos caer de primeras en algunas de sus trampas, me bajo en marcha del tren. Rajo del asunto, me desaparezco yo antes de que me desaparezcan ellos.

—Morelba la animó —dijo Corbalán entonces—. Le confirmó que estaba de acuerdo con ella. Que a las primeras de cambio, si notaba que algo estaba fallando, ella y Lanuza la ayudarían a perderse. El riesgo no era de ella sola, le dijo Morelba, acá estaban ellos también, al menos los Lanuza, para ayudarla.

Un macabro y loco juego de escolares revoltosos y soñadores creyéndose más inteligentes que los dueños del zoológico. Niños acercándose a las jaulas de las fieras para tocarles los huevos a los leones salvajes con un palillo de dientes y una sonrisa en el rostro. Eso es, jovencitos enloquecidos jugando con fuego, haciendo piruetas inverosímiles en la hoguera de los asesinos, pensó Samurai mientras Tucho Corbalán le contaba el suceso. ¿Cómo se había dejado convencer la profesora Villegas, qué necesidad tenía de jugar a heroína de la civilización en medio de aquella guerra donde los animales más salvajes tenían patente de corso y sabían usarla hasta el abuso en cuanto oscurecía sobre Buenos Aires, para dejar claro ante todos quiénes eran los dueños y señores de la jungla y quiénes podían despedazar a cuantos llevaran sobre la frente el tatuaje del enemigo?

Recordó otra vez su último encuentro en el bar del Plaza, las claves de su entrecortado monólogo, el miedo de sus ojos y sus palabras, que se había enrocado en sus nervios, los visajes de Margot Villegas que él no había sabido traducir, entre el humo de los fumadores y las notas de jazz en la música de Bach con las que el pianista del Plaza trataba de alejar quizá su propio terror secreto, el miedo a la noche que soplaba fuera del hotel, en todas las calles de Buenos Aires.

—¿Y quién carajo era ese Nogueral en este asunto? —le preguntó de repente a Corbalán.

—Ni más ni menos que el hombre de confianza de Cero. Íntimo de Aztiz y de Sánchez Bolán —contestó Corbalán—. Su edecán, su chofer, su cocinero, su lustra-

botas, su mayordomo, su chupabolas particular, su reca-
dero, su asesino personal. El tipo al que Cero mandaba
por delante a que le hiciera todos los informes del mundo, con esa cara de niño de colegio de jesuitas que tenía
entonces Nogueral, de no haber roto nunca ni un plato
de la vajilla, de no estar en cualquier incidente, en cualquier crimen por obediencia debida, porque lo ordenaba
el mando, qué iba él, pero señora Villegas, cómo se le ocurre, qué iba él a compartir las atrocidades que se estaban
llevando a cabo en toda la Argentina, eso le diría a Margot Villegas el capitán Nogueral si ella se atrevió alguna
vez a reprocharle los abusos; eso le diría Margot cuando
le agarró del todo la confianza. Porque Nogueral era el
primero que sabía lo que estaba sucediendo entre ella y
su jefe, y de los abusos de las patotas de Selenio, la policía y el ejército. Los ojos, la voz, las narices, las manos y
los pies de Cero, todos los sentidos del Almirante, viejo,
la matraca entera del Almirante, che, ése era el teniente Nogueral.
   Miró a Tucho Corbalán con escepticismo. Como
si de repente su amigo le estuviera contando una fábula
tan inverosímil que toda la historia terminaba por resultar-
le increíble. El restaurante Tomo I estaba de bote en bote a
esa hora. Los ecos de las frases sueltas y las carcajadas llegaban hasta la mesa de Montes y Corbalán amortiguan-
do su propia conversación. De vez en cuando miraban a
un lado y a otro del escenario del restaurante. Como fur-
tivos escondidos en la dehesa, que esperaran que la pieza
pasara delante de sus narices antes de que los guardabos-
ques descubrieran el quehacer clandestino de los cazadores. Nadie sin embargo parecía estar pendiente de ellos dos.
En todo caso, Tucho Corbalán, el periodista de *Clarín*,
era desde hacía rato un asiduo cliente del local de Ada
Cóncaro. Todo el mundo lo sabía en el ambiente. Y en el

comedor del restaurante. Siempre tenía reservada allí, en Tomo I, una mesa preferencial. Para él y sus invitados. Nunca se presentaba solo Tucho Corbalán, sino rodeado de dos o tres compañeros, comensales porteños, amigos y amigas distinguidas, casi siempre gentes conocidas, a veces firmas ilustres del periodismo internacional, gringos de paso por Buenos Aires, financieros o agentes de bolsa en tratos de negocios con el periódico, alemanes, franceses. Y, como en este caso, españoles. Siempre había en los alrededores de Tucho Corbalán algún español que otro, algún español que iba y venía, un amigo cuyos constantes trasiegos viajeros lo hacían parar en Buenos Aires durante unas horas. Entonces Corbalán aprovechaba para homenajearlo. Y Tomo I era para él su lugar de honor. Nunca le habían fallado. Por eso era cliente de la casa desde hacía ya muchos ratos.

—Sí, viejo, sí —le dijo Corbalán bajando la voz un punto—, se metió en la boca del lobo a la primera o la segunda ocasión. Entró allí como Caperucita Roja, temblando y con esa pistola en la mano. Y el lobo acabó por merendársela. Enterita.

Lo miró fijamente, sin mover un músculo, sin decir una sola palabra. Quieto, completamente inmóvil: le estaba tratando de decir que cuanto le contaba había entrado, en esa última parte del relato, en el ámbito de la inverosimilitud. Corbalán le sostuvo la mirada con una ligera mueca de resignación. Sin soltar una palabra, afirmaba una y otra vez con la cabeza, sin dejar de mirar a Samurai, observando sus reacciones, sin permitirle que siguiera jugando la carta de su incredulidad.

—Así fueron las cosas —dijo sin dejar de gesticular afirmativamente con su cabeza—, así son siempre estas cosas en este país. No inútilmente se finge una enfermedad, Samurai. Llega un día en que se termina por tener todo, el cuerpo y el alma enfermos. Un enfermo incurable. Es lo que ocurre acá, viejo, con la Argentina y los argentinos.

Nueve

El teniente Ramón Nogueral era un tipo sobrio, marcial, de pocas palabras en público y gestos reservados, sólo las pequeñas muecas indispensables para mantener el equilibrado respeto al uniforme de marino que él vestía desde joven por pura vocación de patriota. Para el teniente Nogueral la patria era toda la Argentina, una nación, un país, un pueblo, un territorio sagrado por el que no le importaba, lo había jurado por Dios, dar cada gota de su sangre, dar toda su vida. De modo que si estaba dispuesto a jugarse la vida entera por la Argentina, ¿cómo no iba a estar dispuesto a mantener la patria lejos de todos los peligros, limpia de todos los renacuajos de charca, la mugre y la chusma que la manchaban con sus desplantes terroristas, con su bronca violenta y llena de gritos?

Los únicos que podían armar bronca por la patria eran las Fuerzas Armadas de la Argentina, los fieles guardianes del territorio y la nación, la gente, los verdaderos vigilantes de la patria. Eso pensaba el teniente Nogueral cuando sentía que los enemigos atacaban a la patria y no pasaba gran cosa. Hasta que los obligaron a limpiar de miasmas enfermas toda la Argentina, desde Jujuy a Ushuaia, en Tierra del Fuego, desde los Andes hasta el fondo de las aguas del Río de la Plata, el Luján, el Uruguay, el Tigre y el Paraná, el Delta más hermoso del mundo. Más bello que el del Mississippi, más hermoso que el del Nilo, incluso. Un tipo muy serio, discreto hasta el silencio, una tumba en caso de necesidad, si lo exigían las órdenes: a él sí que no le arrancarían ni una sílaba si fuera secuestrado por la chusma y lo torturaran para que hablara, para que delatara los planes del mando. No era verdad que bajo tortura todo el mundo hablaba, pensaba el teniente Nogueral: él no hablaría nunca, estaba entrenado para esos menesteres. De tez morena Ramón Nogueral, cetrino, estirado, barbilla alzada y cuello varonil; afectadamente elegante, ni un fallo en su uniforme; con los ojos negros y el pelo tirado hacia atrás con gomina el teniente Nogueral, negro azabache y brillando su cabello casi de Valentino, siempre bien peinado, tenés piel de esclavo fino de Sinuhé el egipcio más que de argentino, morocho, parecés un malón que se coló para siempre en palacio: eso le decía a veces el Jefe a su ayudante, en tono jocoso, cómplice, para paliar su notoria elegancia, pensaba Nogueral cuando escuchaba, siempre en privado, nunca en público, las chanzas del Almirante. Una broma que nunca le pesó a Nogueral porque sabía que ésa era la máxima expresión de confianza del Jefe, siempre probando la lealtad inconmovible de sus subordinados más cómplices, echándoles picaditas de mosquito para ver la reacción de los hombres más cercanos a su mando. Además, ¿no le llamaban el Negro Mazorca al Jefe entre sus compañeros, también por el color de la piel, por el color del pelo y de las cejas, por el color de los ojos del Almirante, por su elegancia varonil, tan atlético, que tanto gustaba a las minas de todas las edades, al fin y al cabo? Pero otras veces lo llamaba muy en jefe a su despacho, tratándolo de usted a Nogueral, de repente, como si no llevaran juntos largas temporadas de servicio a la patria, rompiéndole la cercanía. Al fin y al cabo, el morocho Nogueral conocía perfectamente los cambios psicológicos del almirante Mazorca, llevaba más de diez años a su servicio personal, y toda la tercera guerra mundial bajo su mando directo. Sabía de sus horarios, penden-

cias, dependencias, amores, resentimientos, iras y bajonazos, esas vertiginosas caídas de ánimo del Almirante, ve-
nirse abajo en picado, como un águila tocada repentinamente por el fuego del cazador furtivo, cayendo el águila
entre vértigos y silencios largos, días enteros a oscuras en
su despacho, mascullando improperios en una lengua que
Nogueral conocía, pero no traducía; largas escapadas del
Almirante a haciendas secretas, a campitos que sólo él conocía, a quintas de las que sólo el Almirante sabía su ubicación exacta, donde de repente se sentía libre, como un
niño que descubre la vida en cada golpe de respiración, yo
soy experto en desvanecimientos, morocho, a veces hay que
marcharse, dar apariencia de derrotado y volver, nada de
volver con la frente marchita, carajo, andate a cantá a Gar-
del, no, no, no, al revés, la frente alta, marcando las dife-
rencias con todos los demás. Siempre se sorprenden con
esa gallardía incluso los tuyos, morochito, decía el Almirante al regreso de sus ausencias secretas.

Todo eso le sucedía al Almirante cuando arreciaban las discusiones de mando con los otros dos jefes salvajes, cómo no iba a conocerle esos quilombos el teniente
Nogueral, hasta por el olor que se traía encima del uniforme el Almirante, sabía el teniente Nogueral lo que iba
a suceder cada día en ese despacho. Lo que iba a suceder
y lo que iba a mandarle hacer el Almirante, Nogueral, en
dos horas vaya y llévemela usted ya sabe dónde. No le
hacía falta al Almirante hacerle otra sugerencia, ni mucho
menos, tenía plena confianza en su edecán, en su chofer,
tenga cuidado, fíjese bien en lo que hace, que no lo vean
a vos con ella, que nadie sospeche quiénes son, sin uniforme, teniente, ojo dónde se le ocurre parquear el auto. Nada de eso tenía que decirle el Almirante a Nogueral. Un
tipo recio, marcial, atleta de gimnasio en la disciplina, rec-
to y obediente Nogueral. Y muy escurridizo, si llegaba el

caso, experto en escondites inencontrables, y con un oído de animal salvaje, capaz de distinguir al mismo tiempo sonidos y ruidos diferentes; secreto y asiduo visitante de El Atlético, el campo de concentración a cargo de su amigo el general Suárez Masón, íntimo del almirante Mazorca, uno de los lugares secretos donde chuparon a Pirí Lugones y a tantos otros argentinos desaparecidos después, en la misma esquina del paseo Colón y Cochabamba, nomás a veinte calles de la Casa Rosada, donde el Almirante se reunía con los otros dos jefes de las hormigas argentinas, de los lobisones y chupacabras; entrenado como un perro Nogueral por el Almirante para no soltar nunca delante de la gente un ladrido que pudiera escandalizar al público más atento y observador; con un olfato desarrollado en cientos de batallas secretas que le hacía distinguir desde muchas millas antes el peligro que estaba a punto de convertirse en riesgo mortal para el Almirante y toda su gente más cercana. Un tipo silencioso Nogueral, a veces incluso sombrío, pero capaz de causar asombro a sus propios jefes, porque se conocía de memoria toda la ciudad de Buenos Aires, casa por casa se había aprendido la ciudad entera, tenía el plano de Buenos Aires desplegado en su propia cabeza, ocupaba toda su memoria, el resto de su cerebro estaba destinado enteramente a las órdenes que el Jefe fuera desgranando. Le gustaba muchísimo al teniente Nogueral pasear conduciendo su Ford Falcon color verde inglés por toda la ciudad en cuanto las sombras de la noche caían sobre Buenos Aires. Ése fue su hobby favorito durante los años en que el Almirante fue uno de los jefes de la dictadura. Le gustaba observar desde su auto en marcha cómo la gente que temía por su propia piel, la gente asustada, la chusma que sentía ese pavor por alguna traición que habían cometido, los traidores a la patria que no tenían la conciencia tran-

quila, corrían hacia sus casas a esconderse. El teniente Nogueral reconocía a los traidores por la manera de moverse, por el modo de mirar y caminar, en cuanto las sombras comenzaban a caer sobre Buenos Aires. Y el arma de
reglamento. El arma a la vista, sobre el asiento de al lado,
a mano siempre. Le encantaba mirarla de vez en cuando,
conduciendo el auto, y acariciarla suavemente: como si
fuera una mujer desnuda que se deja hacer las carantoñas
de su hombre en cualquier lugar del camino.

Le encantaba con una cierta frecuencia placentera
llegarse hasta El Atlético, en el mismo corazón de Buenos Aires, como le había descubierto Tucho Corbalán a
Samurai tras salir de la comida en Tomo I, en aquella
corta visita durante los años de dictadura, acá es, viejo,
mirá bien, todo el lugar está enmascarado, pero sabemos
que es acá mismo, donde te estoy marcando, en esa esquina
de Colón y Cochabamba, le señaló Corbalán a Samurai.
Y a Nogueral le gustaba mucho observar, sonriéndose
entre esas mismas sombras de la oscurecida de Buenos
Aires, cómo se iban llenando de alboroto nocturno las
confiterías, las cafeterías del centro, los restaurantes de la
avenida Córdoba, los cines y los teatros de Corrientes, los
paseos de La Recoleta, las calles de Palermo Chico. ¿De
qué guerra estaban hablando los enemigos de la patria si
acá están los buenos argentinos, haciendo su vida en paz,
sin meterse en la mierda infecta que luego nos encargan
que limpiemos?, se preguntaba Nogueral en sus reflexiones
vespertinas, durante sus paseos por Buenos Aires. Cómo
le gustaba a Nogueral la gente sana, la que no tenía nada
que ocultarles, ni a la patria ni a ellos, que exactamente se
sacrificaban para velar por la patria y para que todos esos
seres tan limpios, que nunca se habían metido en nada,
que nunca habían cometido un pecado contra la patria
ni contra ellos, que entendían muy bien por qué en Bue-

nos Aires había empezado la tercera guerra mundial, miraran para otro lado y vieran nomás que teatros, restaurantes, cafeterías, hoteles, cines, librerías y salas de baile donde el tango era el señor de la diversión nocturna. Todo ese mundo esplendoroso que en realidad era Buenos Aires, todo ese mundo lleno de vida y entretenimiento. En realidad, ellos estaban limpiando la patria de basura, y los otros, los que siempre fueron limpios, los que llenaban los restaurantes y los cines mientras ellos se paseaban en sus Ford Falcon por todo Buenos Aires, debían estarles eternamente agradecidos por cuidarles sus exquisitas costumbres, su seguridad, sus haciendas y propiedades. Habían hecho para esa tercera guerra mundial un gobierno diurno y otro nocturno; el primero mostraba su cara firme y limpia al mundo, la cara de la Argentina ante el espejo del mundo, el segundo salía a las calles en cuanto oscurecía a limpiar de mierda todo el país, a eso se veían obligados los militares por la escoria del terrorismo comunista.

Sin saber bien por qué, Álvaro Montes pensaba en Ramón Nogueral, ese espectro, mientras deshacía las maletas en la habitación de su hotel, recién llegado de Ezeiza, cuando ya era de día en Buenos Aires y el bullicio de las gentes saliendo de las estaciones del subte y cruzando las calles, los cláxones de los autos y los buses, las prisas y los gritos llenaban todo el espacio de la mañana en hora punta. Nunca en su vida hasta ese momento había visto a Ramón Nogueral cara a cara, jamás había tenido ocasión de encontrárselo, ni de entrevistarlo. Hubiera sido imposible, pensó Álvaro, porque su condición de hombre discreto lo había convertido en una sombra invisible desde muchos años antes, incluso en plena dictadura. Ni siquiera le había pedido entonces ni nunca a Tucho Corbalán que le facilitara algunas fotografías de Nogueral, ilustraciones publicadas en periódicos de la época de la dictadura, revistas, en las que Nogueral apareciera retratado por lo menos tras el Almirante, guardándole las espaldas al Jefe.

Se le había cruzado ese espectro en su memoria, como si hubiera estado agazapado, lleno de olvido, ovillado en algún rincón sin importancia, un fantasma físicamente desconocido que se había metido en su mente por culpa de un mecanismo aparentemente arbitrario; porque, secuencia a secuencia, desde que unas horas antes Samurai había llegado a Buenos Aires no había hecho otra cosa más que caminar por los recuerdos de Margot Villegas, Francassi, Morelba Sucre, el profesor Lanuza, el almirante Mazorca y el teniente Nogueral. Y hurgaba de manera inconsciente en el asunto que los unió a todos en un mismo laberinto, la jungla que iba a traerles el derrumbe a cada uno de ellos. Ahora el almirante Mazorca ya no podía exhibirse en público haciendo gimnasia ni siquiera en el Parque Japonés, porque había sido de nuevo denunciado, encausado, detenido y encarcelado por el robo de los niños de los desaparecidos casi treinta años antes, los desaparecidos que tuvo bajo su jurisdicción en Selenio, en la Escuela de Mecánica de la Armada. Ahora Margot Villegas era la esencia misma de un recuerdo que se había vuelto incómodo para Samurai, porque hubiera podido salvarla de su infierno, estaba seguro de que hubiera podido salvarla, sacarla de la tragedia en la que se había enredado. Y entonces Morelba la Tigra se había metido al Delta, había zafado de Buenos Aires sin dejar rastro alguno, sólo un mensaje para él, para Samurai, para que viniera a buscarla desde Madrid, que Rubén el Loco lo llamara a Madrid y se lo dijera. Y él no había podido resistirse. Pensaba en Margot y no quería que ocurriera lo mismo con Morelba. Todas esas sombras revoloteaban dentro de su memoria cansada por tantas horas de viaje desde Madrid en el día de su llegada a Buenos Aires.

Había decidido que las horas de ese día las iba a pasar solo, sin llamar a Tucho Corbalán, sin ver a Rubén el Loco, sin tratar de contactar con Hugo Spotta en el Tigre. Ese día se lo había reservado en exclusiva para discutir con su propia memoria el redescubrimiento de Buenos Aires, despaisajada, desposeída de todo, sin fe, hundida ahora en la crisis más pavorosa de la historia de la Argentina. Quería reconocer por sí mismo todos los lugares que recordaba de antaño, aunque cargara con su condición de intruso. Quería recorrerlos él solo, palparlos, hablarles en voz baja a todos esos lugares que conservaba como santuarios entre sus propios recuerdos, aunque se le notara a la legua que era un intruso. Quería volver a amar Buenos Aires con la pasión de siempre: sentirla suya, sentirse suyo. No importaba nada que él mismo se sintiera un intruso, porque buscaba que ese día de su llegada fuera después una memoria que pudiera ordenar en su mente para fundir el viejo pasado con este presente que había comenzado con las primeras horas de esa mañana del invierno austral, a poco menos de dos semanas de la tormenta de Santa Rosa. Reconocer la ciudad, desorientarse en su interior, revolverse con ella en sus calles, alejarse del microcentro, perderse y volver a enamorarse de los barrios populares, y mucho más allá, en el Gran Buenos Aires. Quizá lo mejor era alquilar un remise más allá de la media mañana y recorrer Buenos Aires hacia el mediodía que se avecinaba luminoso y húmedo, palmo a palmo Buenos Aires, al fin y al cabo, señor, ahora ya no hay laburo acá, sólo somos putas sin ninguna dignidad, nos pagan una guita de mierda, ni para nafta da, por el servicio que hacemos, para comer mierda nos pagan nomás, nos mean y la prensa dice que llueve, ya nada acá es igual ni lo será por mucho tiempo. Eso es lo que le había comentado el taxista que le trajo desde Ezeiza. Se desahogaba el hombre, toda la vida en el taxi, chofer de profesión, yo soy tucumano, pero hijo de gallegos, emigrantes mis viejos, unos héroes, una pequeña provincia en extensión Tucumán, pero grande para la patria, cada vez que ha hecho falta acá hemos estado firmes como un solo hombre, porque cuando nos calentamos, señor, los tucumanos somos capaces de cualquier cosa, llevo toda la vida en el taxi, le dije, ¿vio, verdad?, y nada igual a lo que ahora acá, y... hay que extremar los cuidados, ufff, y... el peligro siempre está acechando, tiene uno que ir mirando arriba y abajo todo el tiempo, sí, sí, no se puede andar de cualquier manera por las calles como antes. Ahora lo secuestran a uno, se lo llevan nomás, lo esconden unas horas, unos días, si no pagan a los enlaces con la familia, un secuestro exprés, ésa es la moda de la delincuencia en Buenos Aires. Eso y que te roben la plata en los bancos, usted es español, debe de estar informado de lo que pasa acá, usted que sabe, usted que viaja, si esta mierda de sistema está montado sobre la propiedad privada, ¿no, señor, no es así?, y de repente le sacan a uno hasta los riñones en los bancos y el corralito no le permite a uno ni acercarse a retirar un par de dólares de uno mismo, ¿qué hijo de mil putas de sistema es éste, una mentira, no?, ¿o no es una cuenta corriente en un banco de acá una propiedad privada? Antes nada de esto ocurría, ella no lo hubiera consentido, y señalaba una fotografía de carné de Eva Perón que llevaba pegada al cuadro de mandos del auto, que la gente se estuviera matando en Argentina por comer, eso antes acá no ocurrió nunca. Antes se podía de todo, entiéndame bien, yo soy peronista pero socialista, siempre he sido de izquierdas, un sindicalista, siempre en el laburo, señor. Y... peronista, por Evita, claro, peronista de Evita, y esto antes acá nunca había ocurrido porque ella no lo habría consentido, ni en una pesadilla podía imaginarse uno esto acá, en Buenos Aires, monologaba el taxista, desahogando su amargura ante el atento silencio de Álvaro Montes.

Antes, pensó Álvaro Montes al escucharlo, ¿a qué antes se estaba refiriendo de verdad aquel taxista tucumano con tantas ganas de hablar con su cliente español que había tomado el remise en Ezeiza, circunstancial el cliente español, desconocido del todo para él, anónimo en ese final de madrugada de Buenos Aires, cansado, medio dormido y recién llegado de Madrid? Para los argentinos ese pasado aplazaba en el tiempo un futuro donde el país iba a ser todo lo grande que ellos se habían imaginado en su sueño histórico.

—Mire si no, señor, alguien tendrá que explicarnos a los argentinos cómo el país que más alimentos produce en el mundo no come, porque la Argentina, señor, por Dios, sólo faltaba eso, se está muriendo de hambre —se le quejó el taxista tucumano, cuando ya el auto entraba a las cercanías del Obelisco, en pleno Buenos Aires—, todos estos políticos, señor, usted es extranjero, pero español, ¿no?, y sabe de qué le hablo, seguro que lo sabe, todos estos políticos no han nacido de un repollo, ¿no cree? Acá lo ve ya, el Obelisco, vaya símbolo, hace un mes, señor, estas avenidas estaban llenas de gente, creíamos que la Argentina iba a ganar el mundial de fútbol de Corea, ¿se da cuenta, se acuerda de eso? Creíamos que si ganábamos el mundial de Corea íbamos a salir de la crisis en dos meses, íbamos a resucitar de un golpe acá, que la Argentina iba a ser otra vez en un par de meses el mejor país del mundo, vamos, vamos, Argentina, vamos, vamos, a ganar y todo eso. Nos echaron a la primera, señor, eso es hoy la Argentina, nos echan a la patada de todos lados, a la primera, nos ven, nos miran de arriba abajo, nos reconocen, argentinos, chusma, malones, fuera, mugre —terminó excitado, casi llorando el taxista.

Ese día lo había guardado Samurai exclusivamente para el reencuentro de su propia memoria con Buenos Aires, el reencuentro de los amigos viejos con su memoria, el Delta y la Orden del Tigre.

En medio de los tragos y las guitarras, en medio de las caricias de Morelba la Tigra, las carcajadas de todos ellos, los bailes, las canciones, el jazz del Tortoni, a Rubén el Loco se le ocurrió decírselo sin más miramientos, andate al Tigre, Samurai, al Mississippi, che, a los jardines de Bomarzo, al bosque de Quiroga, a la jungla asiática en la que se desaparecen sumergidos para siempre los contrabandistas y los forajidos de leyenda, a la manigua tropical que tenemos acá mismo, viejo, a este mismo costado de Buenos Aires, un tesoro el Tigre, viejo, no te lo podés perder. El loco de Arlt pidió que esparcieran sus cenizas en el Delta y Borges se sentaba a la orilla del Tigre, en una casa muy cerca del Puerto de Frutos y se quedaba extasiado, acá, quieto, olfateando el paisaje, como si lo viera, como si lo estuviera viendo el viejo. De los Lugones en el Tigre se puede contar cualquier número de muertos, che, una tragedia. Y Sarmiento, también se metió al Tigre el gran Sarmiento. Cuando lo hicieron presidente del país, el tipo se encerró en su casa, primero en el Tigre y luego en Buenos Aires, y se puso a escribir el discurso de posesión. Entonces sus ministros se lo rechazaron, no, Presidente, no es conveniente ni esto ni lo otro. Y se lo encargaron a Avellaneda, el más grande escritor de la Argentina llega a presidente de la nación y los suyos le rechazan el discurso y se lo encargan a Avellaneda... y... andate al Tigre, Samurai, no te lo podés perder.

Eso le dijo a gritos Rubén el Loco llegándole su voz por encima de la música y los instrumentos del jazz, por encima de los ecos de la música imitada de Coltrane. Y entonces Samurai le propuso sin pensarlo a Morelba que convenciera a todos los demás para que fueran al Tigre, mañana mismo, ya, dentro de unas horas, sin más preparativos, no necesitaban ninguna expedición, no eran boyscouts ni mucho menos, una excursión de amigos a ver y a navegar por el río Tigre.

—A ver, a ver —gritó Morelba, haciéndose bocina con las manos—, atiéndanme todos un momentico, ¿quiénes se apuntan con nosotros a una excursión hasta el Tigre, mañana mismo, sin pensarlo dos veces, quiénes, a ver quiénes son los valientes?

Se apuntaron todos menos Tucho Corbalán. Álvaro notó con qué resentimiento repentino miraba a Morelba y cómo después lo miraba a él con un gesto silencioso de estupor. Se lo estaba diciendo con esa mueca de rencor, que él no era allí más que un intruso que había venido a molestarlo, a estropear el orden natural de sus cosas, un tipo que se le había atravesado en su camino y se le había vuelto de repente un indeseable. La música seguía sonando por encima y por debajo de sus risas y sus voces, en medio del calor y la humareda que los hacía sudar por todos los poros. Álvaro pudo devolverle un gesto parecido, con una sonrisa de superioridad, pero la cortó de inmediato. Tal vez porque su instinto le avisó de que Corbalán se convertiría en su confidente y amigo en breve tiempo.

—En ese momento, viejo, te agarré unos celos rabiosos que nunca voy a olvidar —le dijo Corbalán tiempo después, en uno de sus encuentros en Tomo I—, venías a robármela, me volteaste entero, viejo. De repente, se me derrumbó encima todo el cielo de Buenos Aires. Me cagaste.

Ni Tucho Corbalán ni Álvaro Montes, y tampoco ninguno de sus amigos, sospechaban entonces que el inmediato futuro iba a convertir a Morelba Sucre en la mujer del profesor Lanuza. Ése era un plan de Andrés Lanuza que no había visto ninguno de ellos, porque en quien ellos pensaban era en ella y sólo en ella. En ese instante, para toda la gente de la Orden, Lanuza no era nadie, un piojo que se le había agarrado a Morelba tras la muerte de su marido en Caracas; un benefactor, como lo llamaba a ratos Morelba Sucre. Pero Corbalán se dolió entonces con Samurai, el recién llegado, el advenedizo que vino desde Madrid a quebrar su proyecto con Morelba, sin que ninguno de los dos llegara a percatarse de que tal vez ella tenía ya en marcha y en secreto sus propios proyectos sentimentales.

La voluntaria ausencia de Corbalán en la fiesta del Tigre no fue más que la traducción de su decepción. Había interpretado la actitud de Morelba Sucre como una traición a sus sentimientos. Porque ella los conocía por completo. Tucho Corbalán le había confesado en secreto la pasión que estaba comiéndoselo por dentro, y ella no había roto entonces ninguna de sus expectativas. Al contrario, el silencio de la joven venezolana lo había traducido Tucho Corbalán como una petición de tiempo, un aplazamiento para la decisión que ella misma habría de tomar con aquella confesión de Corbalán. De modo que siguió incendiándose por dentro a la espera de que Morelba Sucre se decidiera a quererlo. ¿Cuántas veces le desnudó Tucho Corbalán sus deseos a Morelba Sucre antes de ese día del Tortoni, cuando ella propuso en voz alta que todos fueran de excursión mañana mismo hasta el Tigre?

—Fueron hasta cuatro veces, Álvaro —le confesó con nostalgia Corbalán—. La torpeza de la insistencia, eso es lo que mata cualquier deseo. Tenía que haberme dado cuenta de que me estaba equivocando al seguir ese camino directo. Me estaba equivocando porque cada vez que escuchaba el silencio de Morelba, ella me estaba negando cualquier posibilidad. Pero lo entendí todo al revés.

Diez

Todo el día lo pasaron en el Tigre, navegando por sus canales, reconociendo su vegetación fulgurante, admirando el paisaje del paraíso. El aroma esencial y suavísimo que se desprendía de la verde enredadera del isipó, en constante verdor junto al amarillo verdoso del duraznillo, emborrachaba el ambiente cruzándose en cualquier esquina de los vergeles del Delta con el perfume del arrayán, seis metros de esbelta y verdosa altura al borde de las aguas grises y chocolate.

Álvaro estaba exultante. El hallazgo del lugar lo había trastornado hasta el punto de vivir el descubrimiento del Tigre y la belleza sorprendente de su jungla como una verdadera epifanía. Miraba a todos lados sin parar, excitado, dejándose llevar por los instintos que tentaban sus sentidos, asombrado ante la constante invasión de las lianas y enredaderas; ése era el pitito, duro como el acero durante los fríos terribles del lugar, pero a la vez tan frágil que no podía resistir los húmedos calores del verano, lo aleccionaba Hugo Spotta, y entonces se enmascaraba en una liana tosca, agreste y salvaje, que lo cubría todo a la vista porque su habilidad para extenderse por todos lados parece milagrosa; y el burucuyá, la pasiflora, con el color verde de la esmeralda brillando en la hermosura de su piel, en sus múltiples variedades; y la nueza abrazándose a los árboles con sus flores anaranjadas pintando el aire de las sombras, la flor de sangre, la capuchina y el taco de la reina flotando entre el sol y las sombras del Tigre, un cuadro de colores vivos emborrachando el fondo de los verdes y los oscuros fondos de los canales; y, en algunos rincones, aparecían los grandes discos del irupe flotando sobre las aguas, en la cara del río, semejantes a enormes nenúfares verdes y suavemente lisos.

Hugo Spotta le iba señalando y nombrando la vegetación, y sus lugares preferidos, como un intérprete. El bosque fluvial le pareció a Álvaro Montes un lugar edénico del que silenciosamente se habían adueñado los pérsicos, los agarrapalos, los ceibos entre los juncales, y el majestuoso ombú dominando su camino hacia los cielos, un bosque de arco iris y colores cambiantes en medio del follaje y sus sombras, llenando las orillas de los arroyos y los canales del Tigre.

Lucía un tiempo estival, a pesar de estar en el mes de julio, en pleno invierno austral. El sol se lanzaba desde las nubes y volvía esplendoroso, brillante, lleno de fulgores y ráfagas de luz violeta el paisaje verde de la vegetación. Las aguas chocolates de los canales refulgían como un espejo de color, y soplaba suave el viento del sudeste, el mismo que cuando arreciaba en el Delta hacía subir las aguas hasta la inundación. La humedad gobernaba cada uno de los pasos de Morelba Sucre, Samurai y sus amigos argentinos. El viento de vez en cuando calmaba sus ansias y en esos mismos instantes el aire se llenaba de pájaros que revoloteaban en el entorno. Sobre las tres de la tarde, cuando una leve llovizna acariciaba la cara del agua, Hugo Spotta embocó la deriva de la barcaza para llegar hasta la entrada del río Sarmiento, justo frente a la casa del escritor.

—Acá está, ésa es la mansión de Sarmiento en el Delta —dijo Hugo—, mirá, acá, cientos y miles de páginas han salido de acá dentro...

—Miles de páginas contradictorias —dijo a borbotones, levantando su vaso de vino, Margot Villegas.

—Contradictorias y a veces muy confusas —añadió jocoso Francassi, completamente borracho ya a esas horas de la tarde.

—Un brindis, un homenaje al prócer, carajo, señores, por favor, más respeto —gritó por encima de todos el timonel Hugo Spotta—, coño, qué país de mierda somos, señores, no respetamos ni a los padres de la patria, ¿cómo carajos vamos a ir a convencer a nadie si nos tomamos a risa nosotros mismos?

Aparentaba seriedad en su reconvención Hugo Spotta. Todos allí, menos Álvaro Montes, sabían que Spotta era un ávido lector de Sarmiento, de modo que había sacado de las páginas del pensador del Delta lo mejor de su filosofía para su propia conducta. No estaba dispuesto, eso dijo, a consentir una discusión más sobre la personalidad de Domingo Faustino Sarmiento, ni que los demás pusieran en duda sus intenciones políticas e intelectuales para la Argentina. Lo gritó alto para que se hiciera el silencio en la barcaza durante unos segundos de tensión.

—Eso es, mis muchachos —terció Morelba—, un palo más, un brindis por Sarmiento.

—Una promesa, un pacto —intervino entonces Álvaro, sin abandonar su papel de intruso recién llegado al paraíso—. Un brindis y una promesa. Por Sarmiento, por la civilización, por todos nosotros. Por la amistad de todos nosotros. Por la lealtad. Vamos a fundar ahora todos la Orden del Tigre, aquí delante de la casa de Sarmiento, en medio de este canal.

Su idea fue celebrada por todos con nuevos gritos y aplausos, con la alegre algarabía que dominaba los ánimos de tripulantes y pasajeros de la barcaza de Spotta. En el interior de la embarcación se desbordaba la fiesta inolvidable de la juventud que tenía para sí todo el tiempo del mundo. Y el jolgorio corroboraba el apoyo al ritual de la amistad. Todos levantaron sus vasos y sus copas sin dejar de gritar el juramento de fidelidad a la Orden del Tigre, fundada en el mismo momento en que Ariel Francassi se lanzaba a declamar en lengua inglesa, con la copa bien en alto, estrofas enteras de versos que en realidad se inventaba sobre la marcha, aunque gritara que pertenecían a los rituales artúricos de la Tabla Redonda. Bailaban todos dentro de la barcaza, desatendiendo las advertencias de Hugo Spotta, el único que allí conocía las artes de marear a través de los ríos del Delta y la muchas veces intrincada geografía fluvial de los canales.

—Queda fundada en este instante la Orden del Tigre —dijo Álvaro Montes a gritos, ejerciendo de sumo sacerdote de un rito teatral en medio de la algarabía festiva, por encima del griterío y el jolgorio.

Esa misma noche, sin haber dejado de beber alcoholes y vinos de Mendoza y La Rioja argentina durante todo el día, en el hotel donde se cobijaron del calor tan raro para esa época del año, húmedo y aplastante, de la tarde del Delta, redactaron entre todos los dos o tres artículos sagrados de la Orden. Como un conjuro contra la barbarie de todos y la deslealtad entre los fundadores. Ariel Francassi quiso ser el secretario y redactor final de esa mínima reglamentación de la Orden que los fundadores juraban cumplir y defender. De modo que no se podía admitir ningún nuevo miembro, artículo primero de la Orden del Tigre, sin un previo acuerdo de todos y cada uno de los siete fundadores, tras discutir durante un tiempo de prueba, que debería ser irrefutable para todos, las condiciones humanas del candidato. Igualmente, cada uno de los miembros fundadores, artículo segundo de la Orden del Tigre, venía obligado a guardar sagrado secreto sobre la misma Orden, el instante y el lugar de la fundación, y sobre los nombres, las vidas y los episodios privados de sus compo-

nentes fundadores, más las de todos los que, eventualmen-
te, fueran incorporándose a la Orden tras las pruebas esta-
blecidas en cada caso. Venían los fundadores obligados,
tercer y último artículo de la Orden del Tigre, a mantenerse siempre en la militancia de la libertad, en la defensa
de la civilización y los derechos de los seres humanos,
frente a las dictaduras y cualquier clase de totalitarismo,
y contra todos los disfraces de la barbarie. No hubo que
firmar ningún papel, bastaba con la palabra de caballeros y de princesas, con la memoria, la de las mujeres y la
de los hombres, todos seres de corcho en ese momento,
flotando en el aire de sus propios tiempos, que habían
fundado la Orden ese mismo día por la tarde en medio
del río Sarmiento.

Álvaro Montes recordaría años después la caída
de la tarde en ese fantástico y raro día invernal en el Delta. Las aguas entraban y salían por los canales para ir a
bañar las orillas de las islas. Un disco de oro color naranja bailaba en el aire sin desviarse de su singladura, descen-
diendo en su lenta deriva hacia el final del día. El verdor
de la jungla se refrescó más, se llenó de silencios casi repentinos y rumores nuevos, cambió su color hacia la noche.
¿Le confesó Morelba Sucre alguna vez que, en medio de
las sombras, había entrevisto esa noche la fulgurante ca-
balgata de un caballo blanco por los bosques del Tigre?
¿Le confesó que había oído en la noche, quizá entre sueños, el relinchar del caballo galopando desbocado Tigre
adelante? ¿Le dijo ella alguna vez lo que significaba de verdad la aparición del espectro del caballo blanco? ¿Nunca
le dijo, ni siquiera aquella noche del Tigre, que la aparición espectral del caballo blanco era la advertencia de una
muerte cercana? Álvaro sólo recordaría años después con
claridad que todo cuanto decidieron escribir, las reglas, las
normas de la Orden, la breve memoria de la fundación,

se les quedó olvidado encima de la mesa del saloncito del hotel donde estuvieron todos bebiendo hasta la alta madrugada. Allí se quedaron perdidos todos esos papeles, y cuando se levantaron de la resaca al empezar la tarde del día siguiente, todas las reglas escritas habían desaparecido. Nadie se había tomado el cuidado de guardarlas, cada uno de los fundadores se había ido marchando a sus habitaciones, sin que ninguno tuviera que ver con los demás. Y cuando preguntaron por los papeles que dejaron olvidados allí anoche, la cara del mozo de tarde era un poema de asombro. ¿Anoche? Caballeros, más seriedad, éste es un establecimiento público, ¿no lo saben ustedes?, un lugar donde se queda la gente a dormir, donde la gente se hospeda para descansar. Un-ho-tel, deletreó con lentitud, ¿entienden?, un-ho-tel. No se pueden ir dejando papeles por las mesas, caballeros, seamos serios. Por favor, jóvenes, todas las mañanas antes de abrir el salón y el comedor, entra una brigada de limpieza a laburar como hormigas y deja esto como la plata nueva, brillando, a estrenar por los clientes del día. Se retiran todos los restos a la basura y la basura hace horas que se la han llevado ya para el vertedero, señores. Eso dijo el camarero del hotel, muy serio, muy profesional, reclamando la seriedad de los jóvenes.

—Tus manos, Samurai —escuchó otra vez Álvaro la voz de Morelba la Tigra en su recuerdo revivido, entre el cansancio del viaje desde Madrid, adormilado sobre la cama de la suite en su hotel de Buenos Aires. Como un eco estallando en su memoria las palabras de Morelba Sucre, un aliento ardiente, líquido, saliendo de su boca aquella noche, en la habitación que compartían en el hotel Río Tigre—, me sigues gustando todo entero, pero más que nada, me gustan tus manos, Samurai, chévere cambur tus manos, Samurai.

En ese instante de sopor y cansancio, tendido de lado sobre su cama, a Samurai lo llamaban las voces entrecortadas de las calles, el rumor vivo de Buenos Aires. Lo llamaba la ciudad entera, le activaba los músculos, inquietaba su reposo recién iniciado, revolvía su cansancio. Lo llamaba Buenos Aires, le exigía que saliera a sus calles, que no perdiera ni un minuto más en el hotel. Una buena taza de café caliente le haría reaccionar. Y de un golpe de voluntad, sobreponiéndose a la modorra, salió de la habitación, bajó por la escalera y entregó la llave en la conserjería. Ya estaba en la calle, en San Martín, a un par de metros de la avenida Córdoba. Sintió otra vez, como si fuera un nuevo hallazgo, como un descubrimiento encallado en esa esquina central de la ciudad, que estaba varado en este instante en cualquier esquina de Manhattan; que había salido por la puerta de su hotel en Buenos Aires para entrar en algún lugar de Manhattan donde ya había estado algunas otras veces antes de ahora mismo. Un lugar que reconocía sin esfuerzo, porque siempre le había parecido que aquel paisaje urbano de Manhattan tenía un cercano parentesco con este sitio exacto de Buenos Aires, entre los viejos almacenes Harrods, vistos a la izquierda desde la esquina de San Martín y Córdoba, llenos de mugre aceitosa, gris y negra, más cercanos al Bowery solitario que al esplendor de Buenos Aires el edificio de Harrods, cerrado a cal y canto años atrás durante una larguísima temporada por el interminable pleito entre el socio argentino y el dueño de la matriz inglesa, Al Fayed, el árabe millonario que quiso ser suegro de Lady Diana Spencer; y, justo al frente, el edificio inmenso y brillante de luces que albergaba las Galerías Pacífico, un murmullo constante de gentes entrando y saliendo por sus puertas incluso en esos instantes de crisis pavorosa. El socio argentino de Harrods se había quedado con el edificio y con la marca, le había contado Tucho Corbalán. Los ingleses lo llevaron a pleito, pero él peleó como una leona a la que le quieren robar los cazadores sus cachorros. Contrató abogados, se llenó de paciencia, hizo que el tiempo corriera de su parte, pegó tiros por todos lados, se armó de valor y razones.

—Al final el tipo les dobló el pulso —le terminó de contar Tucho Corbalán—, se los boleó a los ingleses. No pudimos con ellos en las Malvinas, che, ni al fútbol le ganamos ya a los tipos esos, nos han amargado la historia, che, ¿viste?, y va el tipo y les parte la cabeza de un solo tajo y se queda con el edificio entero y con la marca Harrods para la Argentina.

Siempre se le había perdido la cabeza a Álvaro Montes en esa esquina de Buenos Aires, porque le había encontrado parecido casi idéntico, casi gemelo con Manhattan, a ese lugar céntrico de la avenida Córdoba y la calle San Martín, tal vez sobre la 16 con Broadway, quizás a la altura de la Librería Lectorum de Manhattan. Entró en el Orleans, en la esquina de las dos calles, y se sentó a tomar esa primera taza de café caliente, a encender su primer habano de reencuentro con Buenos Aires. En esas horas de la mañana la ciudad corría entera de un lugar para otro. Las bocas del subte vomitaban por toda la ciudad de Buenos Aires tribus de gentes que se apresuraban a llegar a sus destinos por todos lados. Los ruidos de los autos, los cláxones tronando el ambiente sin cesar, los gritos de la gente que caminaba por el microcentro llamaban a ensimismarse en la observación del paisaje humano que se movía sin cesar, de un lado a otro, como hormigas que buscaban, hablaban, caminaban buscando su propia respiración. O se sentaban con toda la calma del mundo a esperar no se sabe bien qué suceso, como si a nadie le importara el tiempo que también corría de un lado a otro, y siempre hacia adelante. Pensá en Galimberti, recordó Álvaro Montes de repente, mientras paladeaba un sorbo del café, la voz de Tucho Corbalán por teléfono, qué tipo tan vivo, che, se hizo capitalista frenético, salvaje, sin fisuras, sí señor, y lo invirtió todo en compañías de trenes y en sociedades de basuras y vertederos, la gente lo decía, qué listo el tipo, pero qué vivo Galimberti, compra trenes porque siempre caminan hacia adelante, y eso da montañas de guita; y lo de las basuras, lo mismo, viejo, el tipo se dijo pero bueno, y... ¡si la basura es un negocio! Pero si este país no hace otra cosa que consumir, comprar, usar y echar a la basura a ser posible dos a la vez, no hace más que comer y tirar las sobras a la basura, como el que echa manteca al techo. El argentino es así, más grande que nadie, con más guita que nadie, lo quiere siempre todo de nuevas, nada de segunda mano, ¿no es así, me estoy mandando la parte, Álvaro? Y acá se metió el jefe montonero, peronista, lo que fuera, de matador a negociante capitalista, y... ahora toda la Argentina anda en el trueque de viejo por viejo, tiendas enteras, plazas enteras abiertas los domingos al trueque de ropa y de lo que haga falta. Acaban de abrir un par de plantas del viejo Harrods de Florida para dedicarlas al trueque, pensá, che, pero dónde carajo quedó el esplendor, esta cagada es para matarse de la risa o de la indignación, ya lo verás vos cuando llegués acá, Álvaro, y... porque ya sé que vas a venir, un error, tenés que rajar y no todo lo contrario, regresar a buscar el tiempo perdido, viejito, un error, pero llamame desde el hotel. Lamame al periódico, viejo. Ya que no quisiste hacerme caso y quedarte ahí, en Madrid, vamos a vernos el mismo día que llegués a Buenos Aires.

Todavía no lo había llamado al *Clarín*. No lo llamó a lo largo de todo ese primer día de Buenos Aires.

Toda la mañana caminó Samurai la ciudad más bella del mundo como un intruso en el paraíso, deteniéndose en las tiendas de cuero de Florida, observando los afanes, las angustias de la gente, parándose delante de las vidrieras de los almacenes de tejidos, en las confiterías, restaurantes, parrillas, las tiendas de cachivaches y chucherías. Miró por todos lados fijándose en las caras y los gestos de la gente que se iba encontrando sin cesar a su paso por Lavalle, Cerrito, Corrientes, Maipú. Hacia el mediodía bajó hasta Libertador, tras pasar por delante del hotel de los martinis con Margot y enfrentar la plaza San Martín, dejándola a su izquierda. A esa hora el sol brillaba sobre Buenos Aires y el césped de la plaza lucía verde y limpio. La gente joven, ociosa, en un descanso al que no se le veía el final, remoloneaba revolcándose en el verde sin ser molestada por nadie; los mayores, con los ojos perdidos en un paisaje sin fe que apenas les despertaba alguna curiosidad instantánea, turbia y acuosa su mirada sin esperanza, estaban sentados en los bancos de piedra que rodean la plaza, doloridos de perplejidad sus gestos, sin medida de su propio tiempo, sin ningún proyecto inmediato que los levantara de allí, estáticos, tal vez sabedores ya de que no podían hacer otra cosa más importante que sentarse en los bancos de la plaza San Martín a ver pasar las horas del día mientras el sol del invierno les entibiaba la piel tan huérfana de ilusiones.

Comió solo en el Dora. Eligió una mesa para dos al fondo del restaurante, casi pegada a la cocina. Quería recordar las ensaladas de berros, tomates y cebolla, las pallardas de lomo de res en su punto, los buenos vinos de Lagarde, los postres de la casa, el helado de sambayón, el dulce de leche especial. Quería verles de nuevo las caras amables a los mozos del Dora, oírlos de nuevo hablar entre ellos, charlar con los clientes, hacer bromas unos con otros, reírse con los comensales asiduos, contarles chistes de italianos y españoles, sentir el calor de aquella gente que seguía allí mismo, seguramente porque el país no se iba a detener incluso en el caso de que ellos quisieran pararlo, voltearlo, sacarle la mugre y regresarle otra vez la fe de siempre, un país nuevo, donde nadie le robara nada a nadie, un sueño cada vez más lejano. Vio moverse a los mozos por todo el restaurante con diligencia profesional, entrar y salir con los pedidos en las bandejas, casi en el aire, en las palmas abiertas de sus manos, y colocar los platos en las mesas llenas de gente de la City, gentes de negocios que venían al Dora a comer al mediodía como si no lo supieran, como si ignoraran que Buenos Aires se estaba cayendo a pedazos.

En todo ese tramo de la avenida Alem, los desocupados y transeúntes llenaban el vacío del paisaje que dejaban los autos al pasar a toda velocidad de un lado a otro de la ciudad. En toda esa zona del microcentro era peligroso en las noches aventurarse solo, es lo primero que le habían advertido a Álvaro Montes en el hotel, que por acá abajo mejor acompañado desde que oscurezca, no es por nada, por las dudas nomás, no pasa nada, pero pueden ocurrir cosas. Los jóvenes y adolescentes desocupados y transeúntes pedían en ese tramo de Alem para comer. Entraban cuatro o cinco juntos al final de la jornada, cuando comenzaba a oscurecer sobre la ciudad. Entraban en grupo en el Dora, en Las Nazarenas, en los restaurantes de la City, frente por frente del Sheraton, y pedían algo a los mozos. Para comer. Las sobras de la parrilla, los huesos, los nervios de la res chamuscados por el carbón en el fuego, apenas comestibles. Todos esos desperdicios los recogían en una bolsa de plástico transparente y salían otra vez a la calle, a devorar su banquete de casi nada en un rincón oscuro de la avenida Alem, a ocupar su lugar en las esquinas de la avenida Alem, en las esquinas con Córdoba, a apostarse allí, sin tiempo, a pasar la noche al resguardo de cartones y plásticos viejos y sucios en el microcentro. Mucho mejor allí que en sus propias barriadas del extrarradio llenas de miserias, las mismas barriadas que ya estaban cercando el centro de Buenos Aires, que iban abrazando con toda rapidez aquel otro nuevo esplendor surgido en Puerto Madero, un lugar rehabilitado del nuevo Buenos Aires, lleno de restaurantes y tiendas de lujo, con el hotel Hilton en primera línea del río y el puente que Calatrava llevó hasta esa parte nueva y moderna de la ciudad. Les compensaba a los cientos de jóvenes desocupados dormir en pandilla bajo los soportales de los alrededores de la City. Los porteños decían que ya no vivía nadie acá, sino que todo ese barrio tan céntrico estaba copado por oficinas de negocios, rascacielos de cristal y granito propiedad de las compañías multinacionales que habían venido a arruinar a la Argentina y a marcharse. Eso repetían los porteños mirando con rencor hacia la cumbre de los rascacielos: que se habían llevado la guita, toda la plata de los bancos de la Argentina para sus países y los habían dejado sin nada a los argentinos. Con la complicidad de todos estos vendepatrias del gobierno, del gobierno que sea, daba igual que fueran peronistas, radicales o izquierdistas de Chacho Álvarez, que se había echado a correr del gobierno a la primera de cambio y lo había dejado todo en las manos del chanta de De la Rúa, solo y enfrentado con los peronistas. Duhalde había esperado ese momento para darle la puntilla sin que a él se le viera nunca atacando la caravana en plena pradera del oeste. Ni una pintura de guerra, ni una pluma india de batalla, se había puesto el jefe en su uniforme. Con el consentimiento silencioso de Alfonsín. Los mecanismos del juego sucio los puso en marcha y los desarrolló el gobernador Rukauf. Lo había urdido con mucho cuidado, dividiendo Buenos Aires en cuatro circunscripciones que vigilaban todo el tiempo desde el aire. Por helicópteros. Como los milicos en la dictadura. Y después estaba toda esa gente civil, desocupados repentinamente en activo, montada en los coches de un lado a otro llevando recados con informaciones falsas, con mentiras que se expandían por toda la ciudad, dejando que la mugre rompiera las vidrieras, que la chusma asaltara y saqueara las tiendas, los establecimientos, los súper, permitiendo que atacaran a la vista la propiedad privada. Y ordenando que todo eso se filmara, que se viera en las casas de los argentinos ese salvajismo, por los televisores en los noticieros a la hora de la cada vez más exigua cena familiar, que cundiera el horror y se levantara la gente civilizada contra la barbarie. Y hubo permiso tácito para saquear esas zonas. Y hubo órdenes terminantes a la policía para que no interviniera, para que dejara que la mugre se llevara por delante el orden ante la impavidez de las fuerzas policiales que venían obligadas a reprimir a la barbarie para mantener y restablecer la ley.

Nada. Sitting Bull no había estado en esa guerra, Duhalde no había participado en nada, repetían los argentinos con el mayor sarcasmo porteño, sino que se cayó solo el hombre. De la Rúa había caído en diciembre, unos meses antes de que Álvaro Montes llegara a Buenos Aires a buscar a Morelba Sucre en el Delta. Se cayó porque la gente se lanzó a las calles y le aguantó a la policía. Y De la Rúa lo que quiso fue partir el agua en dos: a un lado la clase media y al otro siempre la pobreza, para caerle encima a las manifestaciones callejeras con la policía y acabar como siempre. No se dio cuenta Caperucita de que había caído en la boca del lobo, tan contento de creerse y sentirse presidente del más grande país del mundo. Le hicieron lo mismo que a Alfonsín años atrás. Le quitaron la comida de a pocos, hasta dejarlo como un esqueleto espectral y sombrío, caminando muerto de miedo entre Olivos y la Casa Rosada. Como un preso de lujo con las horas contadas para su ejecución, che, así lo dejaron a De la Rúa. Todo eso contaban sin parar los porteños en todas sus conversaciones, en cualquier esquina. Esas mismas cosas las había escuchado, entre voces cruzadas, Álvaro Montes sentado en el Orleans y las había vuelto a escuchar en el Dora, a lo largo de su primer día de estancia en Buenos Aires.

Once

Cada vez que le daba la gana a Mazorca, el servicial teniente Nogueral iba a buscarla a su departamento de Viamonte. La llamaba por teléfono de parte del Almirante y la citaba a una hora fija en la que debía estar preparada para ir a su encuentro.

Sin que se diera mucha cuenta, esa llamada de Nogueral, siempre untuoso y envolvente, se convirtió en una orden encubierta gracias a la amabilidad profesionalmente marcial del marino. Y, lo que incluso le resultaba tan contradictorio que terminaba irritándose con su propia actitud, en un acuerdo tácito entre ella y el Almirante, un gravoso pacto de complicidad. Al principio puso algunos reparos. Trató de inventar sobre la marcha de los acontecimientos sucesivos algunas excusas válidas, que no aparecieran ante Mazorca como subterfugios que se fabricaba para huir del encuentro. No quería verse manejada por el Negro en ningún momento. En ninguna circunstancia deseaba sentirse acorralada por el Almirante en su calidad de enlace de un universo político que en realidad sólo conocía desde el exterior, por algunos detalles y algunos amigos cercanos. Como cualquier otra persona responsable y sensibilizada con esas circunstancias, sufría con los pavorosos atentados del terror militar. No tenía pasta de heroína. Se lo había repetido a sí misma hasta convencerse del todo, ni quería pasar a la historia de ninguna manera, ya se lo había advertido al profesor Lanuza y a Morelba. Calibró todos los peligros antes de entrar en la operación como la bandera blanca de conversaciones amables entre los jefes de la dictadura y quienes sin remedio la sufrían en silencio, siempre a punto de caer en el pozo negro del campo clandestino, la tortura y la desaparición. Ése, el del discreto diálogo con los dictadores, era uno de los mecanismos que la gente civilizada como el profesor Lanuza tenía que levantar y asumir para defenderse de la barbarie. Como un castillo de naipes. Y ella había caído en el centro del remolino. Eso era todo. Eso era lo que estaba pasando en este juego macabro del que ella formaba parte esencial.

Cuantas veces se encontró con Ariel Francassi en aquella temporada infernal, nunca hablaron del fuego cruzado que los quemaba en la misma hoguera. Los dos sabían hasta qué punto era peligroso para ellos, y para todos los que estaban en el silencio, que bisbisearan siquiera detalles de su complicidad. Simplemente ignoraban ese punto de encuentro en el abismo, como si no existiera, aunque en cada palabra, en cada gesto, tuviera cada uno de ellos que hacer un esfuerzo de consumado actor para no hablar de la maquinaria satánica en cuyo baile giraban como peonzas locas. Nunca quisieron comentar los avances o los retrocesos, ni cambiar impresiones, ni contarse el último suceso, los criterios que Cero mantenía en esos instantes, si por fin se veía desde su despacho alguna salida hacia la luz. O si todo, a la espera de un recodo de remota esperanza, seguía en la penumbra, tal como lo había ordenado el triunvirato, el Almirante incluido, que de los tres era el que más buscaba aparentar neutralidad, como que no participaba en las cacerías y las matanzas.

Hablaban Francassi y ella de cualquier cosa del mundo, del buen clima que estaba haciendo esos días en Buenos Aires, a pesar de la humedad y de los bruscos y repentinos cambios de temperatura durante esos meses, de los progresos que en esos mismos momentos Ariel Francassi hijo hacía en el colegio de París donde cursaba sus estudios. Un muchacho muy disciplinado, atento, educado, hasta un tanto reservado en exceso, como si una timidez casi enfermiza le hiciera sospechar de todo lo que le rodeaba, incluso familiarmente; un muchacho que se preparaba para el futuro, al margen de la tragedia de la Argentina, en un gran colegio internacional de París. Idiomas, Historia, Ciencias, Economía, Política, Matemáticas. Iba a salir un muchacho muy informado, muy preparado y documentado Ariel Francassi hijo, para eso era su único vástago, el hijo muy amado que había tenido con su mujer sueca.

Ella le hablaba de su libro sobre la historia del tango, ese largo ensayo de investigación, todavía interminado, a medio camino entre la desolada pesadilla de la realidad y el sueño infernal que siempre desviaba las ilusiones del país hasta abocarlo a la tragedia; un ensayo que se adentraba en el origen y el desarrollo del alma de la Argentina a través del lenguaje del tango, del baile y de todos los ceremoniales que ese ritual llevaba consigo, los evidentes y los secretos, los primarios y los sofisticados, ¿viste?, todavía estamos en que si fue en Uruguay o acá donde nació, como si entonces no fueran una misma cosa, le decía ella, pensá en la misma palabra, Ariel, tango, originariamente el lugar donde se amontonaba a los esclavos para venderlos, en fardos los bajaban de los barcos llegados recién de África, ¿te fijás? Llevaba en esa tarea de investigación, documentación y redacción desde que salió de la UBA. Y nunca la había abandonado. Lo que pasaba es que la bibliografía sobre el tango resultaba infinita, de veras, y... había que irse abriendo camino a machetazos entre tanta hojarasca, tantos compadres, compadritos, compadrones y malevos, ¿entendés?, entre tanta página y tanto libro a veces inservible, gratuito, perfectamente soslayable. Y para todo eso se necesitaba mucha voluntad, mucha disciplina, una capacidad extrema de paciente entomóloga para eliminar tanta página superflua, tanto libro inútil. Y mucho tiempo de estudio. Porque había que separar la paja de esas páginas y los libros inservibles del trigo que iba a alimentar su trabajo final.

Ariel Francassi también le confesaba su secreta intención de escribir. No es que tuviera una gran vocación que lo empujara a ese menester tan de diplomático, ni tiempo para pensar tenía en esos momentos tan trágicos para el país, claro, sino que en los últimos meses había comenzado a redactar el libro, como un hobby nomás, así empecé, por entretenerme, hasta que se le había transformado en un obligado cumplimiento cotidiano en esa temporada que lo retenía en Buenos Aires en expectativa de destino. Sobre Eva Perón, Ariel Francassi quería escribir el libro definitivo sobre Eva Duarte de Perón, no esos libros de fabuladores ni de resentidos, páginas de periodistas ávidos de fama y popularidad, tan enfermos y frustrados. Eso le confesó Francassi, un poco avergonzado por su confidencia, a Margot Villegas en uno de sus encuentros vespertinos, donde no se hablaba nunca de lo que de verdad los estaba atormentando, qué papel jugaba ella en toda aquella trama tan sucia, qué papel de verdad le correspondía a él; si en realidad cumplían una tarea útil para el país o si eran marionetas manejadas desde las sombras por quienes eran sus amigos desde hacía muchos años. Todo se debía dar por sabido. O por no sucedido. No les estaba ocurriendo nada porque nadie sabía nada ni se hablaba nada de lo que les estaba sucediendo. De modo que ella no sabía bien, y sentía tal vértigo de terror que no quería saberlo, si Ariel Francassi conocía sus amores secretos con el Almirante, si sabía del departamento en Libertador; si estaba al tanto, si al menos intuía o sospechaba dónde se veían y pasaban sus largas veladas.

Primero llamaba el teniente Nogueral al teléfono de su casa de Viamonte. El Jefe quería verla esa misma tarde y él ya estaba preparado para pasarse por su departamento a recogerla. ¿Podría ser, señora?, preguntaba amable Nogueral por teléfono. Como siempre que el Jefe quería verla, Nogueral esperaba una respuesta afirmativa.

Durante esas horas, hasta que Nogueral llegaba en su auto a buscarla para alcanzarla hasta Libertador y dejarla a solas con el Almirante, Margot Villegas entraba en un turbión de sensaciones contradictorias, remordimientos que terminaban de repente en un suspiro de superación del trance. Una y otra vez se dejaba llevar por el vértigo que la llamaba desde la oscuridad hasta el abismo. El mismo vértigo que siempre, durante unos minutos de miedo y hasta de rebeldía, la invitaba a no acudir a la cita con Mazorca, sino a huir, a escaparse de aquel infierno. A fugarse. Pero no podía pedirle ayuda a nadie. Ni al profesor Lanuza ni a Morelba Sucre. ¿Cómo iba a decirles que se habían enamorado, ella no sabía cómo, ésa era la puta y terrible verdad, que estaba acostándose con el enemigo y que los dos estaban viviendo con sórdida avidez su pasión loca, llena de sudores lúbricos, en el departamento de Libertador donde se suponía que se encontraba con el Almirante para intercambiar información, y traer y llevar mensajes de uno y otro lado?

Ése era el papel que ella tenía en el drama, el papel que sus amigos Andrés Lanuza y Morelba Sucre le habían dibujado y hasta escrito cuando desarrollaron el plan, el papel protagonista de una heroína que realizaba el esfuerzo de aguantar a un tipo tan detestable y odioso como el Negro, jefe de la manada salvaje de leones que se lanzaban a la matanza noche tras noche en las calles de Buenos Aires. ¿Cómo iba a decírselo a Ariel Francassi? Y siempre la asaltaban otras dudas paralelas en esas horas de espera: ¿sabría Francassi, sin ella haberle dicho nada, lo de sus secretos amores con el Negro, lo sospecharía en algún resquicio de sus instrucciones, se lo habría comentado confidencialmente el Almirante, puesto que el diplomático era, al parecer, uno de los ahijados secretos y tal vez uno de los hombres de confianza de Mazorca?

Margot Villegas sabía que se veían con cierta asiduidad en algunos de los despachos oficiales que el Almirante ocupaba casi todos los días en el Selenio. Francassi se había excusado ante ella una sola vez, lo recordaba muy bien, cuando intentó enterarse de qué cercanías de verdad había entre su amigo y el Almirante. Y no se había vuelto a hablar del asunto, como si hubiera un pacto no escrito entre los dos. El Negro era un viejo conocido de su familia y lo quería como un ahijado, y ahora las circunstancias trágicas de la Argentina lo habían llevado a esa situación de mando, pero él, a pesar de ser militar, a pesar de ser el jefe de la Armada, tenía una gran vocación de político civil, trabaja para ser el presidente del futuro, cuando la Argentina salga del pozo, le confesó Francassi. Y había que aprovechar esa relación amistosa en estos momentos. Era una vieja amistad entre la familia de Mazorca y los Francassi. Nada más. Se suponía que la tragedia no iba a durar toda la historia y seguro que, al final, el Almirante iba a salvarse de la quema porque era un patriota de verdad, un marino digno de la Argentina, un hombre que estaba allí, entre su uniforme de patriota y la sombra de Perón, en su lugar de mando y en el momento indicado, para salvar gente nomás, aunque parezca lo contrario, le añadió Francassi. Y no como algunos decían con maligna intención, que era uno de los leones más caníbales, disimulando con el camuflaje de su amable y perenne sonrisa una voracidad criminal.

—El tipo parece de los más duros, pero en el fondo es un liberal, lo conozco bien —le dijo Francassi.

Y Francassi ¿era espía del Jefe, le pasaba información a Mazorca, o sólo fue que le tocó ese papel en la obra, estarse encima del escenario, lejos de los focos, sin que le diera nunca la luz de frente, el tiempo justo para que ella y el Almirante se conocieran, trabaran confianza y entraran a ser correo oficial de una y otra parte?

Cada vez que la llamaba por teléfono el teniente Nogueral, se presentaba al momento en Margot Villegas un cuadro nervioso que le inyectaba el mismo vértigo interior y la invitaba al vacío durante las horas de espera, el mismo vértigo que la desesperaba y la invitaba a escaparse. A despreciar la cita con el Almirante primero, y luego a desertar, a marcharse de Buenos Aires y de la Argentina, escaparse por el Tigre hasta Uruguay, clandestinamente. Hugo Spotta iba a ayudarla, ella estaba segura. El timonel se acordaría muy bien de aquella noche de la fundación de la Orden, ella tampoco lo había olvidado, aunque nunca lo había comentado con nadie. Ni con Morelba Sucre. Lo buscaría en sus oficinas del embarcadero y le confesaría su tragedia. El timonel iba a entenderlo, era un tipo fuerte, macanudo, de los buenos de verdad, que la conocía muy bien a ella y conocía cada rincón de los ríos del Delta, cada refugio de los canales, cada vericueto y laberinto, cada arroyuelo, cada isla, cada señal sobre las caras cambiantes del agua color chocolate del Tigre. Y la ayudaría a huir para marcharse a una universidad americana. O llamaría urgente por teléfono, desde la misma oficina de Spotta al pie del embarcadero. Llamaría urgente a Samurai a Madrid, para recordarle su promesa y tomarlo por la palabra, venga, viejo, ahora, dale, Samurai, me mando a mudar, me voy contigo a España una temporada, hasta que se acabe este infierno, te voy a contar cosas que no podés ni imaginar, recordá al último replicante de *Blade Runner,* al final de la película, cuando ya está cumplido su destino y sabe que no puede escapar, que está a punto de morir. Y entonces lo dice, es la clave de la película, he visto cosas que vosotros no podéis ni imaginaros, lo mismo, che, lo mismo, yo las he visto, las conozco. Las he vivido. Decirle eso al Samurai por teléfono y volar en un avión hasta España, a descansar del infierno como han hecho tantos argentinos para huir del terror. Ese mismo vértigo de rebeldía la llamaba un instante después a la reflexión contraria, se la llevaba al otro lado del bosque, la dejaba perdida en el follaje de la jungla y la abandonaba en una total oscuridad para obligarla a que llamara a gritos al Jefe. El Almirante la sacaría del infierno, ella lo sabía, la salvaría de las hormigas asesinas, la salvaría del mundo entero el Almirante, si ella se lo pedía, nadie como el Negro conocía las intrincaderas del terror, nadie como él para sacarla en volandas del infierno y llevársela hasta el cielo. Enviaría al eficaz teniente Nogueral a buscarla, buscala y traémela sana y salva hasta Libertador esta tarde, morocho, eso le diría el Almirante a su sirviente, tan eficiente y servicial el teniente Nogueral, tan capaz, tan conocedor de la geografía de la jungla que sabía exactamente cada momento en qué punto del bosque estaba perdida y dando gritos angustiosos Margot Villegas.

Bebían el primer whisky en silencio, como una estudiada maniobra de aproximación. Nada más llegar a Libertador, el Almirante preparaba dos vasos largos llenos de whisky escocés en las rocas, con un poco de agua mineral. El primer brindis de la tarde en la penumbra del secreto departamento de Libertador se lo bebían en silencio. Mirándose, reconociéndose, midiéndose con los ojos. Nunca se había atrevido a preguntarle a Mazorca si había llevado allí a otros enlaces de la civilización, para dialogar como lo hacía con ella, tan cercana, tan cómplice. Nunca tampoco le había tratado el Almirante de sonsacar a ella quién era quién en la organización que habían inventado para convertirlos a los dos en enlaces. Nunca se le ocurrió al Jefe preguntarle por la Orden, qué era eso, quiénes componían esa secta, qué significaba. Tal vez porque Cero lo supo siempre de sobra, pensaba temblorosa Margot Villegas, quizá porque el mismo Francassi se lo había hecho saber desde el principio.

El mismo vértigo se la llevaba a las sombras del abismo cada vez que Nogueral, sin decir una palabra, sin apenas hablar, sólo el exiguo y obligado ritual de cortesía, la devolvía a su casa de Viamonte después de las reuniones en Libertador. Cuatro, cinco horas a lo sumo. Seis, algunas veces. Sólo el primer whisky, los primeros quince minutos de la cita secreta, le recordaban a Margot Villegas el vértigo constante y contradictorio que la hacía moverse, incluso disimulando delante del Jefe, entre el vómito inminente y la mareante tentación de gritarle a la cara que él era uno de los responsables directos de todas esas locuras, las que estaba sufriendo toda la Argentina y la delirante enajenación que soportaba ella misma, Margot Villegas. Pero esa desagradable sensación desaparecía poco después. Otro brindis, otro whisky largo en las rocas, y la penumbra entre el Almirante y ella, ese espacio de desconfianza que surgía cada vez que se veían en Libertador, comenzaba a desmoronarse como la bruma vaporosa de la amanecida invernal cuando el sol comienza a disipar las sombras. Para pasar en unos pocos instantes a la complicidad de los cuerpos, a la búsqueda y al reconocimiento de sus voces, sus olores, sus alientos, sus caricias, sus humores lúbricos. Esas cinco horas junto al Almirante en el departamento secreto de Libertador la sacaban virtualmente de la tragedia, la hacían olvidarse de todo, hasta de quién era ella, la profesora Margot Villegas, ella misma tenía que reconocerlo. Como si en su interior otra personalidad llegara a suplantarla y le ordenara dejar atrás la piel y el alma de la verdadera Margot Villegas. Y la convenciera además de que la verdadera Margot Villegas era la que estaba acá ahora mismo, frenética y pasionalmente envuelta en el sudor varonil del Almirante. Pero en Viamonte, a solas ya con la Margot Villegas que el solícito y silencioso teniente Nogueral regresaba a su casa con el agotamiento tatuado en la cara, en los gestos, en cada uno de los músculos de su cuerpo; con el aliento pastoso del whisky quemándole todavía la lengua, la garganta, despertándole los ácidos malignos del estómago, con el remordimiento buscándole el fondo de la bilis, la cabeza perdida de nuevo en medio de la jungla y el miedo aposentándose en su alma; esa verdadera Margot Villegas recobraba la cordura, se llenaba de memoria y negaba con todas sus fuerzas a la otra Margot, la amante secreta y sórdida del Almirante. Y se encontraba delante de su propio espejo mirándose desnuda y rechazando el cuerpo que había rendido al enemigo voluntariamente esa tarde y el resto de las tardes, recriminándose sus miedos, expulsando los miasmas de su cobardía, prometiéndose no volver más a Libertador, ni siquiera contestar una llamada más del teniente Nogueral. Esa Margot Villegas iba a tener el coraje de quedarse a solas consigo misma, iba a sacar fuerzas de flaqueza desde las más íntimas sentinas de su propia memoria para atreverse al último y más grande acto de dignidad de toda su vida. Por su cabeza, en medio del abismo, pasaban vertiginosa y sucesivamente las sombras de Morelba Sucre, Andrés Lanuza, Ariel Francassi, sus primeros amores perdidos, dejados atrás en beneficio de su brillante carrera interminada, la que le estaba esperando quizá en una universidad norteamericana, Harvard, Yale, Berkeley, Cornell. Una cátedra de antropología donde ella pudiera realizarse como persona y dar de sí todo cuanto la verdadera y única Margot Villegas sabía de sobra que llevaba dentro. Tanto chantapufi fungiendo rangos profesorales en tantos departamentos de las universidades gringas, ¿cómo no iba ella a encontrar un lugar para ocuparlo durante la temporada satánica que estaba viviendo la Argentina?

Entonces a su memoria volvía Ariel Francassi. La asaltaban todas las dudas. Por no concederle ni una certidumbre, por su papel del felón, su juego de celestino secreto, su torpe vocación de escritor encerrado en las páginas de la vida de la Evita que iba a escribir para apuntarse él también al ejército del mito, sus silencios sobre la ambigüedad de la vida privada de Erika, su mujer sueca, casi siempre en Europa, yendo y viniendo a París con la coartada oficial de ver a su hijo, viniendo de Estocolmo a Buenos Aires para permanecer unas pocas semanas, tal vez sólo días, junto a Francassi, y volar otra vez, de nuevo, con todos los permisos de los jefes, hasta Europa, a Italia, a Francia, a Suecia. Donde le diera la gana en cada momento a la Sueca. En el cuerpo diplomático, los rumores sobre Erika Francassi y sus amores nada clandestinos con otros miembros de la diplomacia, el empresariado, la política, las elites del país, no eran precisamente un secreto, sino un comentario extendido, generalizado, lleno de sarcasmos comunes que no necesitaban de mayores pesquisas. Francassi tenía que saberlo, pero nunca le había hecho la más mínima confidencia sobre ese sufrimiento. Tenía que saberlo todo. Y lo soportaba. Como si no fuera con él. Más tarde llegaba hasta ella, en la soledad de Viamonte, la voz del Samurai invitándola a irse con él a Madrid, sin haber advertido entonces Samurai de qué episodio le estaba avisando Margot Villegas en su último encuentro en el bar del Plaza. Llegaba hasta sus recuerdos Aureldi Zapata, llamándola por su nombre desde Cuba, llamándola para que se fuera con ella hasta su casa de Miramar, al oeste de La Habana, donde vivía con Bernardo el Locuaz, su mulato grandón y divertido, puro producto de la factoría revolucionaria, mi hijita, gritándole desde Cuba que entendiera de una vez que ése, el cubano, era el camino que tenía que haber escogido la Argentina para librarse de todos sus fantasmas históricos, del capitalismo criminal, de los vendepatrias de cada momento. Y ahora no estarían en ese estado trágico, gritaba la voz lejana, ahuecada, casi de sonámbula, de Aureldi Zapata, sino en el paraíso que ella estaba viviendo en La Habana. Y a ese desesperado rompecabezas de su memoria, se acercaba Hugo Spotta. ¿Por qué ella no le había hecho caso durante la noche de la fundación? Había escogido su destino de timonel en el Delta desde muy joven y la invitaba a quedarse con él, los dos juntos para siempre en el Tigre. Y él es quien iba a ayudarla a salir de la Argentina huyendo por los canales secretos del Tigre, desconocidos por los carabineros y los milicos, sólo navegados en secreto por contrabandistas invisibles y por las barcazas silenciosas del timonel. Venían hasta ella, en la soledad de su alcoba de Viamonte, las sombras enteras de todos los amigos de la Orden del Tigre, una nebulosa de juventud, cuando ninguno podía imaginarse la inminente brutalidad del golpe militar, la llegada al poder de los militares y sus costumbres de matadores de hombres, el vicio de los ladrones, la insaciable voracidad de los criminales.

En ese estado de postración, Margot Villegas no era dueña de casi ninguno de los mecanismos de su voluntad.

Se dejaba llevar por la corriente como una piltrafa sin valor alguno, un desperdicio que arrastraban las aguas fecales ante el absoluto desinterés de todos. Se sumergía en una lenta pero perceptible caída libre, un sopor que la enajenaba, le trastornaba la brújula y le hacía perder el equilibrio. Y descubría, de repente, en alguna esquina de la vertiginosa caída en picado, sus ansias de venganza asesina. Contra el Almirante, primero. Contra ella misma, después.

Doce

Durante las horas en las que perdía el sentido del tiempo, ese vértigo la atenazaba hasta la extenuación en la soledad de su departamento de la calle Viamonte. La inmovilizaba. En la más completa oscuridad, Margot Villegas se tendía sobre su cama, se abrazaba a su propio silencio y establecía con ese mismo estado de ánimo un duelo a muerte. Pulsos, puñetazos, gritos, dentelladas, sollozos que, siendo suyos, nunca había oído antes, convulsiones rabiosas a las que ni siquiera intentaba ya poner freno, sino que las dejaba ir hacia adelante, sin buscar en ningún momento contenerles sus ímpetus.

Uno de sus instintos más ocultos, el de la supervivencia, le explicaba con lentitud pedagógica, y dentro de ese mismo silencio, que todo cuanto estaba haciendo, el sometimiento servil a ese plan macabro que la había llevado a enamorarse pasionalmente del Almirante, venía a justificarse en sus objetivos finales. ¿No había calculado ella, entre sus vértigos y recurrencias obsesivas, que sus amigos le pedirían algún sacrificio más, un riesgo mucho mayor, en el caso de que su estrategia con el jefe del Selenio resultara inútil?

Otra de sus frecuencias revoltosas venía inmediatamente a llevarle la contraria. Trepaba por su somnolencia y, en la confusa laxitud del cansancio, la hería en su memoria con detalles que la sacaban del sopor y le quebraban los nervios. Episodios de su vida, escenas tan fugaces que parecían olvidadas para siempre, simples pinceladas, suspiros apenas que sin embargo se le presentaban en su mente con una nitidez asombrosa, como si hubieran sucedido ayer, para hacerle ver que ya se había convertido en otro ser muy distinto al que recordaba su propia existencia, sus viejos amoríos, sus familiares, tan cerca del recuerdo, tan lejos de ella. Y entonces llegaba a una conclusión que le parecía real: que en el instante en que fuera de dominio público lo que sucedía entre ella y Cero en el interior del departamento de Libertador, no le quedaba otra, sino una trágica salida, la escapada personal de la que huía a toda carrera, como se huye del diablo, cada vez que lo pensaba, para refugiarse de nuevo en otros recuerdos que su mala memoria había desordenado durante años, alterando su importancia y borrando su interés.

Y, antes que nada, a ver, ¿por qué tenía que esperar que sus amigos, los responsables del operativo secreto en cuyo epicentro ella se movía al compás del viento como una bandera blanca, sin sentido de la orientación cada uno de sus movimientos, dejándose llevar por el viento furioso de la tormenta, por qué tenía que esperar que sus amigos de la Orden le determinaran su decisión final, en lugar de ser ella misma la dueña de su propia voluntad, capaz de ejecutar su último plan secreto, aunque le costara su propia vida? La mala memoria es mucho peor que la memoria, Samurai, se oía repetirse una y otra vez Margot Villegas, los ojos cerrados, los nervios atenazando cada mínimo movimiento de sus músculos, en el silencio y la soledad de su alcoba a oscuras, en Viamonte, tras las vespertinas sesiones de pasión amorosa con el Almirante. Y, en ese mismo silencio, encogida en su cama, en posición fetal, envuelta entre mantas, moribunda de frío, comenzaba a vislumbrar su proyecto final. Y recordaba, entre ráfagas contradictorias de su ánimo, las lecciones de Morelba sobre la vida, en la que todo era una elección, próxima o remota.

El Negro no hacía alardes excesivos con su presencia. No podía permitirse en ningún instante el error de la soberbia, que lo fueran a descubrir los montoneros allí, encajonado en su departamento secreto de Libertador. Los mismos montoneros que le metieron una carga subacuática de amonita en su barca, tras una prueba de navegación, en el momento de amarrarla en el embarcadero de San Fernando, justo antes de llegar al municipio de Tigre. Él no estaba a bordo, se había escapado por la suerte que siempre lo había preservado de mayores desgracias a lo largo de su vida, pero dejaron heridos a tres marinos. No consiguieron ni siquiera hundirle del todo el yate, pero incluso se permitieron el lujo de ametrallar el helicóptero de la Infantería de Marina para cuidar así, tratando de matar, las espaldas de su retirada. Aunque no estaba en el instante de la explosión en la barca, iban a matarlo, ese atentado iba directo contra él. De los verdaderos nombres de los matones, Tomás y el Gordo Lizaso, se enteraría años más tarde por boca de Galimberti. El montonero le confesó que no había participado en el atentado, pero lo supo todo de antemano y sabía también todos los detalles de después. De modo que estaba más alerta que nunca y no iba a olvidarse jamás de la tarde de diciembre, a tres meses escasos de que dieran el golpe contra Isabel Perón, en la que los montoneros de la Columna Norte pusieron en marcha un operativo de máxima envergadura para que el Almirante volara por los aires y se marchara para la Chacarita hecho trizas su cuerpo. Como hicieron con Aramburu. Se marchara a una vida más descansada y, de paso, dejara en paz a todos los que estaba llevándose por delante día a día, noche tras noche, en las casas y calles de Buenos Aires y de toda la Argentina. De manera que nunca iban a conseguir arrinconarlo allí, en su departamento secreto de la avenida Libertador.

Y no iba a consentirse la fragilidad de aparentar una seguridad que no tenía fuera de su despacho de Escuela de la Armada, a riesgo de que la Columna Norte u otra cualquiera de la banda lo cazara como a una rata y lo volaran por los aires. Con carcajadas de sarcasmo y todo. Con aplausos públicos de Mario Firmenich, que todo lo hacía como él por la patria y el pueblo. Tomaba sus precauciones y le hacía ver a Margot Villegas que las tomaba. Con tiempo. No en el instante de llegar allí, sino veinticuatro horas antes, además de que la casa estaba siempre vigilada más o menos discretamente por algunos de sus hombres invisibles. Ramón Nogueral era el encargado de esa responsabilidad, era el muchacho para todo del Almirante, y también lo era para su seguridad personal, toda la confianza de Mazorca descansaba en el teniente Nogueral. Y él era también el encargado de rendir las novedades al llegar a la puerta del departamento. Porque era el encargado de subir en ascensor con Margot Villegas desde los aparcamientos subterráneos del edificio y dejarla en las mismas manos del Almirante, una vez que el Negro abría la puerta del departamento desde dentro. Casi siempre estaba en el interior del piso antes de que ella llegara y allí la esperaba, ésa era su costumbre. Dejaba el arma reglamentaria sobre la mesa del salón, al alcance de su mano, y esperaba los minutos necesarios para que Margot Villegas llegara también hasta el departamento.

—Buenas tardes, Almirante, a sus órdenes, ninguna novedad —se cuadraba Nogueral, siempre con ropa de calle en ese territorio secreto, antes de dejar a Margot Villegas en manos de su jefe.

Ella sentía que la entregaban puerta a puerta. Como una mercancía de gran lujo. Seguro que una valiosísima mercancía para el receptor, una alhaja única, una bebida excepcional, extraña y deseada, un perfume exótico, pero al fin y al cabo tuvo siempre la sensación de ser un fardo más o menos delicado, un mimo, un capricho del Negro Mazorca. ¿No podría ser de otra manera?, le preguntó a Mazorca, ¿no podría ella venir por sus propios pasos, sin que nadie la trajera ni la llevara a su casa de Viamonte, sin sentirse tan vigilada, tan mercancía de lujo, sólo como un ser humano que viene a ver a su...? El Almirante, sentado en su sillón, detenía sus quejas adelantando la mano derecha con su palma abierta hacia la mujer. Y..., por favor, parate, amor, dejalo ya, no tenés ni idea, por favor, todo es cuestión de seguridad, ¿viste?, y... la seguridad sin vigilancia siempre es un fracaso. Eso le decía el Almirante a Margot Villegas.

A veces ella pensaba que el Almirante le descubría pensamientos secretos que ella misma no se atrevía a terminar de desarrollar en su mente. Recordaba vagamente haber leído un reportaje en las páginas del diario *La Nación* en el que la camarógrafa de más confianza de Fidel Castro, que había estado más de cinco años acompañando por toda la isla y todo el mundo al Comandante en Jefe en sus viajes y giras oficiales, se había fugado de Cuba de repente. Sin que nadie lo esperara, sin que nadie sospechara un ápice de sus intenciones. Salió a los servicios de autoridades del aeropuerto de Fiumicino, en Roma, durante una escala técnica del vuelo de la Cubana en que regresaba a La Habana. Y en un instante de despiste de los agentes de la seguridad del Comandante en Jefe, ¿cómo iban ellos, tan cómplices durante tanto tiempo de la camarógrafa, a imaginar semejante loquera?, abrió y cerró puertas tras de sí hasta encontrarse con un policía italiano y pedirle asilo político. Sin más. Margot Villegas recordaba haber leído que el periodista argentino, que entrevistaba a la camarógrafa cubana para ese mismo reportaje, le preguntó las razones realmente verdaderas de su escapada y petición de exilio en Roma.

—Descubrí con terror que me leía mis pensamientos cuando le daba su real gana —contestó la cubana.

Margot Villegas pensaba que había hombres así, tipos capaces de leer los más recónditos pensamientos de los demás, de la gente anónima que va por las calles, ajena a las maquinaciones de esos tipos. No se trataba de leer en los labios desde lejos, ni interpretar los gestos y los visajes con esa rara perfección de los viejos arúspices transformados en policías y perseguidores, sino de lectores de pensamientos. Seres que poseen algo semejante a un sofisticado mecanismo tecnológico que les permite leer los pensamientos de los demás sin preguntarles nada, incluso sin saber nada acerca de la personalidad del sujeto al que se le roban los pensamientos sin que la víctima llegue a darse cuenta. Mazorca la miraba fijo, la penetraba con sus ojos negros, la investigaba durante unos segundos, la barría de arriba abajo con algún desconocido artefacto mental que Margot, durante esos mismos segundos de examen, temía sobremanera. La expurgaba en silencio, como si en el interior de su cabeza funcionara un escáner para el que nada resultaba insoslayable. Y a ella se le hacía ese párvulo espacio de tiempo parte de una eternidad asmática. Contenía la respiración para que sus más íntimos pensamientos no revolotearan en su interior y el Almirante no pudiera traducir ni el más ligero roce entre sus sombras. Pero mucho menos se atrevía Margot a imaginarse que, el día menos pensado, llevaría a cabo algunos de sus pensamientos tan peligrosos como secretos. Pensarlo del todo le provocaba un vértigo de pavor que la paralizaba durante varias horas. Y un placer no menos vertiginoso que, a veces, ¿o eso formaba parte de su locura?, llegaba a estremecerla como si fuera el principio de un orgasmo a punto de inundarle todo el cuerpo. ¿Estaba el Almirante en ese secreto nunca del todo dibujado en la mala memoria de Margot Villegas?

Ella lo miraba a la cara en ese primer whisky de los dos, devolviéndole la fijeza de sus ojos inquisitivos en la penumbra y el silencio del departamento de Libertador. Y más tarde, en su casa de Viamonte, casi vencida por el sueño y dejándose llevar por el cansancio, comenzaba a hacer los planes que tal vez el Almirante intuía que ella proyectaba sin atreverse del todo a llevarlos a cabo, porque ni siquiera se atrevía a iniciar los pasos para ponerlos en práctica. Por eso tomaba todas esas precauciones extremas. Por eso Nogueral la llevaba y la devolvía. Incluso la vigilaba, para que se sintiera en todo momento propiedad exclusiva del Jefe. A ratos la mandaba seguir ostensiblemente calle tras calle por el agente Sánchez Bolán, para que Margot Villegas se diera cuenta de que estaba siendo vigilada. Por su seguridad personal, señora, le explicaba Nogueral después. Es necesario que sea así, se extendía en Libertador el Almirante, tengo muchísimos enemigos dentro del ejército, y todos allá arriba. Igual entre la mugre terrorista, amor, más que entre los tuyos, los zurdos civilizados que le hacen el juego a los montoneros.

Mazorca había terminado por convencerse, por lo menos en los ratos que pasaba con Margot Villegas en el departamento de Libertador, de que tampoco era exactamente de los suyos. Cierto. Era el amo de la ESMA, el dueño de la Marina, el jefe único del Selenio, pero había conseguido utilizar ese subterfugio de no creerse quien era como una artimaña perfecta para hacérselo creer a los que efectivamente no eran de los suyos, la gente que representaba, incomprensiblemente para él, Margot Villegas. ¿Por qué no lo querían si estaba tratando de limpiar la patria, y dentro de unos años, cuando todo el proceso hubiera terminado con éxito, iba a entregarle al pueblo argentino un gran país, la Gran Argentina que habían soñado San Martín, Andrade, mucho más grande que la que los mismos argentinos habían soñado con Perón y con Evita? ¿Por qué no lo querían a él, al almirante Mazorca, el más limpio de todos los patriotas, que estaba allí por sacrificio, por un deber de patriotismo, porque estaba seguro que había nacido para ese destino, el de llegar a ser uno de los militares y después uno de los presidentes civiles más importantes de la historia de la Gran Argentina?

—Terminarán entendiéndolo —le explicaba Mazorca—. Me llevarán hasta la Casa Rosada, acabarán reclamándome y queriéndome. Como me querés vos, amor.

Tucho Corbalán fue el primero en enterarse del secreto. Tal vez un confidente militar, un enlace circunstancial dentro del ejército, un hombre que desde dentro, clandestinamente, pasaba información a la prensa que, con suma prudencia, luchaba contra la dictadura. Apenas podía comprender lo que le había sucedido en esos meses a Margot Villegas. Aunque no la había frecuentado desde hacía tiempo, hasta ese momento estaba convencido, y lo hubiera jurado sin dudarlo, de que la conocía lo suficiente. Ahora, sin embargo, no se atrevía a llamarla a su casa de Viamonte, darle un simple telefonazo a la vieja amiga de tantos trances, vernos un rato, vieja, cebar un mate, un café en El Británico, un cigarrillo, un trago en una confitería cercana a tu departamento, yo me acerco y nos vemos. ¿Cómo le iba a explicar a Margot esa repentina nostalgia, exactamente cuando arreciaba la furia asesina de los militares, cuando caían en manos de las patotas por cualquier esquina los militantes montoneros, no sólo soldados de a pie, sino los jefes de los operativos, los cuadros, los fundadores? Pensaba que esa llamada suya, tan inesperada para ella, la iba a asustar. La pondría en guardia hasta el punto de llegar a pensar que Tucho Corbalán sospechaba su secreto más doloroso, que sabía y conocía perfectamente de sus amores con el almirante Mazorca. Y no paraba de preguntárselo en silencio: ¿sabría ella que el Negro, el Almirante de la noche, era uno de los jefes del terror, el señor de las torturas en la Escuela de Mecánica de la Armada, el llamado Selenio, que en todo ese ámbito de crueldad bárbara no se movía sin su permiso, sin sus órdenes, ni un dedo del más elemental de los torturadores a su mando? ¿Sabría Margot Villegas que el Almirante era uno de los secretos encargados de secuestrar a los hijos de los secuestrados y desaparecidos y entregarlos a familias cristianas, familias argentinas que guardaban rigurosamente y sin fisuras ni tibieza alguna las leyes de Dios y las leyes de los jefes de la Argentina? ¿Cómo Margot había caído en la trampa del Almirante?

Sentía la tentación de llamarla directamente, pero después dudaba de ese mismo impulso. Siempre había estado muy cerca de Morelba Sucre. ¿Por qué no prevenirla, por qué no advertirle sin demora? Decirle que si lo sabía él, no tenía que caberle duda alguna de que lo sabían ya todos los servicios de Inteligencia Militar, el propio Martínez y Suárez Masón. Y por eso mismo lo sabrían los servicios de la Inteligencia montonera. Entre ellos se pasaban hasta el humo del pucho. Y ésa era ya una evidencia que se mantenía en simple sospecha por exigencias arbitrarias de la lucha, que existían intercambios de información, enlaces, correos, intérpretes. Y Margot estaba corriendo un gravísimo riesgo, en cualquier momento se la chuparían esas bandas de contrarios, en cuanto no le sirviera más al Almirante, palabra, mirará para otro lado, escogerá cualquier día de visita a destacamentos de provincias, algún viaje a Santiago de Chile, para hablar del Plan, del Proceso, del Cóndor, cualquier coartada, pero

¿a quién se le ocurrió que Mazorca era el más liberal de todos esos bárbaros con uniforme, quién los convenció de ese plan macabro, Morelba Sucre tal vez? En todo caso, eso también le tentaba en el mismo silencio, todo eso iba Tucho Corbalán a preguntárselo a la venezolana. No era un secreto que Tucho Corbalán había estado apasionadamente enamorado de ella en plena juventud, y hasta cuatro veces intentó el asalto. La había asediado en su peor momento, cuando ya, sin que ninguno de los amigos de la Orden lo supiera, había iniciado sus relaciones amorosas con Andrés Lanuza y se habían prometido en matrimonio. A las pocas semanas de llegar a Buenos Aires desde Venezuela. Y Tucho Corbalán había terminado por agarrarle una rencorosa e irracional ojeriza al profesor Lanuza. Y se le volaba la tapa cuando le elogiaban a Lanuza en cualquier conversación.

A lo largo de todos esos años, se le había desarrollado a Tucho Corbalán un profundo desprecio hacia el profesor Lanuza, desde que conoció a Morelba Sucre hasta ahora mismo, cuando acababa de enterarse del sufrimiento que estaba viviendo en secreto Margot Villegas. Encendió un cigarrillo y ordenó a su secretaria por el interfono de su despacho en *Clarín* que nadie le pasara llamadas telefónicas durante un rato. Se estiró en su sillón y cerró los ojos. Desde fuera llegaban lejanos los ruidos sordos de los autos corriendo por las avenidas cercanas. Se trataba de reflexionar con calma, con todo el tino del mundo. De no cometer el más mínimo error, porque él mismo podía caer envuelto en la red de la dictadura, la misma trama de la que hasta ahora se había librado con la inteligencia que todos sus amigos y enemigos terminaron por reconocerle. Cinco años de aquella época llevando la jefatura de internacional del periódico lo habían exonerado, aparentemente al menos, de sospechas, tentaciones, inventos y malas intuiciones de los agentes de la dictadura. Viajaba lejos del país. Viajaba mucho por el mundo Corbalán. Japón, Estados Unidos, España, la Unión Soviética, Israel, Palestina, Siria, India, casi toda Europa. A tantos países del mundo como lo reclamara la noticia o el fuego inmediato de la guerra. Esa actividad y su aparente lejanía de la actualidad argentina inmediata lo habían pertrechado de una máscara privilegiada, un uniforme de camuflaje que lo transformaba poco menos que en invisible. Y, en primera instancia, lo dejaba fuera de las líneas de combate, al margen de la sospecha y de la arbitraria inminencia a la que los militares sometían sin contemplaciones al país entero.

—No, Tucho, lo siento, no puedo —oyó en su recuerdo la voz de Morelba rechazando años atrás su petición de amores, alejando suavemente con una mano la cercanía del cuerpo del muchacho.

Al principio pensó que era Álvaro Montes quien interfería en su destino con Morelba Sucre. Pocos meses después, cayó en la cuenta del error. De aquel malentendido había nacido su complicidad con Samurai, periodista como él y varado en parecidas confluencias ideológicas. Y con alguna otra semejanza de interés, porque de todos los amigos de los años viejos eran quienes habían desarrollado, cada uno por su lado, la piel de paquidermo necesaria para reconocerse incapaces de perder la memoria. Dispuestos siempre a ser tal como eran en plena batalla. Ineptos para someterse al suplicio del suicidio.

Seguía en su despacho de *Clarín,* los ojos cerrados, ensimismado en los recuerdos de los tiempos en los que estaba seguro de que la joven venezolana era la mujer de su vida. Pero Margot Villegas lo sacó de las dudas. Lo recordaba muy bien mientras se mecía suave, con los ojos cerrados y lentamente, en el sillón de su despacho. Expulsó de su boca el humo del cigarrillo y recordó con dolorosa plenitud el día en que Margot Villegas se lo dijo.

—Tucho, por favor, no, no. De una vez, nunca, nunca, por muchas vueltas que dé el mundo, llegarás a ser el príncipe azul de Morelba Sucre.

Corbalán la miró conteniendo una furia repentina. Quería trompearla, devolverle el golpe que ella le estaba dando con todas sus fuerzas en lo más hondo del alma.

—Es un gallego. No tenés nada que hacer —le confirmó Margot Villegas—. Un periodista español. Ella lo llama Samurai. Recordá el libro del que tanto nos hablaba, che, ¿vos lo recordás?, era *Samurai,* de Hisako Matsubara, la japonesa. Y ése es su príncipe azul. Lo conoció en Caracas, hace un par de años, más o menos. Viene a verla a Buenos Aires dentro de unas semanas. Se ha vuelto enferma de la cabeza desde que recibió la noticia desde Madrid.

Trece

Después de esperar tanto tiempo varado en Buenos Aires, hasta casi perder su profesional discreción y su reconocida paciencia, por fin había conseguido el destino que su madurez diplomática y vital le estaba exigiendo desde hacía muchos años.

Más de trece meses encallado, en dique seco, clavado, de perfil y con una muy baja sombra, sin aparecer mucho por la Cancillería, destinando tres horas de cada día a correr en soledad, caminar, hacer ejercicio para sacarse los fantasmas de la cabeza y ensimismarse por los bosques de Palermo. Más de un año haciéndose el invisible, mostrándose afable, extremando los cuidados, porque cada paso que diera podía por descuido suyo convertirse en un retroceso. Casi un año recorriendo las calles de Buenos Aires, estación tras estación subiendo y bajando del subte y de los colectivos, perdiendo el tiempo para ganarlo al final, apostando a una sola carta, la de su propia expectativa, guardando silencios que para él se habían transformado en agudos y continuados procesos de angustia que le cambiaban la respiración. Con mucho tiempo muerto que él, en esas largas caminatas de soledad terapéutica, llenaba de dudas con sus dudas, todo ese tiempo libre siguiendo los consejos de gentes cercanas, amigos experimentados, cómplices influyentes, que conocían de sobra sus ambiciones profesionales, y lo tenían en la estima y el respeto que él se había sabido ganar a pulso, gentes de la carrera y de la política que lo animaban, que entendían que ese destino le correspondía, ya mismo, en ese momento, que era de verdad el suyo, tampoco es para tanto, mirá vos, viejo, ni que estuvieras pidiéndote Washington, Londres o París, si querés nomás La Habana, le contestaban desde arriba animándolo, y... lo que tenés que hacer es cargarte de paciencia, estar acá clavado como una estatua, a la que cae, dejar pasar el tiempo, ya sabemos que vos querés la embajada en La Habana, ¿pero vos sos el que dudás de que esa embajada se va a caer madura del árbol?

El día en que a Ariel Francassi lo nombraron embajador de la República Argentina en La Habana hubo fiesta grande de amigos en casa del diplomático, un espléndido dúplex de su propiedad en la mejor zona de Barrio Norte. Desde las primeras horas de la tarde hasta bien entrada la amanecida. Valía la pena haber esperado tanto para conseguir el gran premio. Champán francés Moët Chandon, vinos argentinos Luigi Bosca y Trapiche, botellas de ron añejado Habana Club, whisky escocés Chivas Regal de veinte años, vodka ruso Moskovskaya; empanadas, ensaladas, un gran e interminable asado, a lo gaucho, larga alegría, conversadas interminables, canciones, versos y guitarras. Mientras fueron llegando los amigos a lo largo de la tarde y en las primeras horas de la noche, la jarana tomó el color de un carnaval de abrazos y felicitaciones, por fin, Ariel, macanudo, sos de fierro, carajo, lo que vos proponés es tuyo bien tempranito, hay que tenerte más miedo que respeto, le decían unos y otros a golpe de amistad, de complacencia, La Habana, viejo, el camino al paraíso, lo merecés, te lo trabajaste bien, che. La animación subió, subió la fiebre de la música, el baile subió, las guitarras y el baile no paraban, la juerga creció hasta la madrugada. Valió la pena, pensó Francassi en esos primeros instantes de euforia. Se acercaba a Erika, la besaba en el cuello, en la cara, le acariciaba el pelo, mi ángel de la guarda, gritaba entusiasmado.

Erika lo había acompañado desde las primeras horas de su carrera. Había estado a su lado en los peores momentos, en esos malos ratos que a veces duran años, decenios en los que parece que el mundo se tambaleaba a su alrededor, porque no llegaban las señales de humo en el instante oportuno. Como si Francassi hubiera perdido el don secreto que le había regalado la vida, esa rara facultad de hacer coincidir los tiempos propios, sus deseos y ambiciones particulares, con los tiempos políticos, los tiempos de los demás, los tiempos de los gobiernos sucesivos, encontrados y contrarios, incluso enemigos a muerte, literalmente enemigos a muerte, hasta la destrucción, uno tras otro, mientras Ariel Francassi pasaba por ellos sin mancharse mucho ni romperse nada, sin compromisos evidentes ni aparentes. Tanta paciencia había terminado por convertirlo en un hombre maduro y experimentado. Y Erika, el ángel de la guarda, siempre había estado a su lado. A todos esos chismes sobre Erika que le llegaban de vez en cuando, todas esas habladurías sobre sus repetidas incursiones en la noche de Buenos Aires, durante sus ausencias, en París o Roma, a todas esas malas lenguas sobre la doble y hasta la triple vida privada de su mujer, Ariel Francassi había hecho siempre oídos sordos, en justa correspondencia a los desvelos de Erika con los cambios de ánimo y sus fragilidades. Porque Ariel Francassi era el hombre más agradecido que él mismo conocía sobre la Tierra, no como otros compañeros y amigos que a las primeras de cambio aprovechaban para quitarse de encima a la mujer que los había acompañado hasta casi la cumbre de la montaña, buscaban la primera oportunidad y atacaban a otra mujer más joven, carne de ternera de primera categoría, de mejor situación social, preparada para la nueva época, porque siempre hay una nueva época en la Argentina, y... claro, hay que estar preparado para ese instante, sentirse muy bien acompañado, renovarse en todos los sentidos. Pero el embajador Francassi no estaba de acuerdo con esa conducta, ni siquiera cuando sabía que era verdad que una y otra vez Erika lo había engañado incluso con algunos diplomáticos argentinos, compañeros suyos además, detestables, los hijos de mil putas, pensaba en silencio Francassi, chamuscadas las palabras que le metían el mal aliento en la boca. Y se permitían indirectas, bromas pesadas en su presencia, como si él, el embajador Francassi, no supiera quién es quién, y con quién sí y con quién no Erika había entrado en combate secreto. Durante unos meses ensayó un gesto duro y un par de frases que parecían ante los demás convertirlo en infranqueable, un caparazón de invulnerabilidad en ese rictus de rechazo despreciativo cuando alguien le venía a contar lo que otros ya le habían contado de Erika.

—Respetate a vos primero —con un deje de superioridad en cada sílaba, deteniéndose en cada palabra Francassi, echando el mentón arriba, la mano derecha paternal y amistosa en el hombro de su confidente circunstancial, afirmando con la cabeza y dejando la boca medio abierta, entre el sarcasmo y la contundencia muy bien ensayados y conseguidos, al final de la frase—, regá bien tu jardín que se te está secando de a pocos cada florcita, viejo. Claro, vos todo un señor, pendiente de mis plantas, carajo, y las tuyas a punto de basural.

Infalible Francassi en esos trances, intratable en ese duelo a espada libre donde se lucía cada vez que alguien intentaba el golpe al plexo solar para dejarlo sin respiración, voltearle la piel del rostro, pintársela de blanco o de rojo, hacerlo estallar de ira. Al contrario. Francassi era un hombre sensato, curtido en grandes batallas, un tigrazo de Bengala, eso era él por dentro, ¿qué representaba entonces otra raya más para un tigre de verdad como él? Infalible Francassi en ese gesto de autoridad y distancia que había ido logrando con el tiempo que todos los demás comenzaran a su vez a olvidarse de los supuestos devaneos de Erika, dándolos por normales, por aceptados, porque había conseguido deshacerse de las malas lenguas, de las tentaciones de contarle a él, no le dejés pasar eso, faltás al respeto vos mismo, zafá, che, esos eran los consejos que Francassi, infalible, había desechado vinieran de donde vinieran.

Y en esa fiesta de su dúplex de Barrio Norte, el recién nombrado embajador de la Argentina en La Habana podía permitirse el carísimo lujo de la venganza, el juego cultísimo de la memoria altiva. Allí estaban todos sus amigos y compañeros, incluso los que jugaban ese papel y no lo eran de verdad, rindiéndole pleitesía al embajador. Allí seguía su ángel de la guarda, Erika la Sueca, como la llamaban en los circuitos de la Cancillería en Buenos Aires y repetían en muchos de los ambientes diplomáticos de las capitales y ciudades por donde los Francassi habían ido en todos esos años de servicio regalando sus perfumes y mostrando su prestancia. Hacía calor en Buenos Aires, hacía mucho calor ese verano y una humedad tan agobiante que casi asfixiaba la ciudad durante algunas horas, pero Francassi había prendido desde el mediodía, cuando ya estaban en la casa preparando la fiesta de la tarde, el aire acondicionado a veintidós grados centígrados, un punto que mantendría hasta que refrescara la tarde y la temperatura ideal llegara al interior de la casa. El cielo de Buenos Aires amenazaba con un diluvio estival de los que rompen el mundo a cañonazos de trueno y encienden la noche con luces relampagueantes en un espectáculo que a Francassi lo hipnotizaba desde muy joven. En ocasión inolvidable, una de esas tormentas del verano austral le había caído encima durante una excursión con Erika hasta el Tigre. Detuvo su auto junto a un establecimiento que él conocía de años atrás, el hotel Río Tigre. Entraron al bar del hotel y pidieron unos tragos mientras observaban fascinados el espectáculo de la naturaleza desatada sobre la verde vegetación, sobre las aguas color chocolate y las casas del pueblo. Fantasmal y espléndido, el diluvio demoró tres horas en calmarse y los Francassi recordaban el episodio cada vez que sobre Buenos Aires descargaba una tormenta que semejaba el asalto de los diablos al cielo.

En las primeras horas de la noche de la celebración de su nombramiento como embajador de la Argentina en La Habana, como si Ariel Francassi les hubiera bajado del paraíso ese regalo de fuegos naturales a sus amigos, cayó sobre Buenos Aires una manta inmensa de agua tropical, preludio habanero, que cubrió por más de una hora cualquier paisaje que se pudiera ver por las cristaleras desde el gran salón de la casa de los Francassi.

—Para que no le falte de nada a la fiesta —brindó Francassi con una copa de champán, en alto en el momento en que el cielo porteño tronaba como si un rinoceronte salvaje estuviera entrando a golpetazos, a toda carrera, por la casa de Barrio Norte, a estropear la fiesta y echarlo todo abajo.

Sentado en su cómodo sillón de bambú, en su residencia de Miramar en La Habana, el embajador Francassi recordaba la fiesta de su casa de Buenos Aires, el día en que por fin le dieron el premio de la embajada de la Argentina en Cuba. El destino habanero había colmado sus ambiciones después del periplo europeo, de varios años, cuando el regreso de Perón, cuando el golpe de Estado, durante los largos años de las masacres. Había dejado de llover en La Habana, la tormenta se había alejado hacia el horizonte del mar entre revueltas nubes de color violeta y sombras grisáceas que revoloteaban a lo lejos, con el eco de sus estampidos retumbando todavía sobre La Habana, camino de Cayo Hueso y Florida. El bramido tropical de esa tormenta habanera había dejado completamente limpio el ambiente unas horas más tarde. Francassi siguió el espectáculo a cubierto de la lluvia, sin perderse un detalle de la fuerza violenta con la que los vientos llenos de agua abofeteaban las palmeras reales, cimbreantes, que habían perdido de repente su indolencia para bailar al ritmo endiablado que les marcaba la tormenta, mojándose de lluvia hasta enchumbarse. Ese mismo espectáculo de la tormenta habanera le había llevado al recuerdo de la celebración en su casa de Buenos Aires. Llevaba en La Habana un par de años de servicio, sin el más mínimo conflicto. No había hecho otra cosa que amigos habaneros, a los que les abría la despensa de su residencia y la barra libre de su bar todos los días. Se sentía acompañado en Cuba. De vez en cuando llegaban a verlos Aureldi Zapata y su marido cubano, Bernardo el Locuaz, una suerte de mulato gracioso, bromista, un jodedor de los buenos que hacía chistes del régimen castrista en cada sesión para, instantes después, reconocerse deudor infinito del sistema impuesto en Cuba por Fidel Castro, coño, asere, imagínate tú, embajador, lo que nos hubiera pasado sin este hombre providencial, de los que no nacen más que uno en cien años, la isla entera seguiría siendo un puterío de los yanquis. Levantaba la copa de ron y se la echaba a la garganta de un trago. Y se extendía repetitivo en sus hazañas revolucionarias, desde que lo sacaron de la manigua del centro de la isla y se lo llevaron de pionero a La Habana, hasta convertirlo en agente económico, mira lo que te digo, embajador, gritaba el Locuaz, con los dientes blancos y la sonrisa en la cara, yo le he metido millones de dólares a la Revolución. Por Terranova, por Madrid, por Panamá, por el carajo, viejo.

—Aquí estoy y aquí sigo. Pa'lo que mandes, Fidel —gritaba mirando hacia el cielo.

Si se observaba bien, pensaba el embajador, de todos los amigos de la Orden, Aureldi Zapata había sido la más fiel y la más consecuente, hasta el punto de marcharse de la Argentina y residenciarse en Cuba. El paraíso terrenal, como ella llamaba a la isla una y otra vez. Los demás se habían ido perdiendo por el camino, cada uno se había ido construyendo un suicidio a imagen y semejanza de sus sombras, pensaba el embajador Francassi observando las nubes alejarse hacia el horizonte del mar. La brisa suave de la costa le acariciaba el rostro que tanto y tan repentinamente se había envejecido en esos dos años en La Habana. Miró una vez más a Erika, en silencio a su lado, indolente, hojeando una revista. Por un segundo, cerró los ojos y a los oídos le llegó la voz del tenor Bastianini cantando *Il trovatore* de Verdi. Se mesó con suavidad sus cabellos, encanecidos en tan poco tiempo, como si se echara hacia atrás un par de puntas rebeldes tal vez todavía juveniles. Suspiró con cierta placidez. A pesar de la serenidad que lo inundaba, el embajador no estaba del todo satisfecho de esos años, y... no sólo porque el país en los años del menemismo había vivido otro de sus espejismos históricos, hasta que se hizo patente su caída en picado, que estaba empezando a presagiarse en las cercanías, bajo la presidencia de De la Rúa, las angustiosas dimensiones de la tragedia, un fracaso histórico de cuyos negros nubarrones apartaba el embajador sus pensamientos como el que apartaba de un manotazo un enjambre de avispas agresivas que amenazaban con destruirlo en pocos minutos. No sólo era por la situación general del país, sino por su estado anímico, por su propia tragedia personal. Erika aparentaba sentirse recuperada del terrible episodio y Ariel había cooperado a ese rescate del naufragio de su mujer, avejentada en pocos meses como si una maldición larvada durante años viniera a visitarla con la implacable violencia de la venganza.

Desde el momento del más terrible suceso de sus vidas, ella había intentado suicidarse por dos veces casi seguidas. Durante una larga temporada escogió el ron cubano para ahogarse a todas horas en una mazurca alcohólica de gran espanto, con la firme idea de que el aguardiente se la llevara hasta el otro mundo envuelta en un carro de fuego. A lo largo de unos meses de crisis, hubo que ponerle un par de custodios que la sacaran de cualquier antro de los bajos fondos habaneros de los que se había hecho asidua. Su actitud de suicida voluntaria delataba el naufragio insalvable y la inminencia del desenlace que algunos psiquiatras cubanos le habían pronosticado, en el caso de que sin más tardanza la embajadora no fuera ingresada en una clínica de reposo que la hiciera volver a su cordura. Una tarde se cortó las venas de su muñeca izquierda con unas tijeritas con las que se estaba arreglando las uñas mientras tomaba una tina de agua caliente en el cuarto de baño de la suite de la residencia en Miramar. Escapó por los pelos, porque una de las mucamas cubanas, al tanto de los trastornos de la señora Erika, vigilaba con veinte ojos cualquier escondido desliz de la Sueca.

Francassi recordó esa cercana temporada de tragedias inminentes al volverse a mirarla y dejar los ojos, unos segundos, sobre la cicatriz todavía visible de la mano izquierda de su mujer. A estas alturas, entre ellos, se había instalado el silencio como el mejor mecanismo de comunicación y respeto. Se hablaban lo imprescindible, y su agónico suplicio, en público y en privado, era estar todo el tiempo juntos y condenados a la mudez completa, salvo en los monosílabos de cortesía que funcionaban entre ellos más como recuerdo que como realidad presente.

—Mañana llega Ariel —decía Erika de vez en cuando saliendo de su ensimismamiento.

Esa frase se había convertido para Erika la Sueca en una jaculatoria necesaria, una suerte de auspicio de la felicidad y conjuro de la tragedia. Se había hecho amiga de algunos santeros a los que recibía en la embajada de Miramar sin muchos miramientos. Se dejaba aconsejar por ellos. Se ensimismaba cada vez que los santeros le echaban los caracoles y le rezaban a los santos para que no se verificara en la vida de la Sueca lo que ya inevitablemente le había sucedido meses antes. Otra de las mucamas, convertida también por necesidad en asistenta de confianza del embajador, llamó a Francassi una vez a toda prisa. Que viniera a la cocina. El embajador estaba en la piscina de su residencia y la mucama le dijo que viniera rápido, señor embajador. Le abrió la puerta de los armarios de la cocina y le señaló un vaso grande lleno de agua con mucha azúcar disuelta en el fondo y un papelito doblado y envuelto dentro del líquido elemento. El embajador sacó el vaso de agua y abrió el papel. Todavía podía leerse, aunque no sin dificultades, la siguiente misiva: «Ariel, hijo, ven ya».

—Una plegaria, un rito de santería, señor —le dijo la mucama, complacida ante el gesto interrogativo del embajador—. Para que se le cumpla cuanto antes el deseo. Para eso es el azúcar, ¿me entiende?

Otra vez le pidió, desesperada, a su santero más cómplice y cercano, que le ayudara a irse del aire. Cuanto antes, le dijo Erika la Sueca al asustado babalao, tienes que ayudarme a irme del mundo, le añadió sacudiéndolo casi con violencia. Como si le estuviera ordenando y exigiendo, más que rogando que usara de sus artes mágicas.

—Veneno —le dijo—, un veneno que no me haga sufrir, que me muerda todo el cuerpo y en dos segundos me lleve. Cianuro, por ejemplo. Cianuro con ron.

El santero no tardó en decirle a la mucama la urgencia que le pedía la señora del embajador. Erika la Sueca estaba para que la metieran durante meses en una camisa de fuerza y le fueran dando a cucharadas reconstituyentes cerebrales que le metieran sensatez y sentido común dentro de la loquera que se la estaba comiendo de arriba abajo, enterita, compañera, le zumba el mango, de verdad, por tu madre, estoy asustado hasta más no poder, le confesó Ricardito el santero a la mucama de los embajadores. El psiquiatra volvió a recomendarle calmantes para dormir a un paquidermo en medio de la jungla, mientras pasaban por encima de su sueño todos los animales de la manigua. Se trataba de recomponer aquella cabeza perdida tras la tragedia. De modo que, ante la aparente recuperación, el embajador Francassi bajaba la guardia, se serenaba por minutos y volvía a encontrar su calma durante unas semanas. Hasta que la recaída empeoraba la crisis. Entonces aparecía la frase, la oración, repetitiva, angustiosa, que adelantaba el ataque de locura, la pérdida de la memoria y la realidad de Erika la Sueca.

—Mañana llega Ariel —repetía mirando a su marido.

—Sí, llega mañana, lo sé —contestaba el embajador cauteloso, escondiendo el pavor que se inyectaba en sus ojos y en sus nervios cada vez que Erika recitaba la jaculatoria. Nadie mejor que él sabía que esa frase era el principio de una crisis de locura cada vez más fuerte.

Ariel Francassi hijo no podría llegar nunca más a ver a sus padres. La tragedia de los Francassi fue desde el principio del dominio público. El terrible suceso seguía comentándose muchos meses después de ocurrido, con variadas versiones que enriquecían los relatos y a veces deterioraban, hasta ensombrecerla y deformarla, la verdadera historia, no sólo entre la crema de la diplomacia y la lengua afilada y bajita de los políticos, sino entre los intelectuales y los escritores oficiales, asiduos a las fiestas diplomáticas donde podían comer y beber durante algunas horas todo lo que querían. Y, desde luego, entre los agentes segurosos, empezando por Bernardo el Locuaz, cuyo destino era prestar atención a los diplomáticos extranjeros con residencia en La Habana. Y Erika la Sueca se había quedado trabada desde ese instante trágico en la frase que repetía como una jaculatoria sagrada cada vez que una nueva crisis aceleraba su locura.

—Mañana llega Ariel.

—Sí, mañana llega, lo sé, iremos a recibirlo al aeropuerto de Rancho Boyeros y lo festejaremos en casa —contestaba el embajador a la jaculatoria de su mujer.

Era la misma frase de siempre, la contestación del embajador Francassi era la misma frase que había pronunciado cuando su mujer le anunció que su hijo Ariel estaba a punto de llegar a La Habana, mañana mismo. Por fin venía a ver a sus padres el joven y brillante estudiante de Leyes e Historia en la Sorbona. Había crecido tanto, se estaba formando tan bien, resultaba un tipo tan aplicado y tan elegante que el embajador Francassi reconocía en su fuero interno y también a viva voz, ante sus amistades, que todos los errores que hubiera podido cometer en su vida, todos los sinsabores, frustraciones y fracasos, los compensaba con creces la presencia de su hijo Ariel. Y a Erika la Sueca le pasaba lo mismo: sus amoríos secretos, sus pasiones repentinas, instintivas, clandestinas, todas esas otras vidas ocultas, de cuadros desnudos, y todos esos gustos inconfesables que habían hecho de ella una atleta de la sensualidad sexual y de Francassi un tipo clavado constantemente en una duda menos aparente de lo que él disimulaba, todos esos hipotéticos pecados, todas las indelicadezas, de ella con Francassi y de su marido con Erika la Sueca, quedaban borradas, absueltas, liquidadas y olvidadas cuando Ariel Francassi hijo brillaba con su presencia y unía al matrimonio de los embajadores con ataduras de eternidad verdaderamente envidiables para muchos de sus amigos. De modo que era el joven Francassi, aventajado estudiante de Leyes e Historia en la Sorbona parisina, quien mantenía la memoria de sus padres y eliminaba el dolor de otras experiencias que habían tenido lugar entre ellos.

A pesar de permanecer casi siempre fuera de Buenos Aires y de la Argentina, a pesar de residir casi todo su tiempo en París y en Roma, el joven Francassi se había negado a perder incluso el originario acento porteño que su padre le cultivaba como una de sus más orgullosas señas de identidad, hasta el punto de que hablaba francés, inglés e italiano incorporando modismos porteños a su lengua coloquial. Conseguía, con esa voluntad, una lengua, la suya, distinta, que llamaba mucho la atención entre sus amigas estudiantes. Por esas mismas razones de complicidad mental, el joven Francassi comenzó de repente a interesarse por su país de origen, por la Argentina. Empezó por leer y estudiar con mucha calma los libros de Historia y los ensayos políticos de Alberdi, Mitre, Sarmiento y el resto de los próceres y padres de la patria. Y lentamente, de a pocos, fue descubriendo que en su mente se abría sin poder evitarlo un profundo rechazo hacia una parte de la historia de su país que había desembocado en la tragedia de la dictadura militar y sus años criminales. Un día cualquiera, almorzando en un restaurante de París con sus padres, el joven Francassi le habló al embajador del asco que sentía por todo lo que le apestaba a peronismo.

—Apesta entero, de arriba abajo, por dentro y por fuera, che. Como res muerta y podrida por los bichos que se la están devorando delante de todo el mundo —dijo el joven Francassi.

El embajador miró de soslayo a Erika la Sueca y trató de disimular su nerviosismo repentino y la irritación que le habían provocado los comentarios de su hijo.

—Pero vos te afrancesaste más de la cuenta, Ariel —le dijo bromista el embajador.

Se trataba de reconducir la opinión de su hijo, de dirigir y controlar en la medida de lo posible la discusión que se le venía encima. El embajador intentaba suavizar las palabras de su hijo. Quería que Erika interviniera con la misma intención: dejar esa historia tan sorprendentemente repentina para otro rato. Pero el joven Francassi insistía, sin permitir que la estrategia de su padre consiguiera imponerse.

—Y esa mujer..., ¿cómo es que vos escribís un libro sobre esa mujer, no ves que es tan responsable como Perón del fracaso del país? —dijo calmado, reprimiendo el tono de su indignación el joven Francassi.

El embajador cambió entonces de cartas. Intentó un silencio escurridizo, dejar sin diálogo a su hijo, no irle al trapo: que él solo, el joven Francassi, tan aplicado, tan elegante en sus formas y tan rotundo en sus criterios, se quedara con sus palabras en el aire, en un monólogo que, al no encontrar respuesta, terminaría mucho más pronto una discusión que el embajador no deseaba tener con su hijo.

—Ese país es una ruleta rusa, los dirigentes son unos incapaces, unos ladrones, unos suicidas —le dijo el joven Francassi mirando de frente al embajador, con arrogan-

cia y convicción en sus propias palabras—. Juegan todo
el tiempo a la ruleta rusa con la Argentina y obligan a la
gente a jugar a la ruleta rusa, eso es lo que pasa.

Erika la Sueca miraba a su hijo mientras hablaba.
No dejaba de cortar la carne, llevársela a la boca, masti-
carla: como que no prestaba mayor atención. Como que,
en todo caso, lo que estaba diciendo su hijo no la sorpren-
día del todo porque ella sabía, sin ser argentina, que eso
era exactamente el grueso de la historia del país. El embajador Francassi se sirvió otra copa del Burdeos que había dejado oxigenar durante unos minutos. Paladeó el vino
en su boca sólo unos segundos. Echaba un vistazo al exterior por la vidriera del restaurante: su mirada traducía
el extravío y la incomodidad que lo atenazaban en ese
momento. Sin dejar de mirar a la calle, el embajador Francassi recordó la noche en la que Erika la Sueca y él discu-
tieron a gritos, violentamente, hasta terminar agredién-
dose, abofeteándose. No iba a olvidarse nunca de aquel
episodio lamentable que se reproducía en su mala memoria cada vez que le surgían las dudas sobre la actitud de
su mujer. A pesar de los años transcurridos, jamás había
olvidado aquella noche. Erika la Sueca llegó tambaleán-
dose en la madrugada y el embajador la esperaba en el salón principal de su residencia, casi a la entrada misma de
la casa. Con las luces apagadas. Agazapado en un irreprimible y tembloroso ataque de celos. Con el Colt que tiempo atrás había comprado en una armería de Nueva York
al alcance de su mano, preparado para disparar. Había co-
locado sólo dos balas en sus recámaras, dejando vacías las
otras cuatro. Después había dado vueltas al tambor del
Colt y lo había dejado encima de la mesa, al alcance de
su mano. Erika la Sueca encendió la luz del salón al entrar a su casa de París y encontró a su marido despierto,
clavándole una mirada de rencor que terminó por asus-

tarla. No se atrevió a pronunciar palabra: miraba al embajador con terror creciente. Entonces Ariel Francassi se levantó con calma de su cómodo sillón de dueño de casa, sonrió con desmesurada tristeza y un deje de desprecio le perturbó cada músculo de su rostro hasta transformarlo en un monstruo gesticulante que Erika la Sueca nunca había visto. Tomó en su mano derecha el Colt sin dejar de mirar con desprecio a su mujer. Ella apenas podía contener la agitada respiración que amenazaba con asfixiarla cada segundo que pasaba. ¿Iba a matarla? Erika la Sueca se hizo esa pregunta por puro instinto de conservación, pero ese enigma duró un solo segundo porque de inmediato, sin quitarse del rostro la sonrisa de asco que desdibujaba sus facciones, el embajador Francassi dio vueltas al tambor del Colt y se lo llevó a la sien.

—Tiene dos balas —dijo sin dejar de mirar a su mujer con ojos de fuego, sin quitarse el Colt de la sien—, una para mí, primero. Y otra para vos, Erika.

Después apretó el gatillo. Pero no se escuchó ninguna detonación, sólo un chasquido seco del percutor que no había encontrado nada en su camino. Francassi se puso serio, como si recuperara toda la compostura.

—Ahora vos, amor —dijo.

Sonó como una orden en los oídos de Erika. Francassi se acercó a su temblorosa mujer. El rostro de ella seguía deformándose de terror. Las lágrimas arruinaban el maquillaje que la juerga de noche y el deambular de sus correrías sexuales no había conseguido hasta entonces.

—Dale, carajo —dijo irritado el embajador Francassi.

Erika la Sueca se llevó a su sien derecha el Colt de su marido. No dejaba de temblar. Entre convulsiones, hipos y temblores, le suplicaba con los ojos. El silencio nocturno de la casa añadía terror a la tensión mortal que se estaba desarrollando en aquel salón. Y, de repente, los dos oyeron los pasos de unos pies descalzos que se acercaban a ellos desde el piso alto de la casa. Miraron hacia arriba y allí, agarrado a la baranda, soñoliento, con el despiste y la sorpresa dibujados en su rostro casi dormido, estaba en pijama el ya casi adolescente Ariel Francassi.

—Mamá, papá, me desperté con los ruidos, qué pasa, ¿a qué están jugando?

Erika la Sueca escondió a toda velocidad el Colt. Donde su hijo no llegara a verlo. Como pudo, recompuso su figura y le sonrió. Miró a Francassi y corrió después escaleras arriba hasta donde estaba su hijo. Se abrazó a su cuerpo, le besó la cara, le susurró al oído algunas palabras que calmaron al muchacho y se lo llevó hasta su habitación.

—Voy a dormir en su cuarto, Ariel —le dijo al embajador cuando alcanzó el piso alto, antes de comenzar a caminar con su hijo en brazos hasta la alcoba del adolescente.

Ariel Francassi se estuvo preguntando desde esa fatídica noche de París si su hijo fue testigo de todas las escenas que se habían desarrollado entre Erika y él en cuanto la Sueca llegó a la residencia y encendió la luz de la entrada de la casa. Se estuvo preguntando durante años, mientras el joven Francassi iba creciendo y haciéndose un hombre tan elegante como serio en sus convicciones y criterios, si su hijo lo había visto llevarse el Colt a la sien. Y si había visto cómo había obligado a su madre a jugar a la muerte con la bala que estaba esperándola en la recámara. Antes de subir la escalera para ir con su hijo, Erika había dejado el Colt en el suelo, escondido bajo una alfombra y fuera de los ojos del niño casi ya muchacho. Lo tomó en sus manos y examinó el tambor del arma. Y entonces se percató de la frustrada inminencia de la muerte: si Erika hubiera apretado el gatillo del Colt, la bala le habría levantado la tapa de los sesos. Sin duda Erika la Sueca habría muerto esa noche por su propia mano. Oficialmente se habría suicidado. Pero el niño Francassi había salvado a su madre. De modo que cuando su hijo años más tarde le habló con aquella dureza desconocida, durante un almuerzo familiar en uno de los más elegantes restaurantes de París, y aludió a que los dirigentes históricos de la Argentina, desde Rosas y más atrás, hasta Perón y Menem, no habían hecho otra cosa que jugar a la ruleta rusa con todo el país, al embajador se le nubló la vista y se le atragantó el bocado de carne que tenía en su boca. Por eso optó por echar mano de la copa de Burdeos, beber un par de sorbos de vino y perder su mirada errática en el paisaje callejero de París que se dibujaba desde el interior del restaurante y a través de la vidriera.

—Mañana llega Ariel —repitió Erika la Sueca diez minutos más tarde, en medio del silencio que inundaba el jardín de la residencia habanera del embajador de la Argentina.

Francassi salió de su ensimismamiento, de repente, con un incómodo escalofrío.

—Sí, mañana llega, lo sé, iremos a Rancho Boyeros a recibirlo y lo festejaremos —contestó el embajador con resignación.

Catorce

Llegó a las inmediaciones del pueblo de Tigre a media mañana. Trataba de contener su creciente nerviosismo, una expectativa nada serena ante la inminencia de encontrar de nuevo después de tantos años a Morelba Sucre.

Desde que recibió en Madrid el mensaje telefónico de Rubén el Loco no había dejado de preguntarse por las claves de la actitud autodestructiva de Morelba. No había dejado de preguntarse una y otra vez si, tras el correr de tantos años sin verse ni olvidarse, la Tigra seguía pareciéndose a la mujer que él recordaba en su memoria. Porque su memoria no se iba a olvidar precisamente ahora de esa verdad. Sí, seguía siendo para él, para Álvaro Montes, un arma que cargaba el diablo de metralla y dinamita. Y no había dejado de preguntarse desde el urgente telefonazo del Loco si Morelba Sucre seguía manteniendo esas ideas sobre el recuerdo, sobre la importancia de la memoria, si lo había recordado a él, a Samurai, como él la había guardado en su memoria todos estos años de ausencias, en las mismas imágenes y las mismas obsesivas siluetas que él había recordado hasta ahora.

Esa mañana de su llegada al Tigre el tiempo había ayudado a sus proyectos. El cielo gris barruntaba lluvia y en el aire se respiraba una humedad sin mucho olor a bochorno, pero el viento no se había levantado en todo el día. La calidez del verdor vegetal en esa parte del Delta había cambiado muy poco desde la primera vez que anduvo recorriendo el Tigre con la gente de la Orden y el lugar seguía atrayendo la lluvia de los cielos como un espejo desperdigado en canales que husmeaban su salida al mar. De vez en cuando, entre las nubes oscuras que llegaban del sudeste, lucía un sol que buscaba con empecinada inutilidad secar los charcos de las últimas lluvias y la humedad de las calles céntricas del pueblo del Tigre.

Desde su hotel en Buenos Aires había ordenado que le contrataran un remise para llegarse hasta el Delta. Un remise con chofer de confianza que lo pudiera esperar a lo largo del día, sin prisas. La recomendación del hotel era la mejor: el alquiler por un día o dos de un auto con chofer, a su disposición. Esos pequeños lujos de viajero que un año antes no estaban al alcance de los turistas corrientes, ahora, tras la caída final de las sucesivas monedas argentinas, se habían convertido en baratijas de fácil acceso para cualquier curioso que buscara, además de satisfacer su demanda de conocer los lugares más o menos exóticos de Buenos Aires, conseguir sus propósitos con toda comodidad y sin mucho dispendio.

No había querido trasladarse con todos su bártulos a vivir esos días en un hotel del Tigre, sino que pensó que lo mejor era seguir hospedado en el suyo de Buenos Aires, en San Martín con Córdoba. Escogió ese pequeño rincón cercano a la City para centrar en él su descanso y su seguridad, sus certidumbres, según pensaba, sin tener que correr siempre los riesgos de un hotel que, a primera vista, podía haberlo seducido para pocas horas más tarde mostrarle su rostro más incómodo y antipático. Había pasado muy mala noche, con pesadillas e insomnios que le inyectaron ciertos malestares musculares y un creciente dolor de cabeza durante algunas horas de su imposible descanso.

Una tormenta cayó como una tromba repentina alrededor de las dos y media de la madrugada sobre toda la ciudad y el estruendo de sus descargas eléctricas despertó del mal sueño a Álvaro Montes. Estaba sudando y con los nervios de punta, como si la pesadilla de la que salía siguiera sucediéndole en la realidad a la que se había despertado. Estaba seguro de que en esos mismos instantes había soñado con todos ellos, les seguía viendo sus rostros, oyendo sus voces distorsionadas por una lejanía que iba de a pocos pero perceptiblemente ganando terreno al temblor de sus nervios. Estaba seguro de que había estado él también dentro del sueño con el jefe Mazorca, con Margot, Morelba y Lanuza. Y con Francassi. Estaba seguro de haber soñado, en medio del desvelo y el sudor, con Hugo Spotta. Pilotaba su barcaza sin poder impedir que los rápidos se llevaran hasta el abismo de las cataratas la deriva de la lancha. ¿Iban a ahogarse? Tal vez ya se habían ahogado todos, porque recordaba vagamente en medio de la nebulosa y la pesadilla que Morelba Sucre luchaba bajo los remolinos del agua marrón y sucia de los canales, impedida de salir a la superficie por lianas subacuáticas que le ataban el cuerpo y se la llevaban hasta las profundidades pantanosas. Escuchaba el jadeo desesperado de Morelba y sus esfuerzos por escapar de las lianas asesinas. Y veía, en una inmediata secuencia de la misma pesadilla, sus propios esfuerzos por salvarla de las aguas en ese instante maldito de los pantanos del Tigre. Estaba seguro de que esas sombras, las de Morelba, Hugo Spotta y la suya misma, habían aparecido en sus pesadillas un momento antes de despertarse, pero no podía medir el tiempo que había pasado entre esas angustias y el momento exacto de volver de nuevo hasta la realidad. Las recordaba muy bien, como recordaba entre brumas la voz angustiada de Margot Villegas y la veía corriendo por algún pavoroso descampado de la ciudad, no sabía bien, no lo reconocía del todo, si era su calle de Viamonte o no, si era entonces algún entorno del verdor del Tigre, las calles inmediatamente vecinas al mismo canal donde él había intentado salvar a Morelba Sucre un momento antes de esa viñeta de horror en la que veía a Margot Villegas huyendo de los coches Ford Falcon verdes que el jefe Mazorca le había puesto atrás. Un operativo de seguimiento, recordó Álvaro haberse dicho a él mismo en medio de la pesadilla, una patota. Estaba seguro de haber visto al profesor Lanuza, a quien en la realidad no había visto jamás, arrastrarse por las calles de La Recoleta, entre oscuridades y silencios, como si no quisiera que lo vieran, como un perseguido que sabe a ciencia cierta que a sus espaldas caminan otras sombras cuya misión es no perderlo un segundo de vista. Como si estuviera escapando de sus propios fantasmas, aunque tampoco supiera Álvaro mucho de su vida con Morelba y cuáles eran los espectros de los que huía el profesor en esa parte de su pesadilla. Ninguna otra imagen del sueño se le fijó en su memoria al despertarse. Sólo los gritos de Morelba angustiada. O quizá era Margot, encerrada sin remedio en la jungla mortal que ella misma había ido tejiéndose como una mortaja. Tal vez eran sólo gritos de socorro de una mujer desconocida, pensó Álvaro Montes, como si esa mujer, la que fuera, estuviera huyendo sin ninguna brújula, corriendo hacia ninguna parte. Sólo huyendo hasta una selva cerrada, cuya salvaje vegetación no dejaba paso alguno a los rayos del sol en aquella latitud de la pesadilla. Apestaba a desechos húmedos, a organismos muertos hedía el lugar con el que había soñado. En ciertas secuencias, creyó ver a lo lejos los cuerpos de cientos de personas que intentaban macabros pasos de baile en el fondo de los pantanos, en los abismos de los canales, muertos, tal vez asesinados y encerrados allí, en algún cementerio lacustre clandestino y silencioso, bajo las aguas.

Seguía escuchando sin querer el eco de los gritos de la mujer que se mezclaron de repente, hasta quedar ahogados, con el estruendo de los truenos de la tormenta en plena madrugada. Llovía a cántaros sobre Buenos Aires, adonde había regresado a buscar al viejo amor que volvía mil veces a la memoria para conseguir estallar y hacerse el hueco exacto en la realidad muchos años después de las primeras insistencias. Se levantó de la cama y se asomó a la ventana de su habitación de hotel. Hablaba solo y en baja voz cuando abrió la puerta de cristal de la terraza para que el húmedo frescor de la madrugada le calmara el sudor y los nervios.

—La memoria del porvenir —se dijo Álvaro Montes al definir su pesadilla.

Entre la penumbra de la noche, el barrido de luz a ráfagas de los relámpagos y el estallido de los truenos, se le apareció frente a sus ojos el espectro gris, sucio, marginal y sombrío del edificio del Harrods. Se encendía y apagaba con el golpe de luz de los relámpagos. El resto de las horas que quedaban para el amanecer fueron las secuencias de un largo insomnio, una tras otra, un duermevela que incendiaban los relámpagos e interrumpían los truenos y el estrépito de la manta de agua desplomándose sobre Buenos Aires.

Mientras pasaba por Olivos, a pocos kilómetros de su destino, pensó nervioso que hubiera sido más prudente haber avisado a Hugo Spotta de su inminente visita. Pero, al menos hasta llegar al Tigre, había querido ser fiel a su plan inicial: no advertir a nadie de su presencia, ni a Tucho Corbalán ni al Loco. Tampoco a Spotta. Ahora dudaba, porque en cierta medida sentía que la desorientación se iba apoderando de cada una de sus intuiciones. Tal vez alguno de ellos se hubiera prestado a acompañarlo. Quizás el Loco se hubiera sentido incluso obligado a hacerlo, pero no estaría ahora a solas con su memoria, como él había deseado, camino del Tigre, ya muy cerca del lugar del Delta que iba buscando. Y Hugo Spotta lo estaría esperando en las oficinas de su empresa, frente al mismo embarcadero del río Luján, con una botella de vino blanco frío para brindar por su regreso al Tigre. Ningún guía más capacitado que Spotta, el viejo timonel de la Orden, para navegar por el Tigre. ¿Habría realizado ya, a lo largo y ancho de aquellos años de ausencias, el soñado proyecto de subir por el Paraná hasta el origen del río?

—Ciento cincuenta horas de navegación, Samurai —le dijo en la borrachera de la fundación, en medio del Sarmiento, treinta años atrás—. Ciento cincuenta horas y estamos arriba, en el origen del paraíso, en las cataratas.

No pudieron realizar ese viaje de iniciación cuando fundaron la Orden y tampoco cumplieron el compromiso que adquirieron aquel día los fundadores para subir el Paraná de las Palmas hasta sus mismísimos orígenes.

—Cualquier día de éstos —le contestó Spotta a Morelba—, pero necesitamos tripulación adecuada, guías con experiencia y un conocimiento elemental del rumbo que vamos a seguir.

La Tigra le había preguntado exultante, excitada por la hipótesis de la nueva e inminente aventura, cuándo iban a hacer ese viaje. Los había urgido a él y a Samurai a seguir hacia arriba, hasta las mismas cataratas, isla tras isla y pueblo a pueblo, olvidados los argonautas de otros mundos que no fueran todos aquel inmenso universo fluvial a su alcance. Se lo había preguntado como si estuviera pidiéndole que montaran el viaje la semana que viene, cuanto más tarde la semana que viene, y que Hugo Spotta echara a andar su reconocida capacidad de influencia en aquellos territorios para organizar la expedición y subir hasta el nacimiento del Paraná.

—¡Quince días de navegación río arriba, en una embarcación de verdad, en un viaje de verdad, Samurai! —dijo Morelba casi gritando, la ilusión de la aventura bañándole su rostro joven de placer pasional.

Lo abrazó. Le echó las manos al cuello y lo besó. Largamente. Samurai notó el temblor del cuerpo joven de Morelba. Ella lo miraba fijo.

—¿Y si nos quedamos ya desde hoy a vivir aquí, en el Tigre? —lo retaba, sin dejar de mirarlo a los ojos, tratando de adivinar las tentaciones que flotaban en la mente de Samurai.

Lo recordaba todo ahora. Su memoria se había activado en cuanto llegó a Ezeiza y seguía caminando hacia todos los recuerdos como un caballo lanzado al galope por una pradera tan familiar como segura. Cada uno de sus recuerdos del Tigre le encendía la memoria como los fogonazos de los relámpagos encandilaban la turbiedad de la noche anterior, en su hotel de Buenos Aires, mientras la tormenta le arrebataba los residuos del sueño.

Pidió que le contrataran el remise desde el hotel por prudencia, rapidez y comodidad. Alguien de confianza del hotel, reclamó Álvaro Montes desde el teléfono de su habitación. Por el camino hacia el Tigre, entre Olivos y San Fernando, habían encontrado numerosas cuadrillas de piqueteros tratando de interrumpir el tráfico rodado en las carreteras y las autopistas. Así que seguían en las mismas que cuando buscaban sacar de la Casa Rosada al inerme de Fernando de la Rúa, se dijo Samurai desde el interior del remise. Como si ellos fueran los supervisores del paso de los carruajes por aquellas vías. Policías y carabineros observaban desde lejos las evoluciones de los piqueteros, en ese territorio de Buenos Aires donde la vida y la muerte podían ser ya un juego de dados, pura cuestión de suerte.

—¿Vio? —dijo el chofer del remise de repente, al observar sus reacciones inmediatas por el espejo del retrovisor central del auto—, hace nada en el cielo y ahora, al otro lado. Buenos Aires está ya a quince minutos del infierno. Acá lo tiene.

Durante meses la gente se había limitado, ante la repetición de los episodios violentos en las calles, a convencerse de que la prensa exageraba. Que se amplificaban los acontecimientos para dramatizar la situación. Que los periódicos, los canales de las televisiones y las emisoras de radio encendían los focos cada vez que sucedían los disturbios y los trasladaban a la opinión pública con lentes de aumento. Esos sucesos eran normales, comentaban en confiterías, oficinas y restaurantes. Pero, tras los primeros y repetidos actos de violencia, los ecos del secuestro y el atroz asesinato de Diego Peralta en El Jagüel, y el asalto y saqueo a la comisaría de policía del lugar, muy cercano a Buenos Aires, en los alrededores de Ezeiza, habían dejado una huella de terror y activado todas las alarmas en la memoria reciente de la gente. Un recuerdo nefasto que crecía en incertidumbre y se extendía como una mancha de queroseno por todo Buenos Aires. Al joven Peralta lo estuvieron buscando durante más de un mes. Daba la impresión de que la policía estaba removiendo el cielo, la tierra y el infierno de Buenos Aires. Daba toda la impresión de que les iba en esta acción desesperada no sólo la vida del joven Peralta, sino la de ellos mismos, la de la policía como institución del orden público. Lo buscaron hasta que su cadáver apareció atado de pies y manos, en medio de una charca, en la esquina de una cantera abandonada, cuando el descontento ciudadano en todo el país era ya algo más que un estado de ánimo exaltado por la depauperación económica y la ausencia de fe de la gente.

A Álvaro Montes se le hacía muy cuesta arriba imaginar que el país estaba empezando a tener hambre, que sobre la Argentina se cernía el peligro de una guerra, una nueva matanza entre argentinos, otra vez las hormigas salvajes destruyéndolo todo, una enloquecida batalla a muerte que terminaría con el país roto en pedazos, fragmentado en cuatro o cinco países tan nuevos como viejos, tan equivocados en su origen como desnortados en sus proyectos. Había que refundar la República. Ésa era la idea de muchos argentinos y Samurai sabía que Tucho Corbalán la apoyaba desde sus artículos en *Clarín*. Refundar la República, escribía Corbalán, significaba empezar del cero mismo donde ahora estamos los argentinos, tan seguros de haber estado siempre en el infinito, tan acostumbrados a vernos como los dueños de todo el esplendor, los dueños del millón de dólares, tantísima plata dulce, tanta riqueza, tanto ganado que por mucho que despilfarremos nunca se nos va a acabar la guita, la plata que derrochamos a raudales echando la casa a la calle y la manteca al techo durante el último siglo. Pero refundar la República exigía de los argentinos un esfuerzo supremo que Tucho Corbalán, eso es lo que escribía en sus artículos todas las semanas en su página de opinión de *Clarín*, no estaba del todo seguro de que podamos llevar a cabo. Para ser más exactos, no estamos seguros de que estemos dispuestos a llevar a cabo, escribía Tucho Corbalán en *Clarín*.

¿Había fuerzas para ese proyecto de refundación, había de verdad voluntad y fe políticas en las clases dirigentes para cambiar el rumbo de la ruina y reflotar el *Titanic*? La travesía de esa refundación tendría que ir mucho

más allá de una simple aventura. No era que unos muchachos embriagados de juventud y alcohol, borrachos
de pasión y placer, decidieran mañana remontar en ciento
cincuenta horas las aguas del río Paraná hasta encontrarse con el nacimiento del mundo. Tampoco era echarse a
caminar con una motocicleta, románticamente desde Buenos Aires hasta la frontera norte de Jujuy, y regresar luego al sur, eufóricos y proclamando que la Argentina estaba reflotándose una vez más, mágicamente. O marcharse
a correr la aventura de la revolución, recalar en Guatemala
y México, echarle un pulso al destino, saltar en lancha
hasta Cuba y transformarse luego en un ser que, a partir
de entonces, fue un mito venerado por millones de personas en todo el mundo como un ideal heroico y ético. No
era eso precisamente. Ni crear dos, tres, cuatro, cientos de
Vietnam que después del sueño no eran más que pesadillas y miles de gentes asesinadas, mucho peor esa masacre
generacional que la deuda externa. No era tampoco meter un gol en un campeonato mundial con la mano de
Dios, porque no era verdad que Dios fuera argentino, ni
mucho menos. Tampoco era cantar tangos por el mundo
ni llenar la avenida 9 de Julio con la voz seductora de una
moribunda que se convertiría en una santidad indudable
tras pasar a la inmortalidad en plena juventud, instantes
después del esplendor, la gloria y el poder. En todo caso,
el riesgo del regreso de los militares tampoco parecía inmediato. ¿Dejaban negociar la ruina del país a los últimos políticos del sistema más corrupto en toda la historia de la Argentina, envueltos en la coima institucional y
en la incapacidad para sacar del hoyo la barcaza? ¿Dejaban
que la gente, harta de su propia razón, gritara en todos
lados «que se vayan todos»? Eran invisibles los militares
por ahora. Dormitaban. Y Tucho Corbalán, como todos
los argentinos con buena memoria, sabía de esa maldición

de la política histórica, el triángulo infernal que se repetía en la política del país decenio tras decenio, el carnaval macabro en el que bailaban su danza mortal, cada uno a su ritmo, radicales, peronistas, militares, radicales, peronistas, militares. Como si ese extraño triángulo de las Bermudas fuera un remolino satánico frente al que el país se mostraba incapaz de pensar. Al contrario, se quedaban todos a la expectativa, narcotizados por esa misma inminencia de la liquidación. Se quedaban con la mirada fija en los preparativos del show de la muerte, como si ese mecanismo fuera a salvarlos de las garras de los leones salvajes. Al contrario, sabían que esa actitud era concederles el permiso para que salieran de las jaulas a devorar todo cuanto su insaciable voracidad de animales salvajes encontrara a su paso.

Antes de apagar la luz en su habitación del hotel durante la noche anterior, había visto por televisión al viejo Cafiero proclamar la innecesaria negociación con el Fondo Monetario Internacional. O'Neill era en realidad, dejemos las macanas y las broncas entre nosotros, un funcionario inútil que no entendía lo importante que era la Argentina para el mundo, pero sobre todo para los argentinos, mucho más que el mundo para la Argentina y los argentinos, ¿o no había pasado otras veces? Esas conversaciones no eran en absoluto necesarias, decía el viejo peronista, porque la Argentina podía valerse por sí misma. ¿No lo había conseguido en otras ocasiones? ¿Y qué, si ésta era peor? A lo mejor mientras peor, mejor, jugaba con las palabras el viejo profesional de la retórica del peronismo. Como otros tantos vivos de la política, que llevaban en el mango más de cincuenta años. Era partidario de suspender sine die el pago de la deuda, de cerrar las fronteras al mundo, de aislar a la Argentina de todas las contaminaciones externas. No iba a pasar nada fuera de la Argentina y tampoco iba a pasarles nada a los argentinos. Al contrario, era lo mejor que podían hacer, cerrar a los extranjeros las riquezas del país, no permitir más el expolio de quienes llegaban al país desde fuera a llevárselo todo. Ésa era la verdadera refundación del país, ése era el camino, según Cafiero. Pero la expresión verbal del viejo peronista por televisión era una manera de transmitir un espejismo con luz falsa, se dijo Álvaro, antes de ir cambiando instintivamente de canal, uno detrás de otro. Hasta detenerse de repente en uno cualquiera, sin prestarle especial atención a ninguno, y llevarse la gran sorpresa del día. Allí, en la imagen, debatiendo en plató sobre la situación que había creado la revolución bolivariana del presidente Hugo Chávez en Venezuela, estaba un viejísimo y casi olvidado fantasma de su memoria. ¿Cuánto tiempo hacía que no lo había visto ni sabía nada de él, dónde se había metido en todos estos años? Embajador de Venezuela en la Argentina, decía su cartel identificador en el programa. Álvaro Montes sonrió con la boca abierta. Estaba recién nombrado, un par de meses llevaba en el cargo y su presencia representaba una insólita novedad porque Venezuela estaba en el punto de mira de América Latina y del mundo entero. El fallido golpe de Estado contra Chávez en la primavera anterior había encendido todas las alarmas en la región. Por eso su embajador en Buenos Aires, Cosme Torregrosa, era ahora un invitado de excepcional interés en las televisiones argentinas. Porque Cosme Torregrosa era la gran novedad, el oráculo de un proyecto nuevo para América Latina, la verdadera revolución bolivariana de América, sacudirse la sombra terrible del Imperio, largar a los gringos de una vez. Y ésa es la labor política que está haciendo el presidente Chávez, crear una verdadera conciencia bolivariana en la sociedad venezolana, explicaba el embajador Torregrosa moviendo sin parar las manos delante de las cámaras.

—Y por eso el presidente Chávez molesta a tantos oligarcas poderosos. Molesta al Imperio, molesta a los ricos, porque por fin hay alguien en Venezuela, en América, que viene a cambiarlo todo de una vez. Con una verdadera revolución bolivariana, lo que el Libertador quería desde el principio. Con la legalidad del pueblo en una mano y la espada de Bolívar en la otra, ¿okey?

Eso decía convencido de su discurso el embajador Torregrosa, precisamente en Buenos Aires, sin temblarle la voz más que lo que siempre le había temblado cada sílaba a su mala oratoria. Una expresión interminable, pensó Álvaro al verlo en la televisión, una sarta de lugares comunes y estereotipos usados hasta el abuso. Sabía lo que estaba diciendo y donde lo estaba diciendo. Sabía que el mensaje populista de Chávez era reconocido ahora por las masas peronistas. Y se trataba además de eso, precisamente, de controlar las inversiones extranjeras, porque las compañías multinacionales que habían venido a la Argentina con Menem, explicaba con su voz cantarina el embajador venezolano Torregrosa, creyéndose ya un argentino más y olvidándose de su papel diplomático, las mismas empresas que durante más de diez años se habían beneficiado de las privatizaciones, tenían que ser obligadas a pagar los platos rotos de la ruina argentina. Eso lo decían también muchos peronistas, como si ellos no hubieran sido los protagonistas del saqueo. Los mismos que afirmaban ahora, tras mantener a Menem y a los suyos en el poder durante diez años, que con los miles de millones de dólares que las empresas y los bancos españoles habían sacado de la Argentina se había levantado España hasta la riqueza. Todo el mundo era culpable de la situación ruinosa de la Argentina, pensaban otra vez los peronistas y muchos otros argentinos, España, Inglaterra, el Fondo Monetario Internacional, los Estados Unidos, las compañías financieras, las multinacionales y los bancos, que se habían quedado con los teléfonos, la electricidad y el petróleo argentinos. Habían robado los dólares de todos los bancos de la República, en un convoy de más de cincuenta camiones que había salido por la noche desde Buenos Aires hasta un lugar desconocido de Ezeiza para volarse la plata del país de un solo viaje, en aviones con rumbo también desconocido. Y ese episodio se estaba investigando. Había una juez federal siguiéndole directamente los pasos a los ladrones. La conspiración universal había acabado con la Argentina, por envidia y otras oscuras intenciones y complejos de inferioridad. Se habían quedado con todo, de modo que todo el mundo, todo ese mundo capitalista es quien había arrasado impunemente con la riqueza de la Argentina. No le habían hecho caso a Evita, porque en la Argentina tenía que haber capital, pero no capitalistas. Así le había andado el destino al país. Todos se habían quedado con todo menos los argentinos, que no eran responsables de nada de cuanto les estaba ocurriendo, salvo aquellos políticos vendepatrias que eran los de siempre, que nunca les importó el país sino su beneficio particular, el cohecho, la coima, la corrupción en su propio beneficio. A ésos había que echarlos a la patada. Que se fueran todos. Así había caído De la Rúa, de un golpe de la gente en la calle, y así tenían que irse todos, llenos de vergüenza, disfrazándose de ellos mismos. Como Cavallo, que se escurrió un día de la Casa Rosada rodeada de manifestantes por una puerta lateral y camuflado tras una máscara del propio Cavallo. Así se escapó una vez, antes de que lo agarraran y lo metieran en la cárcel durante unos meses.

Hasta que estallaron las revueltas en las calles del centro de Buenos Aires. Todos esos sucesos argentinos Álvaro Montes los había ido siguiendo paso a paso desde Madrid, leyendo todos los días en la red los periódicos y las revistas argentinas. De manera que estaba al tanto de la ruina y del empeño de algunos argentinos por resucitar la República desde el cero donde se encontraban ahora, según Tucho Corbalán. Entonces, escribía Corbalán en *Clarín,* si los argentinos nos ponemos a trabajar el jueves que viene, sin derramar tantas lágrimas, sin tanto llanto que no hace más que detener el momento de la recuperación; si nos ponemos a trabajar sin más demora, de lo que acá no tenemos costumbre, ésa es la verdad, así escribía Corbalán en su columna semanal. Entonces, dentro de tres o cuatro años podremos quizá mirarnos a la cara unos a otros con la esperanza de ser otra vez lo que parece que hemos sido los argentinos y ahora no nos lo creemos ya más, un gran país; entonces, pasados quince o veinte años, una generación completa, tal vez la Argentina pueda otra vez soñar con ser lo que soñamos que fuimos los argentinos, un gran país para todos los que vivíamos en estas tierras.

—Con cien mil dólares, señor, se compra uno aquí una mansión —dijo de repente el chofer del remise.

Volvía a mirarlo por el espejo retrovisor, sacándolo de sus reflexiones, de sus recuerdos, auscultándolo con atención, sin dejar de conducir.

—Acá mismo, en San Fernando. Fíjese bien la cantidad de mansiones que se están vendiendo. Y por acá, ni le digo, todo se está vendiendo por nada. Por unos dólares en mano, se queda usted con el mango. Un campito por cien mil dólares en cualquier lugar de la Argentina puede comprarse usted ahora mismo, señor.

Álvaro miraba a un lado y a otro de la carretera. El paisaje era bellísimo, un lugar paradisíaco esa parte de la provincia de Buenos Aires, en las cercanías del Tigre, a las puertas del Delta. En efecto, muchas mansiones en venta a un lado y a otro de la carretera marcaban las huellas de la crisis. Había dejado de llover, pero la tierra y la vegetación brillaban enchumbadas y el agua corría en riachuelos por los arcenes. San Fernando seguía siendo un territorio de privilegio, de gente adinerada, de clases cuya situación hasta ahora les había permitido vivir incluso por encima de sus posibilidades. Ahora muchas de esas propiedades habían sido puestas en venta. Angustiosamente. Cada uno de los letreros en las fachadas de las casas y las mansiones en venta era un grito de asombro, un alarido de dolor, una angustia traducida en palabras urgentes. Un hartazgo. Una llamada al destierro.

—Claro que si compra una de estas maravillas de acá mismo —volvió a decir el taxista—, no le va a quedar más remedio que vivirla. Con un rifle en la mano. Ya no hay más que manadas de delincuentes en cada esquina de Buenos Aires, esperando la presa para secuestrarla y sacarle las tripas. Ni profesionales son, señor. Secuestran a cambio de dinero, se ponen nerviosos, no saben cómo se maneja ese negocio. Y matan por nada, porque no saben terminar la película en la que se metieron, así son estos criminales de la Argentina en quiebra, señor, ni mercenarios son. ¿Ya supo lo del chico Peralta? Un horror, ¿vio?, así de malo se ha puesto el país... y... esta gente vendiendo todo lo que tiene, ya no hay seguridad en la Argentina. Para marcharse a Europa, se mandan a mudar de la Argentina. Ellos que pueden. Yo haría lo mismo, un remise en España es una buena manera de vivir, en Pontevedra,

¿verdad, señor?, o en Barcelona, España, mis abuelos eran españoles, emigrantes, de modo que yo tengo también esos derechos, ¿no es verdad, señor?

A Luis Peralta, los secuestradores de su hijo Diego le exigieron que vendiera rápido todas las propiedades que poseía, las pequeñas empresas, la casa, todo. Le pidieron en un plazo de muy pocos días doscientos mil dólares. De nada le sirvió a Luis Peralta afirmar en público que en aquel barrio pobre, El Jagüel, nadie disponía de esa cantidad de dólares. Él, Luis Peralta, tampoco. Los secuestradores acentuaron sus urgencias desde el día en que la misma policía detuvo, por chantajear al dueño de un supermercado, a José Hernández, jefe de la Brigada que dirigía la investigación del secuestro de Diego Peralta. Unos días más tarde, acuchillaron al muchacho secuestrado. Después lo ataron de pies y manos y lo echaron como un fardo en la charca de la cantera donde lo encontraron tiempo después.

Habían llegado al Tigre en poco más de media hora de viaje, sin ninguno de los obstáculos temidos de antemano por Álvaro Montes. Ahora, cambiando su primer plan, decidió ir derecho a las oficinas de Hugo Spotta. Reconoció las calles a primera vista, las casas junto a las riberas del río, el hotel donde estuvieron juntos aquella noche de la fundación de la Orden, el lugar que había sido suyo durante unos días y se había quedado en su memoria para siempre. Tuvo el pálpito de la cercanía de Morelba Sucre, una cercana intuición, una suerte de olfato que rescataba recuerdos a toda velocidad. Y recorrió su viaje venezolano a ráfagas de vértigo, en unos pocos segundos, mientras el chofer buscaba el mejor aparcamiento para su auto, al borde mismo del embarcadero principal del Tigre, donde Hugo Spotta tenía las oficinas de su empresa fluvial. Samurai recordó de un golpe la recomendación de Tucho Corbalán que él había desechado al regresar al lugar de la memoria: debía dejar que la corriente del río Tigre se llevara lentamente hasta la nada lo que restaba de las pasiones de su juventud, lo que quedaba de sano juicio en aquel pasado de treinta años atrás. Debía recordarlo todo así, como una película de amor que duró poco más de hora y media de tiempo y que no había que volver a ensayar en ninguna prórroga. *Verano del 42* nomás, viejo, le había recordado Tucho Corbalán en su mensaje. Volver a ese remolino no significaba, a sus años, más que el reconocimiento de una servidumbre innecesaria para Samurai, le dijo Tucho Corbalán. Morelba Sucre no había vuelto a verlo desde aquel viaje al Tigre. No había querido verlo más, hasta que Rubén el Loco le pasó su misiva. Y le pudo más la memoria que todas las distancias, los tiempos pasados y perdidos, los consejos y las advertencias. Le había estallado la dinamita y la metralla de su memoria en el mismo centro de su cabeza. Y estaba ya allí mismo, en el Tigre. Porque el arma que cargaba el diablo había podido con todas las prudentes y amistosas recomendaciones de Tucho Corbalán.

Quince

Los primeros síntomas de su voluntad para escaparse de la mala memoria hacia el olvido definitivo de sí mismo se delataron en sus nuevas costumbres domésticas. Se volvió quisquilloso, aprensivo, extraño y violento. Como si buscara cultivar a conciencia ciertas neurosis maníaticas que siempre había despreciado en los demás. Le agregó de la noche para la mañana a su disciplina cotidiana una marcialidad que rompió su reflexión tolerante e incluso su descuido natural en las cuestiones familiares, de puertas adentro. Pasó, en pocos días, a vigilar con malsana curiosidad la vida privada de su mujer, como si se tratara de un detective profesional a quien él mismo hubiera contratado para que le siguiera los pasos secretos de una hipotética doble vida. En la mesa, de la que no se había ocupado nunca, exigía puntualidad a la hora de comer, y auscultaba, como si un general pasara revista reglamentaria a sus tropas, con remilgos, gestos despectivos y comentarios monosilábicos los detalles de la limpieza y el orden de los cubiertos y las piezas de la vajilla. Nunca estaba satisfecho de sus propias exigencias, de modo que, en presencia de su mujer, llamaba a la mucama y le señalaba con el dedo índice de su mano derecha cada uno de los pequeños errores que la pobre asistenta había dibujado sobre el mantel de la mesa con un cuidado exquisito. De repente, se había desarrollado entre sus manías la de una grandeza aristocrática que sólo había estado en sus maneras educadas a la hora de comportarse delante de la gente, respetable y respetado como había sido hasta entonces en cualquiera de sus actitudes públicas y privadas.

—Pensá lo que Lavalle le dijo a Bolívar en Lima, cuando tu compatriota creyó que podía tomarse la parte y quedarse tan tranquilo —le dijo a su mujer, sentados los dos en la mesa, al percatarse de que había algunas pequeñas manchas, casi invisibles, en el mantel que la mucama había desplegado sobre la mesa para que los señores de la casa comieran ese día.

Morelba Sucre se quedó perpleja y miró a su marido conteniendo su cólera. Con los tiempos de terror que estaban viviendo en medio de los ataques de las patotas, con el golpe pavoroso que habían sufrido todos por la muerte de Margot Villegas, aún muy cercana en el tiempo y en la memoria, y aún seguía apareciéndosele a Morelba en sus pesadillas el espectro del caballo blanco, y con la desmoralización que dominaba cada espasmo respiratorio de los que estaban comprometidos de una u otra manera con aquellas muertes, al profesor Lanuza no se le ocurría otra cosa más que abrazar la superstición ordenancista hasta en los más mínimos detalles de su existencia cotidiana, familiar y doméstica. Morelba no quería del todo llegar rápidamente a la conclusión de que su marido estaba enfermo de la cabeza, arrimándose a una estrategia que buscaba sublimar su mala conciencia, sus propios errores logísticos y políticos, escapándose hacia el olvido por la vía rápida de un cambio de carácter que lo condujera a una metamorfosis y lo hiciera entrar en otra personalidad distinta de la suya. En cada asunto, en cada pequeña o gran determinación, en cada gesto. Incluso su voz había adquirido otros tonos nuevos, que aumentaban la pedantería en la dicción y en los términos conversacionales, sin permitirse nunca dejar de ser profesoral y didáctico.

—Bolívar ridiculizó a Lavalle —continuó Lanuza la lección histórica ante la atención de Morelba—, y... Lavalle era muy vehemente, Morelba, cualquier asunto lo convertía en conflicto para voltearlo a su manera, y... Lavalle había volcado sin darse cuenta una copa de vino y se manchó la mesa. Entonces, Bolívar se rió e hizo un comentario despreciativo con los otros comensales.

—¡En qué mesa habrá aprendido éste a comer! —casi gritó Bolívar tomándole el pelo a Lavalle, mientras buscaba la complicidad del resto de los comensales.

—¿Juan Lavalle? —se preguntó Lanuza dirigiéndose a Morelba—, un tipo duro, la espada sin cabeza, San Martín llegó a decir que no lo fusiló por misericordia, ¿lo ves vos a un tipo como Lavalle de sangre noble, y además loco, tratado como un patán aguantando impertinencias del venezolano por muy Libertador que fuera?

—En la mesa de mis padres, general Bolívar —contestó soberbio Juan Galo Lavalle—, donde todos los días se cambia el mantel a cada plato que se sirve. Ahí he aprendido a comer, general.

—Pensá qué escena, Morelba —repentinamente entusiasmado Lanuza—, ¿vos lo ves a Lavalle levantándole la voz a Bolívar y parándolo en seco, dejándolo clavado delante de todos los comensales?

Mientras Lanuza daba su lección de historia, sólo para reclamar después más cuidado en sus manteles domésticos, más pulcritud, más solvencia en el servicio cotidiano, Morelba Sucre iba pensando en el tipo de locura que se le había metido al fondo mismo del alma a su marido, desde una celotipia que no tenía agarre alguno en la realidad hasta este sentido de la exquisitez aristocrática e histórica que no le conoció hasta ese último mes en que Lanuza decidió, tal vez por su misma voluntad, zafarse de su propia vida con toda suerte de pueriles coartadas.

Tampoco ella había podido soportar el remordimiento por la muerte de Margot Villegas. En las noches precedentes al terrible episodio, el espectro del caballo blanco que ella imaginó que había dejado atrás, en Venezuela, se le apareció en sus pesadillas. Pero no lo interpretó como un aviso de muerte inminente, sino como un cabo suelto de la memoria que regresaba a sus malos sueños sin ninguna explicación lógica. Los datos del suceso resultaban confusos y nadie quería hablar con claridad de lo que exactamente había ocurrido. Ni los familiares de Margot, los Villegas, ni los amigos de la fallecida. Como si hubieran firmado un pacto de silencio sobre el final de la profesora. El ex marido, del que tampoco en vida hablaba nunca su amiga, como si no hubiera existido más que como un anónimo que no había dejado ni siquiera malos recuerdos en la piel de Margot Villegas, reapareció al saberse la noticia de su muerte. Para lavarse las manos y para decir su verdad, que era de verdad gran parte de la verdad: que no había visto a Margot en casi veinte años, ni de lejos; que no había hablado durante todo ese tiempo con ella ni por teléfono, ni una letra se habían escrito el uno al otro, o viceversa. Como que el tiempo de su matrimonio fue una juerga de juventud que duró un par de madrugadas y luego hasta el mismo recuerdo se esfumó, salió por la ventana de la casa, como en el cuadro de Fusselli, en el momento en que ambos de común acuerdo decidieron separarse, no porque ya hubieran llegado a la conclusión de que no se soportaban, sino porque anticiparon con talento y sabiduría, todavía en plena juventud, una realidad que se les iba acercando con rapidez: que en muy poco tiempo no iban a soportarse.

El cadáver de Margot Villegas fue encontrado por uno de sus sobrinos más cercanos en la alcoba principal de su departamento en la calle Viamonte. Estaba tendido en la cama, como si Margot estuviera sólo dormida, envuelta en un profundo sueño tras tomarse los somníferos de costumbre. Morelba Sucre fue de las primeras personas en ser avisadas por la familia Villegas y se presentó en la casa de Viamonte, inmediatamente después de recibir la noticia, junto a su marido, el profesor Andrés Lanuza. La policía los dejó pasar y el matrimonio Lanuza entró al departamento cuando estaban a punto de sacar de allí el cadáver de su amiga más querida y cercana para efectuarle una autopsia, oficial y preceptiva. Cada una de las secuencias de la desgraciada muerte de la señora Villegas, según las estrictas investigaciones que había llevado a cabo la policía de Buenos Aires hasta ese momento, estaba muy clara y, seguro, decían los mismos voceros de la investigación, que la autopsia no iba más que a corroborar esas mismas investigaciones.

—Todo el entorno familiar de la señora Villegas —les aclaró a los Lanuza, con exquisita solvencia profesional, el teniente de la policía Ángel Sánchez Bolán— sabía de su gran depresión nerviosa en los últimos meses. Supongo que ustedes, que son sus amigos, comparten conmigo este diagnóstico...

¿Les estaba, desde ese mismo momento, el teniente Sánchez Bolán incorporando oficialmente a los Lanuza a la investigación del suicidio de Margot Villegas, los estaba involucrando, los estaba complicando, los estaba responsabilizando en mayor o menor medida? Todas esas preguntas atravesaron en un vértigo de nerviosos escalofríos la memoria de Morelba Sucre desde el instante en que el policía les hablaba a su marido y a ella, y se le clavaron sus insinuaciones en un agudo dolor de estómago que terminaron por provocarle la tentación del vómito. Le faltaba el aire de la respiración. Transpiraba más de la cuenta, de una manera irregular, enfermiza, y notaba que se le iba borrando la visión. Perdía la calidad de su mirada, se iba en un sopor incómodo. Hasta que se desmayó y hubo que levantarla del suelo, tenderla en una de las camas del departamento de Viamonte, darle aire, agua, nueva vida. Entre brumas y sudores, Morelba Sucre oyó el eco sordo de la voz aguardentosa e insistente del teniente Sánchez Bolán, lo vio acercarse a ella, inquirir por su desmayo. Lo vio allí, a un par de metros de sus ojos, echándole el aliento alcohólico encima de su rostro, con sus gafas de cristales oscuros ocultando sus ojos inquisitoriales. Entrevió la piel cetrina del teniente Ángel Sánchez Bolán, su mirada cejijunta y torva, su estirada estatura, el cuello enorme, el estómago saliente, la nuez de la garganta subiendo y bajando con rapidez zoológica, las orejas de lobo hambriento, el sudor viscoso del policía que ya para siempre iba a regarle su memoria con hedores de muerte. De tanto matar, pensó Morelba entre brumas, apestan a lo mismo los asesinos que sus víctimas: a muerto. Después, sólo unos pocos segundos después de desmayarse, Morelba Sucre se recuperó sin mucho esfuerzo. Y oyó cansada y descreída la versión oficial de la muerte de su amiga. Casi se le notaba en las muecas contenidamente despectivas de su rostro, el escepticismo y la sospecha con que por lo menos ella recibía el informe policial sobre el suceso.

—No pudo soportar la tensión nerviosa la señora Villegas —siguió hablando Sánchez Bolán con su voz fañosa, nasal, introduciendo espacios de aire entre las sílabas y las palabras, como si algún obstáculo le impidiera respirar con normalidad—. Hemos encontrado el vaso de whisky. Y el cianuro. No hay lugar a dudas. Un suicidio, un hecho luctuoso y lamentable.

Sánchez Bolán añadió, eliminando las posibles estridencias de su conclusión, que la única incógnita estaba en el origen del cianuro, en cómo se había hecho la señora Villegas con esa cantidad de veneno, quién se la había proporcionado. Eso era ya parte de la investigación que seguiría la policía de ahora mismo en adelante. Él, el teniente Ángel Sánchez Bolán, seguiría al frente de esa investigación. Y ya estaba en condiciones de afirmar que llegaría hasta el final en el caso del suicidio de Margot Villegas.

—No, no creemos que tenga nada que ver con los subversivos ni con los terroristas —añadió mirando a Morelba y Lanuza—, sabemos que la señora Villegas era una buena argentina.

Pronunció estas últimas frases conteniendo su ironía, sólo reflejada en los rayos oscuros que la Tigra imaginó que salían desde sus ojos ocultos tras los negros cristales de sus gafas.

—Ustedes saben —dijo el policía añadiendo al sarcasmo el tono autoritario de su voz— que los terroristas les facilitan a sus perejiles estas pastillitas como medicina. Por si las dudas, en caso de necesidad, ¿no?

Los Lanuza salieron de la casa de Viamonte sin rumbo fijo. Caminaron cuatro o cinco cuadras, apenas sin brújula, por instinto, sin hablarse una palabra. De vez en cuando se miraban de soslayo, una mirada tristísima que arrastraban por donde caminaban, más evidente la perplejidad en la tristeza imperceptible de Morelba, pero insoslayable la orfandad en la mirada estrábica y los ojos idos, derrotados, del profesor Lanuza. No caminaban, sólo andaban, deambulaban por la ciudad de sus amores, por las aceras de las calles y avenidas de la ciudad que habían amado y seguían amando hasta más allá de la razón. Iban de una cuadra a otra como sonámbulos, a veces por la sombra, tapándose del sol, otras veces, al cruzar las avenidas, por el sol y el sopor de una tarde de verano austral, húmeda, insoportable. Tendría que llover, tendría que romperse el cielo sobre Buenos Aires, tendría que inundarse de lluvia, de agua limpia, toda la ciudad, pensó Morelba Sucre mientras caminaba en silencio. Deambularon por la ciudad, como si no supieran dónde iban, zigzagueando calles, sorteando plazoletas, hasta llegar a su casa de La Recoleta, destrozados de cansancio, destruidos, rotos como juguetes inservibles.

Desde ese mismo día de la muerte de Margot Villegas, el profesor Lanuza había decidido marcharse de todo. Lentamente. Determinó olvidarse de sus costumbres domésticas, de su orden personal más o menos riguroso, de su discreta vestimenta. Escogió otra existencia, otras obsesiones, otras manías para que se obrara en él la transformación conscientemente deseada: para no ser más él mismo en todo el tiempo que le quedara de vida. No quería por nada del mundo atribuirse ni un ápice de la responsabilidad en el suicidio de su amiga. De modo que se escapaba de sus recuerdos, y de toda su memoria, con el rudimentario procedimiento de adquirir nuevas costumbres que no le pertenecían y abandonando las de siempre, dejando atrás una historia y una biografía que ya no quería que fuera suya por más tiempo.

Morelba Sucre pensaba que la muerte repentina de Margot Villegas lo había metido en la locura que ahora administraba con tanto cuidado su marido en cada acto grande o pequeño de su existencia. Hasta el punto en que comenzó a hacerle la vida insoportable a ella, a la mucama y a todos los que vivían en la casa de La Recoleta. Hasta el instante en que los dos hijos, Luis y Andrés, decidieron marcharse de la casa familiar, dejarlos solos a los dos, a los padres, para que deliberaran con libertad qué armas iban a escoger para matarse en el duelo cotidiano que se vislumbraba desde esa fecha de la muerte de Margot Villegas hasta el final de su vida en común. Ya el profesor Lanuza era otro. Y ella misma, Morelba Sucre, la Tigra, la mujer que seguía teniendo la piel más hermosa que Samurai había visto jamás, la mujer de ojos de china india, rasgados, bellísimos, verdes y grises según la sombra o la luz le dieran de frente o de perfil; la mujer que siempre sostuvo ante el mundo entero que la memoria era un arma que cargaba el diablo de metralla y dinamita, un artefacto del que nunca había que prescindir, en ningún momento de su existencia, ningún ser humano, sino que había que cultivar como el mejor mecanismo, la mejor vitamina, el más grande alimento de la supervivencia contra la muerte; esa mujer única para Samurai y Tucho Corbalán, y seguramente también para el profesor Lanuza, y desde luego para Luis Mendoza, esa mujer llena de tantas pasiones vitales que regalaban tanta vida a los demás, Morelba Sucre, la Tigra, aparecía ahora llena de fragilidades, dudando de sí misma, de los criterios que había mantenido a lo largo de toda su vida como principios inamovibles, queriendo huir de todo, escaparse ella también de la ciudad de sus sueños, de la ciudad de su vida, huir de Buenos Aires, escapar hasta el Tigre y hundirse en el barro, en las orillas de los canales, entre las islas, en el fondo de algún pantano solitario. Esconderse de sí misma en algún riachuelo hasta donde la llevaría su amigo el timonel, Hugo Spotta. Porque estaba segura en sus reflexiones de loca que el timonel se comportaría como siempre, como un cómplice cuya brújula de cercanía y complicidad nunca iba a fallarle.

De todas maneras, a pesar de los remolinos insondables en los que de repente se había metido, Morelba Sucre no estaba dispuesta a creerse la versión oficial del teniente Sánchez Bolán. En la medida en que conocía por dentro gran parte de la historia secretamente trágica de su amiga del alma, no estaba dispuesta a conceder ningún terreno a la policía ni a tragarse la versión oficial de la muerte de Margot Villegas. Tampoco que hubieran encontrado su cadáver en su casa de Viamonte, apaciguado en sus gestos los restos mortales de Margot Villegas, como si hubiera buscado desde siempre ese suicidio terrible, ni que las tensiones nerviosas de su amiga hubieran terminado por destrozarle todos los equilibrios hasta optar por la salida del suicidio, según los indicios policiales. Faltaban, eso pensaba Morelba Sucre, demasiados tiempos vacíos en el centro del episodio, demasiadas secuencias, algunas viñetas que la policía ocultaba en sus investigaciones. Sobraban demasiados cabos sueltos. Intuía que en esos silencios y ocultamientos estaban las claves de la muerte de su amiga. Encerrada en su silencio barajaba todas estas hipótesis y cuantas se le fueran ocurriendo al paso de sus reflexiones, sin compartirlas con nadie, desde el instante en que cayó en la cuenta de que Andrés Lanuza había decidido voluntariamente perder la memoria de todo cuanto había sido él mismo hasta la muerte de Margot Villegas.

Un día de mañana, el profesor Lanuza, que jamás salía a la calle a esa hora, ni a recorrer el barrio, ni a tomar el aire, ni a catar el paisaje urbano de ese territorio tan hermoso de Buenos Aires, despertó como si otra persona se hubiera aposentado en sus costumbres. Se vistió con la tranquila parsimonia de un jubilado, acicalándose hasta la cursilería en los más mínimos detalles. Se detuvo más de la cuenta a examinarse ante el espejo que nunca, tan desaliñado en su aspecto físico como había sido siempre, había utilizado más que para pasar de largo, de perfil, mirándolo de soslayo y con desprecio. Como si fuera otra persona muy distinta que le ordenaba borrar sus costumbres de siempre y comenzar otra existencia sin moverse de la que siempre había vivido, salió a la calle. A pasear sin rumbo fijo.

—¿A esta hora, Andrés? —le preguntó Morelba sorprendida y preventiva.

—Claro, siempre lo hago y ahora te sorprendés vos, ¡viste que sos rara, Morelba! —le contestó irritado Andrés Lanuza.

Las sospechas de una estrategia de disimulo con respecto a su marido, que habían rondado las reflexiones de Morelba durante esa temporada, se rompieron ese mismo día. Cayó definitivamente en la cuenta de que Lanuza había entrado en un corredor sin retorno, una suerte de laberinto voluntario que él mismo había ido fabricando con toda su paciencia hasta llegar al lugar donde quería perderse para siempre.

Desde ese mismo día, la costumbre de marcharse todas las horas de la mañana a recorrer las calles de Buenos Aires con el simple objetivo de caminar, recorrerlas, atravesarlas, pararse unos minutos a examinar aquella esquina o la fachada que no había visto nunca hasta ese momento del viaje sin regreso, buscarles las vueltas a esas mismas esquinas, plazoletas y calles para que el tiempo de la mañana pasara como si estuviera recorriendo otro país que no era el suyo, y él mismo no fuera el profesor Lanuza, esa costumbre totalmente nueva en ese nuevo Lanuza, se convirtió en una necesidad imperiosa que no se saltaba ni cuando el cielo descargaba alguna tormenta sobre Buenos Aires amenazando con ahogarla. Dos veces lo siguió Morelba en persona a lo largo y ancho de aquellos escenarios urbanos, observando a pocos metros de distancia cómo su marido nomadeaba como un sonámbulo por Buenos Aires. Nada más ni nada menos: esa manía de caminar la ciudad, rarísima en él, pasó entonces a ser parte de sus costumbres. Hasta que un día, meses después de comenzar su cotidiano callejeo sin sentido, volvió a su casa de La Recoleta, cansado y al mismo tiempo excitado, con una agitación en sus pulmones y una angustia en su mirada que no pasaron inadvertidas a su mujer.

—Morelba —le dijo—, en todos estos recorridos por las calles, estaba siempre siguiéndome Sánchez Bolán. Me volteaba y estaba acá mismo, atrás, sí, a mi lado, con un desparpajo... vengo asustado, Morelba...

La Tigra lo acarició con toda la piedad del mundo. Una piedad y una dulzura infinitas de las que no se apercibía el anciano exigente y cruel en el que hacía rato había decidido transformarse el profesor Lanuza dentro y fuera de su casa. En ese momento, se dio cuenta de que acariciaba a un enfermo que perdía aceleradamente la memoria, que estaba dándole el calor del cariño a los últimos restos de su aventura personal que iba a naufragar en los próximos días. Porque la Tigra olfateaba con extraña facilidad las inminencias que se escondían entre los jeroglíficos de la vida diaria. Prestaba suma atención a ciertos destellos, marcas casi invisibles, gestos apenas perceptibles, aparentes casualidades. Y traducía los anuncios cifrados en esos mensajes sin sentido real. Que Sánchez Bolán los estaba siguiendo desde la muerte de Margot Villegas no era ningún secreto para ninguno de los dos. Ella sabía que esa presencia policial acercándose y alejándose de su casa, en un seguimiento doméstico y hasta callejero, que Sánchez Bolán quería tan ostensible como incómodo, era un mecanismo del policía para divertirse él y angustiarlos a ellos. Un factor más de tensión, sobre todo para el profesor Lanuza, ya desmenuzando los últimos flecos de su otrora manifiesta lucidez para perderse en el horizonte de su enfermedad sin memoria.

Otra mañana, Lanuza se levantó como siempre media hora antes que su mujer. Su costumbre había sido hasta entonces regresar a la alcoba matrimonial media hora más tarde a despertarla, a besarla en la mejilla, a desearle los buenos días con una caricia en el rostro de su mujer. En esos treinta minutos, desde que se levantaba del lecho hasta que volvía nuevamente a la pieza donde tal vez ella durmiera todavía, el profesor Lanuza ejecutaba como un autómata sus costumbres de siempre. Primero se dirigía a la cocina para abrir la puerta del frigorífico. Miraba en su interior, descubría el vaso de leche fría que Morelba le dejaba todas las noches en el mismo lugar, sonreía ligeramente, como un niño que hubiera encontrado su juguete donde lo imaginaba, y bebía a sorbos de satisfacción la leche fría. Después se dirigía al cuarto de baño, se lavaba y afeitaba sin prisas y, casi al cumplirse la media hora, iba a despertar a Morelba: un beso, dos caricias, buenos días, amor. Después, se iba al salón, ponía en el tocadiscos música clásica de piano, Mozart o Schubert, en un tono bajo y suave, y se entregaba en cuerpo y alma a leer la prensa del día que la mucama había comprado en el quiosco de la esquina cercana a la casa. Y a esperar a que Morelba se reuniera con él y la mucama les sirviera a los dos, sin prisas, el desayuno.

Ése era el primer placer cotidiano en las costumbres del profesor Lanuza hasta que esa otra mañana inició con calma, automáticamente, el primer trayecto doméstico del día. Entró a la cocina, abrió el frigorífico, se tomó el vaso de leche a sorbos de satisfacción y, después, se dirigió al cuarto de baño a lavarse y afeitarse. Casi media hora más tarde, cuando tenía que haberse dirigido a la alcoba matrimonial aún en penumbra para despertar a su mujer, Lanuza se perdió en el camino. Debió de equivocarse en una esquina de aquella diminuta geografía doméstica a la que estaba tan acostumbrado y, en lugar de dirigir sus pasos a la pieza del matrimonio, regresó a la cocina y abrió el frigorífico buscando el vaso de leche que se había tomado media hora antes. No lo encontró. Se sorprendió y, aunque contuvo una exclamación impropia de su talante, se enfadó con Morelba, con la mucama, con todo el mundo, porque ese descuido, pensó Lanuza, decía mucho del deterioro que ya había alcanzado su mundo. Delataba, en fin, una falta creciente de respeto que él no podía pasar por alto. Buscó la botella de leche en el frigorífico y se sirvió otro vaso. Enfrascado en sus imprecaciones silenciosas, Lanuza no marchó ahora tampoco a la alcoba, sino que regresó al cuarto de baño. Volvió a lavarse y a afeitarse sin prisas. Al cumplirse el tiempo de su costumbre, como si llevara un reloj que todavía le funcionaba dentro de su memoria rota, se dirigió a la cocina, abrió el frigorífico, se molestó porque no encontró el vaso de leche, se sirvió él mismo otro más y se lo tomó. Salió de la cocina y regresó otra vez al cuarto de baño. Se afeitó sin prisas por tercera vez. Notó que la piel de su cara le ardía más de la cuenta, pero no reparó en nada más. Ese recorrido repetitivo cansó al profesor Lanuza. Algún instinto animal lo salvó en el último minuto y se dirigió al salón, puso Schubert al piano del tocadiscos y se sentó a leer tranquilamente los periódicos.

Cuando Morelba, medio dormida todavía, escuchó desde su cama las teclas lejanas de Schubert, acabó de despertarse. Alterada repentinamente, se dirigió al salón y encontró allí a Lanuza leyendo la prensa del día. Se quedó aterrorizada, con los ojos a salírsele de sus cuencas, con la boca abierta, reprimiendo una exclamación de terror.

—Pero Andrés, estás todo lleno de sangre, amor, ¡mira cómo tienes la cara y las manos y el cuello, Andrés de mi alma! —atinó a decir de un tirón, apenas sin aire.

En esa media hora de laberinto, Andrés Lanuza se había metido definitivamente en un infierno del que no recordaría ya nunca más nada. Esa misma mañana, Morelba Sucre llamó a Rubén el Loco y a Tucho Corbalán y les pidió a los dos su ayuda inmediata. Y los dos se pusieron a su disposición, el Loco más cercano, Corbalán más efectivo.

Un Alzheimer galopante arrastró al profesor Lanuza hasta la tumba tres semanas más tarde, cinco días después de que a Morelba Sucre, presa de una insoportable tensión nerviosa, sin poder aguantar más las ganas de huir de todo ese mundo que había sido hasta ese momento el suyo, se le saltaran todos los plomos del cerebro y cayera al piso de su cocina, encharcada su mente en una nada vacía muy cercana a la muerte. Entrevió otra vez entre sus pesadillas el galope del caballo blanco avisándola de otra inminencia y sintió un dolor muy agudo en su frente, una punzada inicial que fue creciendo de a pocos hasta estallar en toda su cabeza. Después fue un sueño, la nada, el sueño de la nada, la nada del sueño. Sin pesadillas, sin recuerdos, sin colores, sin memoria alguna, la nada flotando en un sueño, el sueño de Morelba flotando en la nada. Ni el caballo blanco ya, ni sus hijos, ni Samurai estaban en el sueño, ni el profesor Lanuza, ni las matanzas, ni la Orden del Tigre, ni la muerte de Margot Villegas, ni mucho menos la memoria que cargaba siempre el diablo de metralla y dinamita para que estallara el día menos pensado como un arma de verdad, capaz de acabar con el silencio, con las penas y el olvido. Nada en el sueño, salvo un líquido agradable, un líquido tibio que le acariciaba la zona escondida de su cuerpo donde el vértigo sensual parecía volver a encender una llama de placer.

Las influencias de Tucho Corbalán y los cuidados y cercanías de Rubén el Loco salvaron por poco la vida de Morelba Sucre. Ella sabría un par de semanas después del ataque cerebral, cuando comenzó a recuperarse de la minuciosa intervención médica en su cama de hospital, en el centro de Buenos Aires, que esos dos amigos la habían salvado. A su pesar, Tucho Corbalán fue el encargado de darle la noticia de la muerte de su marido, cuando ya la recuperación de la Tigra fue un hecho feliz y llegó entonces a comprender que la bondad de Rubén el Loco iba más allá de su amistad personal, que ese tipo era de verdad un ser humano que había desarrollado el inteligente reducto de conocerse a fondo por dentro sin traspasar las fronteras de sí mismo ni siquiera un centímetro imaginado en el momento del mayor riesgo. Un tipo el Loco a quien incluso sus amigos se habían tomado a broma en muchas ocasiones, sin que se enteraran esos amigos que el Loco era quien se los tomaba a broma a todos ellos. A broma, en su caso, quería decir que entendía las pasiones y desvaríos con el cuidado y la sensibilidad del pediatra que vigila a los niños enfermos. Un tipo Rubén el Loco a quien no habían valorado, eso pensaba Morelba Sucre en la soledad de su cama de hospital, en plena recuperación, con la suficiente lucidez e inteligencia con las que ahora veía, al final, que a él, al Loco, le sobraba para entenderla a ella y a todos los demás amigos de la Orden.

Entre las cotidianas visitas de sus hijos al hospital, las entradas a su habitación del Loco y Corbalán, juntos a veces, pero las más cada uno por su lado, y la soledad de todos esos pensamientos y reflexiones, a ratos medio dormida por los calmantes, a ratos entre sueños más o menos convulsos, pero también cuando estaba completamente despierta y volvía a sentirse vital y con ganas de caminarse el resto de su vida por su propio pie, se le seguía cruzando a Morelba la Tigra el trágico final de Margot Villegas. Se quedaba largas horas de esa soledad de hospital en su cama, mirando desde allí por los ventanales la silueta de esa parte hermosa de la ciudad de Buenos Aires. Como si ese paisaje, que acabó por ser su mejor y más silencioso compañero de viaje en el hospital, le sirviera de marco a su silencio, a su memoria, a sus reflexiones.

—Me voy al Tigre, Rubén —le dijo de repente al Loco en una de sus visitas al hospital.

Estaban los dos solos. Rubén leía una revista haciéndole compañía y ella miraba desde la cama, como casi siempre, la espléndida postal de Buenos Aires, sus cielos limpios, la estética europea de sus edificios urbanos, que entraba por los luminosos ventanales de su cuarto de hospital. El Loco dejó de leer y la miró sorprendido.

—¿A qué?, ¿sos loca acaso, Morelba? —dijo furioso Rubén.

—Como Lugones, Rubén. A tomar mate con cáscara de naranja —añadió la Tigra desde un pantano—. Por favor, llama a Samurai a Madrid. Dale ese mensaje de mi parte, te lo ruego, Rubén.

Dieciséis

Había envejecido con tanta dignidad que parecía que el paso del tiempo lo hubiera respetado hasta más allá de lo razonable. Tenía el cabello completamente blanco, con pocas entradas, peinado hacia atrás, muy elegante. La piel sonrosada de su rostro seguía manteniendo una tersura parecida a la que Álvaro Montes le conoció siempre, desde hacía tantos años, y en los ojos azules alumbraba más que nunca un llamativo brillo de curiosidad que traducía en su viva mirada. Caminaba fácil, ligero, sin doblar la cerviz y con pasos armónicos, con la misma prestancia que en el tiempo de su juventud. Como un gimnasta en cuyos modales físicos podían adivinarse glorias atléticas.

Álvaro Montes lo descubrió desde lejos, cuando estaba dándole instrucciones al chofer del remise que lo había llevado hasta el Tigre. Hugo Spotta salió y entró varias veces en sus oficinas del embarcadero, ajetreado, pero sin excesivas prisas. Como que sabía que ése era el ritmo y el gesto exacto que convenía adoptar profesionalmente para que las agencias de viaje, los turistas y visitantes al Tigre siguieran contratando para sus paseos por los arroyos, ríos e islas del Delta su flota de catamaranes con terrazas de sol, preparados para festejos y reuniones de hasta doscientas personas, sus lanchas con motor Scania, sus barcazas y yates de crucero con velocidad de hasta treinta kilómetros a la hora para surcar las aguas casi siempre tranquilas del Delta. Desde una distancia de casi cien metros, Álvaro podía observarlo sin delatar todavía su pre-

sencia, sin hacerse ver, sin que Hugo Spotta lo descubrie-
ra. Se había llegado hasta el embarcadero como otras decenas de gentes que se acercaban a la empresa fluvial de
Spotta para comprar un paseo por los ríos y se quedó sorprendido de ver a su amigo el timonel tan activo y jovial
como siempre.

Daba la impresión de que en aquel territorio tan
cercano a la misma capital federal de la Argentina no se
vivía con tanta angustiosa intensidad la inseguridad y la
decrepitud de Buenos Aires. Como si fuera una burbuja
fuera del tiempo y la historia que estaba viviendo el resto
del país. El ajetreo de Spotta sólo traducía una sensación
de normalidad y certidumbre, todo lo contrario de lo
que pudo percibir Álvaro en las pocas horas que todavía
llevaba en la Argentina. Caminó a través de la zona del
embarcadero aquellos escasos cien metros hasta acercarse
a las oficinas de Spotta. Dejó a su derecha algunas confiterías y cafetines donde la gente se abastecía de viandas y
bebidas antes de comenzar la excursión por el Delta. Y a
la izquierda, la escultura de cuerpo entero de Domingo
Faustino Sarmiento presidiendo el lugar. Los dos amigos
se encontraron en la misma puerta de la oficina, en el instante en que Hugo Spotta salía con unos papeles en la mano y hablando con algunos clientes que prestaban toda la
atención a sus instrucciones. Al lado de Spotta caminaba
uno de sus empleados, que seguramente haría de timonel
en la inmediata expedición de un par de horas que habían
contratado unos clientes brasileros. Samurai se mantuvo
a la distancia de unos metros, esperando que Spotta terminara de dar sus instrucciones. El grupo de excursionis-
tas se alejó hasta las escaleras tras Hugo Spotta y el timonel del *León VIII,* una lancha clásica del Delta preparada
para pequeñas expediciones que surcaba los canales y arroyos del Tigre para que los turistas admiraran aquella ma-

nigua fluvial en medio de la cual una vida distinta florecía en una segura y absoluta tranquilidad. Una ligera lluvia comenzó a caer desde el cielo gris, entoldado de nubes que parecían amenazar agua a raudales, mientras la temperatura agradable y la humedad del ambiente conseguían que los turistas comenzaran a transpirar y a quitarse su ropa de abrigo.

—Esa lluvia es cosa de nada —oyó que casi gritaba Spotta a su clientela—. Dentro de pocos minutos saldrá un sol radiante y los que tengan la piel muy clara han de tener un poquito de cuidado...

Dejó que Hugo entrara y saliera del *León VIII* hasta que la barcaza llena de visitantes soltó amarras y se alejó lentamente del embarcadero hacia la ruta de su navegación. Spotta los despidió al pie de la escalera. Se mantuvo unos segundos con la mano en alto y luego se volvió para encontrarse con Álvaro Montes delante de él, sonriéndole, mirándolo a los ojos. Spotta lo miró unos instantes. Quitó la vista de inmediato, como que no estaba viendo a quien en realidad estaba allí delante. Y luego, unas décimas de segundo más tarde, cambió sus gestos neutros por los de una sorprendida y exultante alegría. Sonrió y se fue derecho hasta Álvaro.

—Pero, vos, carajo, ¿qué hacés acá ahora, carajo, Samurai? —saludó Spotta emocionado.

Se abrazaron, se piropearon el uno al otro.

—Coño, timonel, cómo te cuidas, estás hecho el amo del Tigre, joder...

—Acabá, che, sos vos el que está mejor, no me jugués, te miro de arriba abajo y ni me lo creo...

—Pacto con el diablo, timonel...

—El Dorian Gray de siempre otra vez en el Tigre, el Samurai del carajo otra vez acá, bienvenido al Tigre —no paraba de reírse Spotta y de darle abrazos al recién llegado.

Sabía de sobra por qué Samurai había regresado de manera tan aparentemente inopinada hasta los canales del Tigre. Y por qué sin avisar había venido directo a verlo, a encontrarse con él allí mismo, en las oficinas de su empresa en el embarcadero. Sabía que detrás y delante de aquella visita en apariencia repentina, intempestiva, se vislumbraba la memoria de Morelba Sucre, la Tigra.

—Tarde o temprano. Sabía que ibas a venir —dijo—, imaginé que un día cualquiera vos entrarías por la puerta de mi oficina. Y... ya está, llegó ese día...

Había dejado de llover, tal como Spotta pronosticó tan sólo quince minutos antes de encontrarse los dos amigos. El sol del Tigre luchaba con las nubes por salir a extender sobre las aguas chocolates y el verdor insaciable del Delta la luminosidad con la que alumbraba sus interminables jardines naturales. Caminaron hasta la oficina. Hugo lo invitó a entrar delante y luego a seguirlo por los vericuetos del local. Subieron a un altillo lleno de papeles, con planos y mapas del Delta clavados con chinchetas en todas las paredes, llenos de flechas de colores, indicaciones y dibujos en clave. Se sentaron en su despacho de capitán del barco.

—Tomá posesión del puesto de mando, la garita del timonel, Samurai... —dijo mientras servía ron con generosidad de viejo anfitrión en un par de vasos altos y limpios.

Se llevó su trago a los labios sin abandonar un gesto de satisfacción. Bebió un sorbo largo y, después de respirar de nuevo, volvió a mirar a Samurai. Le preguntaba con suavidad y en silencio, sin dejar de sonreír. Spotta sabía de memoria la contestación de Samurai, pero venía obligado a esperar a que su amigo empezara por el principio para seguir adelante con la conversación.

—Morelba —dijo Samurai.

—La Tigra. Ah, carajo —contestó Hugo Spotta, y confirmaba su respuesta con gestos de asentimiento.

—Tú conoces esto mejor que nadie, Hugo, tú sabes dónde está, seguro...

—Dejá la bronca, viejo, no jodás tanto ya. Ella está bien y no anda nada lejos. Desde que supe que había llegado acá, la tengo cuidada para que no llegue a cometer una locura. Para que se recupere de todos los males. Ahora hace un par de días que no la veo, pero claro que sé dónde.

Se levantó de su asiento y señaló con su dedo índice en uno de los mapas del Tigre que estaban clavados en la pared de frente a Samurai.

—Acá, viejo, está acá, cerca de este pequeño fondeadero, acá mismo, entre el Sauce y el Ceibo —dijo señalando una y otra vez—, acá vive. Hay una colonia de cabañas a pocos metros del embarcadero y ella ocupa una de las más cómodas. Al principio de llegar se quería instalar acá arriba, junto al Arroyo de las Ánimas, junto al mismo Paraná, muy cerca de El Tropezón. Qué lúgubre, Morelba, le dije, no te metás al abismo, que eso está muy lejos, yo te busco un lugar... Y... forcejeamos, che, ella quería irse hasta allá arriba, ¿viste? Hubo que quitarle de la cabeza lo que había venido buscando, ¿te fijás? Está sola y está bien, Samurai.

Álvaro miró con toda su atención el plano del Tigre extendido en la pared del despacho de Spotta. Más allá de la media mañana los rayos del sol entraban de frente hasta el fondo del despacho del timonel, ayudando a que la vista de Samurai se abriera camino con facilidad entre tantos riachuelos y arroyos del Delta.

—Mañana vamos a buscarla. Calma, Samurai, vamos a hablar ahora, vamos a celebrar este encuentro. Dejame que te invite y que te instale acá mismo, en un departamento de acá mismo, viejo, para que estés cómodo y descanses, seguro que te va a gustar, Samurai.

Spotta instaló a Samurai en un departamento de su propiedad en la calle Madero, frente por frente de la estación fluvial, un cómodo departamento de sobria decoración, con dos alcobas amplias, un buen cuarto de baño, una cocina y un salón con todas las comodidades modernas. Con ventanas abiertas a la cercanía del río, extrañamente luminoso en esa estación del año.

—Como si me hubieras estado esperando, ¿eh, Hugo? —dijo tras echar un sustancial vistazo a todo el departamento.

—Merecés este recibimiento, ¿no?, pensá vos en la vieja amistad... No ha desaparecido del todo entre algunos de nosotros —dijo Spotta con sorna, sin un ápice de nostalgia—. No te voy a dejar acá ahora, vamos a celebrar con un gran asado de tira y buen vino, che. A lo gaucho. Lo mandé organizar todo, viejo.

Salieron a caminar durante unos veinte minutos, parándose cada rato a recordar las viejas conversaciones, algunos detalles del día de la fundación de la Orden, retazos de la vida de algunos de los fundadores, como para entretener el camino hasta llegar a Maipú y cruzar hasta Liniers, seguir por la derecha de la avenida y alcanzar las mismas orillas del Luján. Entraron a un galpón donde los operarios limpiaban, reparaban y pintaban en seco embarcaciones de su empresa fluvial y se dirigieron después a un jardín limpio, lleno del fresco verdor de los sauces llorones y las casuarinas. En una esquina a la sombra se encendían los fogones de la parrilla. Tres mujeres preparaban las viandas y el olor de la carne asada al carbón se iba levantando en todo el local en el momento de entrar los dos amigos.

—Acá, Samurai, acá es mi Córner —dijo Spotta señalando un rincón del jardín—, mi esquina sólo para los más amigos.

La mesa de madera estaba ya esperándolos. Mantel inmaculado, de cuadros blancos y rojos, cubiertos exactos, vasos limpios y dispuestos para que llegaran hasta su fondo las botellas del merlot de Lagarde que Spotta había elegido para la celebración de bienvenida.

—Salucita, hermano, mucha salud —brindó el timonel tras servir dos vasos de vino.

—Salud, Hugo. Por la vieja amistad... por la Orden, Hugo...

—Mirá vos —dijo después de beber un largo sorbo de vino—, acá anduvo viniendo Corbalán hace un tiempo, ¿viste?, carajo, es bueno este vino, ¿no te parece? Llegó enloquecido para que yo lo ayudara en una investigación periodística que estaba llevando a cabo.

—Vos debés conocer esta mierda de bosque, Hugo, tenés que ayudarme a desentrañar esta historia —le exigió Corbalán.

—Desde entonces, y... que hace tiempo ya de eso, llevaba años en las mismas —le dijo el timonel a Samurai—. Y... no sé ya si está en escribir una novela o si andaba en un reportaje ambicioso, ya no sé, no sigo lo que se publica, ni siquiera sé si ya lo publicó...

Tucho Corbalán se llegó esa vez hasta el Tigre con todo sigilo. Como quien va a visitar a un viejo amigo de toda la vida sin querer molestarlo. Lo primero que hizo al llegar a las oficinas de Spotta fue sacarlo de allí y llevárselo unos minutos hasta su automóvil para contarle el objetivo de su visita repentina.

—Pero, viejo, ¿quién te contó a vos esa historia, Tucho? —le preguntó Spotta.

—No te hagás músico del *Titanic,* ayudame en ésta, hermano, carajo, es importante —le dijo con apremio Tucho Corbalán, casi ordenándole.

—Ya, ya, Tucho, pará, pará un momentito, decime quién te contó y entonces...

Tucho Corbalán miró a Hugo Spotta, evaluando el riesgo que podía suponerle que el timonel supiera el origen de aquella historia secreta. Al fin y al cabo, pensó Corbalán en esos instantes, iba a ser su guía, también secreto, en toda esa investigación.

—Se lo había contado Rubén el Loco —le dijo Hugo Spotta a Samurai, que hizo un gesto de sorpresa—. Quería saber dónde estaba El Silencio... Y... un lugar perdido entre pantanos, viejo, porque allí los habían escondido. Quería que yo le contara todo lo que sabía de ese asunto maldito.

—Hay gente cercana a Rubén en esa cabronada —le dijo Corbalán para forzarlo—. Sí, eso es, ¿viste?, familias de Rubén el Loco, tu amigo y el mío. Una hermana y su marido. Ya lo sabés, carajo. Ahora dejate de mierdas y de jodas, Hugo.

—No, no me negaba, claro que no —le dijo a Samurai—, sólo quería saber qué sabía Corbalán. Y qué sabía de lo que yo sabía.

—No te voy a meter en esto, nadie lo va a saber, te lo prometo —le dijo Corbalán a Hugo Spotta, aunque sabía que lo estaba comprometiendo por entero—, nadie va a saber que vos andás en este asunto, viejo, te lo prometo.

—No era necesario —le confesó a Samurai—, él sabía que yo iba a ayudarlo y yo igual sabía que él no iba a meterme en ningún compromiso cuando esa vieja historia de mierda saliera a la luz...

—Un tipo de los que estuvieron acá, un oficial —le contó entonces Corbalán—, con vinculaciones peronistas, un tipo de mucha confianza de Mazorca, un esquizoide, che, un tal Sánchez Bolán, un fulano duro, muy oscuro, viscoso, torvo, che. Ése le contó a alguien amigo suyo la confidencia. Sin saber que se lo estaba contando a un pariente cercano a la familia del Loco. El tipo le contó que habían metido años atrás a su hermana y a su marido al Tigre; que los habían sacado del fango de Selenio cuando la comisión de la OEA de los Derechos Humanos vino a la Argentina invitada por los milicos. Ya no tenían otra. Y los escondieron acá, en el Tigre, ¿viste? Mazorca dio la orden de sacarlos por la noche y meterlos al fondo del Tigre. El Loco vino al despacho y me lo contó. Vino a buscarme al periódico. Me dijo que lo acompañara, que nos fuéramos a hablar hasta la plaza Dorrego, en San Telmo, al aire libre. Aunque todos nos vieran juntos, por si nos estaban siguiendo, ¿viste?, pero era la mejor manera de que no nos pudieran escuchar, andar ahí entre el tumulto de la gente, que nos sentáramos allí un domingo por la mañana, en medio del mercadillo, como dos anónimos más. Y allí sentados me contó todo lo que había podido descubrir. No sabía si seguían acá o ya los habían desaparecido, en el fondo del Delta. Tampoco yo sabía nada. O si lo iban a hacer después, cuando de nuevo los trasladaran a la Escuela de la Armada para acabar con ellos.

—Eso fue al final de los setenta, Samurai —dijo. Volvió a tomarse de un trago un vaso entero del Lagarde—. En el esplendor de la gran locura.

Una de las mujeres del servicio del Córner se acercó a la mesa y sirvió unas empanadas de carne para acompañar como aperitivo al merlot, a la espera del espléndido asado de tira que estaba terminando de hacerse en la parrilla de leña y carbón, especialmente encendida para la celebración.

Hugo Spotta lo ayudó en todo lo que pudo y Tucho Corbalán comenzó a escribir la sórdida y secreta historia de los desaparecidos del Tigre. Entró a saco en la

documentación de aquel suceso siniestro, con todo sigilo. No en vano era un experto en el disimulo, y con esa
misma estrategia del simulacro, que se le había convertido en una segunda piel y en una segunda alma, escribió
el relato de las crueldades que se cometieron en el lugar
del Tigre llamado El Silencio, un remoto escondrijo en
el que metieron a los secuestrados hasta que pasara el peligro de la investigación y los perdigueros de la OEA se
fueran de la Argentina.

—Nos metimos hasta la espesura del río, hasta el
mismo Tuyú Paré —le dijo a Samurai. Se acercó un mapa del Delta y le señaló el recorrido exacto que hicieron
los dos en una barca de remos, hasta el mismo lugar de El
Silencio—. Hace rato, Samurai, que conozco todas estas
islas como la palma de mi mano, de modo que no hubo
problema conmigo. Si los vigías de los milicos me veían
rondando por acá o por allá, era lo de menos. Al fin y al
cabo, ése era mi cometido, una suerte de timonel y explo-
rador de este territorio que ellos sabían que era y sigue siendo mi negocio y mi vida. Y no iba a echarlo todo a perder
por algo que no me interesaba, ¿viste?

Tucho Corbalán había descubierto que el operativo del Tigre lo había dirigido y conducido personalmente Luis D'Imperio, alias Abdala, ayudado desde dentro y desde fuera en toda la logística y la información por
Sánchez Bolán. ¿Los había visto Hugo Spotta alguna vez
por acá a Sánchez Bolán y a Abdala, los había conocido,
habló con ellos, aunque fuera de manera fortuita, unos
monosílabos apenas en alguna ocasión, en fin, requirie-
ron alguna vez de sus servicios fluviales? Todas esas preguntas que se le agolpaban en su mente, Álvaro Montes
se las hizo de inmediato a Spotta.

—No, ¿cómo se les iba a ocurrir? Pasaban por
acá, por el río adelante —contestó—, nunca se paraban

por el embarcadero. Yo los veía, alguna vez nos cruzamos en la intersección de algún canal, ellos en su barca de la policía o de la marina, según. Claro, disimulada, che, ¿qué querés vos, que bailaran en pelota delante de mí?, pero ¿viste?, nunca me vieron ni los vi más que de lejos. A Abdala y a Sánchez Bolán. Claro, che, sabía quiénes eran. Casi todos los que andamos en el Delta sabíamos que ellos estaban acá entonces. Siempre estuvieron vigilando y mirándolo todo. Y con la visita de la gente de la OEA, cómo no, mucho más.

A los secuestrados los sacaron en tandas durante las horas de la noche desde las cárceles de la ESMA. Los sacaron de la Capucha y la Capuchita, un altillo y una habitación donde debían estar en principio los tanques de agua que abastecían al Casino de Oficiales de la Armada en Selenio. Los sacaron de aquel infierno para remodelarlo todo, convertir la huevera, la sala de tortura, en otro teatro y en otro escenario llamado Sala de Audiovisuales. Con una pantalla, bancos y un escritorio. Quitaron las cajas de huevos que hasta ese momento recubrían las paredes de la huevera, para silenciar en lo posible los gritos de los torturados, y pintaron de nuevo las paredes. Todo muy limpio a la espera de los inspectores de la OEA. A los secuestrados los subieron a una camioneta cerrada por completo, de las que los militares utilizaban para espiar, torturar y trasladar secuestros, y se los llevaron hasta las bodegas mugrientas de una lancha grande y rápida que tenían a la espera, amarrada en el muelle militar de la Prefectura de San Fernando, justo antes de llegar al Tigre. Desde allí los trasladaron hasta la isla. Corbalán pudo investigar cada uno de los pasos de la expedición clandestina, y hasta supo de la niebla espesa y de la lluvia que caía sobre las aguas color chocolate de los canales del Tigre cuando llegó al lugar la macabra expedición. Supo además que los secuestrados iban sin capucha y con una bolsa deportiva con ropa. En aquella lancha iban, junto a los desaparecidos, el jefe del operativo, Abdala, el médico, llamado siempre por su alias de guerra, Tommy, el prefecto Fabres, Peyrón, un teniente de navío...

—Y Sánchez Bolán —dijo Spotta—. Tucho tenía una fijación periodística por ese tipo. Y... era de un aspecto despreciable. Nunca llegué a verlo sin sus anteojos de cristales negros, es decir, jamás le vi los ojos a ese tipo. Bajaba un par de centímetros la cabeza cada vez que me lo encontré en el Delta, y me miraba, como si quisiera fijar su mirada en mí a través de aquellos cristales negros. Y... para fotografiarme, para que supiera que me estaba siguiendo y que sabía que yo sabía, ¿viste el tipo, qué hinchapelotas? Corbalán me dijo que ellos mismos, qué tipos tan llenos de desfachatez, se llamaban los SWAT, ¿pomposos, no, che? Una vez me dijo Tucho que lo había visto a Sánchez Bolán en Buenos Aires, en una confitería de Lavalle, llegando al Luna Park.

—Se sacó los anteojos, Hugo —le contó Corbalán—, para que le viera los ojos, yo creo, ¿viste qué tipo? Tenía los ojos de un verde muy claro, tirando a blanco, con el iris muy brillante. Hizo una mueca de asco con toda su cara al mirarme. Como si fuera a vomitar. Un gran batracio a punto de croar. Y eructó. Como si se cagara en mi padre, Hugo. Le daba igual al tipo que yo estuviera mirándolo o no, pero para mí. Y..., claro, me hice el loco, el despistado, como que no lo conocía, y le di la espalda. Como si me mandara a mudar de su atención, eso hice, viejo.

Por lo que Tucho Corbalán consiguió saber después, algunos de los secuestrados que pudieron sobrevivir para contarlo pensaron que los iban a tirar al río. Sólo les dijeron en la ESMA que se levantaran, que agarraran su colchoneta y sus mantas y para fuera. Nada más les dijeron. Por eso pensaron que los iban a matar.

—El demente de Tucho —le contó Spotta a Samurai en el Córner—. Quería que nosotros dos hiciéramos el mismo viaje, que nos metiéramos al río, a chapotear en una lancha, carajo, el delirio, que fungiéramos de pescadores isleños, ¿qué te parece el plan del periodista? Quería sentir el mismo frío de la noche que sintieron los secuestrados durante su traslado. Quería que cruzáramos el Paraná, el porteño, qué bruto, que sufriéramos los mismos nervios y los mismos mareos que los secuestrados.

—¡Para sentir lo mismo que ellos, carajo, Hugo! —propuso Corbalán—, ésa es la mejor manera de escribir un reportaje, sentir lo mismo que los personajes sobre los que estás escribiendo.

—Pero, che, pará, pará un momentito, carajo —le contestó Spotta, lleno de asombro—. Pero ¿sabés vos en qué boca de lobo nos vamos a meter?, ¿querés que vayamos tan tranquilos hasta esa tercera sección de la isla de San Fernando, hasta el mismo Tuyú Paré? Tucho, carajo, pero qué sabés vos de estos pantanos, viejo...

Entonces Corbalán se disparó con descargas a gritos, argumentando de nuevo que eso es lo que había que hacer, correr ese riesgo mortal, no importaba nada de eso ahora, hasta llegar a la misma boca del Tigre donde habían estado los secuestrados. Y descubrirlo todo. Y después fotografiarlo todo. Y más tarde escribirlo todo. Y ya, al fin, publicarlo con pelos y señales. Con nombres y todo.

—Hilo por pabilo esa aventura criminal, eso es lo que quiero escribir, hay que seguir esta historia paso a paso —le reclamó Corbalán.

Estaba tan encendido como nunca lo había visto antes el timonel del Tigre. Temblaba Corbalán ante el tesoro que tenía entre las manos. ¿No lo iba a ayudar entonces el timonel? ¿Quién mejor que Hugo Spotta, quién mejor que vos, Hugo?, le gritó de nuevo Corbalán.

—¡Cómo iba a negarme! —le siguió contando a Samurai—. Y... ¡me hubiera matado, che! Hicimos todo ese viaje. No una, sino dos veces. Con un intervalo de quince días, para que no pudieran descubrirnos, ¿viste?

Encontraron El Silencio en el Tuyú Paré, a unos quinientos metros antes de la desembocadura del Paraná Miní. Spotta se levantó de su silla en el Córner, entró en un pequeño despacho y salió desplegando otro gran plano del Delta. Lo puso abierto por entero sobre la mesa y le señaló el lugar exacto. Samurai leyó los nombres en el plano de colores verdes, azules y blancos. Dibujó el territorio en su imaginación y lo vio lleno de brumas, espesa vegetación, aguas fangosas y grises, oyó los aullidos de los animales de la selva. Siguió con su mirada el curso del Paraná Miní, leyó los nombres de los arroyos de los alrededores. Méndez Grande, Méndez Chico, Catelín, Santiagueña, Espadaña. Vio el nombre de la Estación Forestal, y el lugar de la Escuela Secundaria que ahora hay allí mismo, siguió el canal del gobernador Arana y se tropezó con el arroyo buscado: el Tuyú Paré. En el plano Tuyuparé, escrito todo junto. Más abajo, y paralelo al Tuyú Paré, vio el arroyo Largo bajando desde el río Barca Grande hasta el Paraná Miní. Y allí el Canal número 3, el Tela y el Naranjo. Y el lugar llamado Toledo.

—Cuarenta hectáreas nomás El Silencio —dijo Spotta—, dos casas separadas, sobre pilotes, claro, che. En esas dos casas los metieron a los pobres...

Corbalán investigó más tarde hasta descubrir uno de los más grandes sarcasmos de esa historia. Porque la mayor libertad de la que nunca gozaron los secuestrados de El Silencio fueron los ratos en que jugaron al fútbol con sus guardianes en un campo rudimentario y muy pequeño que los soldados habían hecho que ellos mismos, los secuestrados, construyeran para divertirse con los prisioneros. En Japón se estaba jugando el campeonato mundial juvenil de fútbol. Diego Armando Maradona conseguía los goles con los que la Argentina se proclamaba campeona.

—Había que celebrarlo, ¿no, Hugo? —le dijo Corbalán.

—¿Qué pensás ahora, Samurai? —le preguntó Hugo de repente—. ¿Sos loco vos también, pelotudo, o qué sos vos?

Le había visto en los ojos a Samurai el brillo de la tentación y sospechó que iba a pedirle una visita al siniestro lugar. No hizo otra cosa que adelantársele. Y Samurai sonrió y se llevó a los labios un sorbo del merlot.

—Ni soñándolo, che, no vuelvo a ese viajecito ni loco —cerró Hugo la sospecha—. Vos viniste acá por Morelba nomás y en eso te voy a ayudar del todo, che, claro.

No habían ido directamente hasta El Silencio porque el timonel reclamó otro itinerario mucho más largo. Cuestión de cautela. Salieron del embarcadero, subieron unas millas por el Paraná de las Palmas hasta enfilar el canal de Laurentino Comás. Después entraron al Carabelas Grande con toda la lentitud del mundo, y eligieron el canal Antonio Seoane hasta el Ambrosioni. Ya en el Paraná Miní bajaron con la lentitud de una canoa a remos, dejaron atrás el arroyo Remansito, el Tela y el Naranjo. Y llegaron al Tuyú Paré.

—Crímenes mucho más crueles sucedieron en esa época. Se han denunciado y publicado miles y miles de casos de desaparecidos... —concluyó Spotta.

Samurai y Spotta regresaron hasta el departamento de la calle Madero casi de noche. El mar, muy lejano, entraba por el aire limpio trayéndoles hasta el olfato el efluvio residual del salitre. Las sombras y el rumor reposado de los sauces gigantescos del Tigre acompañaron los restos de la conversación de los dos viejos amigos de la Orden a través de toda la avenida Victorica, mientras las aguas del Luján se deslizaban hacia su desembocadura envueltas en la soberana parsimonia de sus propias caricias. Habían decidido que al día siguiente irían a la búsqueda de Morelba Sucre, la Tigra.

—Viniste para eso, ¿no? —le repitió bromista Hugo Spotta antes de despedirse.

Diecisiete

El embajador Francassi notó muchos cambios en su hijo desde el día en que el joven llegó a La Habana procedente de París. De momento, parecía que incluso la voz le había madurado y le salía de lo más profundo del pecho cada palabra, pronunciada con una rara convicción que el embajador nunca hasta ahora había notado en su hijo. Erika la Sueca estaba encantada, rejuvenecida, revuelta su alma en una alegría tropical desde que estaba en La Habana, alegría ahora alborotada por la presencia de su hijo durante un mes de vacaciones.

Ariel Francassi hijo se había dejado crecer el cabello, que le caía hasta los hombros, mucho más largo que cuando sus padres habían ido a verlo a París la última vez antes de su visita a La Habana. El brillo vivo de su mirada delataba en cada rayo una curiosidad que a su vez traducía una inquietud siempre interrogante, que nunca se daba por vencida. Como que no cedía un ápice de confianza más que si la cortesía y la cercanía familiar se lo exigían. Había dejado de ser el consentido mimoso y blando a quien su padre y su madre, los dos juntos o cada uno por separado, daban cualquier capricho o, por el contrario, le negaban sin razón aparente, sólo por estado de ánimo, cualquier minucia de las que hubiera pedido el joven un minuto antes. Se había erguido del todo sobre su propia personalidad, que medio año antes parecía, según pensaba el embajador para sus adentros, dubitativa hasta el titubeo más elemental. Movía el cuerpo con una soltura mundana que sus padres no le conocieron hasta ahora y sus gestos, sin dejar de ser cordiales, asumían un añadido de respeto y distancia que en ciertos momentos podía resultar incómodo incluso para sus progenitores. Se había convertido en un tipo de carácter.

—Se hizo un hombre, Ariel —le dijo al oído Erika la Sueca al embajador, al ver entrar a su hijo por la puerta de autoridades de la nueva terminal de Rancho Boyeros—, se hizo un hombre sin que apenas nos diéramos cuenta.

El embajador asintió sin dejar de lado ni un instante el arrebato de orgullo sentimental y emotivo que le provocaba ver que su único hijo muy amado tenía la mejor imagen física que él hubiera deseado desde siempre para ese muchacho en quien había depositado todas sus complacencias. Claro que tenían que celebrar aquella visita de su hijo a La Habana, aquella visita de descanso, nada intempestiva. Claro que, cuando lo vio avanzar hacia donde estaban esperándolo, la memoria del embajador argentino en Cuba se revolvió ante la presencia de su mejor obra. Se le acumularon en su mente en pocos segundos abrupta muchas de las imágenes que él mismo había considerado detalles del todo olvidados a estas alturas de su vida, en la plena y plácida madurez de su vida, con un destino abierto a todo tipo de expectativas favorables y sin que ninguna nube tormentosa se abriera ante su futuro. Respiró hondo en el instante exacto en que esa misma memoria suya se perdía incontrolable en los meandros de tantos recuerdos contradictorios, de tantos episodios amargos, de tantas esperas que nunca se resolvieron, de tantas desgracias en las que se había visto involucrado, pero de las que había conseguido escapar incólume. De ninguna manera iba a admitir, nunca jamás, que su actitud hubiera sido en algún momento producto ejemplar del oportunismo. La frustración y el fracaso de quienes habían intentado hundirlo, incluso los tantos malos momentos sufridos junto a Erika la Sueca, habían quedado atrás, olvidados, sepultados en un pasado que la voluntad de Francassi convirtió en tan remoto como si nunca le hubiera sucedido a él.

La fiesta de bienvenida de Ariel Francassi hijo fue todo un espectáculo de esplendor en los ámbitos diplomáticos de La Habana. El embajador se había ocupado de organizarlo todo, desde la lista de invitados hasta las bebidas. Y las viandas. Y la música de Omara Portuondo, Cachao, Carlos Varela, Juan Formell y los Van Van que durante toda la noche mantuvieron en vilo el ánimo del gran salón de la residencia del embajador. Seis horas de recepción inolvidables dedicadas a su hijo Ariel, pensó desde el principio de su proyecto el embajador Francassi. Seis horas que vinieran a marcar, pensaba el embajador, un nuevo tiempo familiar, una suerte de paz doméstica cuya prioritaria cualidad sería olvidar los amagos de distancia que en algún tiempo tuvo con Erika, y la displicencia que tal vez por equivocación mantuvo con su hijo también durante temporadas que ahora no se perdonaba aunque buscaba olvidar. Lo veía sonriendo, hablando con la gente, en medio del escenario del gran salón de la residencia del embajador de la Argentina en La Habana, y atendiendo a los invitados como si fuera una estrella de Hollywood, consagrada tras muchos esfuerzos y estudios en las mejores escuelas y universidades de París. Lo seguía con la mirada, lo veía contando anécdotas y atendiendo con exquisita educación la conversación de sus invitados, yendo de un lado a otro, lentamente, con la prestancia que le daba saberse el centro de todas las miradas. Lo veía caminar con firmeza y hablar en un corrillo de invitados, y después en otro y en otro: ése era el hombre hecho y derecho que él había soñado siempre, incluso en los momentos de mayor decepción, cuando las sombras de ciertos recuerdos le nublaban la voluntarista certidumbre en la que Ariel Francassi se envolvía cada vez que los fantasmas de su memoria amenazaban con atacar su equilibrio. Seis horas que se pasaron en un segundo, donde cada uno de los asistentes jugó el papel que se le había reservado sin tenerle que aconsejar ni decir nada a nadie. Y sobre todos los presentes sobresalía el protagonista, el joven Ariel Francassi hijo, el bienvenido, el recién llegado a La Habana para pasar las vacaciones de un mes, tal vez dos, dependía de cómo iba él mismo a encontrarse en el paraíso cubano, entre sus padres, en aquel palacete de los sueños donde vivían los embajadores de la Argentina en La Habana; el palacete y el inmenso jardín, cuidado y mimado como un segundo hijo por los embajadores, un jardín que respiraba verdor y frescura las veinticuatro horas del día, un jardín que desplegaba las sombras hipnóticas de las palmas reales, la exuberancia de los ficus gigantes y los palos del Brasil alzándose con majestuosa elegancia hasta el firmamento limpio de nubes y lleno de estrellas brillantes en la noche clara de la bienvenida del joven Francassi. Como si el embajador la hubiera encargado a conciencia para la bienvenida a su hijo, la noche habanera exhalaba una brisa suave, cálida, acariciante: esa mujer invisible, ideal, que se presentaba en algunas ocasiones como la imagen alegórica del ensueño utópico en la mente del embajador Francassi, estaba ahora personificada en la noche habanera en la que su hijo era el centro del homenaje.

En un momento de la recepción, en medio de la fiesta, mientras se escuchaba la voz integral de la Portuondo atacando el estribillo de *Sitiera*, el embajador, sentado entre amigos diplomáticos que hablaban displicentemente de los problemas de un mundo lejano que parecía tocarlos muy poco, al fin y al cabo, ellos estaban convencidos de vivir durante esa temporada en un fantástico paraíso tropical en el mismo momento en que en Europa el frío, la incómoda lluvia y la nieve lo amargaban todo; en ese mismo momento de satisfacción plena, el embajador Francassi buscó a su hijo con la mirada del padre curioso. Lo encontró en un rincón del salón, de pie, a solas con Aureldi Zapata. El semblante de su amiga había cambiado de color a lo largo de la noche. Y en ese momento, mientras su hijo parecía hablarle con una contundencia desmesurada, los síntomas del nerviosismo y de una rara y contenida tristeza se habían evidenciado en los gestos de Aureldi Zapata. ¿Estaban acaso discutiendo sobre algo tan relevante, tan importante, como para que su hijo pareciera recriminarle a Aureldi Zapata alguno de esos episodios que el embajador Francassi había enviado años atrás al cementerio del olvido?

Una sombra de repentina desazón se apoderó del embajador argentino en La Habana al tratar de traducir las palabras de su hijo en la parte del discurso que tanto tensaba su rostro y los músculos de su cara. Le pareció entender el nombre ya lejano de Margot Villegas en aquellos labios ahora lívidos y nerviosos de su hijo tan bienvenido, amado y homenajeado. Entonces fue la mirada del joven Francassi quien buscó la silueta risueña y al mismo tiempo asustada de su padre en el asiento del jardín desde donde el embajador lo estaba mirando con tanta curiosidad. Las miradas del padre y el hijo se encontraron en la distancia de la fiesta y el joven volvió a repetir, retándolo ahora con mucha más claridad, manteniéndole la misma mirada, dirigiéndose a él, el nombre de Margot Villegas. Y después el otro más temido: Mazorca, almirante Mazorca. Aureldi Zapata trató de calmarlo. Tomó las manos del joven Francassi entre las suyas. Las apretó, intentó besarlas con cariño cercano. El embajador tradujo que su vieja amiga buscaba por todos los medios desviar la conversación con el joven recién llegado hacia otros lares menos convulsivos. Ése era el pensamiento desiderativo del embajador Francassi en el instante en que su hijo se soltó de repente de las manos de Aureldi Zapata, con un gesto violento del que felizmente nadie salvo él parecía haberse percatado en todo el salón. Notó que le faltaba la respiración y que, de pronto, la brillantez de la fiesta se achataba a sus ojos, las siluetas agraciadas y elegantes de los invitados se oscurecían, se volvían sombras nefastas, desconocidas, adversas.

Quiso entonces que aquella fiesta nunca se hubiera celebrado. Y un instante después pidió para sus adentros que jamás terminara. Como si de repente temiera que los episodios del pasado tan remoto vinieran a buscarlo al paraíso terrenal que se había ganado a pulso luego de tantos esfuerzos. Almirante Mazorca, Margot Villegas. Esos nombres eran de nuevo golpes de martillo en la cabeza del embajador Francassi, impedido ahora de sus elementales movimientos reflejos, inmóvil en su hasta entonces tan cómodo asiento de anfitrión, helada la sonrisa de su rostro, su memoria regresando al infierno tan temido, al ámbito del que había huido con tanta paciencia como habilidad, el fondo oscuro de una biografía intachable de diplomático siempre al servicio de su país, no importaba qué gobierno ni qué régimen. Nunca había querido reparar en esos detalles tan incómodos. Siempre le había dado igual al embajador Francassi quiénes manejaban los asuntos de su país, quiénes regían de una u otra manera, con cualquier método reprochable o no, los destinos de la Argentina desde la Casa Rosada, desde los cuarteles, desde el Congreso y el Senado, desde las instituciones financieras, desde donde fuera. El embajador Francassi era un profesional, un diplomático de carrera, y aquellos compañeros de la Cancillería que habían decidido abandonar su viaje biográfico por desacuerdos con los gobiernos militares de su país, bueno, ¿qué?, estaban en su derecho, el mismo derecho que él, el embajador Francassi, había puesto siempre por delante para decidir continuar en su lucha.

Tenía la boca seca, la respiración alterada y los nervios inmovilizándole cada intención de moverse del asiento. Se había venido abajo. El embajador lo sabía de sobra porque la memoria lo había atacado de golpe en la mirada de su hijo y en los nombres que había traducido en sus labios mientras hablaba con Aureldi Zapata. ¿Por qué no pudo evitar la presencia de la vieja amiga en la fiesta de bienvenida, no cayó en la cuenta del riesgo, cómo es que ahora se daba de bruces con su grave error, haberle dado a su hijo bien amado la salvaje ocasión de venirle a recordar que los fantasmas nunca pueden olvidarse sin antes arreglar las cuentas con ellos? Las voces de los invitados más cercanos le llegaban revueltas al embajador Francassi, mientras se agitaban en su mente los recuerdos olvidados, el tiempo de las matanzas, Buenos Aires, los viejos amigos de la Orden del Tigre, el almirante Mazorca, su padrino y bienhechor, los amores secretos de Margot Villegas, el complot en el que también secretamente había participado junto al profesor Lanuza y Morelba Sucre. Y todas esas muertes tan temidas y todas las demás amontonándose en tumultuosa y compulsiva carrera en su mente inerme ante el ataque, entregada al linchamiento en plena fiesta de bienvenida, sin ninguna defensa que pudiera articular otra vez la fuga a la que tanto se había acostumbrado en su vida.

Trató de pedir un socorro urgente y mudo. Buscó a Erika entre los invitados, con la mirada desvaída y los ojos desorbitados, como si él mismo estuviera al borde del colapso. Notaba que el aire, que unos minutos antes entraba y salía de sus pulmones con la satisfacción de la mejor droga natural, se le escapaba cada vez más y que los crecientes mareos descargaban su incontenible irascibilidad sobre cada uno de sus sentidos. No era dueño de ninguno de sus actos, ni de sus reflejos, estaba repentinamente perdido entre las mazmorras de sus recuerdos el embajador Francassi. Erika la Sueca tenía que venir a salvarlo del pantano, tenía que llegar hasta allí, hasta su asiento de anfitrión a buscarlo, a rescatarlo de aquel ataque vengativo. Pero su mujer se mantenía alejada de él. Ajena al drama que sobrevolaba la fiesta, se carcajeaba en la lejanía al hablar con algunas invitadas, con algunas señoras que ahora el embajador Francassi, en su confusión repentina, no era capaz de identificar. ¿Qué hacía en su casa, en su paraíso, toda esa gente intrusa, quién los había invitado a esa fiesta, qué era esa fiesta en realidad, la visita del rencor, la venganza del recuerdo, el colapso de su vida, qué eran todas esas sombras que gritaban, qué significaban para él todas esas siluetas diluidas ante sus ojos, esos dibujos obscenos que parecían de repente figuras móviles surgidas de cuadros de Picasso, con las caras alargadas, las piernas cortas, los estómagos abultados, los ojos enormes, y ese miedo insoportable que se iba adueñando del ambiente de su casa como si un gas letal viniera a buscarlo para llevárselo hasta los infiernos?

Se vio después, como un autómata, como si no fuera él, sino una película en blanco y negro que el embajador Francassi estaba viendo cómodamente sentado en su sillón de dueño de la casa, despidiendo en la puerta de la residencia junto a Erika la Sueca a todo aquel batallón de sonrisas, un turbión de gestos inocuos que lo abrazaban, le daban la mano, le agradecían el fantástico rato festivo que les había regalado la celebración. Oyó, todavía entre la confusión de las voces, los halagos y los piropos que le dedicaban por su hijo, el joven Ariel Francassi, su mejor obra, su gran acierto. Y más tarde, en el silencio del salón que media hora antes se entregaba al barullo celebratorio, mientras él se quemaba en la memoria de los fantasmas del pasado, trató de recuperar la calma. Transpiraba demasiado. Se exigió el retorno a la calma. Pensó que seguramente ya había pasado el peligroso riesgo del colapso. Comenzó a notar que el corazón funcionaba otra vez con cierta normalidad, que sus sentidos recuperaban la compostura. Escuchó sin apenas entenderlo el bisbiseo cercano de alguno de los camareros que le acercaba un vaso alto de su brebaje preferido en los últimos tiempos habaneros. Agradeció al camarero que le trajera el mojito y se lo llevó a los labios. Bebió largamente, como si ese frescor lo descansara de los episodios sufridos en los instantes finales de la fiesta. Erika estaba sentada a su lado. Leía sonriente una revista. ¿Todo había salido bien?, se preguntó el embajador Francassi en silencio, mientras miraba a su mujer. Los dos solos en el gran salón de sus sueños, en medio de una paz y un silencio enrarecidos, secretos anunciadores de alguna inminencia desconocida. ¿Le estaba hablando ella en ese momento o era sólo la imaginación del embajador soplando la voz de su mujer que le preguntaba qué le había pasado? ¿Acaso era otra alucinación de su fatiga? Se sintió cansado. Cerró los ojos y dejó que sus músculos se relajaran en el silencio. Ya no había voces, ya se había ido la música: los dos solos en el salón de sus grandes sueños. ¿Y Ariel, dónde estaba su hijo Ariel? Arriba, quizá en su dormitorio, tal vez en el cuarto de aseo, dándose un duchazo para bajar luego de nuevo al gran salón a comentar con sus padres los detalles y las anécdotas de la celebración. O había salido a tomar unos tragos con aquel grupo de jóvenes, unas minas tan espléndidas, pensó el embajador Francassi con los ojos cerrados, sonriéndose levemente para sus adentros, un par de tragos en Dos Gardenias o tal vez en La Maison.

Mantenía sus ojos medio cerrados el embajador Francassi cuando se le apareció de repente, entre el cansancio y la engañosa placidez de su respiración, y sin que nadie lo hubiera convocado, la silueta de alguien que se le había querido parecer mucho a Samurai. Había pasado tanto tiempo desde que lo había visto por última vez, la noche con Margot Villegas en el hotel Libertador de Buenos Aires, cuando los militares habían comenzado a matar, que casi había olvidado su figura física. Se perdió entonces en el recuerdo de Samurai, en el quilombo del Tigre, una borrachera de juventud a la que el embajador nunca dio la mayor importancia. Recordó fugazmente sus evidentes escarceos pasionales con Morelba la Tigra. Volvió a verlos a los dos juntos abrazándose en aquel hostal del Delta. Oyó las carcajadas de todos, los gritos de Rubén el Loco, las bromas, la camaradería. Recorrió las imágenes tan fugaces en su memoria de aquel día, la voz de tenor de Hugo Spotta tratando de seducir a Margot Villegas, pero ¿qué quería de ella el timonel esa noche?, el rostro encendido de Aureldi Zapata, y sus ojos perdidos en la borrachera y la carcajada de todos. Había pasado tanto tiempo que seguramente el embajador Francassi se había confundido una vez más. Siempre había cargado, dentro y fuera del servicio diplomático argentino, con una bien ganada fama de despistado, ésa era una de sus mayores virtudes, reconocidas por todos menos por él mismo. De manera que podía haberse imaginado que a quien se había encontrado unos días antes en el lobby del Habana Libre, en medio del gentío de huéspedes y transeúntes, no era precisamente Samurai, sino alguien que se le parecía mucho. Siempre hay un doble y hasta un triple que nos equivoca de persona, se dijo Francassi en silencio, porque mientras más se convencía el embajador de que no había visto a Álvaro Montes en Cuba durante esa reunión de empresarios y políticos argentinos, más quedaba convencido de que, en efecto, no lo había visto. Y, sin embargo, más se le clavaba en su recuerdo que la silueta que lo miraba desde lejos, entre el tumulto de invitados a la recepción de aquella expedición de empresarios turísticos argentinos en La Habana, era exactamente el doble de Samurai.

Recordó que le había devuelto la mirada. Fugazmente. Sin reparar mucho en los recuerdos que lo ataban a aquella aparición. Recordó que aquel hombre tenía el cabello entrecano, casi blanco, pero sus facciones, sus gestos, su mirada directa desde la lejanía del salón del Habana Libre lleno de gente, no habían cambiado tanto, en el caso de que fuera Álvaro Montes la persona que lo observaba sin mucho interés desde lejos. Claro que habían pasado los años. Casi treinta. Contó bien el embajador. Casi treinta años habían pasado desde la última vez que vio y habló con Samurai. Recordó que tampoco él reparó mucho más en el parecido de aquel periodista español con su viejo conocido Samurai. Recordó que, al final, ni siquiera le dio mayor importancia. Se convenció, al salir del Habana Libre, hasta donde había ido a despedir a la delegación tan viajera de empresarios y periodistas argentinos, mientras regresaba a su residencia de Miramar y hablaba con Erika de asuntos intrascendentes, en el asiento de atrás de su auto oficial de embajador, de que aquel sujeto no era Samurai. Se le había parecido. Fugazmente. Tampoco el hombre hizo nada por saludarlo. Al menos no tuvo esa percepción, ni en el momento del Habana Libre, ni en su residencia de Miramar.

—Papá...

El embajador Francassi oyó cómo la voz de su hijo alteraba de repente sus reflexiones y lo hacía regresar con toda urgencia al momento exacto que estaba viviendo. Allí, asomado a la baranda del piso alto, antes de llegar a la escalera central cuyos peldaños descendían hasta el gran salón de los sueños, estaba el joven Ariel Francassi. Con el gesto serio, los ojos firmes, los músculos del rostro encallados en una dura y agresiva inmovilidad. Erika la Sueca miró hacia el lugar de donde había salido la voz de su hijo bien amado. Inició una sonrisa. El embajador la miró de soslayo y vio aparecer el principio de ese rictus sonriente en el rostro de su mujer. Inmediatamente después volvió su mirada hacia su hijo, allá arriba. Notó en esa actitud física del joven Francassi una mirada desafiante que tradujo con cierta confusión. Como si sospechara ya que, al final, había llegado el momento tan temido de la venganza. De nuevo se le encogió el corazón, porque su instinto de escurridizo superviviente le avisó de la inminencia de la tragedia. Había aprendido desde muy joven, en las mejores lecturas que tuvo delante de sus ojos, que, segundos antes de la muerte, el ser humano se acuerda incluso de detalles mínimos de los que de forma voluntaria se había olvidado muchos años atrás. Se acuerda incluso de gentes que aparecieron en su vida como una circunstancia lateral, una pincelada de nada, un saludo primario. Se acuerda el ser humano de todo, sólo un momento antes de sentir en su alma que la inminencia ha venido por fin a buscarlo para siempre. El embajador Francassi vio esa inminencia en el gesto y la actitud de su hijo cuando volvió la cabeza y lo encontró allá arriba, asomado a la baranda desde donde el joven tenía una visión panorámica del gran salón de los sueños de sus padres.

La imagen del joven Francassi era exactamente la figura de mármol del mejor David que el embajador nunca había visto en ningún museo del mundo. Desnudo el torso del joven Francassi, su largo cabello revuelto y mojado, como si hubiera salido de las aguas un momento antes, todavía goteando el cuerpo joven de su hijo, la mandíbula cerrada en el gesto brutal que el embajador trataba de exorcizar con preces que nunca jamás hasta entonces había bisbiseado. Ésa era otra señal de la inminencia: el miedo. El embajador Francassi lo vio en el espejo de su mala memoria. En la mecánica de su olvido y en la combinatoria de los recuerdos de su pasado buscó a toda velocidad el conjuro para evitar la tragedia que había adivinado que se le vendría encima en unos instantes. Ese David desafiante, superior, inevitable al fin, su hijo, que lo miraba con dureza desde la misma baranda del piso superior del palacete donde vivían en La Habana, era el recuerdo exacto del futuro, una suerte de cuadro confuso, lleno de imágenes fugaces que el embajador había vivido y olvidado, colores que le cegaban la vista y gritos que no le dejaban escuchar los consejos de una serenidad que no podía tampoco abrirse paso entre tanta batalla.

—Papá...

El joven Francassi sólo había llamado a su padre una vez, pero al embajador se le quedó para siempre grabada como un eco que se repetía en los momentos menos pensados la voz de la inminencia de su hijo. Sin saber a qué atenerse, angustiado por la visión del futuro, el embajador Francassi suplicó, levantó la mano izquierda para evitar la tragedia. Se agitó y se levantó del cómodo asiento de anfitrión hasta donde vino a buscarlo el desastre que siempre lo había estado acechando. Tenía la garganta seca, como en una pesadilla, y todos sus intentos de hablar con su hijo quedaron relegados a una sola palabra, que salió de su garganta como una súplica estéril.

—¡No!...

Fue una orden de efecto contrario. El joven Francassi ni siquiera oyó la petición urgente de su padre. Miró
a su madre unas décimas de segundo y la vio todavía con
la incipiente sonrisa cuajándose en su rostro de cristal,
sin que se diera cuenta de nada. Volvió la vista de nuevo
hacia su padre, se llevó a la sien el Colt plateado que llevaba en su mano izquierda y se disparó un tiro exacto que
lo desplomó como un fardo sobre el piso. Sucedió en un
segundo inevitable, casi simultáneo el grito del embajador Francassi y el pistoletazo que mató a su hijo con el
Colt plateado de su propiedad, el mismo que había comprado en una armería de Manhattan algunos años atrás.
El mismo artefacto mortal con el que en París, también
algunos años antes, él había jugado a matarse, invitando
después a jugar a la ruleta rusa a Erika la Sueca durante la
madrugada en la que para el embajador cobró certidumbre completa la promiscua infidelidad de su mujer.

Para los embajadores de la Argentina en La Habana fueron días de tragedia y conmoción que nunca
terminaron, porque el episodio había abierto una brecha
tan inmensa entre los dos que jamás pudo ser ya cicatri-
zada. A media mañana de algunos días, siempre el menos
esperado, Erika la Sueca se acercaba al lugar de la tragedia y llamaba a gritos a la asistenta. Le exigía que borrara
las manchas de sangre que, según ella, todavía estaban en
el piso.

—¿De quién es esta sangre, de quién, a qué esperas
para limpiarla? —reclamaba enloquecida Erika la Sueca
frente por frente de la gente del servicio, señalando el lugar
exacto donde no había ninguna mancha de nada, sino el
brillo de las nuevas losetas color arena que Ariel Francassi

había ordenado colocar en todo el piso alto del palacete para borrar cualquier parecido con el trágico recuerdo.

—Mañana llega Ariel —reclamaba el día menos pensado Erika la Sueca en su locura repetitiva.

Francassi sabía de sobra que en ese instante comenzaba otro nuevo ataque de locura de su mujer. Los médicos que había visto en Europa, en Estados Unidos y en la misma Argentina le habían dicho que el mal de fijeza que sufría su mujer era definitivamente incurable. Iba y venía. Como una tormenta. Como un viento que llega del mar y trae efluvios que renuevan los recuerdos más felices. Erika la Sueca se negaba para siempre jamás a que su memoria enferma traspasara nunca la ínfima medida del tiempo que iba de su sonrisa incipiente, al ver a su hijo con el torso desnudo asomado a la baranda del piso alto del palacete de Miramar la noche de la tragedia, hasta el horror del pistoletazo y su carrera desbocada escaleras arriba para encontrarlo muerto, reventada su cabeza por la violencia certera del disparo brutal del Colt plateado. Su mente se negó para siempre a que ese episodio trágico hubiera sucedido jamás y el resultado era aquella demencia sin brújula en la que se perdía su cabeza cada vez que el instinto de madre venía a recordarle el suplicio del hijo perdido.

—Lo sé, lo sé, Erika, iremos a buscarlo a Rancho Boyeros y haremos una fiesta para celebrarlo —repetía con toda su calma Francassi cada vez que Erika la Sueca le daba la noticia de la llegada de su hijo desde París.

Durante un tiempo largo, el embajador guardó el más absoluto silencio sobre las circunstancias de la muerte de su hijo. Trataba, con ese mecanismo de autodefensa psicológica, no sólo de encerrarse en sí mismo y huir de las miradas y comentarios de los demás, sino de escapar de su hipotética aunque remota responsabilidad en el suicidio de su hijo. A veces, en las noches de calor, lo despertaba el

recuerdo de la voz del joven con el mismo duro tono de la noche de la inminencia.

—Papá...

Francassi oía esa voz como si estuviera en su misma alcoba y el eco se le quedaba para el resto de las horas de la oscura madrugada, hasta que comenzaba a amanecer, encallado en su conciencia y dándole marronazos a sus recuerdos. Por eso dejó que pasaran meses antes de invitar a solas a Aureldi Zapata a comer en El Ranchón. Cada vez que se habían visto, desde la noche del suicidio, Ariel Francassi esbozaba una tristeza melancólica y abrazaba a la Zapata como viejos camaradas de tantos delirios y aventuras. La vida tenía que seguir, ésa era la consigna, la traducción de los gestos de ambos en cada una de sus actitudes. La vida tenía que continuar a pesar del estado sin retorno de la pobre Erika. Y a pesar de la ausencia y el enorme boquete que había dejado su hijo en cada momento de esas vidas, tenían que seguir adelante.

Ella supo desde los primeros tragos que la intención de Francassi con aquella amistosa invitación no era otra que pedirle, por favor, que le contara qué habló, qué le dijo, qué le estaba gritando su hijo en medio de la música de los Van Van la noche de la fiesta de bienvenida. Era un ruego que, al mismo tiempo, Francassi había transformado en necesidad y exigencia. De modo que no tuvo que darle muchas vueltas para entrar de lleno en la cuestión esencial. Nada más citar el embajador a su hijo al segundo mojito, Aureldi Zapata asintió. Se llevó el cigarrillo a los labios lívidos y aspiró hasta dentro de los pulmones el humo del vicio. Tomaba aire antes de hablar.

—Me dijo que sabía toda la historia de Margot Villegas y el Almirante. Que sabía que todo el tiempo de la dictadura habías camuflado tu complicidad con los milicos en delegaciones extranjeras, lejos de la Argentina.

Y que todo lo que hiciste durante tus estancias de espera en Buenos Aires fue ponerte a disposición de los milicos, bajo las órdenes directas de Mazorca. Y se enteró de tu papel en toda la trama y la muerte de Margot, Ariel. Que no te lo perdonaría jamás, eso me dijo.

Hasta ese momento, a Ariel Francassi le había atenazado la conciencia el episodio de la ruleta rusa en París, desconocido para todo el mundo, incluso para los amigos más cercanos. Pensaba que su hijo le había cobrado con todo el rencor del mundo la memoria de aquel suceso lejano de la casa de París, de manera que había casi repetido en La Habana, aunque con resultados adversos y trágicos, el mismo juego macabro que él intentó con su madre durante la madrugada parisina en la que descubrió su infidelidad.

—Pero vos no sos nazi, Ariel —oyó el embajador Francassi la voz de Aureldi Zapata—, vos no vas a tener en cuenta esa locura, ¿no? Tu hijo no estaba ya en su sano juicio. Te lo digo dolorida, con el corazón abierto. Qué sé yo, las drogas de ese mundo imperialista, me habló de vos como de un desconocido. Se lo dije, traté de convencerlo, no, Ariel, no, te confundís del todo, tu padre no es así, no te voy a aceptar eso, le dije eso, Ariel, indignada se lo dije...

—¡Sí, sí lo es. Así actúan los nazis y él es un nazi! —le gritó el joven Francassi a Aureldi Zapata en medio de la música del salón de los sueños, en plena fiesta de bienvenida—. No se lo voy a perdonar jamás.

Agarró las manos con las que Aureldi Zapata trataba de acariciarlo para calmarle la tensión nerviosa, las alejó de su cara y le dio la espalda alejándose de ella, dejándola con la palabra en la boca.

El embajador, desde lejos, miraba la escena mientras se derrumbaba entero por dentro.

Dieciocho

Las investigaciones periodísticas de Tucho Corbalán en torno a los secuestrados de El Silencio en el interior del Delta sufrieron un largo desvío en el instante en que se hizo noticia la muerte de la profesora Margot Villegas. Siempre la tuvo entre una de sus viejas amigas, una memoria nada enfermiza de los viejos tiempos buenos. Pero no debió de percibir los cifrados mensajes de auxilio que Margot le había enviado en bastantes ocasiones a través de amigos comunes, más o menos cercanos. No la tuvo nunca por una mujer frágil, de poco carácter, sino todo lo contrario: un ser que había demostrado, durante una larga temporada de su existencia, un elevado sentido hedonista de la vida y una actitud firme ante el estado de locura generalizado en el país. De modo que su muerte, varado como estaba entre papeles comprometidos con los secuestrados del Delta, fue un golpe que lo agarró desprevenido. Una sorpresa de la que tardó en reponerse, para de inmediato comprometerse consigo mismo a investigar cada uno de los detalles escondidos en ese cruel suceso.

Sabía por esos mismos amigos comunes, mensajeros de las malas e inminentes noticias que nunca supo traducir con lucidez en vida de Margot, que ella sufría fuertes depresiones nerviosas, alimentadas por una creciente manía paranoica que fue deformando la alegría de sus gestos y su gusto panteísta por la vida. Casi siempre estaba recluida en su departamento de Viamonte, sin ganas de salir para nada, ni siquiera para un paseo por las calles de Buenos Aires, un largo recorrido por alguno de sus parques, un callejeo por San Telmo, una visita al Bar Británico, un regreso al Tortoni, aún en pie, una licencia mínima para una sesión de teatro. O una tarde al cine, al que Margot Villegas había sido siempre mucho más que una simple aficionada. Corbalán no tuvo en cuenta los rumores que le habían llegado a su despacho en *Clarín* sobre ciertos amoríos clandestinos con alguno de los gerifaltes de los salvajes, a pesar de que algunas circunstancias demasiado precisas tenían que haberlo sacado del grave error de su interpretación.

Recordaba vagamente, como si no lo hubiera vivido más que en la nebulosa de un sueño del que le quedaban en la mente breves hilachas sin la menor importancia, que alguna vez, mientras manejaba su Opel por las calles de Buenos Aires ensimismado en su trabajo y camino de alguna cita urgente en Tomo I, había creído ver la imagen de Margot Villegas saliendo del subte en la estación de Palermo. Se fijó en ella porque la reconoció al primer golpe de vista, lo que interpretó como parte del instinto vivo de su memoria, a la hora de sentir cerca apenas sin verla una presencia amiga. Cuando la vio subiendo los últimos escalones con lentitud de anciana, sus ojos escondidos tras los cristales negros de unos anteojos para el sol, aminoró la velocidad del Opel. Ella había dado ya cuatro o cinco pasos sobre la acera de la calle. Entonces la vio que se volteaba con sorpresa al principio. Pero hablaba con alguien a quien ella conocía, porque ni siquiera se asustó cuando el hombre debió llamarla por su nombre de pila, la hizo volverse y la entretuvo para hablar un par de palabras con ella. Se fijó todavía un poco más en el tipo cejijunto y sombrío que le estaba hablando a la Villegas, y entonces comenzó a reconocer sin dejar de sorprenderse quién era aquel sujeto de aspecto atrabiliario que seguramente había seguido hasta allí mismo a su amiga Margot Villegas.

Buscó en su rostro, en sus ademanes vulgares, sus maneras de hampón policial y sus movimientos sigilosos, el nombre del tipo que tanto le sonaba en el largo listín de personajes que los muchos años de profesión de periodista habían instalado en su memoria casi por orden alfabético. El hombre le hablaba a Margot Villegas con una seguridad aplastante. Pero Corbalán, al otro lado de la calle, entre el ruido infernal de la intemperie, las prisas de la marabunta transeúnte y el tráfico automovilístico de la hora punta del mediodía, no podía leer bien las palabras en los labios del sujeto. Ni podía ver, aunque su radar profesional lo intuyera, el repentino temblor del cuerpo de Margot Villegas al verse interpelada en ese momento.

Cuando supo la noticia de la muerte de su amiga, la extraña escena de la salida de la estación del subte de Palermo se le vino encima de la memoria con una nitidez asombrosa. Y entonces reconoció, sin ninguno de los esfuerzos infructuosos de los meses que fueron desde aquel episodio del subte hasta la confirmación de la noticia que lo llenó de tan amarga tristeza, la identidad completa del personaje que había estado buscando en la agenda de su memoria sin ningún resultado positivo. Sin dudarlo ni un momento, Corbalán supo que aquel tipo era uno de los más siniestros esbirros del general Carlos Alberto Martínez, el tenebroso jeque de la Inteligencia Militar de Videla y Viola, uno de los más cerriles adictos de los dos gerifaltes del ejército en la dictadura, en su pleno apogeo; el mismo que había puesto en marcha la estructura secreta de la represión ilegal en la G2 en cada comando de todos los destacamentos, cuando ya estaba en marcha el golpe de Estado de los militares, el mismo general que activó la Peugeot, la violenta y secretísima operación donde Videla ordenaba bajo los números de 404/405, con todo tipo de detalles y circunstancias, la tercera guerra mundial, la lucha antisubversiva hasta exterminar en toda la Argentina cualquier huella y rasgo del enemigo interno.

En los papeles de su investigación sobre los secuestrados del Delta, entre los que se encontraban algunos familiares de Rubén el Loco, Corbalán había descubierto y guardado en secreto los nombres de los dos oficiales de la inteligencia que estuvieron al cargo de la operación de traslado y mantenimiento de los presos de la ESMA. Uno de ellos permaneció siempre entre bambalinas, lleno de sombras y nebulosas, cediendo todo el protagonismo de la acción al llamado Abdala, Luis D'Imperio, y evitando por todos los medios que su sombra dejara dibujo alguno de sus huellas en las dos casas del Tuyú Paré donde metieron a los secuestrados de la ESMA. En esas mismas investigaciones de El Silencio, Corbalán le había confesado el nombre del misterioso sujeto a Hugo Spotta, durante el primer viaje que hicieron más allá del Tigre a la búsqueda de la cárcel clandestina. Y ése era exactamente el sujeto de aspecto atrabiliario que había visto interceptar a Margot Villegas a la salida del subte de Palermo.

Al día siguiente de ese suceso, Corbalán llamó por teléfono desde su despacho a su amiga de tantos años. Mientras marcaba el número de su departamento de Viamonte, Corbalán respiró con un deje hondo de nostalgia en el aire que le entraba a los pulmones. Estaba recordando sin quererlo del todo que Margot Villegas fue la persona que le hizo el favor de comunicarle que Morelba Sucre nunca iba a ser nada suyo, porque estaba enamorada hasta más allá del horizonte de un español, periodista también, que iba a venir dentro de poco tiempo hasta Buenos Aires para verla. Ése fue el principio de la Orden del Tigre durante la tarde de jazz en el Tortoni, con todos los amigos de la juventud revoloteando entre bailes y jaranas alcohólicas hasta decidir la excursión al Delta. Fue el único de todos ellos que no participó en la juerga. La voz tímida y monosilábica de Margot Villegas le contestó al otro lado del hilo telefónico. La saludó y ella le reconoció de inmediato por su propia voz.

—¡Cuánto tiempo, Tucho! —exclamó efusiva.

—Mucho, mucho tiempo, más de la cuenta. Ando de acá para allá, Margot, como un pollo sin cabeza. Y... ya sabés, no tengo un momento de respiro, entrando y saliendo del país. Pero ¿y vos cómo estás?

Le contestó que estaba muy bien. Y Corbalán notó una rara falta de convicción en cada una de las palabras de su amiga. Le pareció que de vez en cuando tragaba saliva porque a algunas palabras le faltaban sílabas, como si Margot se las llevara al estómago antes de pronunciarlas. Le dijo que salía poco, que estaba embebida en la escritura de su ensayo sobre el tango, un libro bárbaro, Tucho, voy a acabar con el mundo con este trabajo, le dijo. Y se reía. Teatral, pensó Corbalán. Con cierta debilidad, pero Margot Villegas se reía.

—Tenemos que encontrarnos de una vez..., tanto tiempo, ¿sos una fantasma acaso? —le dijo casi sin querer Corbalán—. Llamame a casa, Margot, o acá, al periódico, una copa, una comidita para recordar los tiempos no tan viejos todavía. Un mate. No lo dejés para el año que viene...

—Claro, viejo, ¿cómo no? Te llamo ahora mismo, cualquier día...

—¿Seguro?

—Tranquilo, segurísimo...

—Dale, Margot, de una vez, no te hagás tan piola, niña...

—Pero sí, claro, Tucho, y... si no, volveme a llamar cuando vaya un poco más descansada del trabajo, dentro de un par de semanas, querido...

—¿En serio, Margot?

—Claro, sí, querido, en serio, sí, sí.

—Quedamos, entonces, y hablamos más largo, sin este hilo por medio.

—Eso es. Chau, entonces.

—Chau, querida, espero tu llamado, de verdad. Chau.

No se atrevió a decirle que la había visto el día anterior en Palermo. A un par de metros de la boca del subte de la estación de Palermo. Con toda claridad la había visto, a pesar del tráfago del mediodía. Y también había visto al tipo que la había interceptado para hablarle, el tipo con el que se había marchado hasta cruzar la primera esquina y escapar del área de su visión. No le dijo tampoco que se había quedado intrigado, muy preocupado por ella porque la había notado nerviosa en cuanto apareció aquel sujeto que no pudo identificar en ese instante. Ni le dijo que pocos días después se olvidó de aquel episodio y regresó por entero a la investigación de los secuestrados del Delta en la que estaba metido de hoz y coz. Ella tampoco le dijo en qué pantanoso laberinto andaba chapoteando, hasta el punto de que todos los rumores que le habían llegado a Corbalán formaban parte de la verdad que al final iba a conducirla al suceso de su muerte, cuya noticia había recibido con tan triste sorpresa como consternada indignación en su despacho de *Clarín*. Y con toda nitidez se le reveló entonces el nombre del siniestro sujeto que había estado rebuscando en la agenda de su memoria todos esos meses de investigación sobre los presos del Silencio.

—¡Güevón, güevón!, Sánchez Bolán, el Ángel —musitó Corbalán en la soledad de su despacho al examinar con toda profundidad la única fotografía que tenía en su dossier de aquel agente de la Inteligencia, un esbirro de toda confianza del almirante Mazorca.

—Íntimo de Ramón Nogueral —se dijo a continuación Corbalán con el mismo susurro.

Cada uno de los esquemas dispersos entre los rumores que le habían llegado de la aventura de Margot Villegas con el almirante Mazorca le cuadró en un segundo, hasta cerrarle toda la historia, viñeta a viñeta. Su mala memoria había quedado atrás en ese mismo instante, de manera que también cayó en la cuenta de la parte de responsabilidad que no había querido atribuirse en la muerte de Margot Villegas, cuya versión oficial descartó de un plumazo a la vista de la nitidez con que se abrió en sus recuerdos el cuadro completo del desastre.

Según esa misma versión oficial, algunos familiares que se habían preocupado por su ausencia física y su falta de noticias durante los últimos días habían encontrado el cadáver de Margot Villegas tendido en la cama de su alcoba, en su departamento de la calle Viamonte. Estaba como dormida, con una rara y sospechosa placidez en su rostro y en la postura de todo su cuerpo, yerto desde unos días antes por la muerte en apariencia provocada por ella misma tras tomarse de un golpe un vaso lleno de whisky mezclado con cianuro. Pero Corbalán sospechaba de cada uno de los puntos impecables ofrecidos por la versión oficial a la familia de Margot Villegas. De parecida manera que, entre la dolorosa sorpresa de la muerte y la estricta versión de los hechos dada por la policía en la investigación, los familiares de la muerta sospechaban por la ausencia total de la más mínima contradicción. Nadie lo denunciaba, pero todo el entorno doméstico de la amiga fallecida se delataba en el silencio y el miedo que atenazaban cualquier protesta.

Unos días antes de su fallecimiento por suicidio, según esa misma versión oficial, Margot Villegas salió por la tarde a dar una vuelta por los alrededores de su barrio y no volvió a su departamento hasta bien entrada la noche. Nadie la volvió a ver con vida, pero la realidad venía a decirle a Corbalán que por algún resquicio secreto el hilo de su muerte conducía en línea directa al almirante Mazorca y sus secuaces, uno de los cuales, precisamente el Ángel, estaba al frente de los detalles de la investigación del suceso. Esa oculta realidad, que los familiares de Margot Villegas sospechaban y que, en la soledad de su despacho de *Clarín*, Tucho Corbalán buscaba cuadrar del todo en sus reflexiones, contemplaba una hipótesis bien distinta a la del suicidio. Porque como todas las tardes que salía de su casa de Viamonte, desde que comenzó la temporada del saqueo de Buenos Aires por los militares, Margot Villegas lo hacía impelida por la orden de Mazorca para que lo fuera a ver a su departamento de la avenida Libertador. De modo que nada más pisar la calle, allí estaba esperándola el auto de costumbre, con el chofer de costumbre al volante, para trasladarla en menos de quince minutos a presencia del almirante Mazorca en su departamento de Libertador.

Margot Villegas había repasado su plan en más de veinte ocasiones. Se había fijado sin levantar sospechas en Mazorca, en las veces en que el Almirante llegaba después de ella. Como si conscientemente dejara pasar unos minutos en los que la mujer comenzara a sentir la confianza de la casa donde se veían en secreto. Ella, en esos mismos minutos, le servía el primer whisky en las rocas y, como era su costumbre, se llevaba a los labios resecos el que se había servido para sí misma. Lo primero que hacía el Almirante al llegar y cerrar la puerta era sacarse de encima el arma reglamentaria de la cartuchera que llevaba en su torso y dejarla inerme sobre la mesa grande del salón. A disposición de su amante si ella lo hubiera querido. Más de veinte veces, Margot Villegas pensó el plan perfecto para matar al almirante Mazorca en una de esas tardes en las que la euforia pasional del león salvaje se salía de los cauces de la normalidad y terminaba por enfangarse en las decenas de tragos de whisky que lo adormilaban durante horas. Cada vez que pensaba ir a por el arma y dispararle un par de tiros que acabaran con él, Margot Villegas entraba en una paradoja psicológica que la inmovilizaba. Se armaba de valor al mismo tiempo que el miedo atenazaba todos los músculos de su cuerpo, le embotaba su mente y le impedía su determinación de matarlo. Tampoco estaba segura de que el arma estuviera cargada, que tuviera munición, aunque Mazorca siempre le dijo que aquélla era una medida de prudencia y seguridad obligatorias, un mecanismo de autoprotección del que no podía librarse en ningún momento. Entonces optó por el veneno.

La versión oficial de la policía judicial sentó que el cianuro lo había comprado en una farmacia de un amigo suyo situada en una de las calles más transitadas del barrio de Palermo, un establecimiento que ya había sido investigado y cerrado al público por esa misma irregularidad. Pero no daban la dirección exacta de la botica en la que la señora Villegas había adquirido el veneno con el que se mató. Tampoco encontró Tucho Corbalán, en el intento por cuadrar el suceso a su medida, ningún establecimiento farmacéutico que se hubiera mandado clausurar por orden judicial con motivo de la venta clandestina del veneno. De modo que nadie supo en el entorno de su familia, ni tampoco Corbalán en sus pesquisas, de dónde había sacado Margot Villegas el veneno para matarse.

Esa tarde de su muerte, Margot Villegas llevaba el paquetito de cianuro en su bolso de mano. No levantó ninguna sospecha en el teniente Nogueral ni en los guardias que custodiaban la entrada al edificio del departamento secreto del almirante Mazorca en Libertador. Pero el veneno no era para ella, sino que había decidido matar al Almirante durante las sesiones amorosas de esa misma tarde, quitarlo de en medio revolviéndole el cianuro en un gran vaso de whisky en las rocas sin que después pudieran aclararse del todo las causas de ese fallecimiento. En todo caso, una vez que se produjera la muerte del Almirante, y si no encontraba otra salida mejor, ella misma se dispararía el arma. O se tomaría los restos del brebaje mortal. De esa manera, con la doble muerte, no podría nadie, aunque la quisiera armar, mantener ninguna otra versión distinta a la verdadera. De modo que nadie tampoco evitaría el escándalo nacional e internacional que se les había venido encima a los dictadores por los devaneos pasionales del almirante Mazorca con una profesora por lo menos sospechosa, ligada desde hacía rato a la militancia más subversiva del enemigo interior.

Entró al departamento de Libertador sobre las cinco de la tarde. A pesar de que el extraño escalofrío de la inminencia se había apoderado a lo largo del día de cada uno de sus actos y reflejos, no dudó en quitarse el abrigo para colgarlo en el perchero de costumbre, detrás mismo de la puerta del salón del departamento secreto. Después se fue directa al mueble del bar y abrió sus dos pequeñas puertas batientes. Tomó una botella de whisky medio llena, sirvió en dos vasos unas medidas generosas del scotch y se dirigió a la cocina, al frigorífico. Llenó hasta arriba los dos vasos de cubitos de hielo y agua mineral sin gas.

El departamento en penumbra devolvía un silencio absoluto. Sólo los pasos y los movimientos de Margot Villegas, a la espera de la llegada del Almirante, delataban vida
humana en aquel ámbito que nunca, a pesar de sus tantas
visitas, le había demostrado complicidad alguna. Sin encender ninguna luz, siempre entre sombras, volvió al salón tratando de disimular su creciente nerviosismo. Mazorca llegaría dentro de cinco o diez minutos, ésa era su
costumbre cuando permitía que ella llegara antes. Entra-
ría por la puerta, la saludaría con una sonrisa, la abrazaría
tras dejar el arma reglamentaria sobre la mesa del gran
salón y buscaría con sus ojos la bebida que su amante le
había preparado hacía tan sólo unos minutos. Esos minutos de espera ya los tenían los dos cronometrados.
Eran los pasos de un protocolo de reconocimiento que
implicaba su seguridad durante las horas en que perma-
necieran juntos en el departamento de la avenida Libertador. Margot guardaba el veneno en su bolso. Sentada
en un sillón del living, echaba de vez en cuando un vistazo nervioso a ese mismo bolso de cuyo contenido dependía ahora su destino, la inminencia que la mantenía en
vilo durante esos minutos de espera. Pensó en Morelba
Sucre y en Andrés Lanuza. Los recordó en las primeras
viñetas de aquel complot que se había transformado para
ella en un dramático laberinto sin salida. Recordó el instante en que se enfrentó a Morelba, en una cafetería de la
calle Corrientes. Sin gritarle ni una sílaba, sin cambiar el
gesto de los músculos de su rostro. Como si no se inmu-
tara ante la decisión que había tomado.

—Sólo te pido que me escuchés sin interrumpir-
me —le dijo.

Le explicó su proyecto. Paso a paso. Los ojos de
Morelba mostraban el asombro y el miedo que las palabras de su amiga Margot Villegas le provocaban. Tenía la

certeza de que nadie salvo ella misma en aquella cafetería a media tarde en Corrientes estaba escuchando el plan de su amiga, pero por costumbre instintiva, echó un vistazo entre la gente que entraba y salía del local público. Nadie parecía reparar en la conversación de las dos amigas. Ni siquiera los pocos clientes que estaban en la barra, entre los que, sin que ninguna de las dos lo supiera, estaba tomándose un capuchino y fumándose un cigarrillo alguien a quien ninguna de las dos conocía en ese momento, aunque él supiera todo de ellas: Sánchez Bolán, agente policial, integrante de patotas y operativos del gobierno nocturno de la Argentina, informador personal y espía secreto del almirante Mazorca.

—Necesito tu ayuda para acabar con todo esto, Morelba. Vos y yo en esto y nadie más, por favor —concluyó Margot Villegas.

—Pero estás loca, Margot. Ese plan tuyo no tiene ni pies ni cabeza, te van a descubrir, te van a secuestrar, te van a matar —trató de convencerla Morelba.

—Ése es el riesgo, claro, querida, el último riesgo. Decime si cuento con vos, por favor.

Morelba Sucre no pudo convencerla para que se volviera atrás en sus proyectos. Margot le había confesado su certidumbre de la vigilancia que sufría las veinticuatro horas del día. Le daba lo mismo que Morelba Sucre pensara que aquel nerviosismo suyo que alteraba hasta su tono de voz, y a veces convertía el final de cada una de sus frases entrecortadas en un alarido gutural asfixiante y sin sentido, venía provocado por la sensación paranoica de una mujer abocada a arrojarse por un abismo con el que no había soñado nunca. Ni siquiera en sus peores pesadillas.

—Pero ¿y... pensás que soy yo sola la que está en este estado, querida? Pero entendé, si así está hoy ¡toda la

Argentina!, no podemos seguir ignorándolo y mirando para otro lado ni un segundo más.

Ni una décima de segundo más, añadió Margot Villegas. No admitía ni la más mínima sugerencia contraria a sus planes. Todo había sido pensado paso a paso y ni siquiera a su única confidente, Morelba Sucre, iba a concederle el privilegio de la duda. Sólo quería exigirle su ayuda silenciosa. Y que, con todo el sigilo del mundo, le consiguiera el veneno. Ella estaba vigilada a todas horas, ya se lo había dicho una y otra vez, incluso en ese momento, le añadió.

—Pero Morelba, esta historia es así, ya tenés que estar acostumbrada a esta situación, estoy segura de que hasta acá dentro nos están vigilando —le dijo.

Se llevó el vaso de whisky a sus labios resecos para notar el frescor helado de la bebida resbalándose garganta abajo. Cerró por unos instantes los ojos y pensó en Ariel Francassi. Repasó su amistad, antes y después del Tigre. Lo que pudo ser y nunca fue, en plena juventud, el amor pasional que él no se atrevió a llevar adelante con ella. Antes, en las aulas de la UBA, en las pandillas de jarana juvenil, en los bailes de barrio. En los abrazos y besos primeros, en la fijeza de sus miradas, como si no hubiera nadie junto a ellos, en la punta misma de las caricias, en la búsqueda ciega de sus humedades sensuales, en plena oscuridad, por aquellos dedos inexpertos y temblorosos de Francassi. Ella nunca tuvo miedo a esos amores imposibles. Él se escapaba por cualquier rincón, con cualquier coartada. Hasta que apareció Erika la Sueca, y se fue apagando cualquier hipótesis pasional.

—Quiero ser sólo amigo tuyo —le dijo Francassi en un mensaje de distancia.

Margot lo recordaba ahora, sentada en el sillón donde esperaba la llegada de Mazorca al departamento se-

creto de la avenida Libertador. Recordó la elegante deli-
cadeza de Hugo Spotta y su juramento de silencio. Recordó el momento en que volvieron a hablar de aquellos años
perdidos, cuando a Andrés Lanuza y a Morelba Sucre se
les ocurrió la idea de convertirla en la bandera blanca que
enlazara en secreto con el almirante Mazorca. Volvió a
recordarlo todo con los mismos ojos del día en que, muchos años atrás, Francassi intentó llegar a su alma más húmeda y dulce. Los músculos de la mujer joven temblando, sus muslos abiertos y sus labios besando los de Ariel, en
la plena oscuridad de aquella alcoba que no era de ninguno de los dos, mientras la música de la fiesta de cumpleaños de Tucho Corbalán llegaba ensordecida desde el living
de la casa del periodista. Volvió a mirarlo para encontrar
alguna respuesta en los torpes movimientos de las manos
de su joven amigo. Y no vio más que dudas, temblores
del instante. Y un aleteo de miedo en lo más hondo del
rictus gestual de Ariel Francassi. Sólo amigos a partir de
entonces. Y ese recuerdo de la fiesta de cumpleaños en la
casa de Tucho Corbalán, en San Telmo, el recuerdo joven que la mala memoria del tiempo había ido apagando
hasta que volvieron a encontrarse una y otra vez para
darse cuenta de que la tibieza había dado paso a un lazo
distinto al que ella hubiera deseado a partir de su viejo
recuerdo. Sólo amigos entonces. Así lo miró, con aquellos mismos ojos, cuando se encontraron para comenzar
el plan que se le había ocurrido a Lanuza y a Morelba.
Francassi le sonrió. Sabía que Margot estaba tratando de
recordar todo cuanto la mala memoria había escondido
en la nada. Pero Ariel no respondió a la sugerencia. Inmune al recuerdo, tibio y reservado, sólo le dijo que había que
actuar con toda prudencia. Él haría los contactos con su
padrino y, en todo caso, el seguimiento del peligroso proyecto.

En esos mismos recuerdos de su mala memoria, Samurai ocuparía hasta el mismo instante de su trágica muerte el papel de un hombre al que ella también pudo amar a partir de la visita al Tigre. Y mucho más después, tras sus confesiones y encuentros en el bar del hotel Plaza, cuando ya Morelba lo había abandonado para casarse con el profesor Lanuza. Acarició en su mala memoria el instante de mayor cercanía y complicidad que tuvo con Samurai. Recordó de repente la invitación de Samurai y la incapacidad del español para entender lo que de verdad estaba sucediéndole. Y se sintió sola, completamente sola en el departamento secreto de la avenida Libertador, a la espera de su amante, unas horas antes del último de sus desenlaces.

Tucho Corbalán reconstruyó paso a paso en sus investigaciones esa tarde final de Margot Villegas. Morelba Sucre le había conseguido el veneno y ella lo había llevado en su bolso para matar al jefe del Selenio en aquel encuentro. Como siempre que él la dejaba llegar antes, en ese juego de espejos que tanto le gustaba al Almirante en sus amoríos secretos, lo había esperado con las bebidas servidas. Pero esa tarde hubo una variante sustancial. Había disuelto y camuflado la dosis mortal de cianuro en el vaso de whisky en las rocas preparado para Mazorca. En la recámara de su proyecto secreto, Margot se reservó en silencio la salida de incendio: el arma reglamentaria del Almirante, la misma que dejaba sobre la mesa del salón en cuanto entraba al departamento de sus amores vespertinos. Pero tuvo que mediar una sospecha, algo extraño y distinto en la actitud de Margot que debió de notar Mazorca al llegar al departamento. Su instinto de león salvaje siempre en guardia estaba entrenado de sobra para las peores circunstancias, de modo que su mente funcionó como un radar y descubrió los peligros del desastre inminente que estaba esperándolo en la oscuridad de la casa y el silencio de su amante. Ella, por el contrario, no percibió ni la más mínima suspicacia en los gestos, en los movimientos, en la conducta normal del Almirante al entrar al salón de la casa. Debió encender la luz y sonreírle. Después la abrazó y la besó. Con especial dulzura, quizás. Pero esta vez no dejó el arma reglamentaria sobre la mesa del living, sino que la mantuvo pegada a su cuerpo. Tampoco reparó Margot en aquel cambio. O no le dio importancia alguna, a pesar de no haberlo previsto. Su mala memoria le jugó en ese mismo instante, preludio del final, la peor jugada de su vida. Y a esas conclusiones había llegado Tucho Corbalán, paso a paso, en las investigaciones sobre la muerte de su amiga Margot Villegas.

Diecinueve

La barcaza de Hugo Spotta dibujaba caprichosas espumas sobre las aguas en los canales del Tigre. No iban a demorarse más de un par de horas de navegación hasta llegar a la casa donde se había refugiado Morelba Sucre, junto a un pequeño y apacible recodo en el arroyo Pereyra. En manos de Spotta, la deriva del timón de la barcaza cubriría sin descuidos ni pérdidas el trecho del territorio fluvial que lo separaba de ella, desde la misma municipalidad del Tigre hasta subir por las aguas del canal Alem para buscar al Paraná Guazú y encontrar después la entrada del río Ceibo. Y la confluencia exacta de los riachuelos que conducirían la barcaza al refugio de Morelba Sucre.

Álvaro Montes miraba desde popa los dibujos que el motor de la barcaza de Spotta iba dejando en la cara del río durante unos segundos, para luego diluirse en las mismas aguas calmas del Delta sin dejar rastro alguno de su viaje por ellas. Esas espumas eran las huellas de los frágiles pasos de una experta patinadora que distribuía sus ritmos líricos de bailarina en caprichosas serpentinas sobre la cara del agua color chocolate de los canales. Y, para colmo, hacía buen tiempo. El clima ayudaba a la euforia. Un sol radiante mezclaba sus rayos tibios con la brisa húmeda que llegaba en rachas suaves desde el sudeste a lo largo del camino de la barcaza. A veces una luminosidad excesiva impedía ver en todo el salvaje esplendor de su extensión el paisaje fluvial que la barcaza surcaba con sabia lentitud. Había que extremar la cautela del rumbo en

determinadas zonas donde la mengua de altura del riachuelo hacía más que aconsejable moderar la velocidad,
otear con calma cada uno de los metros que el timonel
Spotta hacía caminar a su lancha, con ligeros golpes de
mando en el timón, sin perder un segundo de tensión en
la deriva trazada conforme las aguas del canal iban apare-
ciendo ante la proa de la barcaza. Otras veces se cruzaron
con ellos algunas barcas en su recorrido por los arroyos,
algún correo que de isla en isla transportaba las cartas en-
viadas a quienes allí, en las casas de aquellas islas, habían
decidido quedarse a vivir; o con la barcaza del mercado,
que surtía de elementos necesarios y vitales a los habitan-
tes de los ríos, a los isleños: viandas de todo género, muebles de madera o hierro, tornillos de ferretería pedidos de
antemano, vestidos; o con los lanchones destinados al servicio colectivo, que atravesaban las aguas de los ríos y los
canales, siguiendo sus líneas consuetudinarias, estación tras
estación, parada tras parada, dejando en cada uno de sus
destinos a los viajeros del Delta; o, en fin, los barcos y las
barcas que transitaban los canales, cada una de las cuales,
pensaba Álvaro Montes, llevaba en sus cubiertas y en sus
camarotes sus propias historias silenciosas, algunas, como
la suya, la que lo había hecho regresar hasta allí, llenas todavía de expectativas, otras ya ahogadas en el anonimato
y la desesperanza.

Repasaba en su memoria las ausencias de tanto
tiempo, los nombres, las vidas, los episodios que habían
ido atando los cabos de sus recuerdos a lo largo de casi
treinta años con aquellas gentes, sus amigos, tan lejanos,
tan cercanos. Y con aquellos territorios a los que ahora
volvía como vino la primera vez, casi sin pensarlo, como
un forastero, un intruso que recala en la selva para buscar
allí la última aventura de su esperanza. Entonces rescató
de sus recuerdos la noche epifánica del Ávila. Y la visión,

tan fugaz como real, del espectro transparente, el caballo blanco flotando en el arcén de la Cota Mil en plena madrugada de Caracas. Sintió muy de cerca, y no como un eco que le llegaba desde la lejanía, la voz de Morelba Sucre hablándole, diciéndole otra vez al oído que la memoria era un arma que cargaba el diablo de metralla y dinamita, un animal salvaje que estallaba en el mismo epicentro del cerebro cuando ya menos se le esperaba, una bestia que atacaba de repente para cobrarse los olvidos a los que fue condenada por quienes siguen creyendo que la felicidad es olvidarse de todo cuanto provoca orfandad, desvarío y miedo. Sobre todo miedo, ese otro espectro que se ha convertido en la costumbre predilecta de los olvidadizos. Pensó que esa misma bestia salvaje de la memoria se había cobrado en Margot Villegas y Andrés Lanuza sus víctimas más frágiles. Sin embargo, en Morelba Sucre había encontrado el ataque bestial del animal salvaje una resistencia tan feroz como invencible. Y la imaginó inmóvil, tendida en su cama de hospital, luchando contra el olvido en plena recuperación del ataque cerebral del monstruo, cuando le pidió a Rubén el Loco que lo llamara por teléfono a Madrid. Después buscó organizar con tranquilidad los tiempos exactos en su mente, para que ninguno de los episodios que habían marcado su memoria hasta ese mismo instante del regreso se perdieran entre las químicas nerviosas de la expectativa inmediata. Ver de nuevo a Morelba Sucre después de casi treinta años representaba una instantánea que venía a alterar todos sus instintos, todas sus sensaciones inmediatas. Como si esos largos espacios temporales no fueran más que una medida convencional, y no parte de los recuerdos que habían ido levantando paso a paso la memoria del dolor y la distancia, la misma memoria que le abría ahora los poros y refrescaba su respiración mientras la barcaza de Spotta cumplía su camino en manos de la experimentada serenidad del timonel.

Le hubiera gustado que más de las tres cuartas partes de la historia personal de sus amigos, los fundadores de la Orden del Tigre, la Orden de la amistad, no se hubiera cumplido tan trágicamente en todos esos años. Se confesó en silencio, pensándolo al detalle, que ni siquiera podría llegar a gustarle la amargura que debía saborear para toda su vida Ariel Francassi, embargado para siempre en el suplicio de recordar el estallido del Colt que provocó la muerte de su único hijo por su propia voluntad, en un acto de venganza cuya crueldad había quedado patente en cada viñeta de la historia personal del embajador y su mujer. Volvió a cerrar los ojos, mientras los motores de la barcaza le acercaban a los oídos la música monótona y repetitiva de sus rugidos en pleno rendimiento. Sabía que el timonel lo dejaba reflexionar, que apenas le hablaba porque intuía casi con toda certidumbre en qué tiempos se envolvía en esos momentos su mente al remontar los ríos que al final eran todos su misma memoria, los ríos del Delta argentino, a miles de kilómetros de Madrid.

Durante el día anterior, cuando celebraron su llegada al pueblo del Tigre, mientras comían el asado de tira que volvió a fundir los tiempos viejos y nuevos de su amistad en uno solo, Spotta le había ido abriendo puertas no conocidas de algunos de los episodios secretos en las vidas de sus amigos. Como al mismo Álvaro, muchos de los detalles que aparentaban invisibilidad en la existencia de los fundadores de la Orden del Tigre, a Hugo Spotta se los había ido entregando con orden, sin excesivos trasiegos, Tucho Corbalán.

—Lo sabe todo de todos nosotros. Como si nos hubiera ido siguiendo los pasos uno a uno. Tiene todas las pistas —dijo Spotta—. Hasta podría escribir una novela con todas nuestras vidas.

Sabía, después de las investigaciones que había llevado a cabo tras la muerte de Margot Villegas, que la farmacia de Palermo de la que la policía judicial había hablado en su informe oficial no existía en el barrio. Ni había existido nunca en ningún otro lugar.

—Se la inventaron —le contó Corbalán—, como se lo inventaron todo durante todos esos años de dictadura. Esa botica nunca estuvo ubicada donde ellos dijeron que estaba. Pero hubieran sido capaces de abrirla un día y clausurarla al siguiente, si les hubiera sido necesario, Hugo.

Daba lo mismo, porque los operativos policiales del gobierno diurno encontraban su exacto contrapunteo en las patotas activadas al máximo por el gobierno nocturno. Para eso eran los únicos propietarios del tiempo, los dueños exclusivos de la medida de las horas, los días, las noches, las semanas, los meses y los años. Eran los dueños absolutos de toda la eternidad argentina. Por eso también, con toda paciencia y con muy poco margen de error, Corbalán había llegado a conclusiones sobre el caso de su amiga Villegas cuya exactitud era muy difícil de contradecir.

—Nogueral y Bolán la vigilaban todo el día, se turnaban en esa labor persecutoria —le confesó Corbalán—. Por eso ella podía sentirlos muy cerca, aunque se hicieran invisibles durante horas, incluso durante días. Podía oler sus presencias. Le fueron haciendo luz de gas, arrinconándola, restringiendo sus movimientos, estrangulándole su voluntad. Hasta volverla loca.

—¿Te dijo si Mazorca estaba al tanto, si seguían sus órdenes al vigilarla? —le preguntó Samurai.

—Tucho estaba convencido de que era toda una estrategia del tipo ese —contestó Spotta.

—El paranoico —le dijo Corbalán— no para hasta inyectarle su propio virus al perseguido. Todo ese ataque a la víctima para luego acusarla de paranoica, ésa es la locura. La estrategia consiste en invertir los papeles del drama, Hugo. Entonces el paranoico es el perseguido, no quien persigue a los demás porque sea él mismo un paranoico, un enfermo de la cabeza que ha puesto a disposición de su enfermedad cada uno de sus esfuerzos en la vida, cada una de sus maquinaciones.

A Margot Villegas la fueron convenciendo entre Sánchez Bolán y Ramón Nogueral de que su locura era real, de que ya no había para ella marcha atrás. Una vez que admitió jugar con fuego, entrar a la vida del almirante Mazorca, estaba apostando a perderlo todo. En lugar de negarse, jugó al macabro esquema que Lanuza y Morelba le propusieron. Pero después de que, creyéndolo cómplice, se apoyó, al menos en los primeros meses de su relación con el almirante Mazorca, en Ariel Francassi, la caída en picado de Margot Villegas era una cuestión de tiempo.

—Una bomba de tiempo —afirmó Corbalán— que sólo manejaban esos dos hijos de mil putas: Nogueral y Sánchez Bolán.

El resto para ellos fue tan fácil como poner sus relojes en la misma hora y esperar que la pieza cayera en sus manos. Conocían de sobra cada uno de los trucos de esa cacería, llevaban años en ese juego horrendo, dijo Tucho Corbalán, y navegaban en esas sentinas con toda la impunidad del mundo y siempre a favor del viento. De modo que cualquier defecto en la estrategia inicial, cualquier error que se les cruzara en el camino, no les añadía problema alguno. Lo borraban, lo omitían incluso en sus mínimos detalles, como que no había sucedido nunca. Largaban la página de ese suceso que los contrariaba y presentaban la foja de servicios completamente limpia.

—La llevaron ya muerta desde el departamento de Libertador al de Viamonte —dijo Corbalán.

Se encogió de hombros ante la mirada expectante de Hugo Spotta.

—¡Por Dios! Eran los dueños de su voluntad, Hugo —añadió Corbalán—, los dueños de toda aquella Margot Villegas que ya no era exactamente la misma que conocimos nosotros, la mujer que quisimos amar, Hugo, y no nos atrevimos. Ni tú ni yo nos atrevimos a amarla de verdad. La trasladaron hasta Viamonte sin ningún testigo, más que ellos dos. La llevaron hasta su casa y la dejaron en su alcoba.

—Tucho sabía que estuve enamorado, como loco, estuve loco por ella. Cuando joven, Samurai. Fue la noche de la fundación, viejo, en el hotel, acá, en el Tigre..., pero claro, vos estabas muy como ahora, envenenado con Morelba, ¿no? Me dejó amarla toda la noche. No me olvidé nunca más de la noche de la fundación. Por eso. Y cuando comenzó a amanecer, largó del cuarto después de decírmelo. Que era la primera y la única vez. Que ella no era para mí, ni yo para ella, eso me dijo cuando amanecía. Pero ¿cómo pueden saberlo, Samurai, cómo pueden decir esas cosas, viejo? Me dejó seco con mi tristeza. Y entonces decidí venirme a vivir. No le dije nada a nadie, pero me vine al Delta. Hasta hoy mismo. Bueno, dale, sigo. Ella había intentado envenenar al Almirante —dijo Spotta.

—Pero en ese camino se perdió —le contó Corbalán—. Debió asustarse. O creyó entender que Mazorca había reparado en sus planes y entonces se asustó, perdió la sangre fría que había regido su reflexión final contra Mazorca. Y se acabó.

—Entonces —le dijo Spotta a Samurai— se tomó el vaso de whisky con cianuro que había preparado para el Almirante. Se mató de un trago, Samurai. Delante de él, en el departamento de Libertador.

Habían caminado ya la mitad de la travesía por los canales hasta la casa de Morelba Sucre en el Delta. Álvaro seguía repasando recuerdos, embozado por completo en su silencio, en sus pensamientos llenos de vericuetos y sensaciones contradictorias, flotando en el interior de su propia memoria. A veces entre sombras irreconocibles, otras veces nadando entre claridades que le parecían excesivas y le devolvían, en el interior mismo de sus remembranzas, una luz que cegaba sus propias conclusiones sobre los fundadores de la Orden del Tigre, la vieja amistad, los recuerdos de la memoria.

Entonces Spotta volvió a hablar de Rubén el Loco. Aunque no lo había conocido tanto como Álvaro, en la distancia Spotta le había mantenido el aprecio de la juventud. Sólo lo había visto por el Tigre un par de veces en todos esos años. Se le había quedado mirando, recordaba el timonel, y lo había saludado siempre desde lejos, agitando una mano al aire. Así lo vio las veces que se había cruzado con él por las calles del Tigre, tal vez en algún boliche. De la última vez haría ya bastante tiempo, años, dijo Spotta, pero siempre lo recordaba así: risueño, con la mano en alto, saludándolo, tal vez musitando su nombre mientras recordaba los viejos tiempos buenos. Al final no habían matado a su hermana ni a su cuñado. Ni cuando los tuvieron secuestrados en uno de los fondos negros del Delta, entre ciénagas y laberintos que los soldados custodiaban como si les fuera en ello la vida, ni después, durante los meses del cautiverio al que los regresaron antes de desmantelar los últimos reductos criminales de Selenio. Los soltaron algunos meses más tarde. Como se devuelve el ganado al pasto. Como que jamás los habían secuestrado. Como que nunca habían sufrido las vejaciones, las humillaciones, las violaciones que habían ejercido sobre ellos en los campos de concentración clandestinos con los que regaron Buenos Aires y toda la Argentina para llevar a cabo la matanza de la tercera guerra mundial. Los habían soltado, le dijo Corbalán a Spotta, deshechos, destruidos, él los había podido ver un día, algún tiempo después de su liberación, caminando como autómatas sin rumbo por el barrio de Once.

—Me llamó la atención su manera de pasear —le dijo Corbalán—. Como si no supieran dónde estaban. Miraban a todos lados, erráticos, desnortados. Como si fueran dos tipos extraños al lugar, una pareja que se ha perdido en un desierto y va por la arena mirando a todos los espacios, con los labios secos, muertos de sed, descubriendo alguna salida del laberinto. Así caminaban, arrastrando los pies, a pasos lentos. Los habían convertido en náufragos y caminaban por las calles y la plaza de Once como si fueran conscientes de que aquel tiempo era una simple prórroga que los asesinos les habían regalado.

Tucho Corbalán había hablado con Rubén el Loco unas semanas después de que su hermana y su cuñado hubieran sido liberados con la misma arbitrariedad con que fueron secuestrados. Pero el Loco se negó en redondo a las pretensiones periodísticas de Corbalán. No quería meterlos a sus familiares de nuevo en la danza maldita. Sólo quería ahora que se olvidaran de todo. Les habían ordenado que no hablaran de nada de lo que habían visto, de nada de lo que les había sucedido, porque nada les había ocurrido nunca. Sino que simplemente habían estado de viaje por el interior del país, recorriéndolo para conocerlo, eso les dijeron los jefes de las patotas cuando los soltaron. Y que los estarían siempre vigilando, que en cada momento de sus vidas sabrían lo que estaban haciendo y lo que estaban diciendo. Por eso se exhibían como caminantes perdidos en el desierto. Como náufragos.

—No, no —le aclaró Spotta a Samurai—. No vivían en Once, creo que por Belgrano, por ahí, eso me dijo Tucho, pero iban por Once como quienes salen al extranjero, como podían ir por otro barrio cualquiera, sin sentido alguno. Estaban perdidos en cualquier lugar al que fueran. Ya no les pertenecía ningún paisaje.

El Loco sólo consintió en que Corbalán los viera salir de su casa. Una sola vez. Fueron los dos juntos. El Loco le señaló a su hermana y a su cuñado caminando esa vez por un parque cercano a su casa.

—Iban de la mano, como los niños, pero arrastraban los pies, como los viejos. Con la mirada perdida, sin norte alguno —le dijo Corbalán a Spotta.

—Después Tucho los siguió una y otra vez, para ver qué hacían, dónde iban —continuó Spotta contándole a Samurai.

—Pero nada —concluyó Corbalán—, caminaban siempre sin rumbo. Un día para un lado y otro día para otro, sin sentido alguno. Deambulaban por las calles y los barrios de Buenos Aires como turistas que estuvieran conociendo la ciudad.

—Rubén se había encargado de cuidarlos —dijo Spotta—. Hasta hace un par de años se ocupaba de ellos con esa terapia. Hacía nomás eso, cuidar a su hermana y a su cuñado, servirles de guía por Buenos Aires y de ángel custodio a la vez. Cuando se lo pedían, los llevaba en el auto hasta Once, por ejemplo, y luego esperaba por ellos. Los dejaba que caminaran cien metros por delante de él y después el Loco echaba a caminar detrás. Como un escolta. Tucho lo vio en esas muchas veces. Me dijo que estaba seguro de que Rubén lo había visto a él también, pero se había hecho el que no. Nunca discutió ni se enfrentó con Tucho. Eran cómplices leales. Creo que siguen hasta hoy siendo amigos.

Álvaro Montes recordó entonces la mirada de celos que Tucho Corbalán le regaló en la fiesta del Tortoni. Casi treinta años atrás y no se le había borrado de la memoria la sensación de intruso que lo acució durante todo ese primer viaje a Buenos Aires. Recuperó durante un instante algunas de las escenas de aquella estancia suya, la expedición al Tigre, la fundación de la Orden, el juramento de la amistad, el pacto de las lealtades, casi nunca cumplidas después. ¿Todo eso había sucedido en la realidad?, se preguntó, amodorrado en un extraño pero satisfactorio bienestar, la música rutinaria de los motores de la barcaza llegándole a sus oídos mientras seguía la deriva exacta de su destino, hasta la casa de Morelba Sucre en los alrededores del río Ceibo, ya en Entre Ríos, cruzado el Paraná Guazú, a la altura del arroyo Pereyra.

¿Había pasado de verdad tanto tiempo en estos casi treinta años de distancias y memorias, o todo formaba parte del espejismo de esa misma memoria, que elaboraba otra realidad distinta a la realidad de los hechos y las cosas, hasta convencerlo de que todo había sucedido tal como él recordaba, y todo había ocurrido tal como él, Samurai, lo llevaba guardado, viñeta a viñeta, en sus propios recuerdos?

Aureldi Zapata no había vuelto a la Argentina. Spotta no sabía gran cosa de su vida, salvo algunos detalles que Corbalán le había contado. En esta trama dramática, Aureldi Zapata no había sido nunca un ser de especial relevancia, sólo una suerte de figurante que entraba y salía de la escena acompañando con algunos monosílabos los alegatos de los grandes actores de la obra. Seguía en La Habana. Llevaba una existencia plana, eso le había dicho

Corbalán entre ironías a Hugo Spotta. Pero ése era el destino que ella había estado buscando desde siempre: sentirse a resguardo de todo, bajo un paraguas, poner su fragilidad a salvo, en manos de quienes pudieran salvaguardarla de las lluvias y las tormentas. No importaba que perdiera casi todo en el cambio. Le seguía pareciendo que el régimen político de Cuba era el ideal para la Argentina, para toda América Latina y para el mundo entero. Pero sucedía que el imperialismo, el capitalismo salvaje y la globalización no dejaban ver del todo el paraíso de la isla cubana y lo que casi medio siglo de castrismo había hecho tan bien en Cuba.

—Ella cree que ése es el paraíso en la Tierra, la gloria, Hugo —le dijo Corbalán—, su mulato Bernardo el Locuaz contándole chistes habaneros a toda hora del día y todo el día en recepciones oficiales donde siempre se aparece como invitada y amiga, con su cubano a cuestas, claro. Ahora tiene allá un laburo de envergadura. El embajador Francassi le consiguió un trabajito en el consulado argentino en La Habana y allá está Aureldi Zapata, en su papel de funcionaria.

Corbalán se reía con tristeza mientras le relataba a Spotta las últimas noticias de los fundadores de la Orden del Tigre. Bebía uno tras otro vasos de whisky Johnnie Walker negro y hablaba sin parar. Como si contando todos esos tramos de la vida de los amigos se sacara de encima miasmas y fantasmas que trataban de volverlo a él tan delirante como Rubén el Loco.

—¿En qué iba a ser? En la Inteligencia. De policía del consulado Aureldi Zapata —le contestó a Spotta, riéndose Corbalán—, el mismo papel que funge el mulato Bernardo el Locuaz. Están encantados de haberse conocido.

Hacía más de seis meses que el embajador Francassi había regresado de Cuba a Buenos Aires. Se cumplieron a plena satisfacción los plazos de su destino diplomático en la isla y tuvo que volver a encallarse durante un
tiempo en la ciudad de sus sueños, a esperar con paciencia
que volviera de nuevo la suerte a su vida y a su casa de Barrio Norte. En Buenos Aires había muy buenos psiquiatras, era la ciudad con más psiquiatras por metro cuadrado
en todo el mundo. En Buenos Aires cuidarían y sanarían
a Erika la Sueca del mal del recuerdo de su hijo muerto.
Por ese lado, el embajador Francassi era también un hombre con arrestos. Sobrio pero decidido. Y cuando los doctores le aconsejaron que había que ingresar por una larga
temporada a Erika la Sueca en un centro de rehabilita-
ción mental, a Ariel Francassi le pareció lo más normal
del mundo. Estaba por completo seguro de que esa obligada ausencia de su mujer era parte del purgatorio donde
tendría que quemar su soledad urbana, durante los meses,
los años quizá, que estuviera en la ciudad esperando un
nuevo destino diplomático. Ya se había acostumbrado a
esa soledad y dedicaba largas horas de cada uno de sus
días a escribir su novela sobre Eva Perón en su estudio del
dúplex de Barrio Norte. En el fondo, el único que sabía
que nunca iba a terminar de escribir ese libro era él mismo, el embajador Francassi. Pero se había aferrado a esa
ficción personal a lo largo de tantos años que ya en su madurez no estaba dispuesto a concederles a los demás la confirmación de su fracaso como escritor. Evitaba, en sus
salidas gimnásticas al Parque Japonés, encontrarse ni siquiera de lado con algunas de las sombras de su pasado
que pudieran llevarle a la cabeza la memoria de sus fantasmas transformados en fechorías. Porque se trataba de to-

do lo contrario, de zafar de todo aquel mundo suyo que buscaba perseguirlo para arrinconarlo y liquidarlo. Como él mismo había ayudado a acabar con Margot Villegas, sin quererlo. Pensaba que quienes creyeran que él había sido uno de los responsables de la muerte de su amiga, el amor imposible de su vida desde que anduvieron juntos la juventud y los estudios en la UBA, habían cometido con él una de las peores injusticias del mundo.

La tentación de escribir de su puño y letra una carta, y publicarla en *La Nación,* un escrito donde quedaba perfectamente diáfano su papel en aquella tragedia, lo llenó de dudas obsesivas durante un breve tiempo tras su regreso de La Habana. Se trataba de limpiarse, dejar claro para siempre cuáles fueron sus verdaderas implicaciones en aquella trama de Mazorca, su padrino en la carrera diplomática y en la vida. No había hecho otra cosa más que seguir las instrucciones que el profesor Lanuza y su mujer Morelba Sucre le habían encargado. No había tenido nada que ver en los acontecimientos posteriores, de los que ni siquiera se había enterado más que cuando murió su amiga Margot Villegas, cuando le llegó aquella terrible noticia a su casa de París. Escribiría que había llorado con toda su alma. Con todo el dolor de su corazón. Como cuando murió poco después en La Habana su único hijo tan amado. Ésas eran las dos grandes tragedias de su vida, además del internamiento de su mujer como resultado del sufrimiento padecido. No comparables, pero paralelas, eso escribiría para que lo supieran todos los que ponían en duda su integridad moral. ¿No era acaso el suyo un purgatorio muy cercano al infierno? ¿Cómo podían sospechar entonces que él, con lo que había pagado, salió indemne del disparate del Proceso, cómo podían imaginarlo cómplice de tantos crímenes?

Todo eso iba a escribirlo y a publicarlo, para que no viniera ningún intruso a revolver las basuras del pasado y contara con toda la irresponsabilidad del mundo las patrañas de las que tanto gustaban los periodistas. Pero, al final, después de muchas dudas, desistió de ese proyecto de escribir y publicar su versión personal porque entendió que nadie iba a hacerle caso. Que seguramente, porque nadie hablaba del asunto, aquel asunto de la muerte de Margot Villegas ya estaba más que olvidado por la opinión pública argentina, tan sometida a miles de muertos y desaparecidos a lo largo y ancho del matadero instalado por la dictadura. ¿Qué eran una o dos muertes más entre tantas miles? Mejor dejarlo todo en el olvido, perdido entre las ruinas de una memoria colectiva a la que habían convencido con tanta matanza de que toda ella, la misma memoria colectiva de todos los argentinos, era la responsable verdadera de la tragedia. Además, ¿no era el embajador Francassi uno de los más convencidos de esa versión histórica? Para él, todos los argentinos eran culpables directos de cuanto había sucedido en su país, y no sólo quienes habían llevado adelante el drama del Proceso, ni quienes habían ejecutado sus órdenes durante años, por deber patriótico y por obediencia debida, que venía a ser lo mismo en su convicción personal. De modo que había que repartirse la tragedia en pedacitos. Las muertes, los asesinatos, los exilios, los robos, los secuestros, los campos de concentración. Los miles y miles de desaparecidos había que repartírselos en millones de pedacitos. Como si fuera un inmenso billete de lotería en el que todos estaban implicados. Todos, todos, todos. Sin excepciones de lujo, sin excepciones marginales tampoco, para que cada ciudadano y cada ciudadana se comieran su parte de tarta trágica. Ésa era la única manera de alcanzar el olvido, el único mecanismo para superar la memoria y restablecer la claridad y el apogeo del esplendor entre todos los argentinos, repartirse el gran billete de la lotería en pequeñas dosis con las que cada uno debía cargar para siempre. ¿Acaso no estaba él sufriendo la pérdida de su hijo y la locura de su mujer? ¿Les parecía a los demás tan poco todavía esa participación que le había tocado al embajador Francassi? A él no, de ninguna manera. Porque Ariel Francassi estaba completamente convencido de haber ya pagado con creces sus hipotéticas culpas a lo largo de todos esos años. Unas culpas a las que no les había llegado la amnistía interior, sino la soledad en cada uno de los actos mínimos de su existencia, en cada una de las costumbres cotidianas. De manera que hacía rato que no le importaba nada la opinión de ninguno de sus viejos amigos de la Orden. Ni la opinión, ni la distancia, ni la ausencia de ninguno de ellos. Entre otras cosas porque él mismo había ido borrando de sus recuerdos los fulgores de aquel gran momento que ya para él se había convertido en una nebulosa llena de vacíos sin interés alguno.

Veinte

Mientras continuaba remontando las arterias fluviales del Delta en la barcaza de Spotta, entrando y saliendo de los arroyos, mientras la embarcación se ubicaba a uno u otro lado del cauce, más o menos cerca de los altos sauces de las orillas, con el cielo del río completamente abierto y azul, el viento suave del Delta acariciándole en la cara y la verde vegetación que les rodeaba el rumbo, Álvaro Montes seguía mirándose en el espejo de su memoria a lo largo de aquellos treinta años. Cerraba los ojos por un instante y trataba de encontrarle todo el sentido a aquel viaje que no era exactamente un regreso. Y buscaba, entre sus propios recuerdos, los mínimos detalles que uno detrás de otro habían ido juntándose para tejer su voluntad de llegar hasta el Tigre y encontrarse con ella.

¿Por qué la Tigra lo había mantenido tan vivo en sus recuerdos todo ese tiempo, sin que se perdiera nunca su estela? Como si ella siempre supiera que habría un momento, un día exacto, marcado de antemano por su memoria, en que volverían a buscarse y a encontrarse sin que nadie ya pudiera evitarlo. ¿Con quién realmente estaba a punto de encontrarse en aquel fin del mundo, un lugar por el que corrían de isla en isla, de arroyo en arroyo historias y espectros que habían ido fraguando la mitología geográfica de las islas donde él no era más que un simple intruso? Habían dejado de verse durante tanto tiempo que sólo la recordaba desnuda, recostada a su lado, la piel del cuerpo perfecto de Morelba Sucre respirando en la penumbra de su habitación del hotel Presidente, la silueta de su cuerpo terso y firme completamente desnudo sobre las sábanas blancas. Recordaba su mano recorriendo su piel, la piel de su espalda, los hombros, el cuello de gacela, las piernas de atleta, Morelba Sucre un recuerdo que se había escondido durante un tiempo en la memoria para luego reaparecer con más fuerza en su sueño, en el duermevela de su casa de Madrid, en cualquier vuelo de regreso a España desde Caracas, desde Santiago de Chile, incluso desde Buenos Aires. De manera que el recuerdo recurrente de esa imagen seductora y fascinante de la Tigra se le apareció durante todos esos años en cada esquina de sus fantasías eróticas, multiplicándole el deseo de verla a cada momento, el deseo de encontrársela en cualquier cafetería de Madrid, una tarde cualquiera, quizás saliendo los dos cada uno por su lado del mismo cine, a la misma hora, el mismo día. Una sorpresa que habría valido la pena de la distancia y la espera. Un encuentro aparentemente fortuito pero que estaría manejado por ocultas y poderosas pulsiones que habían ido todos esos años suyos amamantando la ilusión de encontrarla cuando acabaran todos esos vaivenes de sus vidas, cuando pudieran volver a verse sin que la memoria fuera otro artefacto que un mecanismo de unión entre los dos. Como una interferencia obligatoria en los circuitos de sus costumbres pasionales, la Tigra se le hizo presente tantas veces que Álvaro Montes acabó por incorporarla a sus ensueños e imaginaciones hasta convertirla en una de las cicatrices de su vida. De vez en cuando, creía que esa cicatriz estaba cauterizada del todo más allá de la piel de su propia memoria, y al menos mantuvo esa convicción hasta el momento de la llamada telefónica del mensajero loco desde Buenos Aires. La vio así todos esos años con toda nitidez, una y mil veces entre sus recuerdos, abriendo y cerrando libros de viejo en las librerías de Corrientes, en Hernández, en Fausto tal vez, o en la Norte, en Las Heras. Como si volaran con el viento a favor toda aquella tarde de calor y humedad recorriendo, desde la oscurecida hasta el amanecer, completamente libres, esa parte del corazón de Buenos Aires que ya había cambiado tanto, esa parte de la ciudad que él retenía como una postal inmóvil en sus remembranzas. Como si fuera su propia ciudad, la ciudad de su memoria mejor.

Las mujeres y la memoria de sus cuerpos, una vez que la ausencia había convertido el vacío en un recuerdo enquistado y alimentado a lo largo del tiempo, ¿dónde había leído esa afirmación tan contundente, que lo había hecho reír hasta el olvido al principio, y que, sin embargo, más tarde se le había metido en la memoria como una piedra preciosa?, se preguntaba mientras la barcaza seguía ascendiendo las aguas del Paraná avizorando ya en proa la silueta de Isla Paloma. Las mujeres, eso es lo que vagamente recordaba haber leído Álvaro Montes, no buscaban por regla general a hombres hermosos, seres de instantes, cuerpos esbeltos, atléticos, a los que hay que examinarles los pocos y pequeños defectos físicos con una lupa de sabueso profesional. No buscaban ninguno de esos esculturales cuerpos masculinos salvo cuando saltaban a la vida por primera vez, al albero de la liberación personal, al juego de su clandestinidad personal, al vacío de la primera experiencia temblorosa. Y se mueven como gallinas ciegas a la intemperie del universo, cuando son muy jóvenes e inexpertas. Y creen que caminan por un bosque en cuyos laberintos no se perderán nunca, un bosque del que por simple intuición conocen el camino certero al final del cual está esperándolas el Príncipe Azul, el dueño del paraíso prometido en sus sueños de adolescencia. No buscan las mujeres muñecos bellos más que en los primeros años de sus experiencias sentimentales y sensuales, sino a hombres de los que sospechan o saben que conocieron a otras mujeres tan hermosas como ellas. Incluso mucho más hermosas que lo que ellas se ven y se creen que son, hombres que han sido novios, amantes o esposos de hermosas mujeres, hombres que han tenido en sus brazos, junto a su piel y entre sus sábanas, a las mujeres más hermosas.

En cuanto a la Tigra, ella había dado por fin la vuelta entera a la cuadra. Ella mejor que nadie sabía que estaba a punto de cerrar el círculo de su vida si conseguía que Samurai regresara a su encuentro, a buscarla al final del río donde se había recluido a esperarlo. O tal vez a suicidarse, como había pensado Samurai al recibir en Madrid la llamada telefónica del Loco. Tampoco era un regreso a ningún pasado, del que ya sólo quería recordar los viejos tiempos buenos en medio de tantos desastres, sino un regreso al futuro que ellos deberían haber vivido en el instante de conocerse, en Caracas, antes de que Morelba se trasladara a Buenos Aires. En todo ese tiempo, a Álvaro Montes no le había bastado con el deseo de volver a verla, cuando fuera posible para los dos y si ese día llegaba en algún momento. No se conformaba con esa sensación hormigueante y tibia con la que se adulaba a sí mismo cuando se acordaba de ella para suavizar tanta ausencia. Sentía dentro de sí el deseo de buscarla para amarla, para poseerla físicamente. Tal vez como una extraña y muy personal suerte de venganza contra todos esos seres que habían interrumpido tanto tiempo los días de Caracas y los días del Tigre. Porque su mayor fantasía, los ojos cerrados y su cuerpo dejándose llevar por esos ensueños, era amarla, poseerla con la furia que guardaba en su memoria para ese instante único del reencuentro. Y ésa era ya su estación de llegada en el viaje final hacia Morelba Sucre: curarla de tantos fantasmas, reconquistarla, sacarla de sus terrores, de su voluntad de soledad en el fondo del Delta. O quedarse allí con ella, abandonarlo todo, Madrid, su trabajo, España, esa otra vida que iba quedando atrás, en un horizonte cada vez más nebuloso, mientras la barcaza de Spotta ascendía lentamente hasta encontrar la entrada al río Ceibo desde el correntoso cauce del Paraná Guazú. Por eso la había desvestido tantas veces en sus sueños. Y la había dibujado desnuda, como la noche del Ávila, para iniciar de nuevo la misma ceremonia de seducción, para rescatar a lo largo de todos esos años la misma sensación de ayer. Porque aquella misma noche ella se había comportado como si lo hubiera conocido desde siempre. ¿Acaso había intuido desde siempre que él vendría a conocerla a Caracas?, ¿hasta ahí llegaba la sorpresa de Álvaro Montes ante la entrega completa de Morelba Sucre?

Quería por todos esos tumultuosos pensamientos, tan llenos de deseos desbocados, verla otra vez viva, suya, despertándole en sus sensaciones esenciales la emoción que ella había gozado en cada uno de los poros de su cuerpo cuando se conocieron en Caracas. La había deseado tanto durante esos años de ausencias que todas las mujeres a las que había amado, incluso su propia mujer, no fueron otra cosa más que un simulacro de esa búsqueda que parecía ahora tocar a su fin en el fondo del Tigre. De manera que, en los últimos minutos de ese viaje final, iba descubriendo que siempre había querido vivir con Morelba Sucre, en el Tigre, en cualquier parte del Delta, cerca de Buenos Aires. Y se convencía de esa aventura porque no la había vivido nunca: como si fuera a encontrarse por primera vez con una amante soñada en la distancia de los años y las tierras. Por eso se dejaba doblegar por la tentación de quedarse, porque quería a la vez sentirse conquistador y dominado ante Morelba Sucre. En realidad, sabía que llegaba a salvarla para salvarse. Ella era, en el fondo, la mujer-corcho que lo había esperado todos estos años en el fondo de sí mismo, en la memoria que cargaba el diablo de metralla y dinamita para que estallara en el instante exacto.

El gran sueño de la Tigra, y quizás ella misma se había ido dando cuenta a lo largo de todos esos años de ausencias, era la continuidad de una memoria pasional que poco a poco y desde el principio había ido identificando con Samurai. No tenía ningún inconveniente en soñarlo como un ídolo personal, todos los hombres en ese mismo hombre único que las largas distancias habían convertido en un gigante paradójico, siempre presente en su memoria la imagen del hombre ausente siempre. Y amaba su ausencia desesperadamente porque así borraba cada una de las tragedias que la habían rodeado todos esos años, los dramáticos episodios que había vivido sin él, los mismos que estaba seguro de que no habría sufrido nunca de estar Samurai a su lado. Y buscaba amar su presencia desde la lejanía, porque nunca lo había tenido más cerca de ella que en la memoria sensual de todos esos años de angustias. Desde esa encrucijada había decidido Morelba Sucre abandonar Buenos Aires, vender la casa de La Recoleta y dejarlo todo al azar, hasta que el ídolo viniera a encontrarse con ella. Sus dos hijos estaban a salvo de todas esas contingencias. Vivían lejos de la Argentina, en Queens, en Nueva York, donde el joven Luis Mendoza Sucre se había convertido en un verdadero hombre de negocios en muy poco tiempo, mientras Andrés Lanuza hijo cursaba los últimos años de sus estudios universitarios en la misma ciudad. Pero había veces en que a Morelba se le metía en la cabeza la duda más implacable. Tal vez estaba edificando un último fracaso sobre su único sueño, quizás un simple cuento de hadas donde Samurai era el único héroe en toda la Tierra capaz de salvarla del suicidio, una historia de ficción donde ella no era la única princesa en ese mismo mundo capaz de convertir la distancia de la ausencia en el milagro de la presencia.

Todo lo demás, su vida entera hasta decidir marcharse al Tigre, había sido atravesar el bosque para llegar hasta él, avanzando entre matojos y pantanos de manera semejante a la que el mismo Samurai ascendía los arroyos y los ríos del Delta en la barcaza de Spotta para ir a encontrarse con ella en medio de aquel territorio bastante salvaje. De modo que a veces pensaba que la cuerda que había tensado por encima de todo ese tiempo de treinta años de tantas distancias y silencios era exactamente la continuidad del amor que sentía por él, la misma sensación que a Samurai lo había hecho volver a buscarla desde Madrid hasta el Delta. No pertenecía a esa especie de hombres, entre Casanova y la nada, de los que se sabía que habían estado con muchas mujeres hermosas, a pesar de que a sus años retenía sin esfuerzos en su experiencia la sombra pasada de bastantes mujeres hermosas. Y por eso trataba de buscar el instante en que con toda seguridad, de una forma tan imperceptible, había escrito en la agenda de sus años por venir la fecha exacta de aquel viaje hasta el Tigre para encontrarse con Morelba Sucre.

La barcaza mantenía la deriva marcada por Spotta dejando tras de sí las huellas de los dibujos de espuma y removiendo los desperdicios que dormían bajo las aguas. De vez en cuando, entre los remolinos, aparecía por un segundo en la superficie el cuerpo muerto de algún bagre que daba vueltas sin ningún ritmo para desaparecer de nuevo aguas abajo del río. Y Samurai pensaba entonces que había rebasado sin mucha dificultad los cincuenta años de edad con todas sus heridas cicatrizadas por completo. Podía palpar ahora todas sus cicatrices, una a una, con la nitidez mágica de quien lo ha archivado casi todo y lo tiene todo organizado en su propia mente, a pocos minutos de encontrarse con la Tigra, como si estuviera dejando atrás una vida entera y fuera a encontrarse con todo lo que sin darse cuenta había estado buscando para el resto de sus días. El fracaso matrimonial y el divorcio no habían representado para él más que dos secuencias consecutivas y desagradables. Y durante un par de años un estado de ánimo seguramente evitable, si hubiera instalado en su vida la misma costumbre que los anticuarios, el disciplinado cuidado que ponen en el trato cotidiano con las viejas piezas de alabastro, no por el valor económico que llevan dentro y los beneficios que en las subastas puedan reportar en el negocio, sino por el respeto de los muchos años de memoria y supervivencia de la misma joya.

Saltó desde la barcaza hasta el pequeño embarcadero de madera, cubrió caminando con paso rápido los veinte metros que lo separaban de la casa y se acercó a mirar al interior por uno de los ventanales abiertos a la brisa fresca del río. Tan sólo unos minutos antes, Spotta le había señalado sin moverse de su puesto de mando en el timón de la barcaza el lugar exacto de la vivienda de Morelba Sucre. En el exterior se oía el rumor del viento removiendo las arboledas de las orillas, los matorrales bajos, los sauces llorones y las casuarinas. Y el lejano ladrido de un perro amortiguado por la música suave que salía en ese instante de la casa de la Tigra.

Jazz, se dijo Samurai, Blossom Dearie interpretando por encima del tiempo *Once upon a summertime*. Como si no hubieran pasado los años. Se paró a pensar por un segundo que ya estaba en el Tigre, a dos pasos de Morelba Sucre. Ya estaba en lo que él, en su condición de intruso, llamó el Tigre durante todos esos años, esa vasta extensión llena de laberintos y arterias, ríos, arroyos y canales que entran y salen de vericuetos inmensos cuya frondosidad vegetal semejaba la selva más lejana, una inmensa arbitrariedad natural que vivía agazapada y respirando su propia existencia, como un mundo aparte, a muy poca distancia de Buenos Aires. En esos mismos laberintos cargados de leyendas y miedos, donde cada isleño podía contar la historia inverosímil de su aventura revelando de paso las historias secretas de los sombríos fantasmas que alguna vez, en medio de la noche e incluso a pleno sol, habían visto atravesar los ríos remando hacia cualquier parte del infierno; en esas mismas geografías, donde cada uno de los secretos desvelados se contaba enmascarándolo en la apariencia de la mentira cuando se estaba diciendo toda la verdad; en esos mismos territorios que aparentaban no tener rumbo alguno de circulación, aunque los códigos internos funcionaban con la rigidez de una ley no escrita; en medio de esa inmensidad que nunca en todos esos años se le había borrado de la memoria, Samurai había cimentado el mejor recuerdo de Morelba Sucre. Y allí mismo venía a cerrar el círculo. No regresaba al Tigre, donde nunca había vivido, sino a buscar su propia vida.

En una película que corría a más ciento cincuenta revoluciones, Álvaro Montes miró hacia atrás, hacia sí mismo. Casi siempre en Madrid. Su divorcio se precipitó después de diez años de un matrimonio marchito. Por eso no se había casado nunca Tucho Corbalán, se recordó Samurai. Le había preguntado por sus amores, por su vida privada. Eran amigos y no había ningún inconveniente en la pregunta. Fue en uno de sus rápidos tránsitos por Buenos Aires, cuando Samurai le confesó que se iba a casar.

En Madrid. Iban a tener un hijo y lo mejor era que el niño saliera al mundo en una casa de familia con todas las legalidades a su favor.

Corbalán lo miró con sorna, escéptico, burlándose de la noticia que su amigo le había dado un segundo antes. Entonces Samurai, azorado, contraatacó.

—¿Y tú nunca te vas a casar?

—Amores todos, pasiones miles, matrimonio ninguno —sentenció Corbalán.

—No es tan grave... —se defendió Samurai.

—Pero si el matrimonio es una institución criminal..., hasta que la muerte nos separe y todo eso. Rajá de ese jardín, viejo, por favor...

No bromeaba Corbalán. Según recordaba, los restos de ese antiguo diálogo amistoso tenían ya más de veintidós años de archivo. Ahora su hijo cumplía los últimos meses de su master en Stanford y trabajaba en una empresa informática de San Francisco, California. De manera que esas responsabilidades nunca estuvieron a la deriva. Ningún cabo suelto de sus sentimientos andaba por ahí, en la tramoya de la incertidumbre, de esquina en esquina, impartiendo doctrinas, buscando excusas o desbrozando argumentos, disimulando el color del fracaso con una coartada de circunstancias. Y se había acostumbrado a cargar con todos esos recuerdos suyos con la convicción de que ya pertenecían a un ciclo cerrado tantos años atrás que nada esencial de ese universo venía nunca a importunarlo. Sólo la ausencia de Morelba Sucre creció conforme se adentraba en su propia solidez. No era una burbuja de nostalgia ni los restos de un poema melancólico, sino una realidad que las sinrazones de las distancias nunca habían podido relegar al olvido.

En alguna parte del interior de la cabaña estaba sonando *September song* en la voz de Ella Fitzgerald cuando

Morelba apareció en el salón de su casa del Delta. Samurai la vio mientras miraba por uno de los ventanales. Allí estaba la Tigra, por fin, ante sus ojos, sin ninguna mezcla de ausencia. Con sus jeans azul oscuro y un polo celeste. Llevaba un libro en la misma mano entre cuyos dedos mantenía un cigarrillo encendido. El cabello negro de la india china se había agrisado con el paso de los tiempos, pero ese color natural de los años no le restaba jovialidad a la imagen de la Tigra. Y la piel. Se fijó en la piel caoba del rostro de Morelba Sucre, arado por las arrugas de la edad, como si esa parte del mapa del Delta se le hubiera reproducido en la piel de su cara. Buscaba sus ojos, su mirada. Y, de repente, Morelba Sucre debió notar que la estaban observando desde fuera de su casa. Se quedó quieta un segundo, de espaldas a los ventanales. Luego giró todo entero su cuerpo. Como si su olfato de hembra animal le hubiera exigido realizar ese movimiento con una repentina brusquedad, para encontrarse frente por frente con el intruso a quien, mientras se daba la vuelta hacia él, hacia la luz exterior, ya había reconocido en el olor que le inundó los sentidos durante los últimos instantes. Aspiró fuerte y sus ojos buscaron con ansiedad la figura del hombre que le sonreía desde el ventanal abierto. Entonces devolvió con un grito de alegría el descubrimiento de Samurai. Y convirtió esa alegría en la explosión de todo su cuerpo: un salto, un grito entrecortado, una carrera de unos pasos hasta llegar a la ventana y saltar por ella para echarse como una loca a los brazos abiertos de Samurai.

Le dijo que siempre había estado segura de que vendría. Desde que se recuperaba en el hospital de su ataque cerebral, sabía que su única escapatoria señalaba en la

dirección de la memoria de Samurai. Por eso había añadido en el mensaje el mate con cáscara de naranja, un ruego
y una invitación a que viniera a buscarla. En todos estos
años, las noticias del hombre le habían llegado a trasma-
no, casi siempre por boca de algunos amigos de la Orden.
Le dijo que lo encontraba mucho mejor que antes. Él le
contestó sin dejarle terminar que había puesto en práctica el sabio consejo que su padre le había dejado en herencia desde que era muy joven.

—Me enseñó —dijo— que, aunque me quedara
mucho tiempo por delante, lo más urgente que tendría
que hacer desde joven era aprender a envejecer con dignidad. Para cuando llegara el momento.

Y eso es lo que sucedía en esos instantes, que estaba envejeciendo con dignidad. Ella le dijo que se había
ennoblecido en todos esos años de ausencia. Que parecía
un milagro que pudieran haber hecho coincidir sus dos
tiempos en uno solo.

—Eso es porque nunca nos hemos olvidado de nada de lo que vivimos juntos. Te lo prometí —le dijo Morelba.

Él le dijo que venía a quedarse con ella en aquella
cabaña del Delta. No la miró a la cara cuando se lo dijo,
sino que paseó sus ojos por las paredes y los ámbitos de la
casa de Morelba Sucre, olfateándola y haciéndola suya
con esa elemental liturgia de reconocimiento. El intruso
sabía de sobra que esa estrategia de seducción formaba
parte de la declaración de principios que venía a ofrecerle
a la Tigra en su propia morada. Ella le preguntó por su
trabajo, por Madrid, por su hijo.

—Porque tienes un hijo, ¿no? —le preguntó al intruso, para que él fuera poco a poco asentando su voluntad
en la cabaña en la que ambos habían buscado que coincidieran por fin todos sus tiempos.

—Una larga temporada, Morelba.

El intruso le contestó así porque ella, en medio del nerviosismo que le había provocado su llegada, se había atrevido a preguntarle ansiosa cuánto tiempo iba a durar ese instante, cuánto tiempo se iba a quedar con ella en el Delta. Se lo contestó así para que supiera que no dejaba nada atrás, que nada de lo que había en Madrid era para él más importante que ese instante, nada más importante que esa voluntaria coincidencia en sus tiempos. Ella se acercó y lo abrazó. Estaban sentados en el sofá del salón de la cabaña, cada uno en un lado mirándose de frente, cebando el mate del reencuentro que Morelba Sucre había preparado para que lo tomaran juntos. Él le vio otra vez muy de cerca los ojos acuosos, como de llanto contenido. Le vio de nuevo los surcos de la piel en su rostro bellísimo de india china. Le acarició la cara, suavemente, pasando las yemas de sus dedos por la piel caoba del rostro de Morelba, llevando esas mismas yemas hasta la frente, hasta la cicatriz de la operación cerebral que se disimulaba bajo el cabello gris de la Tigra.

—Tus manos, Samurai, me gustan tus manos más que nada en ti —le repitió ella, como si no hubiera pasado tanto tiempo de distancias, como si estuvieran en ese momento de coincidencia y continuaran una larga conversación que nunca había sido interrumpida.

Los rayos del sol del Delta ya no irradiaban a esa hora de la tarde, cuando la luz comienza a caminar hacia el ocaso en esa época del año, el mismo calor del mediodía, en el momento en que Samurai había llegado a la casa de Morelba Sucre en Pereyra. Hacía horas que la lancha de Spotta estaba de vuelta al embarcadero del Tigre, fondeada junto a sus oficinas. Estaban los dos solos en la casa y el sol del Delta volvía a ser en su camino descendente un enorme globo dorado en medio de nubes que dibujaban de colores el azul cada vez más oscuro del cielo. Púrpuras mezclados con otros azules más claros, con líneas violetas que se escondían entre las mismas nubes agrisadas en la lejanía. La atmósfera completamente limpia, transparente, removida sólo por las bandadas de pájaros que se apoderaban del firmamento para volar al centro del Delta. Patos, palomas, bandurrias todas juntas, a veces dibujando estilizados y salvajes saltos de baile en el aire límpido del cielo del Delta, otras veces en desorden. Y cisnes de cuello negro volando en hileras. Y la sombra de un halcón solitario cruzando entre el atardecer y el disco dorado del sol. Y los olores del Delta cuando la noche iba difuminando las formas de la vida, desdibujando los arbustos ya en sombras de las geografías cercanas. Los olores fluviales que la brisa de la noche traía hasta la casa de Pereyra donde los tiempos de Morelba Sucre y Samurai habían terminado por encontrar su coincidencia. La misma sensación de juventud en sus dos cuerpos desnudos, aspirando sin apenas darse cuenta toda la vitalidad natural del Delta en esas últimas horas de la tarde en la que el sol toca a lo lejos la línea de la tierra para esconderse tras el horizonte sin dejar rastro alguno. Sólo una frágil luz crepuscular ayudaba a distinguir los contornos y las formas de las cosas. Y la cercanía del aroma vegetal de las lagunas cercanas inundándolo todo.

—Una larga temporada —repitió Morelba Sucre en voz baja, mientras acercaba sus labios a la cara del hombre que tanto había esperado. Aspiró su olor corporal, el sudor de todo un día de emociones y recuerdos.

Los bosques, las innumerables arterias del Delta, las islas, las aguas fluviales llenas de laberintos. Todo parecía haber desaparecido de repente al llegar la oscuridad y desdibujarse por completo los caprichosos colores de las cosas. Sólo sus dos cuerpos amándose desnudos más allá del Tigre. Y sus tiempos enlazándose en uno solo. Y la noche cubriéndolo todo, reposadas las aguas del Delta desde el firmamento abierto para los dos en el mismo instante de todas sus confluencias en una sola memoria. Por una larga temporada.

Agradecimientos

Quiero expresar mi agradecimiento a mi amigo el novelista Ricardo Piglia, que me insistió muchas veces en que fuera a conocer el Tigre. Y también a mi cercano Roberto Guareschi, que me animó a escribir la novela, casi sin darse cuenta.

A la novelista Claribel Terré, amiga del alma, que me acompañó al Tigre y a la casa de Sarmiento varias veces, y sin cuya ayuda no podría haber obtenido gran parte de la documentación necesaria para esta novela.

A mi cercano Juan Pablo Correa, que me advirtió de los riesgos de escribir estas historias de ficción llenas de vértigos históricos; a Juan Forn y a Roca (el editor de Tusquets), que me informaron de algunos libros y autores que leí para *La Orden del Tigre*.

A Marcelo Larraquy, que también vino al Tigre conmigo. Por su complicidad de incansable *corredor de fondo*. Y, desde luego, por la impagable e implacable escritura de *Galimberti*.

A Jorge Lanata, por su espléndido *Argentinos*.

A Eduardo Muslip, por su *Fondo negro*, clave para la documentación sobre los Lugones en esta novela.

A Martín Caparrós, por *Qué país*.

A Nicolas Shumway, por su impecable ensayo *La invención de la Argentina*, y a César Aira, por haberlo traducido como un intérprete; y como si fuera la escritura de uno de sus relatos sarcásticos.

A Adolfo Bioy Casares, por su luminoso *Descanso de caminantes;* y por todo cuanto vivió y escribió.

A Gloria Rodrigué, que leyó y elogió esta novela, sin saber quién la había escrito.

Y, en fin, a todos los que me surtieron, en cada momento, de ilusión, datos, leyendas, lecturas, libros y documentos sin los que me hubiera sido muy difícil escribir *La Orden del Tigre.*

Este libro
se terminó de imprimir
en los Talleres Gráficos
de Unigraf, S. L.
Móstoles, Madrid (España)
en el mes de septiembre de 2003

Los dioses de sí mismos

J.J. ARMAS MARCELO

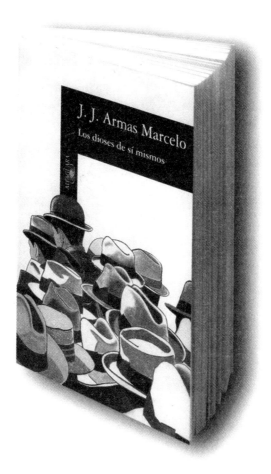

Así en La Habana como en el cielo
J. J. ARMAS MARCELO

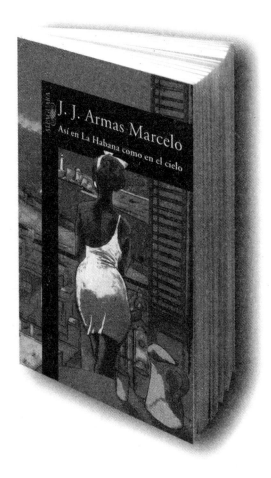

El Niño de Luto y el cocinero del Papa
J. J. ARMAS MARCELO

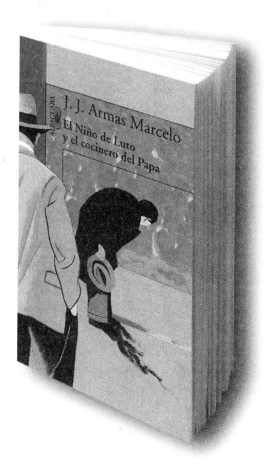